U0657278

LOVE AFFAIR

我与父亲的爱情

（英）蕾丝莉·肯顿　著

汪于祺　译

新星出版社 NEW STAR PRESS

序　言

　　那落满灰尘的盒子里，数千尺的八毫米胶片向我发出无声的召唤。那些赛璐珞影像讲述了两个人在半个多世纪前的生活点滴。现在，到了我去探究这些电影胶片的时候了。纵然我明知道我应该全神贯注，却总是局促不安——我浑然不知将会看到些什么。透过放映灯，我打开机器：只见一个光着臂膀的男人怀抱一个年幼的孩子。他看起来有些不知所措，不明白该怎样对待这个"小负担"。他的脸上流露出着迷和狂喜的神情，却也有几分惶恐和不安。我把影像快进了五年。这时，男子用鼻子蹭孩子，接着又一把抓起她，就好像准备一口吞下诱人的美味。女孩则抬起头，猛地一脱身，又冲着男子吐了吐舌头。男子便不停地挠她痒痒，惹得女孩又是扭动又是发笑。男子也跟着笑了起来。

　　继续快进……展现在眼前的是花园里的生日派对。女孩身着粉红色花裙，还穿上了高跟鞋。我一眼就能看出来这是她第一次脚踩高跟鞋：她笨拙地移动着，就像一只颤颤巍巍的小马驹一样，生怕一不留神就会摔倒。而他，则微笑着环绕在她周围。突然，他就像食肉动物一样，猛地

1

搂住她的腰，又一把把她拉到自己身边，接着就开始亲吻她。女孩笑了，只是那笑容里带着几分尴尬。接下来，她就离开了。

看着他们环绕着彼此，我就好像被咒语镇住了一样。这样的缠绕恰似受双螺旋力场影响的 DNA 链一样，交织出芭蕾一般的翩跹舞动。他们会在顷刻间哄然大笑。而一回眸，一转身的光阴，他们之间的嬉戏玩乐却被更阴暗的东西取而代之了。我坐在放映灯前，用一种抽象的方式来观看这一切的一切，一次又一次地倒带，隐隐约约地感觉到心中升腾起一种夹杂着恐惧和兴奋的迷恋。突然，咒语被破解了。而那些，我原本以为可以安然地远而观之的影像——我与父亲几十年来的点滴记录——不再是他们的故事，而成了我们的生活；不再是旧年往事，而是今日今时。

这本书就是从这里展开的。起初，我完全不知道此次写作会把我引向何处。时常，人们以为自己已然"处理"了生活中的诸多挑战，结果却发现我们一而再，再而三地重蹈覆辙。我很清楚我自己就有过这样的经历。我会想，这是为什么呢？为什么某个人，或是我们生活中的某部分会一错再错？而我们，又是为什么竟无力去改变这一切呢？

或许，正如我所设想的一样，我们曾在某处寻得相对的安稳和舒适。我们拥有情谊甚笃的好友，爱意深切的家人，还有诸多值得庆贺的欣喜与欢乐。即便是面对我自己，我都不曾明确地表达出我曾经的感觉——我所创造的美好生活，就像一张可以驾驭的神毯一样，将会一直使我的生活一切安好。只是谁曾想，不测之事会从天而降——或许是某人的逝去，也或许是早已淡忘的记忆再度浮现，也有可能是我们罹患疾病或是遭受重伤。刹那间，那张神奇的毯子忽然抽离了，使得我们只能在空中无助地翻腾。颇为奇怪的是，我们甚至有种分离的感觉，难道是将要被置于死地吗？

对我而言，动笔写《我与父亲的爱情》之初，我所感受到的不仅仅是对于早已被遗忘的时光的重访，还有内心深处那些神奇与玄妙的复苏。

它是那样的难以名状，却又与我日夜相随。那是一种隐匿未现的威胁？是仁慈亲切的向导？还是源自过去的阴影？我不得而知。

　　起初，我甚至没有意识到我可以接触到大量的研究材料。那些都是我父亲、母亲以及他们各自的父母，甚至更早的前辈留下的遗物：许许多多的日记、医疗记录、日程表、数以千计的照片、几千卷记录我的家人的八毫米和十六毫米电影胶片（从中可以了解到关于我父母和他们的祖先，特别是父亲那一支的很多情况），等等。其中，有一些是我两年前才得到的。当时，我的继父过世了，他的律师便把母亲的许多私人信件、笔记、书以及日记都寄给了我。

　　那些信都完好无损地塞在信封里，许多张信纸的边角都已经发黄了。其中有些信比我还要年长许多，字里行间无不流露出写信人的爱与恨，兴奋和绝望。早在很久以前，这些信件就已经用绳子或是橡皮筋捆在了一起。我刚动手取下橡皮筋时，它们就断了。

　　包括那些信件在内的很多纸张，记录的都是描述性的内容，再加上父亲的一个个日程规划，以及我为写作此书而采访数十人的采访笔记，我找寻许多往事发生的时间、地点的难度都要比我想象中容易多了。我开始阅读这些纸张，根据邮戳一一标明日期。

　　回顾这所有的材料，我仿佛回到一个多世纪前，踏入了另一番时空与境地。每当我开始阅读，一幕幕曾经鲜活的记忆都会再度浮现：那些气味，那些声音，那些往事，那些地方的点点滴滴，历久弥新。那种感觉，就好像在修补一面破碎的镜子，又好似一个巨大的犬牙交错的迷宫，它的碎片混成一堆，我竭力将它拼凑完整。

　　渐渐地，我开始盯看那七巧板似的迷宫，后来又住了进去。这时，我的生活发生了翻天覆地的变化。曾几何时，我把写作这本书视为一段机械的过程，只是收集那些错综复杂的信息，调整好顺序，进而创作一本书，讲述我和我家人的往事。可是，我在这如碎镜般的世界里生活的时间越久，我便越来越多地接触到那些支离破碎的往昔——不仅关乎我自己的生活，也关乎那些创造这个故事的其他人，有我的父亲母亲，他们的父母，以及更早的祖先。许许多多错综复杂、光陆怪离的图案一一展现——我确信那是血统的神奇之处，正如一代又一代人生生不息。

回想过去，如果说从我出生到父亲猝然离世的那些年岁里，我曾学到了唯一的事情，那就是，我们都是彼此的受害者，都曾虐待对方，都曾互相折磨。对我们而言，要想成为作为生命的中心的真正的自我，我们必须心甘情愿地深入探究那些黑暗之处并将之照亮。那些阴暗的角落渴望光明，以期能得到惬意与舒适。而光，也会为之所吸引，来深化同情，展现价值。

在我的内心，怀有这样的祈祷：愿所有期待过此书的人们，一切安好。

目 录

第一部分　纯真年代

第一章 双生记

这是一个真实的故事，关于率真，关于亲情，也关于宽恕和爱。故事肇始于我的出生和一个乐队的成立，结束于一个人的逝去，讲述了我和我所深爱的父亲之间的种种过往。它不仅洞悉了茕茕孑立之人的阴郁心境，也探究了人们尚不得知的事实——我们每个人迟早都会受感召而进入生命的一种中间地带，那是一个和我们已知的结构、法则均不相称的地方。动笔之时，我还以为这个故事只是属于自己的一次情感宣泄。然而如今，即将完成之日，我才意识到这个故事不仅仅属于我，它属于我们所有人，属于那段阴暗的日子。

每一个新生的婴儿都是天真无邪的。我们来到人世，每日家常便饭是为了活下去——或许也想有所作为。而我母亲，成年之后依然率性天真，桀骜不驯，有时腼腆害羞，有时充满热情却偶尔伴随惊恐不安。母亲二十六岁时生了我，可当时她自己还像个孩子一样，她的信里写的都是想要买什么衣服，要去参加什么舞会，准备喝多少酒等等小女生所热衷的东西。而我的父亲则和她一样不谙世事。父亲很聪明却也有些头脑简单，才华满腹却总是缺乏自信。他觉得自己只是个笨手笨脚的"乡下男孩"，极需闯出一番天地来。但对未来和自己能力的不确定，使他的内心充满了强烈的恐惧感。

是命运的安排也好，是他们自己的选择也罢，谁知道呢，总之，我们三个成了一家人。有时我们三人就像三个不同物种的动物一样，言谈举止迥然不同。但有时，我们又会如痴如狂地打成一片。我们会在游泳时和鲨鱼嬉戏，躺在车背上就能睡觉（有时甚至玩得忘了睡呢），还曾往实施禁酒令的州运送威士忌，或是沉浸在铜管乐的喧嚣声中。从纸醉金迷的好莱坞到闷热的新奥尔良街头，再辗转到白雪皑皑的安第斯山峰，我们一路跌跌撞撞，可没少走弯路。

我叫蕾丝莉，出生在洛杉矶的天使女王医院，一个天主教教会医院，产科总管阿方索·麦卡锡博士是这儿的头儿。1941年6月一个温暖的日子里，母亲开始了她那漫长痛苦的分娩过程，当时麦卡锡就在她旁边，一直握着她的手给她打气。

母亲名叫维奥莱特。分娩那天，她大声咒骂，口出不敬之语，还歇斯底里地尖叫。那些正缓缓下楼准备去为垂死者吟经诵诗、点烟燃香的黑衣牧师们都被吓得停下了手中的工作。在之后的岁月里，母亲经常会对父亲说："斯坦利，提醒我永远不要再受这罪了！"

当年他结婚六年的妻子艰辛孕育孩子时，他却不在身边。当时母亲只得自己孤单地待在一间沉闷的小屋里熬日子，直至最终把孩子生下来。出生时，我还被取婴儿用的金属钳给划伤了，而在我奶奶斯特拉看来，我本身长得也不怎么好看。出生几小时后她一看到我就说："这孩子不可能是肯顿家的孩子，也太丑了吧！"

6月24日临近傍晚的时候，父亲斯坦利接到了来自医院的电话。父亲六英尺四寸高①，身材颀长，穿ＡＡＡ型十三码半码的鞋，那时的他野

---

① 一英尺等于十二英寸，约等于零点三米。

心勃勃。当时他正在加利福尼亚州的巴尔博亚一家名叫荣迪伍德的舞厅排练晚上的演出。那年6月，我出生了，父亲也典当了所有家当（当然也不多），创建了自己的爵士乐队，诞生于荣迪伍德的十五人乐队——"斯坦利·肯顿管弦乐队"。当时的父亲还没有品尝过成功的滋味，他腼腆羞怯，常常妄自菲薄，从不把自己当领军人物看，甚至还大费周章地四处寻人担任乐队领奏，不料却无果而终，于是他便自己接手干了。

"肯顿先生，恭喜你，你有了一个健康壮实的女儿！"麦卡锡博士说。

起初斯坦利并没有把女儿出生的消息告诉任何人，也没给人发发喜烟或是庆祝庆祝。那天晚上完工后，他和两个朋友——一位名叫奥黛里·古柯的女士以及她的未婚夫吉米·里昂斯漫步到了附近一家名为"竹屋"的酒吧。几杯酒下肚后，他向朋友们吐露："维奥莱特生了一个女孩！"

而这时在天使女王医院里，工作人员把我从母亲身边抱走，放在玻璃箱里，还拿奶瓶喂我奶喝。他们想让刚刚在一片混乱中好不容易完成分娩的母亲喘口气。面对混乱的局面，母亲向来都是手足无措的。

虽然大多数人都不怎么记得我的出生，可却对肯顿家的另一件大事——乐队的成立隆重庆贺了一番。但父亲还是变得心烦意乱、焦灼不安。"我怎么才能给伙伴们发工资啊？""噢，天啊！我这么做到底对不对啊？""主啊，为什么在我最需要维奥莱特的时候，她不在我身边却在医院里待着呢？"

那年夏天，父亲第一次像着魔似的疯狂工作。每晚收工后，乐队的伙伴们就会到"竹屋"酒吧即兴演奏爵士乐：奇科·奥维瑞兹、瑞德·多瑞斯、霍华德·拉姆斯、杰克·奥里登、马文·乔克等音乐家的作品都演奏过。而在空荡的舞厅里，父亲每晚都会伏案在钢琴前写写曲子，并着手安排第二天的演奏事宜。两三个小时过后，他的那些"音乐家"们回家路过音乐厅时，他还坐在那里弹奏和弦，或是在纸上写写画画。

肯顿乐队的乐曲开创了新风，别具一格，乐队伙伴们听后都很兴奋，而听众们的如痴如醉主要得归功于斯坦利。父亲一生中，即便后来病情严重到快要不能自理而无法指挥时，只要他往乐池中一站，就是一道魅力风景线。

我看到他大踏步地走到舞台中央，犹如居高临下的天使般张开双臂，右脚后跟有力地叩击着地面，他是在给乐队打拍子，而整个舞厅都为之震动。以至于爵士乐评论家戴尔·博迪后来写道："托斯卡尼尼①是用头脑指挥乐队，而肯顿则是用整个身体。"

父亲第一波的主题曲《韵律艺术》乐声一响起，人们便大为震惊，开始屏气凝神地倾听。喧嚣的铜管乐，雷动的鼓点，弱拍切分音，这些都衬得钢琴声更加饱满。节奏和节拍不停地变换。所有这一切都让人惊诧，却又保持某种程度的永恒不变。幼年时，我常常随父亲的乐队游历四方，一晚上都能听三四遍《韵律艺术》。后来，父亲又把该曲精编了一百多个版本。每每听见，我都有种汗毛竖起的感觉，只觉得一阵战栗，至今仍是如此。

我的父母亲都很爱讲故事。成长的岁月里常听他们讲这样那样的故事，关于我的出生，关于我们的祖辈；他们也会说起两人相遇的场景，谁对谁说什么；也会说起我们三个各自的所作所为。有些故事他们讲了一遍又一遍，都已镌刻在我的脑海中。有时闭上双眼，只觉得从暗处浮现出一幅幅流动的影像，勾勒出我人生的种种，就像我父母的相遇一样。

当时，金发碧眼而又光彩照人的母亲自然而然地吸引了父亲的注意。时值 1934 年，当时他正在荣迪伍德为埃弗雷特·霍格隆德乐队弹奏钢琴。他第一次注意到这个喜爱音乐、痴迷舞蹈的女孩。

"当她翩跹起舞时，"父亲经常会说，"她就是舞台上的亮点，宛若一

---

① 1867—1957，享誉世界的意大利指挥家。

堆卵石中的美玉。可我当时太胆小，根本不敢接近她。所以我只是默默地欣赏她的美，静静地等待着，希望自己会有好运。”

一天晚上，这个后来成为我父亲的男人一路小跑回到家里，对他的母亲斯特拉说：“我喜欢上一个女孩子，我要和她结婚！”

“噢，是吗？”

“是的。”

“是哪个姑娘啊？”

“和她还不认识呢，不过我会打动她的。”

又是好几周过去了，每次只要维奥莱特一出现在舞厅，他就会在远处欣赏她的美。当然了，她可还没意识到，那身材瘦长的钢琴手已经决心要和她携手今生呢。每个周六的晚上，她都会挽着不同的男人出现。她的裙下之臣自然不在少数，但这些人对她来说都是一个样儿：只要舞跳得好就行了。可如果谁想和她进一步发展成情侣，她就会避而远之，转而与其他男人共舞。

有天晚上，母亲的一位求爱者在两人共舞了几个小时后，开车来到了山顶。他们停下车子俯瞰着洛杉矶的浪漫夜景，这位仰慕者向母亲倾诉矢志不渝的爱意。接着，他竟然向母亲求婚了！

“不行！”她说。

“为什么？”

“因为我不爱你。”

他开始乞求母亲的爱，可是这一点儿用也没有。他便愤怒地走下车，眼里还满是泪水。他跟跟跄跄地走到悬崖边。“你不嫁给我，我就跳下去！”他大声嚷道。

可她只说了句，“跳啊！”当然，他并没有跳下去。

还记得第一次听这个故事的时候我十六岁，当时的我还是编织自己浪漫约会情节的花季少女。母亲处理求爱者的“威胁闹剧”的方法让我印象深刻。换了是我，我一定会假意答应他，等一下山，我能跑多远就跑多远！可如匕首般尖锐的母亲并没有这么做，她是受不了任何胡搅蛮缠的。

父亲在从远处观望母亲好几周后，终于有一天晚上，他们的眼神交汇了。据大家所说（当晚有很多朋友在场），一切都如电影场景般奇妙，在现实生活中是很难遇到的。

当时，他正在弹钢琴，她正和刚刚结识的花花公子共舞。突然间，她停下脚步，直勾勾地看着他。他的手一下子碰到了键盘上的自动调制器。刹那间，周围的人好像都不复存在了，在这么一座大房子里，只剩下一个妙龄女子和一个钢琴手。

接着斯坦利离开钢琴，跳下舞台，邀她共舞，而她也欣然接受了。可是他忘了，像他们这样的音乐家，在乐队里待那么久，但从来没有跳过舞啊！他们笨拙僵硬地跳了五分钟后，颇感尴尬的他提议坐会儿，她马上答应了。喝着他买来的可乐，两人聊了起来。

他说自己一直想做出点"大成就"，而她是这么爱幻想的人，自然陶醉于他的宏图大志中。后来她经常回忆说："他既率性天真，又腼腆拘谨，是那样的魅力十足，还总有那么一股活力散发出来。他就如灯塔般光芒四射。"

在他的眼里，她是世上最奇妙、最美好的女人，不单单是因为她的美貌，还因为她让他体验到了前所未有的感觉。虽然他自己也说不清那到底是怎样一种感觉，但他知道他想拥有更多。

追求母亲时，父亲总是恨不得每分每秒都和她在一起。他想打动她的心，弹奏一首首想着能博得她青睐的曲子。他知道她最喜爱《复杂的女人》。于是每次只要一弹奏《复杂的女人》，他就会让她知道，此曲只为她而弹。每次幕间休息，他都会找寻她的身影。他常常提出收工后送她回家，有时她也会欣然同意。

从 1934 年那天晚上的初次交谈起，他们之间就开始了这种伴随一生的饶有兴致的交谈，当然后来也加上了我。在车里、在浴室、在餐桌旁，他们从早到晚黏在一起，总有说不完的话。

父亲常会说起他的工作、他的梦想，还有经纪人、推销商以及乐师之间层出不穷的矛盾。后来我长大点，他便开始对我讲述他的内心世界，那个孕育他梦想之力的秘密仓库。有时他讲起话来是那样的兴高采烈、意气风发，有时则会满怀悲伤，就像他说起自己想要谱就伟大的音乐——那种可以给听众带来前所未有体验的音乐时，总会有抑制不住的失落。

而妈妈最常说起的莫过于各种美的事物。她喜爱各种画，特别是伦勃朗①的作品。终其一生，她都渴望能去柏林一览《戴金色头盔的男人》的真迹，但始终未能成行。她时常也会谈及自己的梦想：她想穿着精美绝伦的衣服住在富丽堂皇的房子里，她想游巴黎、逛罗马、领略里约热内卢的风情。而这些都与斯坦利的梦想格格不入。

维奥莱特的许多话都是为了鼓励斯坦利，为他树立信心，帮他解决问题。她一次又一次劝他不要放弃梦想，常常会说"总有一天，梦想会成真的"。她总是对他充满了信心。

父亲也是全身心投入工作的人，母亲又这般信任他，他们俩这一对可真是无往不胜。我出生的时候，他们虽然过得并不容易，可总是很乐观，很兴奋，而且从不掩饰这种情绪。当时迪士尼和史托科夫斯基②共同推出了《幻想曲》。CBS 电视台展现了彩色电视的奇迹，开始在纽约州的克莱斯勒大厦进行广播。奥逊·维尔斯的好莱坞处子秀《公民凯恩》上映了，关于"玫瑰花蕾"（出现在《公民凯恩》中）的调查也引发了一股热潮。与此同时，宾夕法尼亚州哈兰县的四十万名矿工停止为提薪一美元而举行的罢工，兴高采烈地迎来了一周七美元的薪酬（当然是在税前）。那

①1606—1669，荷兰人，欧洲 17 世纪最伟大的画家之一。
②美籍指挥家，指挥费城管弦乐团完成《幻想曲》中的音乐。

9

个时候，似乎一切都充满了希望。

　　当年和父亲初遇时，母亲正和毕生密友诺娜·拉·弗斯以及诺娜的姐姐瑞伊挤在狭小的公寓里。母亲和诺娜在高中时代就很熟了，那时她俩还一起舞动着大绒球为球队加油呢。就像 20 世纪 30 年代的诸多女性一样她们也是"逢舞必跳"，最钟爱的舞场莫过于后来遇见我父亲的荣迪伍德舞厅，以及洛杉矶巴尔的摩酒店的高级奢华舞厅——巴尔的摩博尔，也就是一年一度的学院奖颁奖地点。巴尔的摩酒店每周日下午均会举办茶舞会，维奥莱特、诺娜和瑞伊自然不会错过。她们常常会在周六下午，来到"椰子林"眉飞色舞地讨论男人啊，衣服啊，聚会啊，总想着去哪儿能尽情欢乐一下。

　　母亲总是热衷于各种亮丽光鲜的事物。或许只是出于虚荣，她认为一个女人的价值取决于她的外在美。这种观念，至少是让我震惊不已。其实维奥莱特的魅力不在于外在的美丽，她是那么的活力四射、思维敏捷，还有许多令人惊叹的才能：比如她可以把所有接触到的东西变美，而且她还能洞察人心、分辨真伪。即使是在生命的最后二十年里，单是那股活着的激情已让她璀璨不已，就像她的笑声一样富有感染力。

　　母亲曾与一名卡车司机有过一段短暂的婚姻。对于她这样追求高品质生活的人来说，这样的婚姻或许显得有些滑稽可笑，当时诺娜也不赞成，最终这段婚姻便匆匆收场了。终于，在诺娜和瑞伊眼中那群追求母亲的乏味之士之后，斯坦利出现了，她们都很兴奋。现已九十多岁的瑞伊回忆说："他很有趣，也有些拘谨，自然是我们见过的最出色的男人。他和你母亲看起来真是珠联璧合的一对啊！"

　　当时，父亲还只是别人乐队里一个"租"来的乐手。但他那么聪明，除了弹钢琴，还负责其他一些事务。现在，他想结婚了，可维奥莱特还没拿定主意呢。但是，1935 年 7 月 25 日早上，她突然毫无预兆地在起床后去找牧师了。临近傍晚的时候，他们正式结为夫妻。当天晚上，斯坦利还是照例去上班了。那个时候，双方家长都不看好他们的结合，别说结婚礼物了，连锅碗瓢盆一类的生活用品也没人送来，他们只能靠自己白手起家。

那天晚上，父亲回家后，告诉新婚的妻子，自己失业了。当时正值大萧条时期，他们在好莱坞租了一间一个月租金二十五美元的公寓，屋里只有一张下拉的墨菲床和一些零散的东西。他们一起节衣缩食，一天也就花二十五美分。为了生计，父亲在各个工作室和"音乐家联盟"等地方来回奔波。

斯坦利的母亲斯特拉一直都干涉他们夫妻俩的生活。没人邀请她，她却会一大早来到家里，发现夫妻俩还睡在床上。看到他们裸睡，她怒不可遏。听说他们一天洗两次澡，她就会警告说"这是很危险的"。他们睡觉开窗、洗澡次数过多等等，在她看来，都会危及儿子的健康，甚至使他患上很严重的感冒。

斯特拉常常出其不意地"造访"我的父母。有一次，她让父亲坐在她的大腿上，把他的手环绕着她的脖子，对我母亲说："维奥莱特，你把我儿子抢走了！"

斯特拉很迷信，她总是会告诉我父亲："你可得保护好自己啊！厄运就在街角的每一个拐弯处，你可别让它找上门啊！"她还会说："不要再穿参加葬礼时穿过的衣服，否则会倒霉的。而且不要说疾病啊什么的，说了会得……"

她总是竭力告诉维奥莱特要保护她儿子应该做这做那。但我觉得，母亲可能根本就不明白她喋喋不休的那一套到底是什么。对于母亲来说，生活很简单：你有梦想吗？只要是美丽的梦想，那就去追寻吧。终有一天，美梦会成真。虽然对这一信念，母亲拿不出什么令人信服的证据，可她才不在乎这些。她不是那种因为别人的闲言碎语就轻易放弃自己信念的人。

　　但母亲意外地发现，斯坦利居然继承了斯特拉不少怪异的想法和迷信的观点。虽说因为他不像斯特拉一样是在大牧场长大的，"给即将送往集市的牛挤奶不吉利"这一类迷信对他不起多大作用，但另一些在母亲看来是滑稽可笑的说法，斯坦利却深信不疑，像是"脚把裂缝踩，妈妈背折断"，"哈欠一打，危险不远"，甚至是"卧室挂马蹄，厄运不来袭"等等。

　　至于卧室里挂马蹄铁，母亲坚决不同意。然而父亲每天还是会例行公事地做点什么以防厄运。比如他每天都会在上床睡觉前把鞋子对准特定的方向，还总是先吃菜，再吃肉。

　　斯坦利常常会被莫名的恐惧感困扰。母亲曾说："他会突然宣称自己被诅咒了，再也不能做想做的事情了，有时又会毫无缘由地充满愧疚感。他总是说：'我有罪啊！''怎么啦？'我问道。'我也不知道，只是觉得我有罪。'他说。每次他一出门，都会检查三四遍，看门到底锁好没。"

　　在我成长的岁月里，父母常会因为意见不合而大声争执。母亲总是会歇斯底里地爆发：她会爬到鸡尾酒吧很高的人造棕榈树上，或是对着陌生人猛一阵夸奖。但很多时候，父亲对她都是很温柔而又不失敬意。

　　不仅我和斯坦利，任何与母亲熟知的人都说，她真的是一个谜一般的女人。在那些并不熟悉她的人眼里，她傲慢自大，对人冷若冰霜。的确，那些"平常人"的性格让斯坦利大受欢迎，她却对此有些不以为然。她的密友不多，有的那几个也无法洞悉她的内心，却都是终生的好朋友。她总觉得对别人敞开心扉是一件很难的事情。我猜想这大概是因为她自己都不十分了解自己吧。当她似乎是一个充满力量、观点犀利的女人时，她不在乎冒犯别人。而后，在毫无征兆的情况下，她又会不知何故畏缩于所碰到的任何人、任何事。

母亲的思维和她的行动一样变幻莫测，常常不是因为外物而有所触动，而是总爱听从自己的内心。她就像一座休眠火山，会毫无预警地爆发，至于是为什么爆发，无论她自己还是我们都不得而知。有时，没人招惹她，她也会莫名其妙地发怒。售货员没有给她拿想要的货物，她会大发雷霆；还会对着指责她闯红灯的警察大声呵斥，有时都会弄得可怜的警察抱歉打扰她了。可同样使人意想不到的是，有时正在气头上，她却会突然大笑起来，或是放声大哭。

我觉得父亲对母亲的精神魅力很是崇拜。在他写给她的信中（母亲过世后，这些信都留给了我），无不透露着有些拘谨的温顺亲切和无比真诚的崇敬之情。在他们十五年的婚姻里，我从未见过他对她有任何粗暴之举。在他的眼里，她既是指引他前行的罗盘，也是照亮他人生道路的明灯，更是他最温馨的归宿，而他也把所思所感都告诉了她。

"斯坦利是我见过的最温柔的人。"母亲常说。离婚多年以后，当她得知斯坦利对第二任妻子安很粗暴时，不禁大为震惊，她印象里的斯坦利不是这个样子的。

婚后母亲发现斯坦利总是缺乏自信，这让她惊讶不已。谁都不会否认父亲是个才华横溢的乐师、编曲者、作曲家，而他自己也总是满怀激情、渴望成功。"斯坦利不仅才华满腹，而且意志坚强、不惧困难。失眠、贫穷、疾病，这些对他来说根本不算什么。他一定会成功的！"她说，"可是，不管钢琴弹得多好，曲子编得多美妙，他却似乎总是不满足。"

或许这正是他十分依赖母亲的原因吧。在她那里，他可以找到缺失的自信。

母亲的本领不少。或许她最了不得的本领——大概也是她唯一充分利用的，就是发现人才。为了帮助父亲，她总是满怀爱意，和他一起畅想未来，在生活中竭尽所能帮助他实现梦想。

父亲的梦想并非虚无缥缈之物。他知道，有了母亲的陪伴，他可以打造一支全美最出色的爵士乐队，不仅会在各个舞厅表演，还会登上包括卡内基音乐厅在内的欧美各大音乐厅的舞台。他可以谱就一种新式音乐，把活力四射的美国爵士乐和 20 世纪的经典音乐巧妙地结合在一起。他喜欢斯特拉文斯基、伊贝尔、雷斯皮基、巴托克、德彪西、拉威尔等等，他企图达到这些 20 世纪早期音乐界先贤的高度。对于母亲来说，母亲的梦想不仅在她的眼中，更在她的实际行动中。钱？他们可没有，不过她买了一台储蓄日历，每放二十五美分，日期才能变更一天。她知道，钱总会有的，一切都会好起来的。

母亲不仅照顾父亲的生活起居，还时常充当他的"保护者"，她知道怎样应对那些"夜晚突发事件"。无论是我出生前，还是出生后，父亲有时会突然从睡梦中惊醒，大喊大叫，烦躁不安地动来动去。这时，她便会横骑在他身上，把他的腰按在床上直到他镇定下来。我常常会听到她说："亲爱的，一切都很好。放心吧。"但她从来不知道他为何有这样的"夜晚恐惧"，其实她自己都觉得有些害怕。"我一晚上都不敢睡，生怕他会伤着自己了。"她说，"有时我真害怕他会死。他总是害怕自己最终会一无所成。可我知道只要我们一起努力，他总有一天会成功的。"

而他们也确实在一起努力，毕竟他们拥有彼此，共怀一个梦想。他找工作的时候，她就节俭度日。

在经历了最初的几番波折之后，他们的祈祷终于有了回应，斯坦利找到了一份弹钢琴的工作。自从 20 世纪 40 年代，格斯·阿恩海姆领导一支出色的乐团，还曾和诸如宾·克罗斯比等知名歌手一起登上过洛杉矶"椰子林"的舞台。到了 1936 年，阿恩海姆想要涉足爵士音乐领域，这便需要斯坦利的帮助。这不仅是因为斯坦利精通音乐，还因为阿恩海姆明白，斯坦利可以利用他的爵士音乐知识和其他爵士乐者的联系，帮助乐团安排工作。

这份在阿恩海姆乐团的工作意味着，父母二人第一次可以离开母亲所说的"牛乡"①，共赴征程。他们可以一起到芝加哥、圣路易斯、纽约等等曾经只是听说过的梦幻城市。我的父母都是热爱自由、追逐自由的人，他们喜欢在路上的感觉，可以品尝一顿顿"家常"晚饭，可以参观像是"保罗班扬和蓝牛贝贝"等旅游景点。最终，他们到了纽约。他们爬自由女神像，还比赛看谁先够到她的右臂；他们乘坐当时世界上最快的电梯到达帝国大厦的顶部；他们踏上到斯塔顿岛的游轮，任风吹拂发丝，共同畅想未来。第一次去往东纽约的途中，他们再次发誓忠于彼此，还重温了他们的梦想。

　　和阿恩海姆乐团到处巡演的这段日子也并不总是如假期般美好，有时也得通宵忙碌，累得筋疲力尽。

　　有一次他们来到中西部地区，一天早上，斯坦利突然很痛苦地醒过来，极其崩溃的样子。母亲见状赶忙打电话给服务员："快，快派一个医生过来！"十五分钟后一个医生过来了，他身材矮小，看起来像个生活在大毒蕈上的侏儒。他检查了一遍父亲的胃部，说："肯顿先生，你有轻微的阑尾炎。"

　　"轻微阑尾炎？那是不是得动手术啊？"母亲惊叫道。

　　"那倒不需要，"他揉了揉惺忪睡眼，又故意压低声音说："肯顿先生，我给你留一瓶药，你吃了就会好的。"一副全然不在话下的样子。接着他又对母亲说："确保他每隔四小时就水服一汤匙药！"

　　到了晚上，斯坦利就觉得不痛了。虽然还是感觉有点不舒服，不过他还是去工作了。收工后他径直回到宾馆，爬上床倒头就睡。两个小时后，母亲被他在卫生间里呕吐的声音惊醒了，急忙跑到他身边。

　　只见他赤身裸体地站在那儿，一手拿着个瓶子，一手拿着从宾馆咖

①指美国西南部，尤指德克萨斯州。

15

啡厅里偷偷拿来的汤匙。他突然浑身发抖着说："啊，这东西太恶心了！"

可她抬头一看，医生开的那瓶药还完好地放在脸盆上方的玻璃架上。"天啊，斯坦利，你吞的是什么啊？"她猛地从他手中夺过瓶子。

原来，瓶子里是她用来擦双色观赛鞋①的白鞋油。他们都笑得不行了，径直坐在卫生间的地板上。斯坦利后来回忆说："当时我们笑得那么放肆，那么大声，宾馆保安都来了，敲着门说再笑就把我们扔到街上，哈哈。"

"结果我们笑得更加肆无忌惮了。"母亲说。二十四小时后，药被吃光了，父亲也不疼了。

斯坦利跟随阿恩海姆乐团工作了一年，那的确是充满趣味的一年。后来乐团在洛杉矶解散了，但母亲对父亲的未来充满了信心，他们之间也愈发亲密了。终于，父亲有了些自信，开始相信自己能谱出那种传世音乐。

"我们决定在工作室打打零工，再加上存的一些钱，过得还行。"父亲解释说，"这样我就不总想着再找份工作，只要找个好的作曲老师就行了。"

就这样，他找到了查尔斯·达尔莫斯。父亲曾说："达尔莫斯能说十一门语言，精通法国号、钢琴、大提琴，还是我见过的最懂和声和复调的人。"对于父亲来说，七十岁的达尔莫斯如父亲般伟岸，是他顶礼膜拜的长者。三十多年过去了，每当回忆起师从达尔莫斯的岁月，他总会一阵哽咽，潜然泪下。

接下来的几年中，父亲充分利用了从导师那里学到的一切。1939年，他开始作曲，不仅作为自由职业的电影配乐者，还为多个乐队演奏。但到了1940年秋，他突然对好莱坞娱乐圈的那种损人利己和尔虞我诈失去了兴趣，他厌恶那种商业利己主义下的"乐人相轻"、相互算计。他说：

---

① 一种讲究对比效果的双色拼皮鞋，最早是穿来观看球赛和打高尔夫之用。

"那些所谓的音乐家根本不管什么音乐，都是什么啊！我觉得只能创办自己的乐队了。"

"那去做啊！现在就去！"母亲坚持说。

于是他把工作辞了，开始专心写曲子。靠着积蓄和一周十八美元的失业补助，他们只能又开始过吃烤豌豆的生活。可他们并不在意，反而对新乐队越来越期待，心情也越来越好。

然而两人之间却发生了爆炸性的事件。1940年父亲在西海岸的齐格非歌舞团担任钢琴师和助理指挥，9月末的一天早晨，父亲坦承他爱上了日落大道的厄尔·卡罗尔剧院里一个美艳不可方物的女人。他说："我真的不知道该怎么办。"我十岁那年，父亲曾让我看过那个女人的照片，有六英尺高，头发乌黑发亮，的确美艳绝伦。

然而出乎意料的是，就在父亲坦白自己不忠的那天，母亲告诉他自己怀孕了。

多年之后，母亲向我吐露："他居然让我去做人流！可我决不会这么干的。于是我对他说，'你想干吗干吗去，我一定要把这个孩子生下来！'"

最后，斯坦利并没有"想干吗干吗去"，他不再去想那个黑发丽人，而是和母亲搬回洛杉矶，又一次重温了忠于彼此的誓言，并决心经营好三大事项：婚姻、乐队和孩子。

"当时真有一种重新开始的感觉，"父亲说，"我们决定为婚姻、乐队和孩子全力以赴，共同打造美好的未来！"

第二章　代理管制

　　1941 年 7 月 3 日，父亲在付给天使女王医院一百零五美元后，把母亲和我接出了医院。而在此之前，为了能让母亲进院生孩子，他已经向"音乐家联盟"借了四十美元。这些都让他觉得有些屈辱。"那感觉太糟了，"他常常会说，"我必须站在董事会面前，坦承自己没钱了——只是为了把你生出来啊，蕾丝莉，我真的觉得很丢人。"

　　他带我们回到位于加利福尼亚州长滩市莱克伍德大街的家，也就是外祖母那间改造过的车库，他和母亲曾在这里生活了好几个月。外祖母原名黑兹利特·克里藤登，可她很早就改名"伊冯"。她常说，"听起来更动听，是吧？"但事实上，她叫什么并不太重要，因为家人、朋友、熟人、雇工，甚至父亲乐队的人，都喊她"大妈"。

　　来到莱克伍德大街，父母俩便撒手不管我了，他们对"大妈"说："你把她抚养大吧。"

　　其实这也并不突兀，因为"大妈"做什么都得心应手。她聪明能干、身体结实，也有力气。简单来说，只要有她在，我们就一定能活下去。

也许外祖母最可贵的一点是她的意志。她常常会说："这有什么啊，坚强点不行吗？"在她看来，生活很简单，不过是一项项工作：养孩子，建房子，甚至开创事业，仅此而已。你只要有决心有毅力，永远不要放弃，就一定会成功。

而我母亲则与她大不相同。母亲竭尽一生都崇尚美、追求美，虽然她也常充满热情、活力十足，可很多时候她却又很胆怯。我觉得，她的胆怯多半是因为她是"大妈"唯一幸存下来的孩子。虽然她就像自己的名字"维奥莱特"①一样，芬芳浓郁，但在多少有些咄咄逼人的"大妈"面前，却往往有点噤若寒蝉。她觉得自己总是笨手笨脚的，什么也干不好，特别是带孩子这件麻烦事。

与此同时，生产后的母亲陷入了将近两年的抑郁期，生孩子的痛苦回忆甚至在之后的二十年里还一直困扰着她。那些血淋淋的场面，那些疼痛，以及有东西硬生生地插进她最隐秘的部位，都让她毫无准备，猝不及防。从此，她觉得，那次生育给她的心灵留下了永久的创伤，正如她肚子上那道妊娠纹一样，再也挥之不去了。她还萌生出一种强烈的恐惧感：那次生育把她彻底毁了！

事实上，没过多久母亲的纤纤细腰就恢复了。其实她怀孕的时候，也竭力维持曼妙的身段。我曾看过她生我两周前的照片，真是看不出身怀六甲。据家里人说，她快要分娩的时候还有人邀请她跳舞。她当时还抽很多烟，看起来特别瘦。没几个人觉得她是结了婚的人，更别说生孩子了。这么美的她从来没想过给婴儿喂奶，因为这样会损坏她的胸型。

而"大妈"满心欢喜地站在那里，准备接过抚养我的工作。"大妈"很清楚，作为我的抚养者，她一下子又成了全家的权力中心，地位非同小可。一种似曾相识的感觉又回来了，催促着她："去接近斯坦利，总有

---

① violet，意为紫罗兰。

一天他会大有用处的。"

她经常准时准点地给我喂牛奶、喂糖水，有时甚至专门为此把我叫醒。但在我真正饿的时候，她却从不喂我。她从来不管我情绪如何，状况如何，总是会不容置疑地要教育教育我。而我也遗传了她的"意志"（人们常说的隔代遗传），所以在婴儿时期，我和她也常有龃龉。

"大妈"的第三任丈夫阿瑟·基尔帕特里克，就是我们的"老爹"，常常早上五点种就去当地一家炼油厂做工了。他是一名爱尔兰橙带党员，对民主党人和天主教信徒（他称之为"舔猫人"）极为反感，但其实他天性善良，待人也很友善。每晚收工前，他都会把斯坦利的油箱加满油，以便父亲能开车到博尔博亚弹钢琴。

"老爹"婚前一直都很节俭，我想正是他那笔不小的存款吸引了"大妈"吧。他不仅挺过了"大萧条"时期，还一点一点积攒了不少钱，还清了房贷，还存了笔可观的养老储备金。他们在莱克伍德的家还是很不错的，灰泥白墙，看起来就像一个糖霜覆盖的蛋糕。"大妈"总爱拿确有把握的事情打赌：这所大房子附带三间复式出租房，真是个安家的好地方。她喜欢的就是安逸舒适的生活。

她当然需要安逸。六岁那年，她的妈妈在生她妹妹赫米时难产死了。她的爸爸乔治·格里藤登在加拿大铁路公司工作，常年在外。在为妻子的坟墓添上最后一抔土后，便把两个女儿送到附近的修道院。从此，两个孩子就由修女们抚养了。"大妈"在那儿待了八年，赫米则待得更久。

在修道院里，她们常常食不果腹。要是一不小心尿床了，还会被关进橱柜里三天。修女们对这对小姐妹很是严格，要求她们举手投足都要像"淑女"一样，还向她们整日灌输天堂如何美好，地狱如何残酷。修道院长对她们说："你们每天都要拒绝撒旦的引诱。"不过在"大妈"看来，自己是没资格进入天堂的，还不如赶紧抽身逃离这个地狱似的修道院。

尽管常常吃不饱饭，还要受到这些"神圣守护者"的辱骂呵斥，但十四岁时，"大妈"就已经出落得亭亭玉立了，有五英尺二寸高。她那光洁雪白的嫩肤，如青花瓷般的蓝眼睛，黝黑发亮的秀发，都是那样的美丽动人。而在修女的掌控下长大的她，脑子也很灵。当她发现美貌可以派上大用场时，便觉得是时候好好利用下自己的姿色了。而她唯一能脱离这监禁她的修道院的方法，就是结婚。

我也不知道，她是怎样人在修道院还能吸引到外面的求爱者的。但我了解她的精明能干，无论干什么事都别出心裁，还总是一副兴高采烈的样子。在修道院的八年，她不得不压抑自己狂放的天性。或许正是那些"虔诚的守护者"鼓励她发展恋情的吧，她们可是急不可待想让她赶快离开呢！所以在决定离开修道院还不到一年，她便找到了如意郎君沃伦·赖斯。他们结婚时，赖斯先生已经三十多岁了。不过，仅仅六个月后，他们的婚姻就结束了。

于是年仅十五岁的"大妈"离婚了。她长得美，也有头脑，有胆识，有魄力，可她没有多少文化，所以在 20 世纪初，她可选择的并不多。妓女？她可不干。最终她选择了当护士，凭着离婚时分得的一点财产，她参加了培训，进了一家医院当护士，从普通护士干到病室护士，最后当了手术室护士。

后来，在青春期快要结束的时候，她第一次真正地恋爱了，她爱上了一个叫罗伊·彼特斯的木匠。当时，他从梯子上摔下来，伤势很重，被送进医院。罗伊的祖父或是再往上一辈，从瑞典移民到美国，把姓氏从"彼特森"改成了"彼特斯"。他的祖辈中有些人和华盛顿州的美洲土著人结婚了（"大妈"说正是因为如此，母亲和我才生就漂亮的高颧骨）。

当时，金发的罗伊又高又瘦，相当英俊，但是病情垂危，医院里的大夫们都束手无策。虽然"大妈"自愿照顾他，对他呵护备至，可他的病情就是没有好转的迹象。那会儿她已经有多年丰富的手术室护士经验，直觉也相当敏锐，她知道罗伊这一摔已经对他体内的一些器官造成了严重损伤，肾都已经有些脓肿了，而受感染的肾很可能会要了他的命。于是她找到主任医师，谈了谈自己的想法和对手术的建议。不曾想主任医师对她的建议毫无兴趣，毕竟当时"大妈"还不到二十岁，在他眼里只是个有些不自量力的小护士。她只能一个接一个找别的大夫，可是均无功而返。

一想到这么英俊的青年再不获救就可能死去，她萌生了一个计划。她偷偷从医院拿走了橡胶手套、手术刀、乙醚、碘酒、纱布、棉布、手术缝线等等，藏在她海军蓝的护士袍下，独自一人用轮椅把罗伊运出了医院，来到她寄住的公寓。

她在屋子里支了张床，还把屋里每块地方都用煮沸消毒的单子盖上。即使是在五十年后，"大妈"向我描述当晚的情景时，眼神依然明亮清澈，脸上更是浮现出少女般的娇羞。

我仿佛能看见她把自己的病人轻轻扶到床上，自己带上橡胶手套，把乙醚洒到纱布上，还温柔地笑着。她低声对罗伊呢喃道："会好起来的。你躺在床上睡一会儿就好了。"她把湿纱布放在他脸上，努力不让自己的手发抖。

一旦有人发现"大妈"的所作所为，她不仅会丢掉工作，还得进监狱。万一罗伊死了，她还会因谋杀罪受审。不过更糟糕的是，万一她失败了，她就永远失去罗伊了。她后来对我说："我当时不停地告诉自己，我一定不能失去他！"

服下安眠药的罗伊渐渐睡着了。她用两个枕头撑着他的腰，还生怕刚才给罗伊服的安定过量了，在确认他依然保持呼吸后，她开始往他背上涂碘酒，当时她额头上的汗珠也流到了他的后背上。她拿起手术刀开始行动了，发现他的肾左部的确有脓肿。终于，她好不容易刮掉了他坏死的部位，清理了伤口，又用针缝了起来。每隔几分钟，他都会动一下或是呻吟几声，她就不得不停下手中的工作，再往纱布上倒点乙醚（乙醚有镇痛作用）。

完成这一切后，她洗了洗手，开始祷告。修道院的修女们曾教她在心怀感激时进行祷告。她可不信上帝和教会，对天堂、地狱也持怀疑态度，但她很相信祷告。而现在正是她渴求祷告得到回应的时候。床上的罗伊还冒着汗，不过呼吸很均匀，"大妈"就在床边祈祷，希望罗伊能好起来。当然，她贸然所做的一切永远只能是个秘密。

将近破晓了，她必须要把病人送回医院的床上。她说："我给他注射了很多吗啡，自己喝了三杯咖啡，准备开始新一天的工作。"

很显然，医生们会发现罗伊身上的刀疤，但他们故意视而不见，也没对"大妈"说什么。大概他们也在庆幸，罗伊的病情慢慢好转，他们也能松口气了。万一他死了，他们中也少不了有人要担责任。现在好了，罗伊渐渐恢复健康了。

后来，还在病榻上的罗伊和"大妈"结婚了。整整一年之后，他们有了一个孩子——我的母亲维奥莱特。

我想，如果有人曾经救过我们的命，那我们看待他的方式一定会与他人不同。母亲曾说，在罗伊眼里，"大妈"就是他的拯救者，就是他的弗洛伦斯·南丁格尔。母亲觉得罗伊对"大妈"充满了感激之情。或许一开始，他以为这是一种爱。然而，随着时光的流逝，他真的爱上了"大妈"。

女儿出世后，"大妈"对家庭生活和护士工作渐渐失去了兴趣，便决定把女儿留给罗伊，自己出去找份工作。她觉得既然自己要找份工作供养家庭，那自然赚钱越多越好。在修道院总是饥肠辘辘的"大妈"特别爱做饭、吃东西。1915 年电饭锅问世了，她便找到电力公司，说服他们雇佣她穿梭在全美各地，展示新型电饭锅的使用方法。

当时，一个体面的中产阶级男性一周能赚二十五美元，女性则不过十二块半美元，但工作了六周的"大妈"，除去日常开销还给家里赚了二百五十美元。她买了一个大衣柜，里面满是大帽子、珠宝、香水，平时也就是旅行、住店、吃饭，还有每六周回家一次花点钱。在周游全美的过程中，她总是兴致勃勃，俨然已经变身为光彩照人的明星。

如今已九十多岁的"大妈"始终坚称罗伊是她唯一爱过的人。我想这也是她的真心话。然而大病之后的罗伊发现自己再也没有往日的精神头了，而"大妈"和女儿却是这样充满活力，于是他变了，变得有些内向，有些尖酸刻薄，甚至嫉妒起别的男人。最终，这场婚姻只能以离婚收场，不过"大妈"也终于可以我行我素了。

在后来的很多年里，"大妈"常常会做出一些令人颇为吃惊的事情。她给好莱坞明星琼·克劳馥、朱安·艾里森、迪克·鲍威尔当厨师。每换一次工作，她就又进入一个好莱坞式富丽堂皇的家。不到六周，她就能包揽全部家务（其他雇工都被辞掉了）。她比那些好莱坞明星更擅长料理他们的生活。

她常常会给那些交往甚密的好莱坞名人们一些建议。嫁给弗兰克·辛纳特什的艾娃·加德纳当时就住在"大妈"受雇的家庭旁边。每天早上给草坪浇水时，艾娃会问"大妈"很多事情，像是如何处理丈夫的不忠啦等等，有时还会让"大妈"预测预测她的未来。

"大妈"天生就有异常的洞察力。她常常在吃早饭时说些奇怪的话，像是"昨晚劳拉找到我，告诉我她正在生死边缘徘徊"等等。而恰恰就在那天或是第二天，就有电报或电话说"造访"过"大妈"的那个人过世了。"大妈"对一些秘史颇感兴趣，读了不少。她几乎和每一个认识的"大人物"都出双入对过——有真正的大牌，有自封的，当然也有彻头彻尾的冒牌货——好莱坞从来不缺各种"大人物。"

当时维奥莱特觉得自己根本养不了孩子，父亲对养育女儿这件事也没什么兴趣，自然就把我托付给能干又爱管事的"大妈"了。从此，我就生活在"大妈"的王国里，面对她并不十分慈爱的"独裁专制"。

"大妈"曾吹嘘我六个月大的时候,她就开始训练我使用厕所了。虽然如此训练对于那么小的孩子来说几乎并不可能,但我幼年时莱克伍德的邻居们却证实"大妈"当时的确这样训练我。十分明确的一点是:她从来不通过温柔诱哄的方式来达到教育目的。训练一岁的孩子像淑女一样吃饭?我想起来都觉得后怕。她要确保我在一岁生日宴席上表现得规规矩矩,决不能吸手指头,而且我刚能开口说话的时候,就要学会说"请"和"谢谢"。

　　母亲曾一再表示,她认为"大妈"教育我的方式有些不妥,但她也束手无策,因为"大妈"实在是家里最有"权力"的人物。至于斯坦利,他自己还需要被人照顾呢。他总是很依赖她。当时他们经济上并不宽裕,父亲又常常没有自信,全赖母亲支持他、鼓励他。即便母亲能带孩子,但她实在是无法同时兼顾父亲和我。她没法当面质疑"大妈"带孩子的方式,只能躲在她和斯坦利落脚的车库里,独自一人掉眼泪。

　　"有时我能听见你尖叫的声音,"母亲曾坦承,"我会说,'妈妈,蕾丝莉在哭啊!'可她根本无动于衷。"

　　"别管我,维奥莱特,"她会说,"我们可不能溺爱孩子,是吧?"

　　"可她好像很饿的样子啊!"

　　"胡说,我四个小时前才喂过她。等我准备好了再喂她,她得学会等待!"

　　听母亲说,有时她问"大妈":"昨晚宝宝是不是哭了?"

　　"大妈"就会说:"别管那么多事,交给我就行了!"

　　记忆中,"大妈"倒是没痛殴过我,不过她时常会小小教训一下我,还会苦口婆心地对我说,"这可都是为了你好啊,蕾丝莉。"要是哪天我没有严格执行她的指令,便会遭此待遇。她带孩子的方式的确在某些方面对我有负面影响——比如有时我做了一件事,但过了很多年后才真正明白我当时到底做了什么;我甚至还觉得自虐是对待身体的正确方式。后

25

来我发现，凡是像"大妈"带我一样被带大的人身上都会出现这种情况，我们不知不觉都开始自残，对自己过于苛刻，可是我们根本不知道自己在干什么，也就不觉得这有什么问题。这样的人，有的会患上厌食症或贪食症，有的则会茶饭不思、寝食难安。我曾经在脚上、胳膊上划伤口，咬手指头，还把自己逼得快疯了。虽然在外人看来，这些行为颇为怪异，但这的确是我们自孩提时代就在潜移默化中接受的唯一方式啊！

早些时候，我发现要想得到"大妈"的细心呵护，生病是个法子。她是个有经验的护士，总是会极为认真地照顾我：她会喂我洒了很多白糖的牛奶吐司，哄我在铺着兔绒的床上入睡，还会满足我的所有要求。她如此悉心照顾才三四岁的孩子，也许是担心生病的我会死吧。

我天生容易情绪激动。后来渐渐长大了，许多人都觉得我像一匹训练过度的赛马。而无论是过去还是现在，我都有许多赛马般的体型特征：细腰、细踝、宽肩、身材比较强健。而我也像赛马一样，对周围事物很敏感，狗啊，花儿啊，昆虫啊，丝带啊——看到什么都会很感兴趣。有时大半夜了，我会突然哭醒过来，"大妈"就会陪我坐在钢琴边，我乱按着琴键，和她说说笑笑一个小时。

幼年时，我就能异乎寻常地集中注意力，最讨厌有人妨碍我。玛丽姑姑（其实并不是亲戚，她是"大妈"在莱克伍德街区的房子的租客）就说，我是她见过的孩子里，最能独自一人干事情的。有时候，要是有人打扰我了，就像"大妈"曾经不让我吸手指、扯裙子那样，那后果就很严重了。据父亲说，我会毫不理睬打扰我的人，还一副很疯狂的样子。"你那副样子啊，特疯狂，大喊大叫的，还会咬人呢！"

而"大妈"会用打屁股的方式来处理"蕾丝莉的狂怒"。"你会爬到床下，猛击拳头，还用头往地上猛撞，""大妈"说，"但不一会儿，你就又出来了，高高兴兴地去干自己的事了。"

我不满一岁时，父母还住在"大妈"的车库间里，母亲曾发现了一件让她大为震惊的事："我打开门，发现她正用自己的乳房喂你吃奶！"

"大妈"当时也很尴尬。她试图用愤怒加以掩盖，生气地指责维奥莱特打扰她了。母亲说："我想这绝对不是她第一次这样喂你奶了。我只觉得很害怕。我讨厌她利用你来满足自己的需求。后来斯坦利从博尔博亚回来了，我把这一切都告诉了他，可他满脑子都是自己的那堆麻烦事，大概根本没听我的话。第二天下午我又跟'老爹'说，可他叼着烟、抚摸着猫儿拉奇，听着听着，一会儿竟然睡着了。多年以来，我都担心'大妈'在你两三岁时对你所做的一切会对你造成伤害。但每当我试图告诉她我的担忧时，她总是让我别傻了，说蕾丝莉什么都不会记得的。"

第三章　成长之痛

1940 年的一天，父亲走进厄尔·卡罗尔剧院，提出辞职。经理对他说："你疯了吧！你以为你能组建自己的乐队？实话告诉你吧，斯坦利，你根本不是这块料！我会先找个代理钢琴师干一年，等你混不下去了可以再回来找我！"

可是父亲挺直了腰板，深吸了一口气，非常坚定地对他说："不管有多难，我都会成功的。"1941 年 11 月 25 日，也就是在此仅仅一年之后，父亲不仅创办了自己的乐队，还在厄尔·卡罗尔剧院对面的帕拉迪姆舞厅演出，这可是当时首屈一指的舞厅！

帕拉迪姆的顾客都是很有品位，很有身份的人。格兰·米勒、阿蒂·肖、哈利·詹姆斯都爱在这儿表演。这儿的领班勒斯·布朗就曾说："这里每天晚上都像新年音乐会一样。"现在，基本还没什么名气的斯坦利也加入了这耀眼的星光之列。每晚乐队演奏的时候，他的音乐还会通过广播传遍全美。这样的好运让父母都有点难以置信了。得益于父亲和他的新乐队第一年夏天在荣迪伍德得到的赞誉，来到帕拉迪姆欣赏他们演出的人数也创下了舞厅之最。一切都好得不能再好了！的确，也没有变得更好……

1941年12月6日，父亲一回家就爬上床迷迷糊糊地睡了。突然母亲叫着"斯坦利，斯坦利"，要把他摇醒（他总是睡得很沉）。"天啊，日本轰炸珍珠港了！"

他马上挺身坐了起来，简直不敢相信自己的耳朵。在接下来的十八个小时里，他们俩也和其他所有美国人一样，寸步不离地守着收音机。晚上他赶到帕拉迪姆的时候，洛杉矶已经全城停电，舞厅里也挂上了停电时应急用的临时幕布。整整一周，乐队都是在没有灯光的情况下演出的。可出乎意料的是，来观看演出的人很多。父亲和他的乐队对这种新的表演形式也极为钟爱，他们的乐观精神感染了诸多观众。

两天后，国会宣布对第三帝国宣战。人们都是一副惶恐不安的样子，需要寻找一个情感的宣泄口，肯顿乐队的音乐给了人们心灵的慰藉。从清晨到电台停播，人们都守在收音机旁。每天晚上，在等候战场信息的同时，人们也聆听肯顿乐队的乐曲。父亲的音乐一下子红遍了全国，完全可以进行一场全国巡演了。这时，乐队需要一个管理巡演的经纪人，不过这完全不成问题。很快，一个理想的经纪人卡罗斯·盖斯特尔找到了他们。

卡罗斯·盖斯特尔极具"推手"天分，捧红过派姬·李、纳京高[①]、梅尔·托梅和朱恩·克里斯蒂等。现在他要往上再加一个：斯坦利·肯顿。用盖斯特尔自己的话说，他能捧红任何人。

父亲和他第一次在好莱坞的一家汽车餐厅见面时，盖斯特尔就说："是时候去东部发展了。"

"东部？"

"是的，你得去好发展的地方啊，而且我们一路就能表演好多夜场！我

---

①美国爵士乐音乐家。

们会大赚一笔的！"

"大赚一笔？"母亲问。

"是的，就像新泽西弗兰克戴利的罗斯伍德舞厅，芝加哥的盘瑟舞厅那种地方。"

父母面面相觑，不知道这家伙是不是在开玩笑。他们还没下定决心，不过还是决定让他试一试。于是就在那儿，盖斯特尔在餐巾纸上写了合同，三个人都签了字。

"看，"盖特斯尔说着把餐巾纸放在了衬衣口袋里，"'斯坦利·肯顿乐队'，这名字不太好，改成'斯坦·肯顿'乐队吧，好记！在帕拉迪姆的大幕布上也更容易显示出来。"

于是"斯坦利·肯顿"变成了"斯坦·肯顿"。但斯坦·肯顿从来都只用于公共宣传，朋友、家人以及关系最亲密的乐师，都还是叫他斯坦利。有时家里来电话说要找"斯坦"，我就会问他是谁，要是他说是"一个好朋友"，我就知道他一定是在说谎。

签订合同后，卡罗斯马上开着凯迪拉克白色敞篷车，精心策划如何为他的新客户打造知名度。经过他的宣传，人们对于乐队的首次全国巡演充满了期待。终于1942年1月的一个寒冷的晚上，巡演拉开了序幕。

于是父亲、母亲，一些乐师和他们的妻子、孩子，以及一直裹在毛毯里的小猫都坐上了父亲租来的一辆简易车，他们就出发了。既然自己需要妻子的陪伴，斯坦利猜想其他人也是如此。孩子？为什么不带？宠物？也带着吧。

而我，没小猫那么小，也还算不上"孩子"，就被他们留在"大妈"那了。

巡演并不十分成功。虽然在去往东部的路上，他们的演出还颇受欢迎，但在纽约著名的罗斯伍德舞厅情况便大不同了。那些原本还期待着传统舞曲的观众们，对于斯坦利的创意新曲并不十分买账。于是原定的八周演出计划也在十个晚上的惨淡演出后就匆匆收场了。他们又前往别处了。

接下来的几个月也并不如人所愿,不过渐渐地,乐队开始能赚点钱了。父亲迫切地希望人们能重视他的音乐,自己的音乐不受重视的感觉让他颇为恼火。偶尔,这种懊恼却让他谱就了诸如《协奏曲之王》之类的优秀乐曲。《协奏曲之王》歌词优美、音乐浑厚有力,堪称神奇之作。对传统音乐的挑战一直鼓舞着父亲的生活和早期创作,而乐曲的名字本身正好见证了这种挑战。

凭借个性魅力,卡罗斯与新泽西州"雪松林"的弗兰克·戴利的草溪舞厅签订了六周的演出合约。从纽约乘一个小时的火车,就能到草溪舞厅,乐队成员住在附近的客房里。母亲当时留在曼哈顿的公寓,父亲每天都会乘火车往返于曼哈顿和舞厅之间。每周有那么三四次,母亲也会出门来到草溪舞厅,陪父亲一直待到工作结束。那段时间,奔波之苦充盈着母亲的生活:糟糕的食物、漫长的等待,还有孤独。而母亲不开心,父亲自然也不开心,他就问乐队成员艾德·加贝尔(加布)该怎么办。加布对他说:"这有五十美元,带维奥莱特进城去,好好陪陪她,赶在凌晨一点我们收工前回来就行了。"于是父亲就陪着母亲去看伯西爵士乐团和艾灵顿公爵大乐团的演出。他们还一起去斯托克俱乐部看表演;去百老汇看戏、看电影;在林迪饭店、土兹绍尔饭店吃晚餐。虽然这种消遣舒缓了他们的情绪,但来回奔波的辛苦抵消了这些快乐。父亲一心扑在工作上,母亲只能鼓励他、照顾他,每晚等着他回家。

大概也就是那个时候,"大妈"开始策划我们的东行之旅了。后来终于凑够了钱。她很爱旅行,还总带着大包小包。每次东行去看我父母,她都会给我穿上一件带白色花边的蓝色海军裙。后来我长大了,裙子也变大了。她还总会带着一个大行李箱,三个帽盒,她的鳄鱼皮化妆盒和一张很时髦不过有点发霉的狐皮。我们会坐上"老爹"那辆小小的道奇车，车上的敞篷座正好可以用来放帽盒。我们驱车来到洛杉矶的联合车站，在两个搬运工的帮助下，登上了联合车站最豪华的列车，途经芝加哥，前往纽约。

每次和"大妈"出行，我俩不论白天黑夜都在吃。我长牙比较晚（由于长牙很晚，长辈们一度担心我会不长牙），刚长出来的时候，"大妈"就领着我去餐车吃好吃的。我们旅行以及平时在饭店吃饭的时候，"大妈"都会给自己点份黏黏的甜点，给我点一份指形小饼。服务员把小饼送来时，她就把小饼放在我面前，切下一小块给我，把剩下的都放在她的碟子里，开始大快朵颐。由于她那"永远也填不饱的肚子"，在我八岁以前，她从来都不允许我独自吃下一份奶油蛋羹。

当时家里自拍的录像机记录下了我们第一次来到中央车站的情景："大妈"用左臂抱着才十个月大的我（她坚持要把孩子抱在左边会让他们更听话，因为他们可以听到你的心跳），右手边则是她的鳄鱼皮箱、口袋书等等，后面还跟着一个给我们推东西的高个黑人。

母亲就在那儿迎接我们。当她伸手要把我抱过来的时候，眼里浸满了泪花，而我突然面对这样一个"陌生人"，有些不知所措，嘴唇发抖，开始嗷嗷大叫。她只能马上又把我递给"大妈"，付钱给搬运工，便领我们去打车了。

对于我来说，每次和"大妈"去看父母，都好像是离开一个熟悉的地方，来到一个新地方，在这里，我之前所熟知的行为准则都不再受用。维奥莱特、斯坦利和"大妈"太不同了，他们又高又漂亮，好像除了睡觉，其余时候都在微笑，他们之间也似乎有说不完的话，还爱给我讲故事，特别是"大妈"消失一两个小时去购物、做饭或是逛城时，他们不会像"大妈"那样，把我嘴里吮吸的手指拉出来，甚至根本不在意我的手脏不脏。

后来母亲告诉我，在我还不到七岁的时候，她很害怕和我独处。她对我说:"你一哭,我就束手无策了。"有次我们一家三口去旅行,她和斯坦利甚至还在想,眼前这个短腿小生物到底是什么。她还说:"你就没安静过三十秒,我永远都不知道你接下来要干什么。"

我很喜爱中央公园,那里的大喷泉池里总是漂浮着许多小船。我还拿过一只呢,自己在那儿笑啊笑的。可突然,一个面目可怕的男人,带着两个比我大的孩子,把船从我手中夺走了。公园里不仅人多,狗啊马啊也到处都是。我每次一到那儿,就四处跑着玩。要是斯坦利和维奥莱特也在,他们就会一直跟着我。但只要我看见他们在后边,就拼命往前跑。我并不擅长跑步,因此总是脱离不了他们的视线,不过我能跑多远算多远。

对于"大妈"来说,纽约是电影天堂。她不仅培养起了我对各色美食的兴趣,还让我爱上了电影。她是个动作片迷,我们在长滩市的时候,我刚满两周,她就带着我一周两次、三次甚至四次地去看电影。有些清晨,当父母还在睡梦中,"大妈"就带着我上街去找好电影看了。我们还偷偷拿到过戏剧同票^①。我相信当时看的电影对我的思维有很大影响,而这种影响甚至延及一生。当你看了一周的黑色电影才弄清到底是谁谋杀了谁,一定会影响你对现实的看法。正是由于受了电影的影响,直到三十五岁那年,我才发现电影之外还有真实的生活;而进入不惑之年,我才真正明白,生活远不如电影那样异彩纷呈。

当我还是个襁褓中的婴儿时,为了带我看电影,"大妈"总是带着一套行头:一瓶消毒牛奶,两条湿毛巾(一条擦嘴,一条擦屁股),还有塞在布罗克斯威尔谢大厦的购物袋里的尿布(当然她也会给自己带一份午饭)。在我还不会说话的时候,我就看了《马尔他之鹰》《小狐狸》《深闺疑云》《小飞象》等短片,当然我都只是坐在那里,有时还迷迷糊糊地

---

①电影院两个节目同时演出时,只需买一张门票。

睡过去了。我第一部印象深刻的电影是《小鹿斑比》，应该是第二或第三次东行时看的。

我讨厌那只大脚丫的兔子，但我很喜欢斑比和斑比的妈妈——噢，妈妈！当坏坏的猎人开枪对准斑比的妈妈时，我不想她就这么死了。斑比的妈妈和维奥莱特一样漂亮。虽然"大妈"说维奥莱特只是我"名义上的妈妈"，但不管这是什么意思吧，我只觉得她的声音特别动听悦耳，就像"名义上的妈妈"这几个字一样，很好听。

电影结束了，"大妈"带我离开了影院，我一遍又一遍地说："我讨厌火，我讨厌火，我讨厌火嘛！"回到公寓了，我又重复着："火，火，噢，不要！"

维奥莱特和斯坦利正坐在那里喝咖啡，维奥莱特问："蕾丝莉在说什么啊？"

"没什么，""大妈"说，"够了吧，蕾丝莉，别闹了！"

于是我马上不作声了，我知道"大妈"一这么说，我就得闭紧嘴了。唉，我已经被她训练出来了。

"大妈"的舌头发出啧啧的声音，意思是谁也别招惹她，我对此再清楚不过了，再不听话接下来就是一巴掌。于是我默不作声了，母亲则默默地对我微笑，或许这微笑里蕴含的正是母爱吧。

"大妈"当时一定是看到了我俩的神情，正准备去厨房的她猛地转过身来，说："维奥莱特，你就别想着自己能带孩子，你根本干不了这活儿！"

父亲只是沉默不语。

我出生时，有人曾给了母亲一本《一年又一年：宝宝自己的故事》的记录册。几个月前，我翻了翻这本册子，试图再感受家里过去的日子。一打开，册子里夹着的一双淡粉色袜子就掉到了地面上。

册子里，母亲用钢笔写下"蕾丝莉·布鲁克·肯顿，生于 1941 年 6

月 24 日下午 2：25"。她还记录了我重六磅八盎司①，金发碧眼、小耳朵、大手大脚、长指头。"出生时左脸颊有印记，不过当天就消失了"，"孩子很好，无潮红"等等。她还用铅笔记下"才两天大脾气就不好啦"。

册子刚开始的一部分都是"大妈"手写的。她认真记录下了她认为重要的事情、时间等，像是"四个月大就能抓东西了，八个月大第一次叫'妈'"，她的记录里，"坦儿"就代表着"斯坦利"。

从这本册子里破旧的纸张中，我发现自己四个月大就自己坐在那儿，也不乱爬；八个月大就能自己走路；十个半月大就能稳稳地走路，还说成句的话；一岁大的时候我已经可以爬楼梯了。

册子开头部分最后一点写到"我领着十个月大的蕾丝莉去纽约，1942年乘机回家"。这是我们的第一次出行，其他几次并没有记录在这本册子里。家里还录下了我在纽约过一岁生日的场景：那天，母亲打扮得特别时髦，就像 *Vogue* 杂志的模特，而又高又瘦的斯坦利则显得很疲惫，有些心不在焉，不过时不时地也会突然笑笑。镜头里，一颗圣诞树熠熠发光。

"大妈"给我烤了一块巧克力蛋糕。当她把插着黄色蜡烛的蛋糕放在我面前时，我眼睛都亮了，我高兴地笑着拍着手。当我伸手想去拿蛋糕时，她打回了我的手。

---

①一磅约等于四百五十克，一盎司约等于三十克。

第四章　回归

三周后，我和"大妈"结束了首次东行之旅，离开纽约，回到莱克伍德。这次母亲也和我们一起回来了，她觉得自己很累，七年多了，她和斯坦利一直为梦想打拼，但是结果却并不如意，她真的有一种幻灭的感觉。后来的很多年里，她都常常向我讲述当时的感受。

这是他们婚后她第一次撇下父亲一人。当时乐队正在底特律演出。1942年9月20日，她踏上了前往洛杉矶的火车，从这以后，父母间的分离也多了起来。多年以来，这种分离都让他们痛苦不已。

母亲深爱着父亲，而父亲也很需要她，但她毕竟是一个女人，需要一个家。这种感情一直折磨着她。她说："我不停地问自己，除了支持斯坦利的事业，我的人生还有别的目标吗？"她确实不知道。长期以来，她都只专注于斯坦利的事业，牺牲自己，只为使他的光亮更加耀眼。她说："我开始在想自己是否真的存在。"而后来，她与我在一起，当然也少不了"大妈"，她就越发觉得自己永远也算不上一个合格的母亲。"但是，"她说，"我真的竭尽全力在努力了。"

母亲离开后，父亲只剩下乐队和音乐了。那种渴求自己的音乐得到认可的梦想一直鼓舞着他。然而渐渐地，一些很优秀的乐师离开了，有的应征入伍了，有的吸毒了，有的则是因为妻子的不满，但他确信，无论是在剧院、夜总会还是舞厅，乐队在商业运作上都越来越成功了。他发现，人们虽然还没有完全接受，但认同他音乐的人越来越多了。但这还不够，他说："我想——我需要——维奥莱特在我身边。"许多个晚上，他和一个个女人寻欢作乐，可这压根不起作用。"我需要我的妻子啊！"他痛苦地说。

1934年4月2日，母亲正和我、"大妈"一起待在莱克伍德。斯坦利则正在密苏里州圣路易斯的"小镇曲调"舞厅演出。这时他和母亲已经分开七个月了，一有机会他就给维奥莱特打电话。那会儿打国内长途可不是件容易的事儿，各地时间不同，花费也不小，但给妻子打电话却是非常必要的。他常对朋友们说："她一回加利福尼亚，我的生活似乎就失去了一半的意义。"

当时，打电话是他们唯一能联系的方式。只要不是堪萨斯州下雪了，或是哪个新的长途电话操作员拉错线了，他们每次都会说上二十分钟，而父亲当时也仅能负担起十五到二十分钟的电话费。他最向往那种沉浸在维奥莱特的浓浓爱意之中的感觉了，也亟须她的鼓励。每次一打电话，他就会给她讲上一大堆担忧和抱怨：工作的事儿，乐队里哪个成员让他失望，卡罗斯·盖特斯尔订的演出合同不好……而母亲每次都会静静地聆听他冗长而枯燥的陈述。

"那些日子，我常常就守在电话旁等着他的电话，"母亲对我说，"我想知道他一切都好。我想告诉他，'大妈'对你的那种苛求，那种占有欲让我很担心。"在母亲看来，"大妈"的确想要占有我。有时她看到"大妈"领着我做一些和她无关的事情，就会很失落。她特别想向斯坦利倾诉自己的心情。"我想告诉他，你在沙池（供儿童玩乐的地方）参加的聚会，你长得更漂亮了。我还想告诉他，我想买一座大房子给我们三个住，就再也不用住在'大妈'的车库里了。"

可是每当她试图向斯坦利讲她的日常生活或是谈起我时，他却并不在意。"我一说这些事情，就觉得他只是心不在焉地听听，一有机会又开始说自己的烦恼。"她解释说，"他的乐师们不断有人应征入伍了，他担心自己也会被征兵。他还担心下一站巡演的路程问题。"

母亲开始觉得，不论她在电话里说什么都吸引不了父亲。她想说很多，但总是如鲠在喉，心里十分困惑，一度泪流满面。

终于有一天，她给他下了最后通牒："我要离开这里，斯坦利。我不能忍受这样两地分居的生活。你总是逼得我要么和你一路漂泊，要么和蕾丝莉挤在爸妈的车库里。可我们的女儿根本不认识我！你知道吗，她已经长成一个小女孩了，可她是'大妈'他们的，不属于我们啊！我讨厌这样！"

"我知道了维奥莱特，"他安慰她说，"我们总会有办法的。"

"你保证？"

"我保证。"

后来父亲回忆起这次谈话时对我说："那是我第一次认真听维奥莱特的话。我能感受到她言语中的绝望。我害怕会失去她。"接下来的三个月他更是觉得痛苦不堪。自1935年他们结婚后，他第一次有了真正的恐惧感：万一失去了这个女人他该怎么办？他苦心经营的一切还有什么意义？为什么就在一切刚刚有点起色的时候，要发生这种事情呢？

后来，斯坦利又到伊利诺伊州的香槟市工作。那年春天，他一个人的时候总是觉得很害怕，强迫症、神游症也越来越严重。他终于清楚地意识到他有多么需要维奥莱特。"她不仅给我一种安全感，"他说，"我觉得一旦失去了她，一切的一切都没有任何意义了。"他觉得是时候结束痛苦的电话联系了，他该回家了。

他下定了决心。当他乘坐的火车驶进洛杉矶的联合车站时，正是晚上8：30，夜空清新明朗，空气怡人，一轮新月高悬，似乎昭示着新的开始。维奥莱特就在那里等着他。

斯坦利卸下行李，找人给送到他和维奥莱特订在好莱坞的高地宾馆。卡罗斯和距宾馆不远的帕拉迪姆舞厅签了六周的演出合同。不过演出也是过一段时间的事儿了。今晚？尽情享受吧！管他什么以后呢！

"菲利普饭店？"斯坦利问。

维奥莱特笑着同意了。

他整了整衣领，拉着她的手冲出了联合车站，跑过北阿拉美达的两个街区，来到菲利普饭店。菲利普饭店每周七天从早六点到晚十点都营业，自1908年开始这里就出售世上最美味的法式蘸酱三明治。他们冲进门，只见形形色色的人在这里熙熙攘攘。

总有一些事物是始终如一的，菲利普饭店就是其一。柜台上有大大的玻璃罐子，有的盛着紫色的腌鸡蛋，有的里面满满的都是猪蹄。罐子后面的盘子上整整齐齐地摆放着南加州最好吃的烤苹果，很是诱人。

斯坦利和维奥莱特都很喜欢这家饭店，喜欢这里的一切。饭店虽然很旧了，但很舒适，是他们的"特别场所"之一（自打我记事起，就经常被带到这里，菲利普饭店自然也成了我的"特别场所"）。他们曾在相遇两周后第一次来到这里，庆祝"相识纪念日"。

当斯坦利跨过门槛时，他的眼里满是泪花。"想吃什么，亲爱的？"他问。

"我也不知道，你点就好了。"

他来到柜台前点单。在菲利普饭店永远不用排队，只有一群人杂乱地等着点东西。维奥莱特找个地方坐了下来，静静地凝视着他，看看他有没有什么改变。她发现他虽然有些疲惫，但还是那个身材瘦长的大男孩，还是很好看。其实父亲一辈子都是这副样子。

当时她穿着白色鲨皮呢的套装，美丽动人。灯光透过菲利普饭店并不十分干净的前窗，照在她齐肩的金发上。她看起来就像是1940年的黑色电影里被关在木屋的影星一样，等待着山姆·史贝德来拯救她。

终于，她的"山姆·史贝德"来了，还带着好多食物，他们根本吃不了这么多，可这有什么关系，为了庆祝嘛！她的指甲修剪得整整齐齐，拈起一块法式蘸酱三明治，往上面蘸了很多肉沫酱，一滴酱都没洒出来。她就是那种走过牲口棚也不会弄脏蓝白观赛鞋的女人。

和已经在大口吃第二个腌鸡蛋的斯坦利不同，维奥莱特并不怎么饿。她早就训练自己不要多吃东西，她有五英尺七寸高，但才一百二十磅。陪着斯坦利巡演的那段日子，她每天没什么事儿干，体重一度达到一百三十二磅。后来在克利夫兰市时，有一天他们在店里等早餐时，她往店里"一美分称重器"上一称，发现自己一百三十二磅了，不禁大为恐慌。那天早晨她连早饭都没吃，接下来的一周也没怎么吃东西。

那天晚上，斯坦利的头发梳得整整齐齐的，胡子也刮得很干净，这些都是他在火车上特别难闻的盥洗室里完成的。但此时此刻，在她面前，他却有些拘谨："我觉得她就是白雪公主，而我还得再洗洗脸，打扮打扮，才配坐在她旁边。"

"猴子啊，"他握住她的手说，"我们以后再也不分开了。""猴子"是他给她起的外号"猴子脸"的简称，不过从来都只在私底下使用，这可是我们仨的秘密。

"斯坦利，我想要一个家。"

"家？"

"嗯，一个真正的家，再也不用住在别人的车库里，一个可以让蕾丝莉健康成长，而我们仨再也不会分离的地方。"

"一个真正的家。"

"是的。我想要一个真正的家。"

"在哪儿呢？"

"我也不知道，哪儿都行啊！要不就在这儿吧，好莱坞怎么样？"

"好的。"

吃完饭后，他们把维奥莱特没吃完的半个三明治，还有一些烤苹果打包带走了。他们知道最后一定还是斯坦利吃掉这些东西，他总是这样。他叫了辆车，两人牵着手乘车来到了高地宾馆。虽然这会儿已经很晚了，不过离他们睡觉还早着呢。

父母俩都很高，母亲的身材比例很好，父亲的却不尽然，他的胳膊很长——更像是长颈鹿的四肢而不是人的。他每到一家宾馆，第一件事就是检查卫生间的马桶好不好用。这天晚上，他就发现高地宾馆的马桶很不好用，他坐在上面腿都伸不开。乐队的艾德·加贝尔当晚就住在附近的一家宾馆。加布还没在房间里待一两个小时，电话就响了。

"加布吗？"

"是的。"

"我们不能住在这儿，我用不了这儿的厕所啊！"

"什么？"

"我的腿太长了。"父亲解释说。

"好吧。那你要我怎么办呢？"

"我们得买一套房子。"

"什么？一套房子？"

"是的。"

"你不是说现在吧？"

"明天一早就去买。"

就这样，十个小时后，艾德·加贝尔、卡罗斯·盖特斯尔、维奥莱特和斯坦利以及一个房产经纪人一起去好莱坞山庄看房子。他们看了三处房子，最后觉得还是看的第一个房子最好。于是他们又回到好莱坞大道

2720 号再看看那所房子。

　　房子坐落在山顶上，虽然不大，但结构很好，还装有黄色的百叶窗。如果算上洗手间和暖气炉所在的地下室（在斯坦利看来，这正是他研究音乐稿的好地方），一共有三层。屋外左边是一个玫瑰花园，还有一个围着尖桩篱栅的小后院。从前门廊处望去，你可以看到碧奇伍德山谷的另一边，那个横亘在山间的"好莱坞"标志。

　　而站在屋后，你就可以看到格里菲思公园的天文台——这是从整个洛杉矶盆地到海边八十到一百米全景的一部分。晴朗的日子里，还能看到距陆地二十三英里①以外的卡特琳娜岛。院子里的鳄梨树、橘子树、柠檬树也结满了果实，柠檬都有葡萄柚那么大了，一派喜人的景象装点着山色。

　　房子当时是闲置的，所以他们当天就签合同了。当父母带着行李站在门前时，也在感叹买这套房子实在是太棒了。不过，他们还没有家具，没有车子呢，把一切都安置好了才能住下来。一个邻居开车送他们到山下，这样斯坦利就能打电话叫出租送他们回"大妈"的车库了。至少在那儿，卫生间的马桶他用着方便。

　　还有什么呢，就是钱了。卡罗斯·盖特斯尔帮了他们一把，他从帕拉迪姆舞厅的预付款里抽出一部分现钱给他们。

　　他们还需要一辆车，可不仅是简单的一辆旧车。当时美国正处战时，从民防工人到军事基地都迫切地需要娱乐设施，但轮胎和汽油的定额配给遏制了汽车旅游，火车旅游也好不到哪儿去。斯坦利和卡罗斯需要设法解决交通问题，千万不能在事业刚有起色的时候，让交通不便给耽误了。于是父亲从卡罗斯那里借来三百美元，买了一辆 1934 年产的别克陆尊，车子不是很新，不过车身很大，可载八人，上面还有折叠式座椅、行李架、脚踏板、白壁轮胎，甚至还有放备用零件的轮胎胎壁。车子还拖着一个

――――――――――

①一英里约等于一点六公里。

42

两轮的拖车，方便父亲放鼓啊包啊什么的。母亲一看它这样，就叫它"灵车"，还真有点像呢。不过还好，车子既能当家庭用车，也能作为乐队转移工作地点的交通工具。

在帮助斯坦利和维奥莱特购置好房子、车子后，加布还以为他可以在帕拉迪姆舞厅开演前再尽情地享受享受生活。但事实并非如此，他又接到了一个电话。

"加布？"斯坦利说，"我也不想打扰你，不过你现在能到城里的'贝克兄弟'吗？他们正在搞大促销呢，维奥莱特希望我们马上就能住进新房子，我们需要买一些家具啊。"

"贝克兄弟"——当时洛杉矶最大的家具店，九层楼全是各色家具。母亲列出了长长的购物单：圆锅、平底锅、日用织品、毛巾、桌子、沙发、椅子、床等等一大堆东西。他们三人在门口碰面。一点钟的时候，斯坦利已经用记号标出了购物单上的绝大部分物品。在确认"贝克兄弟"有很好的"不满意就退货"服务时，斯坦利还让营业员把账单写清。

但他们那天买的东西一样都没有退。不到一周，他们就住进了新房子。接下来的几个月里，加布和他们住在一起，后来乐队成员也和他们住在一起过。每当回忆起那段在豪里莱奇的日子，加布总是会笑着说："维奥莱特真是个好厨师！"语气里充满了怀念。

但直到将近一年之后，"大妈"才同意让我永久和父母在一起，住进豪里莱奇的家里。

我三岁生日的时候，"大妈"那种苛刻的教育方式的危害终于显现出来了。每周有五天，我都会从噩梦中惊醒。我越来越觉得烦躁不安，而且竭力想要摆脱身体上的不舒服。我咬指头，强迫性地来回摇摆，紧紧地抓住某个玩具——甚至对我毫无恶意的人，我也会拳脚相加。虽然因为咬指头我已经被责骂了无数次，可我还忍不住咬指头。每天早上，"大妈"都会往我手指上涂苦药，手一碰脸，苦药就会进到眼里，那种灼伤的感觉特别难受。可即使是这样，我还是会咬指头。所以过了一段时间，"大妈"也不再往我手上涂苦药了。

虽然在人前，我总是表现出是个很乖很听话的好女孩，但其实，我不信任任何人，总是竭力掩盖自己内心的真实想法。我的内心世界只属于我一个人。有时，那方神秘领地真的是异彩纷呈，就像书里漂亮的彩色插画一样，还闪烁着光芒。可有时，那里空空荡荡的，很是凄凉，甚至还有点恐怖。

有时斯坦利和维奥莱特会来"大妈"这儿看我，我们仨总是欢歌笑语，特别开心。可他们走后，"大妈"就会说我是个坏女孩。是的，我的确是个"坏女孩"，这也是她三天两头打我的原因。我内心的屋子里住着一群怪兽，当我想要真的乖一点的时候，它们就会嘲笑我，说我永远也不可能是一个好女孩，因为我和它们都是一样的；有时它们让我把橘汁洒在裙子上，却还嘲笑我；而当"大妈"要我亲吻她的朋友时，也是它们让我说"不"。

我讨厌亲吻那些闻起来不舒服的人。外祖父的气味就很好闻，感觉就像花圃里的泥土般温暖芳香。"我名义上的妈妈"则总是一股美美的气味——有时像青翠的树叶，有时又像闪烁在夜空的繁星。至于斯坦利嘛，我觉得他总有一股毛发丛生的味道，就像"大妈"的梳子一样，所以我不喜欢亲他。每次"大妈"一生气，她就会狠狠地梳我的头发，我讨厌她这样！当她扯着我的头发的时候，我一点都不想亲她！

不过每次"大妈"一生气，我就很害怕，但我根本不知道她是为什么生气。我的怪兽告诉我，永远都不能让别人看出你的恐惧。它们说："如果有人看出你害怕了，他们就会伤害你。"我知道它们是聪明的怪兽，也就竭力按它们说的去做。但其实，我也很害怕它们。

一天，"大妈"告诉我："明天你就去豪里莱奇和斯坦利、维奥莱特住在一起了。"她说话的时候很生气，但她到底为什么生气呢?

我说："对不起。"希望她能原谅我过去所有不乖的行为。

她说："我也很抱歉，可我们也没有办法啊！"我没再说什么。有时候，什么都不说比说什么都更合适。

第二天一早，"大妈"把我的衣服装进行李箱里，这意味着我们又要出行了。每次外出她都很高兴，但这次她却哭了。"你爱我，是吧？"她说，"你不爱我吗？"

"别傻了！"我说道，还拍拍她的腿，就像平时我犯傻时她拍我的腿那样。

她终于笑了起来，把我抱到桌子上，给我整整裙子，往我头发上系上一个红色的蝴蝶结，还给我穿上浅蓝色的针织衫，把我打扮得像洋娃娃似的，可我并不喜欢洋娃娃。

我们上了外祖父的车，"大妈"让我坐在折叠椅上。我很喜欢这种风吹的感觉，真想就这么一路不停地前行，旅行一直进行着。风把发丝吹到脸上，痒痒的，弄得我直想笑。可"大妈"一见我站起来了，就猛地把我推倒。"可不敢这样啊，蕾丝莉！听见没？以后再也不能这样了！"我便再也不敢站在车上了。

我们行驶了很长时间，风吹得我都发困了。我们驶进一段长长的公路，两边都是又细又长的树木，看起来一个个好像都戴着下垂的帽子。接着又是一段蜿蜒向上的公路。见"大妈"他俩在说话，顾不上我，我就又站了起来，抓住比两边墙还高的树上的叶子。我往下一拉，叶子纷纷落在我手上了。趁他们还没发现，我赶忙坐了下来。那叶子有股胡椒味，还蛮冲鼻的，弄得我直想打喷嚏，我就把它们又扔到车外了。

终于我们来到了山顶，停在一座白色的房子前。我看见房子周边还长着有红色小球的灌木丛。

见我指着那些红色小球，"大妈"说："那是石榴。"

"石榴啊！"我说着便跑过去要摘。

"别摘！别摘！还没熟呢！"她说。

白色的大门打开了，维奥莱特走下台阶，把我抱在怀里，接着斯坦利走了下来，从外祖父车里拿出行李。"大妈"又哭了，她这就要走了。

"别，别走啊！"我大声嚷着说。

"我名义上的妈妈"把我带到屋里，"蕾丝莉，这是你的家，"她说，"以后你要和维奥莱特、斯坦利住在一起了。"她要我叫她"维奥莱特"，叫父亲"斯坦利"，说这样能让我"自由地"成长，可我并不知道"自由"是什么意思，听起来蛮难的，就像当个"好女孩"一样。

我的新房间有三扇窗户，黑色的窗纱，白色的窗帘。维奥莱特说窗纱能不让屋里进飞虫，的确，我从来没在房子里见过任何飞虫。除了屋后面的窗户，我平时把别的窗子都关着。后面窗户的外边，有一棵长满白花的大树，维奥莱特说那是夜茉莉。有时，她吻过我，道过晚安，趁她下楼后，我便偷偷下床打开窗户，去感受那股馨香。

我的怪兽也跟着我来到了新房子。它们就待在角落里，等着维奥莱特一离开就开始给我灌输坏的思想。它们让我开着门，还在我睡觉时开着大厅里的灯。它们哄我说"大妈"会来看我的，我听了特别高兴。

新房子真是和莱克伍德很不一样啊。

维奥莱特给我买衣服，那些衣服我穿着总是觉得痒痒的。有时她还会买母女衫，这样我们看起来就一样了，当然了，我的衣服比她的小多了。我长大后想当个女牛仔，想骑着马。她说这个主意不错，就给我买了女牛仔衣，还有枪、皮套裤、靴子等配套的行头。我把这些都藏在了床底下，这样谁都不能把它们拿走给洗了。她还给我买书，我很喜欢这些书，也渐渐地学着读书。

"大妈"和"老爹"送我去和父母同住那年，我三岁半，来到豪里莱奇就像是来到了一番新天地，一时间"自由"太多，我都有些手足无措了。

和"大妈"在一起时，我很明白需要干什么，怎么做。但在这里，我并不知道维奥莱特和斯坦利对我有什么要求，我很迷惘。

听起来可能有点稀奇，我从四岁起就开始抽烟了，这也是父母一心想要给予我的自由之一。亨弗莱·鲍嘉在每部电影里都抽烟，维奥莱特和斯坦利也抽烟，20世纪40年代的每个人都抽烟，那么为什么蕾丝莉就不能抽烟呢？我讨厌烟的味道，但我知道他们想让我"自由"，于是就开始抽烟了。

他们还想让我有"创造力"。楼下有一个放电话的壁龛，有一天维奥莱特突然让我在内壁画幅画，这让我大为吃惊。不过为了让她高兴，我还是画了一棵树，那棵树可能是你见过的最丑的东西啦。我的"艺术品"在那儿"展览"了一年，每次我从旁边过，自己看到都觉得泄气又惭愧。终于有一天，那儿用白漆重新粉刷了，那棵树总算是不见了，我也终于长舒了口气。

在豪里莱奇，我一度严守纪律的有素训练碰上了维奥莱特和斯坦利对"自由"、"创造力"、"自我表达"的需求。如此大相径庭的要求使我更加焦虑不安。我怎样才能既按父母的要求去做，同时还是"大妈"所要求的那个"好女孩"呢？我发现要有"创造力"比要"乖"更难。我不得不把这两项要求都列为我再怎么努力也做不到的事情。我越来越害怕，开始频繁地生病，而且噩梦不断。

我竭力不让别人看出我的害怕。我惶恐不已的内心和我外在的勇敢之间有一道巨大的鸿沟。在我伪装的坚强下面，是一个害怕得瑟瑟发抖的孩子，但我的四周充斥着喧嚣、混乱，根本没有人注意到那个可怜的孩子。

第五章　好莱坞的淘气鬼

成长在豪里莱奇就像参加一场热闹的马戏表演。人们来来去去，都很忙碌。

一个名叫查理·巴内特的乐队指挥来到我家，一副很疲惫的样子。他在家里待了两周，喝光了父亲所有的威士忌，还给酒商打电话让再送来些。他吞了很多药，两周之内却没洗过一次澡。总之，在我的印象里，他就是个窝囊废。

我问斯坦利："他为什么在我们家啊？"

"他正经历一次紧张的崩溃。"

"经历什么？"

"就像人的生命散架了一样。"

"这样子啊。"我想我了解了"紧张的崩溃"的含义，因为当时我周围的人们，生命都好像散架了一样。"好吧，只是他为什么来咱们家里啊？"

父亲奇怪地看了我一分钟，说："我也不知道。"

我想他是真不知道。在豪里莱奇发生这种事情根本不需要什么理由。两天后，查理不见了，永远地不见了。

我五六岁的时候就觉得，周围的一切都很荒谬，而我就像漫游仙境的爱丽丝，不知道为什么女王的手下总是要把白玫瑰染红。似乎每个人做的每件事都有道理，但又没有人能解释个中缘由。我成长的过程中，很多时间都是和大人们待在一起，但我能明白他们到底在说什么的次数却少之又少，很多时候，我甚至都不知道他们是谁。

有时"大妈"也会来豪里莱奇看我，和她的某个好朋友带着我一起出去玩。这个朋友，可能是一个古怪的精神导师，一个在巴士上遇到的男人，或是哪个电影明星。有一次，她说我们要和一个牛仔电影明星一起去格林兄弟＆巴纳姆贝里马戏团看"世上最棒的表演"。要是那个明星是胡特·吉布森（我很爱他那副慵懒的样子）或是罗伊·罗杰斯（他有一匹干净的帕洛米洛马）就好了，可当时谁听说过罗纳德·里根呢？

我可喜欢马戏团的老虎了，我讨厌那个拿着鞭子的人把它们关到圆笼里折磨它们。飞行表演总是让我又紧张又兴奋。那些走钢丝的人也都好棒啊！"大妈"不让我看畸形秀^①，说这不适合才六岁的儿童。

就在我准备放弃女牛仔的梦想，而要当荡秋千演员时，我发现我想小便了。"大妈"正在享受她的第二个棉花糖，自然没空管我，就让她的演员朋友罗尼担负起一个艰巨的任务：带我去"小女士洗手间"。

可马戏团的洗手间有些脏，我实在不想用。极具耐心的罗尼叔叔便拉着我的手，在露天广场上到处找干净点的盥洗室。那会儿我觉得这个男人算不上真正的牛仔，因为他都没穿靴子，也没戴帽子。

我又看了三个洗手间，都是脏兮兮的。"我不能去啊，"我假装一脸

①19世纪40年代至20世纪40年代，曾在美国流行，其表演物和表演方式都很骇人。

虔诚地说道，"'大妈'说了，我只能用干净的厕所。不干净的厕所里有好多危险的病菌，而且这些马桶也太高了，我爬不上去啊！你知道巴法姆①的儿童卫生间在哪儿吗？"罗尼摇摇头。"我最喜欢那儿了，"我说，"每次'大妈'领我去巴法姆买东西，我都去那个卫生间。你能问问那个穿红外套的人，那个卫生间在哪儿吗？"

可最终，我们也没找到那个卫生间，我只能在一个大帐篷后面，对着一堆垃圾小便，而站在旁边的罗纳德·里根也显得颇为尴尬。

虽然家里人的社交生活很丰富多彩，但我总觉得很乏味，特别是在我们离开家的时候。父亲在做广播采访时，我就只能默不作声地待在那狭小的玻璃间内，等待他们结束采访。我还必须得在冻死人的车库里一直等，等有人来修刹车，我们才能去往下一个工作地。有时大人们在饭店里喝鸡尾酒，我必须等上几个小时（感觉像是等了几天），等他们喝够了，我们才能开始吃饭。而每顿餐后，斯坦利都有个很奇怪的习惯动作，每次一吃过饭，哪怕是在俱乐部或是某个豪华大饭店里，他都会把餐巾纸往我水杯里蘸蘸，再往我脸上擦了又擦。后来我慢慢长大了，他还总是会这样做。

不过成长在演艺圈里的家庭里也是有好处的，比如说有时候可以和真正的大牌结伴而行。当父母去俱乐部没人照顾我时，他们就会带着我一起。每当我有机会去见举止优雅如王子的纳京高时，我都会高兴得不得了。他是我的好朋友，高高的个子，谦逊而彬彬有礼，为人也很友善，极具绅士风范。

我还记得去希罗夜总会看纳京高的表演。20世纪40到50年代，希罗夜总会是好莱坞绚烂夜生活的最佳去处。当时的森塞特商业街还不是后来那个表演低级舞、提供文身等服务的混杂之地。希罗的食品和娱乐

---

① 位于加利福尼亚州长滩市的连锁百货公司。

服务都堪称一流，还有自己的一套探照灯。这里总是聚集了许多工作没着落又想当影星的帅气男演员，他们在这里竭力巴结一些圈内名流。

一走进希罗，就能遇见娱乐圈的俊男靓女，他们出双入对，坐着自己最喜欢的座位，夜夜笙歌：法兰克·辛纳屈、玛丽莲·梦露、吉米·斯图尔特、加里·格兰奇、玛琳·黛德丽、亨弗莱·鲍嘉、劳伦·考白尔、艾娃·加德纳、乔治·伯恩斯、杰克·本尼、朱迪·加兰、琼·克劳馥……太多太多明星了。一些香烟女孩和女性摄影师常常在他们中间走来走去，希望能找到一个稍微和善点的制作人，只要陪他睡觉，就让自己参演电影。

一天晚上，维奥莱特、斯坦利、两个跟班还有我一早就来看开场表演。母亲穿了一件垂至地面的金色紧身织线裙，还配了一件及踝的修身式银色貂皮披肩，她把披肩搭在一边的肩膀上。我很喜欢貂皮的味道，当我把脸往上面蹭时，觉得它柔软得就像小兔子的绒毛一样。

纳京高一进门，就来到我们桌旁，亲了亲维奥莱特的脸颊。那晚我还去后台和他说话，他告诉我两件事：就是那些深蓝色皮肤的人也会被晒伤，还有往巧克力盒子底部捅小洞，挑出那些樱桃夹心的，再把其他的还用包装纸包上，别人就不会发现啦。

但我依然很期待能有一个真正属于我的朋友。

终于，由于父亲和乐队经常奔波在外，我渴望已久的东西总算快要出现了。斯坦利不在家的一天早上，母亲突然宣布："我想我们需要一只狗保护我们。"我不明白一只狗怎么能保护我们，但对于家里有只小动物（任何小动物都行），还是满心期待的。我很喜欢动物，温顺的、狂野的，我都喜欢。

母亲有个朋友是好莱坞一个工作室的大腕的妻子，她有一只貂猫，别人送给她时还以为是只小猫。我听说后就央求着维奥莱特带我去看看这只貂猫。

我们开车驶过很长的一段蜿蜒之路，又经过一座大铁门，终于来到这位女士家的前门。门铃响了五分钟后才有女佣来开门，这个穿着带白褶边的黑色围裙的女佣带我们走过一段围有金色栏杆的楼梯，楼梯上铺着厚厚的白色地毯，走在上面感觉就像在一大桶奶油里前进一样。

母亲的朋友就在她又大又漂亮的卧室里等着我们，我记得她穿着有厚垫肩的丝绸家居服，拖鞋的鞋跟很高。我觉得都能把她绊倒，不过她竟然没摔倒。

20世纪40年代末，加利福尼亚州还没有出台野生动物必须待在笼子里的法律，所以她的貂猫大部分时间都待在她的大圆床上。这个棕黄色的小生物实在太可爱了，颈部是白色的，身上还长着巧克力色的斑点。

"它多大了？"母亲问，"是公的吧？"

"嗯，是的，"那位女士说，"它叫雷克斯，三岁了，三英尺长。"她向后翻了翻自己那胡萝卜色的头发，我第一次发现有人留那么长的指甲。

母亲跟着那位走路有些晃悠的女士来到品酒间，品酒间的那一头还有粉色的镜子呢。那位女士用玻璃棒在水晶壶里调制出鸡尾酒，两人坐在高脚凳上聊了起来，好像已经忘了我的存在。

太棒了！我往床上爬，假装没注意雷克斯。我发现天花板的很大一部分都是镜子，我就伏在床边，向上看，这样我就能看到镜子里的雷克斯了。它没怎么动，只是睁开了一只眼。我又盯着看了好一会儿，还是不敢碰它。于是我假装面无表情，缓缓伸出一只胳膊，就像我见过的猫儿那样。我又摸了摸它的鼻口，湿湿凉凉的。它打了个哈欠，舔了舔我的手。

它的舌头很厚，也不光滑，就像父亲抽屉里的厚砂纸一样。我敲了敲它的头，见它没什么反应，就又摸了摸它的身子。它突然咕噜咕噜地叫了起来，就像汽车的马达发动一样，耳朵也伸平了，直直的，看起来就像是要起飞的飞机一样，可爱的样子让我忍俊不禁。

那个有着胡萝卜色头发的女人听到雷克斯的咕噜声，转过身来尖叫着说："亲爱的，别碰它，它是个很危险的家伙！"于是，我和雷克斯的亲密接触只能到此为止了。

回家的路上我问母亲："我们能不能不要狗，也养一只像雷克斯那样的猫啊？"

"不行蕾丝莉，我们需要的是一只狗。"

那天晚上睡觉前，我决定：如果我能有自己的狗，一定得是柯利牧羊犬。

"柯利牧羊犬？可以啊，"母亲说，"你是说像《灵犬莱西》里那样的狗？"

"是的，但要小公狗，不要小母狗。公的大点儿，能更好地保护咱们。"我的语气很坚定。

三天后，我们开着维奥莱特那辆1947年的凯迪拉克敞篷车，行驶在圣莫妮卡山上曲折僻静的路段上。乐队的事业有点起色后，斯坦利也赚了些钱，就买了这辆车作为"惊喜礼物"送给她。那是一天早晨，他开过来一辆闪亮的蓝色敞篷车，停在屋外，发动机罩上还有一个大大的蝴蝶结，和一张写着"献给我亲爱的维奥莱特。爱你的斯坦利"的卡片。母亲看了一眼后觉得她并不喜欢蓝黑色，对他说应该选辆黑色的。于是一个小时过后，一个胡子稀疏的小个子男人开着一辆黑色的凯迪拉克过来了。母亲特别喜欢这辆车，一直保留了十五年。

我们寻找狗狗那天，她把车停在山间一个破旧的农舍前，我们又在尘土飞扬的路上走了好久，终于来到一个大仓库。仓库后面的稻草堆里，有一只毛茸茸的柯利牧羊犬，还在哺乳一群小狗呢。有的小狗拼命地在吃奶，那样子就像我和"大妈"在喝麦芽酒和冰激凌口味的汽水时一个样；有的小狗则挨着母犬酣睡起来。最大的那只小狗独自待在棚里，像是在草堆里扒什么东西似的，看起来也比其他小狗更警觉些。"是那只狗吗？"我问那个穿着工作服，灰色头发脏兮兮的人。

"是的。"

"长这么大啊。"

"是啊。"

"我能爬过去，拍拍它吗？"

"可以的，小姑娘。"

我爬到狗窝里，这只小狗用鼻子嗅我，舔我的手。我抱起这个毛茸茸的小家伙，它还轻轻地咬我的手，不过并不疼。我又把它抱在脸前，像它嗅我那样，我也开始嗅它，我的鼻尖都能感受到它身体的温暖。

"我们要这只好吗？"我问。

回家的路上，这个小家伙还在车上吐了我一身。接着它又蜷缩在我的大腿上，用鼻子顶我的肚子，不一会儿就睡着了。我给它起名"泰菲"，因为这就是我长大后想要变成的样子①。直到四五年后，我才知道把它的名字拼错了，但"泰菲"这个名字却一直保留了下来。

从泰菲和我们生活在一起的第一天起，它就成了我生活的中心。只要它在身边，我就觉得很安心。从小到大，我的身边有形形色色的人——酗酒的、吸毒的——每个人都有各种各样的故事，痛苦的经历，来来往往于豪里莱奇，维奥莱特和斯坦利也是如此。但泰菲一直在，一直都在我身边。

我从泰菲身上懂得了什么是爱，是它让我明白，爱是不需要任何理由的，是包容一切。爱，并不因为是"乖"，或"自由"，或"有创造力"，或"聪明"。我还懂得了，当你爱一个人时，你会因他而高兴，和他在一起的每分每秒都值得庆贺。

---

①泰菲是动画片《猫和老鼠》中的一个角色。

很多个晚上，父母都不在我身边，都是泰菲陪着我度过的，而且维奥莱特早早地就允许它住在我的房间里，有了它的陪伴，我的噩梦少多了。

它的确成了我的专属狗狗，只要有泰菲跟着，我去哪儿都行，大人不再限制我。我们一起在格里菲斯公园里散步，那里像野生动植物园似的，有仙人掌、蜂鸟、鹰、土狼、蛇、美洲豹等等。一到春天，这里还长满了羽扇豆、加利福尼亚罂粟、野生胡萝卜……那里的植物、草药、尘土和碎石块的气味伴随了我一生，还有胡椒树、野生鼠尾草、迷迭香等。直到今天，我一闻到这些味道，就会想起泰菲。

泰菲长得很快，它刚来我们家时就有一对大爪子，后来爪子倒是没再长大，不过别的部位都长大不少。母亲总说它"长成托普西①了"。几个月后，斯坦利回来了，它对他很陌生。后来斯坦利再回家时，它已经长得很大了，可以直接跳到他胸前，抓住他的肩膀，看着他的头。

虽然泰菲在我的生命中非常重要，家里的好多照片、录像记录了我和它在一起的点点滴滴，但很长一段时间里，我对泰菲都没有什么印象。我对它的唯一记忆就是：这个并不十分温和的大牧羊犬，身上的金色、棕色、白色毛发都很不错。我时常会怀疑我的记忆不准确，因为当你还是一个孩子的时候，似乎一切看起来都很大。

父亲过世后，他的很多文件、照片和音乐都存档在加利福尼亚州太平洋大学的图书馆。在为这本书搜集资料时，我在众多千篇一律的宣传照里，突然发现一张以前从未见过的泰菲的照片。

照这张相片时，我们刚从国外回来。一个摄影师来到豪里莱奇拍摄了一系列新的宣传照——斯坦利看邮件，在后院接电话，躺在长椅上等等。当天他们每换一个地方，斯坦利就会换好几套衣服。在那张有泰菲的照片里，他看起来好像刚换了夹克衫，不过没换裤子，大概是因为这张只

---

①纽约科尼岛月神公园弗帕夫马戏团的表演象。

拍腰部以上吧。泰菲还是平时那副很有激情的样子，还跳到了斯坦利身上，再看看斯坦利，生怕泰菲把他的衣服给弄脏了。

几个月前，我偶然发现这张照片时不禁笑了起来，但接着又哭了。我最好的朋友泰菲，它就在那儿啊！大吗？照片里的泰菲已经很大了，它把爪子搭在父亲的肩上，这样就很容易舔着他的脸了。

能再看见泰菲真是一种恩赐的礼物。在某种程度上，它带领我回到生命之本真，不再错位，还增添了我回忆往昔时的信心，因为泰菲比我记忆中的更美好、更有活力。在我伏案写作的几周时间里，我经常会拿起桌上的照片看了又看。

从相遇的那一刻，我和"泰菲"就成了好朋友，那是不需要任何言语、任何理由，对彼此毫无保留的友谊。男人和女人，孩子和家长，女孩和狗——这些截然不同的两者之间是很难产生这种感情的。但一旦产生了，就会改变你的一生。的确，泰菲就改变了我的一生。

第六章　出发

　　美国人的情绪很复杂：怀旧的、兴奋的、爱国的、浪漫化的……好莱坞的电影就是围绕这些情绪拍摄的。这就是"在路上"，摒弃了日常生活的需要，你就在去某地的"路上"。盲目地跟随那股勇往直前的渴望，你在不知不觉中已经对这种渴望上瘾了。行李箱里塞满了毛绒玩具，维奥莱特的白色鲨皮呢套服和无数双鞋子，还有一摞斯坦利未完成的音乐手稿，我秘密储备的口香糖，几瓶我们偷运到实行禁酒令的几个州的杜松子酒。

　　你的黑眼圈从来不曾离开。早餐时，你吃着加白糖的卜卜米爆米花，夜很深了，还待在卡车司机咖啡厅里。有时你们会争吵，可谁也记不得是为什么争吵，这就是可以不负任何责任的终极生活。星期二了吗？噢，一定是到达拉斯市了。

　　然而这样的生活，却使人萌生出一种异样的安全感，和那种待在监狱里的感觉有些相似。所有的决定都是为你而做的，你一手拿着日程表，一手拿着地图。可不久你发现，你努力争取的每份工作其实都是一个样。

清晨，你离开一家舞厅，跳上车，行驶四百英里又来到另外一家，而从此再也没想过它。

我十岁之前的很大一部分生活都是这样度过的。当然，有时斯坦利也会在家里待一段时间。要是什么时候维奥莱特觉得烦了，也会让父亲自己上路，我俩留在家里。我们"在路上"的时候，她会整夜整夜地把自己关在卫生间里，坐在马桶座上看书，这样就不会在我睡觉的时候影响我。当时我还太小，他们没法每晚都把我带到工作的地方。不过我五岁以后，情况就不一样了。每天晚上我都是在俱乐部或舞厅、剧院、音乐厅这种地方度过的，四周总是烟雾缭绕，还有一个个喝得酩酊大醉的人，不过和这些人都是一面之缘，以后再也没见过。

三岁半的时候，母亲给了我一只"骆驼"——凯莫，黄色毛皮，有两个驼峰，我正好可以一个驼峰在前，一个在后地把它揽在怀里。我到哪儿凯莫都跟着我。我们一路走时，我抱着它，总是让它面朝前方，这样它就能看清我们前进的方向了。要是我抱错方向了，它还会耍小脾气呢。

凯莫就是我的卫士，一直保护我。它还告诉我许多事，例如怎样在一个新地方找到卫生间啦等等。我生病时，它会待在枕头旁陪着我。我荡秋千或去博物馆的时候，它也会陪着我。我们要出国时，我也会给它办护照，贴照片的地方我用铅笔画出它的样子。因为它不会写自己的名字，还是我给它签的名字。检查的时候，我还企盼着工作人员千万不要觉察出来才好啊！

有时母亲会和父亲同时离开豪里莱奇，有时她也会和我多待一两个月，再乘火车去堪萨斯市或是芝加哥、辛辛那提市或是塔斯卡卢萨市，再和父亲在那里汇合。

像父亲这样的乐师们总是到处奔波。每次一收工，他们要么倒头就睡，要么玩牌或是幻想着和妻子缠绵的情景。而这时，维奥莱特、斯坦利和我就会爬到他的别克陆尊敞篷车里——父亲特别喜欢别克车，就像他喜欢约翰·韦恩①的作品一样——然后出发，开始探探去第二天晚上的演出地点的路。

运气好的时候，我们到达以后还能在开工前再睡几个小时，不过大多时候情况并不妙。我们就得找宾馆、吃饭、陪斯坦利去做电台采访，或是去各个商店推销唱片。记得有一次，连着六个月，我都没有看见过曙光，当然除了熬通宵的时候。不过父亲总是一副活力十足的样子，我也竭力使自己和他一样，为是肯顿家族的一员而骄傲。毕竟，我知道，作为肯顿家的女儿应该如此。

这辆别克车承载了斯坦利的骄傲和喜悦。车上那红色的摩洛哥皮座套是我的专属，从我坐上车的那天起，我在座位上放什么都可以，大量的书籍、漫画册、胶水、蜡笔、剪刀和各种杂物。没有人理会车的后部都放着些什么东西，特别是当前边的人全神贯注开车的时候。所以这里就是我的小天地。我收集了好多剪贴画，有唐老鸭、小鸡查理、熊猫安迪②等等，用类似墙纸胶的难闻的东西把它们都贴在了我前面座位的后部。要是什么时候不喜欢贴的画了，我就会把它一撕，再换上新的，慢慢地我对那股难闻的胶味也习以为常了。

在这些图案下方，我在车上还放了一堆堆垒得像微型摩天大楼一样的书和漫画册，有的一堆都有两英尺高了。我从来都舍不得扔任何一本。淘气的时候我就会把漫画书堆得比座位还要高很多。要是哪天我觉得我们会住在一个不错的宾馆，我就会用我那超高的书堆对付服装难看、可憎又谄媚的门卫。我们在宾馆边停好车，门卫就会过来打开前门帮母亲下车，可那五十本书册也会突然掉到外面的排水沟边上，他就得弯下腰一本一本地捡起来。那些自命不凡的大人们总是让我觉得自己毫无价值，

---

①好莱坞明星，杰出的西部片及战争片演员。
②均为卡通形象。

这也算是小小地报复下他们吧。

斯坦利的乐队在南方腹地①表演时，他们总是为白人表演一场，再为黑人表演一场。多么愚蠢啊！我讨厌他们这样。"人和人还有什么不同吗？"我说，"他们用的自助饮水器、使用的厕所、乘的车有什么不同吗？"父母试图向我解释，但这并不是很容易就能解释清的，我也感觉到了。

每当我们开车途经实行禁酒令的各州时，父亲就会觉得很不舒服，因为他既不能在饭店点酒，也不能去商店买酒，要知道酒对他来说可是多多益善。于是他决定不管去哪儿，我们都得在座位下面藏上两三瓶酒。每当我们经过州界线时，他就会把那些违禁酒放在我衣服下面，弄得我看起来像个骡子一样。要么就把我的旧玩具熊掏空，往里面放瓶酒。我讨厌他这么做，每次我都觉得颇为尴尬，还很害怕，我害怕我会被抓进监狱，他们俩还总是嘲笑我这么胆小。唉，他们经常取笑我呢！

有一次我们仨正在奥马哈的一家饭店吃饭。斯坦利突然看着母亲说："维奥莱特，我们没钱买单了。"

"天啊！那怎么办？"

"看来我们得在这儿刷盘子了。"

我当时觉得很屈辱，以为我们就要被抓进监狱了，眼泪一下子涌了上来。我问："那到底怎么办啊？"

他们俩都没作声。

"我还有点零钱，买单够吗？"

他们依旧沉默不语。

"十一美元，够吗？"我弱弱地问。

父亲叹了口气说："差得远呢。"

吓得我浑身发抖，可他们却笑了起来。直到多年以后，一想到他们

---

①美国的南方腹地，指美国最具有南方特点、最保守的一片地区。

当时的举动，我仍然恨恨不已。

后来在俄亥俄州亚克朗市，我患麻疹了（至少斯坦利说我是在那得的）。两周后，1948年9月的一天早晨，我在底特律的委屋瑞宾馆突然醒来，发现自己身上满是斑点，还抖个不停，痛苦得一直呻吟。父亲一看就束手无策了，所以他做了他平时一筹莫展时常做的事情：找别人问问是怎么回事。

斯坦利一生中的信息来源和各种指导意见，大多来自他身边的人——出租车司机，宾馆里给他送早餐的人，或是在火车站遇到的某个人等等。斯坦利几乎从来不读书，却觉得自己"学识渊博"。他是看谁在身边就问谁。有时这种习惯会让他发表一些关于政治和世界现状的很奇怪的见解。有时深夜里，他和刚认识的人才简单聊了两分钟，就会坚定地说："我觉得我们不必要担心俄国了，最应该担心的是中国。"或是"不久前在加拿大的蒙大拿州发现一座巨型火山，比其他火山要大上一千倍，一旦喷发，环太平洋的数百万人都将罹难。而且啊，连非洲都能感觉到它喷发的威力！"

那一天，斯坦利需要知道的是他孩子身上的红斑点到底是什么。他匆匆忙忙地套上一件不太干净的衬衣，在平角短裤外拽上一条宽松长裤，连头发都没梳（他平时出门少有不梳头的），就去找"权威"打听了。而这时，母亲让客房服务送来一桶冰后，赶忙用毛巾蘸了冷水往我身上擦。

那天早上他找到的"权威"是一名接待员。接待员听后对他说："应该是麻疹。是潜伏了两周后才显现出来的。"

"什么？"

"过了两周的潜伏期，疹子才显出来的。"

斯坦利回房后就说："蕾丝莉得的是麻疹，是两周前在俄亥俄州亚克朗市得的。还记得我们吃早饭的地方那个流鼻涕的小孩吗？就是那个脸上出疹子的！"母亲说她记不得了。而我当时特别虚弱，也没力气回答。"她就是在那儿得的麻疹，"他语气坚定地说，"麻疹都有两周潜伏期。"

不一会儿，医生就提着凹凸不平的裹着黑色皮革的医药包来了。虽然那会儿我很难受，可我还是笑了起来，除了头上没带银色的圆盘，他看起来就跟我看过的漫画书里的大夫一个样。他不停地在说"嗯"、"啊"，还让我张开嘴，把一根扁平的冰激凌棒伸到我嘴里，让我说"啊——"，接着又把温度计放在我嘴里，自己"啊"了几声后说："是麻疹，让她待在凉爽阴暗的屋子里，不要见光。要是不放心，就给我打电话。"

乐队本来计划只在底特律的"东木花园舞厅"表演一晚上，不过由于医生说我暂时无法出发，母亲便决定和我在底特律多待上几天，等我病好了再去乐队的下一站——加拿大找斯坦利，他也同意了，还留下别克车，准备和乐队其他成员一起乘巴士离开。

斯坦利还给了服务员五美元，让服务员在他和维奥莱特上街购物时照看我。他们一回来，就立即把一副深色墨镜架到我的鼻梁上，还告诉我不可以取下来，接着又给我一个用亮光纸包着的扁盒子，盒子上面还有一张卡片，上面画了一只满是红斑的豹子，就和我一样。我打开盒子一看，是"大富翁"①。

斯坦利离开后，我和母亲就一直在玩"大富翁"，直到她对这输输赢赢玩腻了。她一离开，就只剩我自己了。我打电话给客服，点了菜单上所有名字好听的东西，不过一点也没吃。接着我又给服务员领班打电话，他叫来一个服务员接电话，我好不容易说服这个服务员在下班后陪我玩"大富翁"。我们一直玩到了该睡觉的时候。

两天后，母亲和我乘着别克车离开了。这一次，戴着墨镜的我终于坐在了前面，我们要去加拿大和斯坦利会合了！

---

① 一款以策略为主的棋牌游戏。

我们常年为工作奔波在路上，有的路况特别不好，就像煤渣跑道，特别是南方腹地和中西部，那路真是不好走。有好走的路吧，都是收费的高速公路，而且错过一个路标，好几英里都下不了车。记得有一年秋天，我们行驶在新英格兰地区的高速公路上，路两边大树夹道，或红、或黄、或紫的树叶缓缓飘落。

有时在来往车辆较少的路段上行驶时，斯坦利就会建议清扫清扫车子。我们清扫车子，从来不是把垃圾装进袋子里，等到进城后再扔掉。每次都是斯坦利把车顶部打开，我们把不想要的东西统统扔掉。我不知道父母认为这些垃圾最终会何去何从，可我知道他们并不在意。污染？听都没听说过。那会儿谁去担心这个傻问题啊。就像是担心威斯康星州的鹿会消失①，印度会没有老虎一样②。大家都知道这些事是根本不会发生的。

维奥莱特和斯坦利之间，或是他们俩和我之间有时也会有龃龉，可我们时常并不知道为什么争吵。我想频繁的争吵只是为吵而吵吧，或许也可能是我们都太累了。

记得我七岁的时候，父亲找我借了五美元买了一条香烟。两周后，我们正行驶在南部崎岖的山间小路时，我让他还钱。"你欠我五美元。"我说。

"我可不欠你什么。"

"你欠我！快还给我！"

于是我们吵了起来，母亲见状插话说："斯坦利，如果你欠蕾丝莉的钱，还给她就是了。"

"她异想天开地乱要钱，我才不干呢！"

"别傻了，"母亲说，"你的确借过她的钱。那天我们停在那个破旧的加油站，有个老家伙喝苹果白兰地，你不是在那儿找她借了五美元吗？"

---

①白尾鹿是威斯康星州的标志之一。
②虎被尊为印度国兽，印度的虎类保护区超过 20 个。

"你们俩就一块编吧。"他说。我们又吵了几分钟,我越来越生气了,我真受不了这种不公平,从来都受不了,这种性格伴随我整整一生,让我颇受折磨。但斯坦利当时就是不还钱。于是当时正在气头上的我,拿起驾驶员一侧后窗玻璃上方的重重的木制挂衣钩,用尽全力往斯坦利头上一砸!他一下子呆住了,我们都惊呆了。接着维奥莱特狂笑起来,他也跟着开始大笑,不过他的笑声听起来像声声驴嘶一样。我们仨一直笑了十分钟,他终于道歉了,并还给我五美元。

20 世纪 50 年代的好莱坞开始拍摄"现实主义"题材的电影。我还记得其中的一些场景:有一个是父亲回家后把报纸往桌子上猛地一摔,母亲就会对孩子们说:"上帝保佑,不要打扰他,他今天并不顺心。"我家里从来没有出现过这样的情况,我们之间并没有什么暗暗的仇恨,三个人总能开诚布公地交流。后来直到将近三十岁时,我才了解到并不是很多人都能像我们这样真诚地对待他人。

有时在路上奔波得太久太辛苦时,母亲就会带我回豪里莱奇,留父亲一个人照顾自己。我五六岁的时候,洛克希德公司①的"星座"系列运输机飞过美国的天空,那飞机真漂亮,还能实现东西海岸间的直飞。它能容纳一百名乘客,这在当时来说前所未闻。这种飞机一问世,我们就再也不用先乘机到盐湖城、堪萨斯城,再乘坐康尼车那么麻烦了。这款新飞机时速可达三百八十英里,上面的乘客个个光鲜亮丽,就像 *Vogue* 杂志(维奥莱特最喜欢的杂志)里的人物一样。机上所有的餐点都是现做的,种类繁多,风味俱全。我最常点的就是牛排和田鸡腿,但他们从来都没给我上过田鸡腿。

从此,我们总是乘坐"星座"系列飞机来往于东西海岸。记得有一次,

---

①世界军用飞机市场的领军企业。

我们从洛杉矶到纽约的途中，四个引擎中的一个突然着火了。

我记得当时我就坐在左侧机翼旁边的位置。曾经有一个飞行员告诉我母亲，这是飞机上最安全的地方。我向窗外望了望，突然发现引擎处冒火了。我有点兴奋地大声叫道："快看，快看！我们着火了！"

机内广播传来机长的声音："女士们，先生们，我们的左舷引擎出了一点小故障。请不用担心。我们会在圣路易斯紧急迫降，请做好准备。"我能看出来没有一个乘客相信他的"不用担心"。

人们都开始发牢骚，整个机舱都是抱怨声，有个胖胖的乘客甚至尖叫起来。故作镇定的空姐让乘客系好安全带。机长的话音又响起了："再重复一遍，只是小故障，请不用担心。"

我很奇怪怎么每个人都这么害怕啊，对我而言，这就是一次刺激的冒险。最终，依靠飞机上的其他三个引擎，我们成功降落了。一大堆人赶紧拿着水龙带围着飞机喷水灭火。啊哈，比电影里还棒呢！

有一次我们回家的路上，母亲突然一脸严肃地宣布："你该上学了。"哼，我讨厌上学！我幼年时所接受的正规教育简直特得不能再特别了。不过最终在我四岁时，有一段时间斯坦利不在家，一个邻居告诉母亲："蕾丝莉该上幼儿园了，这附近就有个不错的。"母亲也就送我去了。

管理这所"不错的"学校的是一个长着蒜头鼻、满脸痤疮的男人，他总是鬼鬼祟祟的。每当家长来接或是送孩子的时候，他都是那副虚情假意的嘴脸，大人们一走，就会对我们特别严厉。他告诫我们必须遵守纪律，听他的话。而他不只是威胁学生，我还亲眼见他打过一个小女孩，只因为她没按他的要求做。他还说，如果我们说出被"惩罚"的经历，我们的父母就会死于严重的车祸。

我讨厌他的恐吓，不过我最讨厌的是他这个人。有天下午我回家后，告诉母亲我看到的可怕场景，他这个人有多么残暴，她听后就打电话给警察。从那以后，我再也没去过幼儿园，母亲说"权威机构"已经把幼儿园关闭了。我的第一段正规教育就这样告一段落了。

不过我从小就爱读书，常年奔波在路上也没别的事儿可干。无论是在舞厅、爵士俱乐部还是在饭店，我都喜欢一本接一本地看书。我爱书这点和母亲一样，她觉得，书籍是养育孩子过程中的必要一环。我不满一岁的时候，她就已经开始在我们东行的路上念书给我听了，后来我随"大妈"回到莱克伍德，她还竭力说服大妈也读书给我，可"大妈"并不赞成念书的点子，她就喜欢带我到厨房，让我看看她怎样给鸡拔毛，怎样把桃子装进罐子保存。但维奥莱特还是一如既往地寻找好书，买下来寄到家里。"大妈"可没那个耐心念给我，我只能自己费劲地看。到四岁的时候，我已经能大声朗读简单的书籍了，虽然有时候我并不明白其中的意思。

后来，我见到什么东西都读：火车和汽车的时刻表、路标、菜单、报纸、麦片盒上的标语等等。文字真是一种很神奇的东西。通过阅读那些神奇的书籍，特别是关于希腊神话中的诸神和他们复杂品行的书，我渐渐地在大人的喧嚣嘈杂中，躲进自己的奇幻世界。虽然我并不相信基督教的神，但我对希腊神话和罗马神话中的诸神却深信不疑，因为他们就像混迹在好莱坞的人一样。维奥莱特打扮得就像阿佛洛狄忒，自然美之上更显动人。斯坦利有点像普罗米修斯和火神赫菲斯托斯的合体，因为他不仅像普罗米修斯那样极具英雄气概，也经受了诸多磨难，又像赫菲斯托斯一样喜欢创造美的事物，最爱创造的自然是音乐。而且正如跛足的赫菲斯托斯，斯坦利在某些方面也有些残疾，这并不是说他身体上有残疾，而是他总是不能把事情协调好，都是按照自己感觉的方式行事。比起圣诞老人和可爱的小天使，这些神话对我的影响大多了。

六岁那年，母亲送给我一本海伍德的《乡村兔子和小金鞋》。书里有一只理想远大的兔子，它一直梦想成为一只复活节兔子。其他兔子都笑

66

它，可它交叉着双臂，对它们说："你们就等着瞧吧！"结果它证明了那些嘲笑它的兔子们的确错了。

像那只白尾灰兔一样，我也是有着远大理想的小女孩。不过我不像它那样，对自己那么有信心，所以也就不敢向别人说起我的梦想，但我的确特别希望有一天能成为一个聪明善良的好孩子。每次读海伍德的书，我就总是会想：那些觉得我不够好的人总有一天会发现自己错了！我没想到一个故事能这么吸引一个孩子。它对我的影响很大，我几乎就是参照它设计我的未来生活的。

故事里，白尾灰兔生了二十一个兔宝宝，对每一个都悉心照料。它都当妈妈了，别的兔子都以为它的复活节兔子梦想也该作罢了。我当时就决定，我也和白尾灰兔一样，早早地就生孩子。我要和四个不同的男人生下四个孩子，再独自把他们一一抚养大。而且，我也会像它一样，说出"嗯，宝宝的耳朵真漂亮"一类的话。

我们的相似点还不仅限于此。从孩提时期，我就对一件事深信不疑，虽然我没对别人讲过，但我知道我的生命中还有一些其他的神奇目标，我有那么一种能力：可以给予我的孩子、其他人以及一些动物。虽然我搞不懂这到底是怎样的一种能力，但我知道，这种能力还需要和其他人合作才能实现。

还是六岁那年，该来的终究是来了。母亲这次是真的要送我去学校了：好莱坞富兰克林大街碧奇伍德大道街角处的齐尔莫亚学校。可我一点也不想去学校，她送我那天，我固执地一直闹个不停，不过最终，她还是把我送到了芬妮小姐的班级。芬妮小姐是个步入中年的老处女，那天她不得不忍受我的咒骂——"我才不要待在这所该死的学校，"我尖叫着说，"我讨厌这里，我讨厌你！滚开！"

可还不到两天，我就开始特别听她的话了。我觉得，是她发现了我的狂放不羁，决定让我担负起尽可能多的责任，希望能把我桀骜不驯的那股能量引导到正轨上。她让我当"大厅班长",职责是在老师间传递信息,有时还得去校长室送信。通常只有四五年级的学生才有这样的权利啊。她还让我解答远远超出我水平的数学题,因为她知道我很固执,不成功绝不放弃。

那段日子我特别快乐。我爱上了上学,每天早上都央求母亲早点送我去学校,这样就能早点和芬妮小姐待在一起了。她是我见过的最善良、最聪明的人。

可我只在芬妮小姐的班上待了五个月。突然有一天,斯坦利从东部回来,要把母亲和我带走,他想让我们陪他一起出发。母亲早就觉得孤单了,单单我们俩睡在山间(虽然有泰菲的保护),她还是有些害怕的,她发现母爱远不是她所祈求的那样轻松。她叫来"大妈"照看我们的房子,就带着我又一次出发了。后来的好几年里,我都没有再进过任何一所学校。

斯坦利来了一周后准备带我们走。我必须得去齐尔莫亚学校和芬妮小姐道别。于是那天,我早早地就来到了学校,芬妮小姐也是,她手里还拿着用报纸包着,系着绳子的一包东西。她对我说:"蕾丝莉,这是给你的。"我剪开绳子,匆匆打开报纸,发现是四本书:休·洛夫廷的《杜立特医生》和三本续集。"这是我打小就看的书,"她说,"也是我最喜欢的书。我想送给你,你带着它们一起出发吧!"

这是我收到过的最珍贵的礼物了。后来不管是在美国的 48 个州①、加拿大、南美洲还是欧洲,我都会带着这几本书。直至今日,它们依然放在我书房里最显眼的位置,我的孩子们,甚至有些孙辈都读过了呢!我把芬妮小姐送的这几本书读了一遍又一遍,有时是坐在卡车司机咖啡厅里;有时是在夜总会的红色灯光之下,听着父亲的主题曲《协奏曲之王》;

---

① 美国现有 50 个州,其中阿拉斯加州、夏威夷州均是 1959 年才加入美利坚合众国的。

68

有时则是在舞台的踢踏舞表演时，挤在剧院的边房里。

我总是不确定自己的价值。在行李箱里睡得久了，我都不知道什么时候该起床，什么时候能吃下一顿饭。在这样的日子里，芬妮小姐送的这几本书就像我的护身符一样。每当我读到约翰·杜里特、拱卜拱卜猪，还有普希米普优①时，我总是会想起芬妮小姐曾告诉过我，我也从书中领悟到的：我有生活的权利。无论别人怎么说，我都要勾勒自己的梦想。

---

① Gub—Gub the pig and the Pushmi—pullyu，小说里的两头怪兽。

第七章　步入黑暗

从很小的时候起，我时常会跟母亲闹脾气，因为她总是会把我弄得"乱乱的"。我有一头金色（泛白）的直发，可她非要给我弄成卷卷。维奥莱特看了英格丽·褒曼演的《丧钟为谁而鸣》，不久又在好莱坞的一个宴会上碰到她，立刻就被她的美丽迷住了。维奥莱特特别喜欢这个女人，"她可是一点妆也没化啊！"她们相遇的第二天早上，她说，"当然除了涂了一点唇膏。她简直就是世上最美的人啊！"

影片中褒曼的头发是剪短后又微微烫卷的。当时母亲那么迷她，就领着我去修发型。她让理发师剪掉我全部的直发，再来一个"永久波浪卷"，这样我看起来就像一个缩小版的褒曼了。那会儿我才四岁，讨厌坐在那里几个小时，那跟鸡骨头似的卷发筒包在我的头发里，还特别难闻。后来她还叫来一个摄影师，给她和卷发的我拍了许多合照。

爱美到极致的维奥莱特在穿衣打扮上很有品味，总是很优雅入时地出席各种场合，让琼·克劳馥、艾娃·加德纳等好莱坞影星都羡慕不已。

她总是能创造出很多美的东西。

很自然，她决定把自己的这种魔法施展到我身上。她会给我买一大堆各式各样的衣服：女式套装、羊毛衫、无纽扣小短上衣。可我并不喜欢这些衣服，我就是受不了羊毛接触皮肤的感觉，痒痒的让我直抓狂。我喜欢那种带褶边和饰带的裙子，首先让侍者熨烫半个小时，再往后面系上一个大蝴蝶结——和女式套装、毛衫啊什么的很不同嘛！我俩喜欢的颜色也不一样。她喜欢棕色、米黄色。我则更偏爱红色、粉色和白色。从五六岁开始，我和她就总是会因为穿什么而争论不休，而每次她最后都会发起脾气来。她会猛地把一件条纹毛衫往我身上一套，还会大声嚷着说："我才不管你是怎么想的呢，你就得给我穿上这件！"

　　有一次我们吵得很凶，我一气之下扯下了毛衣，从厨房里拿把刀，跑出了门。那会儿我才六岁，只觉得气得不行，什么也不怕。我沿着山间弯弯曲曲的路一直跑啊跑啊，跑到一段通往山顶的陡峭阶梯，山的那边再往下就是碧奇伍德峡谷了。我一路流着泪，沿着阶梯往上跑，脸上都是泥点子。终于来到最高的一层，我坐在那儿，觉得主宰我内心的是一股沉寂。我还是特别地愤怒，这愤怒不是因为母亲，也不是因为任何人或事，就只是愤怒而已。从那以后，总有一股愤怒一直伴随着我。

　　在我的眼前，一群黑蚂蚁排成细长的一列，往阶梯顶部爬去。我坐在那里，看着它们的路径着了迷。它们怎么知道要去哪儿？它们又是怎样有序地到达那里的呢？

　　我把愤怒都集中在了这群蚂蚁身上，也没什么特别的原因，只是它们就正好在那儿。我依然握着从厨房拿出来的刀，也很清楚自己在干什么，但我还是动手把每个蚂蚁都切成小片，再怀着一种难以言喻的好奇心看着它们痛苦地蠕动，直到死去。那时，我和我的愤怒合为一体了。我喜欢这种杀戮，很享受这种握着刀摧残它们的感觉。在屠杀了一群蚂蚁后，我的愤怒也平息了。

　　而就在我坐在那里切断这些蚂蚁时，身体里的另一个我突然出现，我

71

猛地被自己的所作所为惊呆了！过一会儿，两个不同的我感觉又统一了。多年以后我才意识到，在那一刻，我已经开始面对邪恶的本质了，连我也惊叹邪恶的力量竟然具有如此的诱惑力。

"杀死蚂蚁？"你可能会觉得很可笑，"这有什么啊，谁没弄死过蚂蚁啊？"如果有人问我这样的问题，我就会告诉他，杀死昆虫是一码事，但如果是由于一种无能为力的愤怒，让你感觉你比其他生物更强大而去杀戮，就是另一码事了。你杀的是什么并不太重要，只是那种控制你的邪恶感，让你在杀戮的时候还乐在其中。那时我才六岁，就知道自己可以故意施暴了。

而正是从那天起，我意识到，每个人都有光明的一面，也有阴暗的一面。只有当我们意识到这些的时候，我们才能明确要做什么，不做什么，而在此前我们的行为都是由无意识的冲动所支配的。

从此这种意识一直伴随着我。当然，我们都向往光明，希望生活在光亮之中，但生活的质量在很大程度上取决于我们如何把内心的黑暗和外在的世界联系起来。我们早晚都会面对一个巨大的挑战：我们能否对光明和黑暗都怀有爱和祝福呢？显然这并非易事。

七岁的时候，母亲给我讲了第二次世界大战时纳粹德国对六百万犹太人的大屠杀。当时正值傍晚时分，我们站在家里后院的尖桩篱栅旁，眺望着整个洛杉矶城和八十英里以外的大海。太阳渐渐西沉了，城市里星星点点的灯光亮了起来，我总是很喜欢黎明或是傍晚的时候，我常叫它们是"间隙"——白天和黑夜的间隙，你看见的和你以为能看见的间隙，灭亡和新生的间隙。

"大屠杀是怎么发生的啊？"我问她。

"嗯，"她说，"世界上有好人也有坏人，就像光明和黑暗一样，我和你都是好人，纳粹是坏人。"

我像很认真的七岁孩子那样，想了想她的话。突然想起那群蚂蚁，我说："我不相信。人都是一样的，都有好的一面，也有不好的一面。"

"你怎么会这么想啊？"

"我看到的。"

"你看到的？"

"我闭上眼睛，就看到一列拿枪的士兵，他们要枪击别人。而我就站在他们旁边，手里也握着一把枪。"母亲低头盯着我，看起来既害怕又生气。我知道我说错话了，就自己辩解说："只是我过去看到的啦。"

我当时自己并不知道，但那次杀蚂蚁的经历，还有幻想自己是执行死刑的射击队的一员，暗示着我将开始一场与光明和黑暗的共舞，既危险又狂野。我和黑暗的共舞一早就开始了，而七岁那年，我开始了解光明与黑暗，美好与邪恶。从此，它们一直与我同在。

我相信，我们每个人都既是作恶者，也是受害者；既抢夺别人，也被他人掠夺；既在创造，也在毁灭。后来我渐渐明白：与光明和黑暗的共舞竟不可思议地和一场激情恋爱有些相似——光明渴望得到黑暗所拥有的深邃、丰富的灵魂，而黑暗则期待着它那深藏的痛苦能够得到光明的恩赐和祝福。

如果你碰巧既有很光明的个性，也有极阴暗的一面，那么与光明和黑暗共舞绝非易事。我的父亲就是这样的一个人，他总是光芒四射、魅力十足，很有本事，还富有创造力，这些都使他显得很优秀。但同时，他的黑暗也很幽深——幽深到甚至能毁掉他的生活，因为他特别害怕，总是想把它隐藏起来，特别是不想让自己看到自己的恐惧。

在他成长的过程中，他的妈妈斯特拉总是很怪异。有时，她会把他夸上天，接着又会很蔑视他，斥责他是个"坏孩子"、"很讨人厌"，她总让斯坦利替她去承担自己的痛苦和难过——他的一生中都是如此。斯特拉的评价似乎对父亲有股魔力似的，让他总觉得是自己不好，总是做错事情，没有能力。虽然他也有过叛逆，想要摆脱她的冷嘲热讽，像酗酒、和根本不喜欢的女人混在一起等，但这些却更让斯特拉的话在他心里生了根。他越想努力挣脱，那个他所谓的"魔鬼"就越是狠狠抓住他。

在我幼时的记忆里，父亲是一系列事件和多种形象的复杂混合体。我觉得他好多地方都大大的，那双大手更是平常人的两倍。张开手，触及钢琴上一个8度的键？小菜一碟，10度都没问题。有时他一副忧心忡忡的样子，让我觉得很陌生，接着他又会莫名其妙地大发雷霆。每次因为我不吃饭或是咬指头他怒斥我时，我都特别害怕。有时我感觉他离我好远好远。他可能藏在我们的"灵车"前部的玻璃后面，或是三千英里外的某个舞厅，那种感觉，似乎他凌驾于整个世界之上。在他的一生中，好像有很大一部分时间都生活在自己的世界里。有时，他就像是迷路的小动物，找不到回家的路，可马上又好像是调皮的孩子，编些荒谬的故事逗人们发笑。而且他这个人，意志总是特别坚强。

我还记得他去芬妮小姐的班里说要带我走的时候，我觉得他是那样的高大，那样的坚决。他站在门边，低头看着我，就像一尊雕塑。我怎么也没想到父亲会突然出现在我的班里，还记得他的头部都快要碰到门框了，开始我都没认出来，毕竟好几个月没见了。但突然间，我认出他来了，因为只有他一个人会那样对我笑，也只有他那么高大。我低下头，用脸蹭着桌面，那声音很滑稽。我假装没看见他。

我总是有点害羞。有时我觉得，在某种很深的程度上，我们之间被强有力地连接在一起，这着实让我很害怕。我的本能告诉我，这些永远都不能公之于世。

那源自我们共有的DNA和命运的强力双螺旋，把两个人紧密地联系在一起，这到底是怎样神奇的一个过程，又是为什么呢？很多时候，我们对所选择的对象、时间、原因都并不清楚。然而在未知的海洋深处，一些选择早已是命中注定的，那些隐匿的种子，早已静静发芽、成长。

斯坦利的一生，既得到人们的褒奖赞扬，也承受过不少恶意诽谤（有时甚至是被同样的人既夸又贬）。他是那样的捉摸不透，又魅力十足，除了篮球和跳舞，他想做什么都能做得很好很棒。他就是那种才华横溢的人，但有时，他却会因为自己的才华而感到畏惧，而且他特别憎恨各种批判。有时他会挺直那六英尺四寸的身板，勇敢地面对外界的批评指责，可过不久，他又很胆怯地说："果真像那些评论说的一样吗？我到底算什么？一无所成吗？"

他常常觉得很害怕，总会突然间情绪变得很低沉，就像猛地被笼罩在一片阴影之中，他的蓝眼睛一闪一闪的，就跟变了个人似的，连神情都不一样了。如果这个时候我问他什么，他都会像没听见似的，根本不回答我。当我需要经过他的同意去做某件事的时候，他根本就不理我，于是我只能默默走开，去干自己想干的事。

他突然变成这副样子的时候，我就很生气，我会用力拿胳膊猛地推他的腿让他醒过来，他就会垂下长长的胳膊把我举到他面前，对我说："小矮子，你到底想干什么？"然后我们都会笑起来。他知道我最受不了有人挠我痒痒了，可他偏偏就喜欢挠我痒痒。但有的时候，我用拳头碰他时，他也不理我。我讨厌他不理我的样子。

我最喜欢和父亲一起迎接挑战，我们一起努力，最终肯定会成功的。一个假日里，他说我们应该把后院再拓宽一些。他说："咱俩建一面挡土墙吧。"其实他从来没建过什么挡土墙，可他很在乎这点呢。

"那怎么做呢？"我问。

"我们拌点混凝土，"他说，"我找点木头，挖个沟，再要点土来……我也不知道，我们边干边想吧。"

他说的很对。我们最终的确建好了挡土墙，第二年我们还成功给"大妈"的房子换了新电线，也是这样边干边想。我们合作的时候会斗嘴，会抱怨，不过时不时地也会笑个不停。当挡土墙终于建好的时候，我觉得，这就是世上最好的挡土墙。

除了建挡土墙、换电线，我和父亲两个人还有许多共同的爱好。音乐就是其一，从爵士乐到拉赫曼尼诺夫、普鲁科菲耶夫、拉威尔、杨纳切克、理查德·施特劳斯——只要不是在 20 世纪之前谱就的音乐，我们都喜欢。他总觉得 17 到 19 世纪的音乐和今天的社会联系不大，就都不让我听。但斯特拉文斯基和拉威尔呢？我们的屋子总是放着他们的乐曲，而且都是放得很大声，这样我们才能真正沉浸在这些音乐中。如果"对于某种事物着迷不已"也是可以遗传的，那我们俩显然都有共同的迷恋对象。每次在家听音乐的时候，我们会把音量开到最大，整日整夜地听，吵得母亲都离开房间了。

我特别喜欢斯特拉文斯基，他的音乐我怎么都听不够。我常常坐在卧室里，一听他的《春之祭》就是好几个小时，沉醉在那复杂而又美妙的曲调中。《彼得洛希卡》和《C 大调交响曲》都触动了我内心孤独的地方，让我莫名其妙地有了一些异样的期待。他的音乐对我说："这就是真实的生活，太阳就环绕在周围。"他的音乐让我又喜悦又伤感，无比温柔但又充满勇气，既唤起了光明的一面，也唤起了阴暗的一面。总之，他的音乐让我收益良多。

还有一些东西是斯坦利和我都很喜欢的，像暴风雪、火、狂风和海洋等等。在比洛杉矶市区高的那些山上，有时会突然狂风四起，当其他人都赶忙回家避险时，我俩却会出来玩。风刮得树枝都折了，也下起雨来，可我们还是待在外面，叫个不停，笑个不停，直到浑身都湿透了。

在我的记忆里，父亲好像永远都是那个最复杂的人。"斯坦利前行的方向太多了，有时他连自己都迷失了。"20 世纪 60 年代随乐队出行的宣传员诺尔·韦德这样评价他。认识并喜爱父亲的人，仍然在世的已经不多了，他就是其中之一（至少那几年他是了解父亲的）。他从不掩饰对父亲的欣赏。"斯坦利总是想干出一番事业来，"诺尔说，"有时他坏坏的，有些残忍。要是发现别人的创伤，他会生生地把它撕裂开，变成真正的伤口。"

我明白诺尔的意思。斯坦利总是很厌恶任何比他弱的东西，那种怪异的厌恶简直超乎正常人的想象。记得在我小的时候，他的话似乎并没有什么恶意，却着实能吓我一跳。

一天早上，我们去国会唱片公司录音的间隙，他对我说："我就烦那些瘦不啦叽的小狗。"

"哪些瘦不啦叽的小狗啊？"

"噢，你知道的。就是那些一直打颤的墨西哥狗，"

"吉娃娃吧？"

"嗯，就是吉娃娃。看见它们我就想起老鼠，直想踢它们。"

记得住在豪里莱奇时，一天晚上，我突然被哭泣声和踮着脚下楼的声音惊醒了。我起来后看见斯坦利就坐在厨房的桌子边，头垂在毛巾里的某个东西上。我走近一看，那是斯坦利放在别克车后面擦挡风玻璃的旧毛巾，毛巾里面还半露着一只小狗！这着实吓了我一跳，那狗的眼睛闭着，要不是它腿上和屁股上的斑斑血迹，它看起来就像睡着了一样。

"是我把它弄死了，"斯坦利对我说，"它跑到车前面，我没刹住车。"他哭了起来。

"啊，太惨了！"我伸手摸了摸小狗的鼻口。这是我第一次触摸已经死去的东西，那感觉很怪异，就好像它不再是一只狗，只是一个空壳一样。我问他："你知道这是谁的狗吗？"

"我把它放在车上，沿着碧奇伍德大道一直走，终于找到了它的主人，是一个年迈的妇女。她哭着对我说小狗叫奥托，总爱追着车跑，还让我把它带走。"

"我们把它埋了吧。我去拿铲子。"

当时是夜里一点左右，我们三个——斯坦利、我和死去的奥托离开后院的大门，往山下走。我们挖了一块墓地，我还从母亲放日用纸品的橱柜里偷拿出来新毛巾，把奥托包好，安放在土里。

我们没有向母亲提起过奥托，她始终也不知道那毛巾是怎么少了一条的。在我很小的时候，我和斯坦利之间就有秘密，谁也不知道我们的秘密。

第八章　危机

整整八年，父母都在努力调和常年奔波和婚姻、家庭之间的关系。他们谁也不愿放弃这段婚姻，但又不知道该怎么办。他们还一度制定了分居期间的"基本规则"：斯坦利忙工作；他们每周至少谈一次话；维奥莱特则和朋友们待在一起，想怎么娱乐都成。那时，她每周有四五个晚上都会出去，参加各种宴席，或是去俱乐部、剧院消遣。

而就在一次聚会上，她遇到了改变我们生活的伯尼·金德斯博士，他笃信弗洛伊德学说，自诩为杰出的精神病专家。从和维奥莱特相遇的那天起，他就开始频频出现在我家。伯尼从来都是烟不离嘴，特爱分析各种人和事，像是各种梦啊，观点啊，行为啊，想法啊，你能想到的他都会分析分析。母亲也爱上了精神病学，一有这方面的书，她就会饶有兴致地读起来。

她还和斯坦利分享她的新爱好。慢慢地，他俩都迷上了这种好莱坞的新风尚——似乎治愈了他们所有的病症："精神病学能够奇迹般地让一切成为可能。"他们不仅谈论精神病学，还读了很多这方面的书（这对于斯坦利来说太不可思议了，因为他很少阅读）。一有什么事，他们就会马上分析，觉得这样就能解决问题。

斯坦利跟着金德斯学得越深，他就对人类心理学越感兴趣。父亲很聪明，但他的思维好像总是不受控制似的，做事情也常常不经过大脑。能控制自己和他人的思想？嗯，他觉得这个点子很不错。

不久，斯坦利就开始分析他遇到的每一个人。要是有谁和他意见不一致，或是谁没有按他说的去做的话，他就认为这个人是"病态的"，也就是有精神病。有时他会告诉一些好朋友，他们要解决问题就需要一些"精神帮助"。虽然这么说其实是为了朋友好，但朋友们对这种"忠告"多半不买账，慢慢都疏远他了。父亲也发现自己的善意告诫总是得不到良好回应，他再发表关于精神病的话语时也变得谨慎多了。后来，他不再当面说朋友们疯了，而是告诉其他人这些朋友疯了。他总是看谁正好在身边，就把自己不想承认的事情往别人身上套。

维奥莱特也深深迷上了精神病学，竭力想要分析她认识的有钱人（这是一种昂贵的消遣）。可直到几年以后她才知道，"伟大的金德斯"甚至连个医生都不是，也没有接受过任何与精神病学相关的训练。但是在两年的时间里，这个长着胸毛，爱抽烟的伪专家却成了父母的"导师"。他告诉他俩应该怎样照料家庭，处理各种矛盾，还指导斯坦利乐队的生意。他还建议父母"分居"一段时间，而他们俩居然也照办了。

伯尼的"分居"建议提出后不久，斯坦利就开始了他"自由自在"的生活，那段日子里，他和多个女性有染，有的还是母亲的朋友。但按照金德斯的建议，他们开始的是一种"开放婚姻"（当然是在"好医生"的建议下），于是许多男人开始出现在豪里莱奇，他们带母亲出去约会，还对她大献殷勤。

其中一个是母亲的远房哥哥，是"大妈"的爸爸的姐姐的儿子，"大妈"最喜欢他了。维奥莱特和他自孩提时代就相识了，她让我叫他"吉米叔叔"。此外她还有许多追求者，多数都很乏味，不过也有像歌手兼乐队指挥比利·艾克斯这样有意思的人。在这期间，她还怀过一次孕。有一天她还突然对奥黛里说："我堕胎了，这是第一次。"接着两人都沉默了。

在父母都特爱精神分析的那段日子里，母亲见我的床下总放着成堆的衣服，常常不梳头，在寒风凛冽的冬日还非要穿背心裙，就自然而然地认为我也需要帮助，还给我找来一个儿童心理学家。她介绍说是一个"朋友"，其实是金德斯的朋友。谢天谢地，这个男人倒是一点也不惹人讨厌。

他来到豪里莱奇以后，观察了我的一举一动，还让我像做游戏似的做了一个又一个测试。最后，他对母亲说我的智商超过160，她根本不用担心我在床下堆衣服的事。他还告诉维奥莱特，她可以选择把我培养成神童——音乐家、舞者、数学家等等，或是让我过那种"平凡得不能再平凡的生活。"

母亲选择让我过"平凡的"生活——这对于我们家这样的家庭来说并不容易。不过她刚做过决定，就带我到好莱坞的阿道夫·博尔姆工作室。阿道夫·博尔姆可是全美最有声望，技术最精湛的芭蕾老师，他和我之前认识的所有人都不一样。虽然他也像那些生活在好莱坞的人一样，抽烟喝酒，但他对什么都不上瘾。要是他发现自己还想再来一支烟或一瓶酒，就会克制自己，直到打消了这种念头。

我很怀念跟着博尔姆老师学舞的那段经历。我确信，精神分析根本吸引不了他的注意力，对他而言，重要的是身体、动作，是动起来，而非干巴巴地坐在那里分析。我多希望身边多些像他这样的人啊！

我去上第一节课的时候，还满心期待着会见到许多穿粉红色衣服的漂亮小姑娘，然而事实却与我"棉花糖般的想象"大相径庭——不仅每堂课都是我单独跟着博尔姆学，连所学内容也远远超乎我的想象。博尔姆把他在俄罗斯皇家芭蕾舞剧院学到的纪律和训练的专注带到了好莱坞。他总是让我扶着练功房的栏杆刻苦训练，直到我全身大汗淋漓。要是他手里再拿着马鞭和缰绳，那他训练我简直就和驯马师驯马匹一个样了。他会站在地板中间，让我围着他走一圈又一圈，直到每个动作都协调了——右臂向前，左臂向后，依次反复。我的头还必须摆得像被从天上看不见的线吊起来那样，脚步也必须轻盈地转换自如。

他还一直告诫我，我的每一个动作都要自然，要有发自内心的情感流露，而不能像演戏一样。我还蛮有戏剧天分的，偶尔想要展露一下天分时，他就会一改温和与幽默的态度，大声斥责我所做的都是错的。

我最痛苦、最难熬的日子莫过于跟着博尔姆学那些"基本舞姿"的时候了。我越努力，眼泪越是掉个不停，可我根本顾不上这些泪花，我知道他才不管我是不是哭了。我当时特别害怕他会嘲笑我是个懦夫。

我练了一个小时，满身是汗，就像刚比赛过的马一样，总算是把动作做对了。终于，一切都变得简单了，仿佛不是我在做动作，而是有什么在引导着我。连我自己都惊叹，真是太美妙，太不可思议了！于是我鼓足勇气问他我是不是能穿芭蕾舞鞋了。

他听后哈哈大笑。"绝对不可能，"他说，"你得再努力个四年，或者更长的时间，等把肢体彻底练柔软了吧！"

"噢，好吧。"我回答说。我根本不敢问他穿芭蕾舞裙或是能否有一天让我和其他女孩一起上课。

我跟着博尔姆学舞三个月后，斯坦利突然宣布我们又要出发了，这也就意味着我要离开博尔姆了。应该说我还是有点解脱的感觉的，因为在我小时候，除了"大妈"的严加管教外，跟着博尔姆学舞就是最痛苦的记忆了，不过这也是我自己选择去做的第一件事。在那之前，我都是我行我素地生活在自己的小天地里。现在跟他学舞后却要离开他了，我又百般不舍。我们出发那天，我觉得自己让他失望了，也让自己失望了。两年后，他过世了。从此我的舞者之梦也终结了。

接下来的几年里，肯顿乐队逐渐得到人们的认可，越来越受欢迎，但斯坦利也一点一点被花花世界吞噬了，这让母亲烦心不已。斯坦利常年在外奔波，维奥莱特自己在家很不开心，但又不愿跟着他到处巡演。他一往家里打电话或是写信，就会抱怨卡罗斯·盖斯特尔给乐队签订的演出合同不好，或是抱怨是盖斯特尔让他们夫妻分居两地。但直到三年之后，他才真正开始处理这些问题。

乐队的演出越来越成功，但他们婚姻的裂痕却越来越深，于是父亲变得狂躁不安。他更加卖命地工作，睡眠时间越来越短，酒却越喝越多，还服用了大量药片，都只是为了保持工作状态啊！他总是这样折磨自己，自然也就常常生病，病起来还很厉害，有时肝疼，有时呕吐不止，有时失眠，有时则会抖个不停，几乎每次病症都不一样，但都很猛烈。

他的每次病症还都伴随着思维、感觉的混乱。他会突然毫无缘由地勃然大怒，有时又会极度消沉，总觉得世上没有欣赏他的音乐的人，只有极力想毁掉他的人。

斯坦利的工作强度特别大，他又那么不爱惜身体，出现这样糟糕的身体状况也就不足为奇了。他真是太不注意身体了，就好像身体是一台机器，不管他怎样对它都没有关系，他总归可以依赖它。不睡觉？这有什么问题。酒精？是的，他的确喝酒，每个人不都喝酒吗？

他还吃很多药，我们的浴室柜里满是各种药片。每次出行，他都会在衣服的口袋里装些药片。他曾经解释说，鸦片类药剂、兴奋剂、抗组胺药、麻醉剂等等，每种药片都有各自不同的"个性"。他还曾把很多种药混在一起服用，那剂量大大超出他的需求。他会连中枢神经镇静剂和短效安眠药一并吞下，还说这样会有助于睡眠。那要是一睡几个小时，醒不过来呢？不用担心。让宾馆的工作人员多打电话叫几次不就成了。醒来后再服下中枢神经刺激剂，就一点也不困了。没时间吃饭？服中枢神经刺激剂啊，就再也不想吃了。再多服点，人都飘了。

"苏醒剂苯丙胺让我思维灵敏，"他说，"让我保持清醒，充满自信，任何时候都有良好的工作状态。中枢神经刺激剂则让我摆脱不良情绪。"但这么多药混在一起，再加上啤酒里的酒精，结果真的是非常可怕，但他常常这样。唉！

这些药对父亲的身体和精神都造成了很大的伤害，而且我觉得精神上的伤害更为严重。有时看起来似乎有某种异样的能量（他称之为"魔鬼"）入侵了他的身体。这时，他就会来来回回地重复一些毫无意义的动作（精神病专家称之为"摇摆"或"抽搐"），而有时他还会觉得自己身上有寄生虫，不停地在身上找啊找的，还会一遍又一遍地洗手，想要摆脱它们。

在斯坦利看来，不管有什么痛苦，维奥莱特都能治愈他。只要有她的陪伴，只要有她的爱，只要她不离开他，一切都会好起来。当她横穿整个美国，来到他身边的时候，他就知道自己终于可以如释重负，从此安心地过日子了。

但他想错了。1946 年 12 月 30 日，是母亲的生日。那天，母亲向父亲提出离婚。她说要带我去拉斯维加斯，在那里待上六周办理离婚事宜。两周后，我们来到一个漂亮的大牧场，在那里和其他客人一起野餐，母亲还学习怎样开轻小型飞机。后来，2 月初的一个下午，母亲接到来自堪萨斯城的电话，那是斯坦利打来的，他求她不要离开他，他就在回家的路上。他说他真的很爱她，并为自己忽略了她感到抱歉。他还保证一定会做出改变的，而她最终也妥协了。生活又一如往昔了。

常年奔波的紧张生活严重地损害了父亲的身心。到 1947 年 4 月中旬，他已经快要崩溃了。乐队在塔斯卡卢萨市的阿拉巴马大学演奏的时候，他突然毫无预兆地把乐队给解散了。他付给乐师两周的薪水，给他们回家的车费后，自己就消失了。谁也不知道他去哪儿了。

多年以后他告诉我，那时他觉得包括当时依然不肯随他出行的母亲、一个生病的歌手和其他许多人都背叛了他。那天晚上，完成了在塔斯卡卢萨市的工作后，他就开着别克车离开了。

"我觉得我一无所有了，"他说，"我厌恶音乐、厌恶公路，不想一天到晚为了不使生活变成无数碎片而不停奋斗。"

他漫无目的地行驶在周边地区，想了很多。他决定放弃乐队的生意，给自己找份"普通的工作"。他消失两天后，途经一个伐木工人营地时，决定在这儿找份工作。于是他调转了别克车的方向，从主路上下来，又走过一段长长的土路，来到领班的小屋。

"我想找份工作。"他对领班说。

"你会做什么？"

"我什么都行啊。"

男人看了看斯坦利的手，"你没干过什么活吧？"

"我可以学的。"

"先生，在这儿可不行的。"

当时他也没有别的地方可去，还很疲惫，就停在一家加油站。他在那儿给母亲打了个电话。"我完蛋了，"他说，"我把所有人都辞退了。我不想任何人知道我在哪儿。我想回家，但我还在路上。你和蕾丝莉在哪儿跟我碰面吧，再过几周我们就一起回家。"

他们商量好在德克萨斯州碰面。第二天，维奥莱特便领我坐上飞机，斯坦利也马不停蹄地赶到那里。我们仨在矿泉井城酒店待了两周。他们俩每天睡眠都很充足，还并肩散步。我则骑马玩，有时斯坦利也会和我一起骑马。

后来，我们回到豪里莱奇，他让我们发誓不告诉任何人他在哪儿。接下来的四个月里，他一直待在家里，也不跟人说话。他用两个星期的时间清理了所有的药品和酒，也让疲惫的身心得到放松。在这之后，他像是变了个人似的，性情温和，很镇定、也很快乐的样子——至少那段日

85

子是这样的。

1947 年 5 月 30 日是个周五,这天是阵亡将士纪念日。我们一大早就起床了,维奥莱特、斯坦利、"大妈"、我和泰菲(因为我不愿撇下它一个人在家里)一起驱车从豪里莱奇出发,前往博尔博亚,准备去那里的海滩度几天假。开了三个小时的车后,我们经过一个标志牌,上面写着"船只出售"。

"船,哈哈! 咱们买只船吧。"斯坦利说道,把车的方向掉了个头。

"太棒了! 船喔! "我回应说,"现在就可以买吗? "

"当然可以。"

在那个装饰过多的标志下面,是长三十五英尺,带舱房的钢制游艇,奇丑无比。一堆大尺寸的钢板拼凑起来的游艇,看起来就像是外行造出来的某种危险武器。

"这些船怎么卖啊? "斯坦利问。管船的小个子男人说这些船得好几千美元。"我们要一只,"父亲说,"那个周身有白条纹的。"

"好的,"母亲说,"斯坦利,我就喜欢白色条纹。"

"眼光不错,"小个子男人说,"什么时候取船? "

"现在。"

"现在? "

"是啊! "

"现在可不行。还得往船上贴风雨条,再装个自动船舱,还需要一个小艇、寝具、餐具、救生衣……下周怎么样? "

"不行,我们今天下午就要。"

"你怎么付款啊? "小个子男人原以为他这么一问,父亲就该打退堂鼓了。

"现金。"

86

这么一大笔生意可不能错失，小个子男人点头说："好的。我一定尽力，给我两个小时就好。"

"好的，"母亲说，"正好，我们也去买点需要的东西，午饭后回来。让我想想都得买什么啊，嗯，吃的东西、盘子、纸杯。你还说什么来着？救生衣是吧？我们得给泰菲准备狗食和一些罐头食品。蕾丝莉，给我从杂物箱里拿张纸，我列个单子。"

我们先到了银行，斯坦利取了一大叠的百元钞票，引得工作人员和其他顾客都盯着他看。我站在旁边，暗暗地笑，大概他们都以为父亲是抢银行的吧。之后我们又去了船具商店，那儿的东西看起来都很不错。父母挑了船长帽、救生衣、绳索。我觉得他们并不知道绳索是干吗用的，但他觉得船上就该有绳索，所以他买了一大堆。

我们又像进攻部队一样，来到一家食品店里，出来的时候买的东西都能塞满三个厨房了。我们把买的东西统统装到后备箱里，绳索、救生衣、寝具、薯条、啤酒、威士忌、纸杯、给"大妈"准备的防水夹克……我们开着车又回到卖船的地方。

"大妈"对我们买船的决定并不十分赞成。"斯坦利，你一定会晕船的，"她说，"而且你根本不懂船呀！"

"不用担心，马上就懂了！"他说。

几个小时后，我们终于买下了那只船，准备开始我们的冒险之旅。我们起航时，海面平坦如镜，可到了下午三点半，海浪突然涌到十英尺高，好像要把船淹没了一样。戴着崭新的船长帽，一身船员装扮的维奥莱特和斯坦利奋力清理直往甲板上涌的水，水桶、水罐等所有东西都用上了，还不停地用手往外舀水。他们还迎着风吐了起来，过了好一会儿才搞明白，哪边是船的正面，往哪边吐才不会吹到他们身上。不一会儿，泰菲也开始吐了，还吐了我一身。这时，"大妈"还是一动不动地坐在船舱的桌子旁，紧紧抓住桌子，大声叫着："天啊，斯坦利，快别让船再晃了！"

　　我们直到凌晨两点才抛锚。父母发誓，他们再也不会在这该死的船上再待一晚上！我们决定天亮后的第一件事，就是赶紧回家（不过我们最终并没有这么做）。我们还没想到船上有那么多虫子，躲都躲不及，可把我们咬得不轻。不过慢慢地，我和父亲都爱上了这只行驶缓慢的破船，也爱上了海洋。对于我们父女俩来说，这种在船上的感觉就好像之前在一起聆听拉威尔的音乐，而且音量很大，特别带劲儿。那年夏天，每逢周末，我们都会出海。我也尽量多学习该怎样去应对行船时遇到的各种情况。

　　有时太平洋上波涛汹涌，不适合小船航行，不过维奥莱特和斯坦利发现自己并不晕船，他们平时下午犯困那会儿也一点都不困了，而且在我印象里，他们那会儿最快乐了。我们乘着这只钢船，漂在太平洋上。维奥莱特把完美装扮什么的都抛在了脑后，觉得游船就应该是一次轻松的浪漫之旅。她把晒得有些褪色的金发塞在船长帽下边，往身上套了一件纱笼布裙。她平时有时候会突然歇斯底里地大笑，可马上又会哭或是发脾气。但在这儿，她会和我、斯坦利一起开怀大笑。那真是一段神奇的光阴啊！可也像所有神奇的时光一样，这也没有持续多久。

　　还没过几个月，也不知道是什么原因，我们的船就开始遭到其他人的"入侵"。或许是我们"害怕"在一起这么快乐，也或许是他们想和其他人分享这份快乐吧。

　　起初，这些"入侵者"还蛮有趣的。但是他们一上船，我发现酒精越来越多，那味道越来越肆意。开始父母邀请了乐队里的一两对夫妻。但后来，伯尼·金德斯和他无趣的妻子也来了，我觉得客人的质量一下子就降下去了。当时父母还会付给他点小钱，算是作为金德斯指导他们生活的报酬。每天，他都会就夸大的情绪反应、压抑情绪等夸夸其谈地说上一堆，还会把每个人的梦都分析分析。当然啦，我一见他靠近我，就会告诉他我从来不做梦。

到最后，父亲的家人——他的母亲斯特拉、他的妹妹比尤拉、比尤拉的孩子也会来一两个（比如我的堂兄巴顿），还有肯顿家的其他亲戚——都开始频频出现了，而母亲前几周那极富感染力的笑声，也变成了尖叫，让我感觉她似乎处在绝望的边缘。

就像小动物能嗅出敌人一样，我知道斯特拉讨厌我，也就尽量躲着她。我一说起这事儿，父母就很不屑的样子，但我相信，他们也知道她的确讨厌我，只是不好意思承认罢了。

我们到达卡特琳娜的第二天快中午的时候，父母开着小艇去附近买饮品去了。我躺在厨舱里最上面的铺位读书，比我大一两岁的堂兄巴顿在我的下铺，抬起脚狠狠地踢我的床铺，一下子把我床上的所有东西都震了下来，我也重重地摔在了厨舱的地板上。我尖叫起来，当时肩膀和锁骨真是钻心地疼啊！甲板上的斯特拉闻声冲进来，抓住我的胳膊，猛地一拉让我站好。我又疼又怕，一直不停地尖叫。

"别嚷嚷了，蕾丝莉，快点！"她怒吼着，"没听见吗？"

可我真的停不下来，实在是太疼了。我当时很害怕，我也不知道到底是怕疼还是怕斯特拉，我总觉得她那副样子看起来就像一只上了年纪的侦探猎犬，她面部狰狞得就像一只疯狗。

"我要我爸爸！"我哭着说。

"别乱叫啦！"

"我要我妈妈！"我尖叫着，努力挣脱开她，跑到甲板上。"救命啊，"我哭喊道，"救命！救命啊！"

但是没有人听见。

"我真是受够了你的胡搅蛮缠！"斯特拉气冲冲地说，"要么听我的话，要么我收拾你一顿！快坐下来！"

泪眼婆娑的我知道自己也没有别的什么办法了。我竭力克制自己的哭声，可仍旧泪流不止，浑身上下抖个不停。当时巴顿就在厨舱的门口，站在斯特拉后面，低头看着我，印象里他好像在窃笑。后来，我就垂头弯腰地坐在船尾边，也不知道坐了多久。虽然头顶有灿烂的加州阳光，可我只觉得很冷很冷，一直在瑟瑟发抖。

临近傍晚的时候，父母终于回来了。发现我坐在那儿，斯坦利就问这是怎么一回事。

"她就是摔了一跤而已，不重的。"斯特拉说。

"她骗人！"我说，"巴顿踢我的床铺，我一下子掉在厨舱的地板上了，特别疼，我胳膊都动不了了！"

"你以为你是莎拉·伯恩哈特[①]啊！"这是她经常听我父母说的话。她还拉着我让我站起来。母亲见我抱着肩膀，说话很含糊不清，就像喝酒了一样，觉得很怪异，"斯坦利，我们得找个医生。"

"别小题大做了，维奥莱特！"斯特拉猛地打断她，声音还特别尖锐，"你总是惯孩子。再说这会儿上哪儿找医生啊！"

"你确定她没事吗？"斯坦利问。

"当然没事啦，根本不用找医生。要是等上岸了她还是站不稳，再去看医生也不晚啊！"斯特拉回答的时候，样子看起来很凶狠。

在我们上岸的前两天，父母都很忙，一直都是斯特拉照顾我和巴顿。我的肩膀肿得特别厉害，我连碰都不敢碰，左边的胳膊简直一点儿都使不上劲儿了。不久，我对这种疼痛也习以为常了，而这种痛楚的感觉似乎伴随了我整整一生。

那段必须和斯特拉待在一起的日子特别难熬，我真有一种坠入地狱的感觉。特别是她非要我和堂兄下水游泳的时候，让我俩都穿上救生衣，那救生衣里全是软木，一浸水就特别沉。她拿着一件橙色的救生衣，让

---

①法国女演员，她以优美的嗓音、优雅的举动和热情而著称，代表着浪漫式的戏剧风格。

我伸开胳膊从开口套进去，可我根本抬不起胳膊，那种痛苦让我直想吐，还特别晕眩。她把我推到水里，软木浮了起来，我顿时觉得肩上的救生衣轻多了，但水很凉很凉，我浑身都麻木了。可我还是在水里待了很久很久，因为我知道我一起来，救生衣的重量就又回来了，那会特别疼。

我从床铺上摔下来的第三天，我们终于回到陆地上了。父母也终于清醒地意识到情况已经很严重了。他们把斯特拉和巴顿送到她位于南门市的家，母亲就赶忙给麦卡锡医生打电话，麦卡锡医生又打电话给天使女王医院的主治医师谈了谈我的情况。我们匆忙赶到医院的时候，麦卡锡医生已经在那里等我们了。他领我拍了 X 光片。

这才发现，我的锁骨已经摔成两块，肩膀也已经错位了。由于小孩子的骨头密合得很快，我的骨头已经长得有些歪歪斜斜了，他们见状赶忙把我送到手术室，医生把骨头再次断开，又把肩膀再次连接起来，还给我装上管型石灰夹，看起来就像穿了件白色短上衣似的，还痒得厉害。后来，我躺在医院的康复室里，呕吐着想要摆脱麻醉剂的作用时，我就觉得，一定是我做了什么坏事，才会得到这样的惩罚。可我真不知道我到底做错了什么。我发誓，从此再也不会信任斯特拉了！

第九章　泪谷

1946年到1948年，斯坦利的事业蒸蒸日上，取得了巨大成功，但那段日子里，他过得并不如意。虽然他曾在母亲在内华达州办离婚手续的最后一刻打来电话，央求母亲不要离开他，得以挽救了这段婚姻，但他们两人之间依旧纷争不断。他一直都很依赖她的爱、她的关注，当然也很依赖各种处方药。从他在阿拉巴马解散乐队，消失在阿肯色州的丛林里时，他就觉得自己已经承受不了这种负荷了。他反复说着："我的生活就要变成一盘散沙。"一连好几个月他都对询问他在哪儿的电话不理不睬，很大一部分时间他都待在船上，渐渐地，这种避世的康复法取得了一些效果，但他的婚姻问题却依旧悬而未决。

人们越来越期待斯坦利的音乐，他便只能一天比一天更加努力地工作。他的名声越来越大了，他那创新的渐进式爵士乐也赢得了更多的欣赏者。他觉得卡罗斯·盖斯特尔已经管理不了业已腾飞的肯顿乐队了，他要自己接手。

到1948年秋天，乐队已经是全国最叫座的演出乐队了，但斯坦利烦心不已，不知道下一步该怎么办。卡罗斯离开后，他和宣传员之间也时有龃龉。他对大众的传统品味很是失望，觉得正是这种品味使他无法创造出新的音乐。而最糟糕的是，他越来越害怕自己会失去维奥莱特。

所有的担心、害怕和烦恼终于逼得他快要崩溃了。他做了第一件自己确定要做的事：1948年12月，在纽约的派拉蒙剧院举行告别演出。那真是一场爆满的演出，他宣布将永久告别乐坛。他给乐队里的每一个乐师都发电报说他要和家人去度一个"漫长的假期"，还说在那之后，他将会到加州大学洛杉矶分校学习，争取拿学位。然后，鉴于自己对精神分析的酷爱，他会到一所医学院当一名精神病专家。他的这些决定让乐师们惊讶不已，有的都有些生气了，因为这样一来他们的生活也会变得和以前完全不同了，但斯坦利依然很坚定。

我们回到豪里莱奇后待了几个星期，我们仨决定驱车前往新奥尔良，开始全家第一次真正的旅行。其实，这也是我们最后一次出游。那真是段美妙的回忆。我记得父母看起来都很高兴。我们在新奥尔良闪亮的大街上开怀大笑，在里约热内卢的狂欢节大游行的队伍里尽情跳舞，我还第一次喝了香槟酒，学会了如何像玩牌老手一样打牌。

6月中旬，我们又回到豪里莱奇。斯坦利对于未来的职业依旧还没有规划好。他很喜爱那种拉丁风情韵味和在南美洲听到的音乐，但他实在不想又是重复老一套——像多年来一样常年奔波，折腾得不行。他现在做的音乐并不是他想做的那种，但他真是不知道怎么说服国会唱片公司和通用艺人公司的老板，以及那些崇拜者，让他去做他真正喜欢的音乐，那些人只是想让他把之前的音乐一遍又一遍地重复下去而已。

他最担心的事情有两件：第一，这么多年他都在为事业上的成功而打拼，已经许久都没有写出发自内心的音乐了；第二，他总是说他觉得自己根本写不出好音乐了。他需要训练，可他又十分害怕，一旦他按照自己的想法，做些有创意的事情，他就会失去观众的认可，事业一落千丈，到时候连自己都养活不了。所以他只能等待，在等待中想想到底该怎么办。

而就在父亲在未来事业的各种可能性之间徘徊不已的时候，我也经历了自己的危急时刻。我们去新奥尔良和南美洲度长假时，雇了一对夫妻到家里看房子，留在家里的泰菲也由他们照顾了。可等我们度假回来时，我们发现这对夫妻竟然在殴打泰菲，而泰菲也因此开始咬邮递员了。

两天后我发现泰菲就好像消失在外太空了一样，怎么找也找不到它。母亲说必须把泰菲送到农场，它才不会再咬人！啊，我失去了泰菲！它离开了，我只觉得连自己是谁都不知道了，我的生活也没有什么意义了。泰菲不仅是我的朋友，还是我安全感的唯一来源，我仅有的依靠啊！可是现在，它不在了！我泪如泉涌，但又不想让别人看见，只能假装坚强。我再也不能在孤单的时候，把头埋进它漂亮的绒毛里，再也不能向它倾诉我的烦恼了！

泰菲离开后我再也不爬山了。虽然那会儿，母亲应该已经允许我独自上山了，但没有了它，我根本没有玩的心情，哪儿也不想去。一连好几个星期，我都把自己关在屋里，一个人孤独地躺在地板上。我读了一本又一本的书。维奥莱特一出门，我就会到客厅放音乐——拉赫曼尼诺夫、德彪西、普鲁科菲耶夫、斯特拉文斯基、穆索尔斯基、艾伦·科普兰、拉威尔、盖尔西等人的音乐。每次我都会把音量调到最大，她一回来，我就会回到自己的房间继续听。我沉浸在音乐中，就像我曾经沉浸在泰菲的绒毛里一样。门一关，我的房间里放着音乐，这就是我的"安全领地"。

我还觉得，我们在豪里莱奇的这座房子也是我的"安全领地"。我很喜欢这座房子，它是属于我的房子，我的家——永远都是。没有其他人时，这里就成了我神奇的世界。虽然我做过很多噩梦，但没有一个梦魇是发生在豪里莱奇的家里。直到今天，我温柔的梦境中，还会浮现那座美丽的房子，那个美丽的家。

1949 年 12 月初的一天，快到中午的时候，维奥莱特和斯坦利才在杜帕餐厅吃早饭。他总是说那里有"世上最美味的煎饼"。杜帕餐厅位于外恩街，和国会唱片公司离得很近，我们经常去那儿吃饭。

可那天，就在那儿，他一年来反复规划的未来事业却被"轰炸"了。维奥莱特坦白地告诉他，她已经受够了这样的婚姻，再也不想继续下去了。后来他对我说："她说她要嫁给吉米·福斯特。我从没想到会这样，从来没有。"

我想母亲的决定带给了他前所未有的巨大冲击。她就要离开了，他的很多东西也都不复存在，像是坠进了一个失望和害怕的大漩涡一样。十五年来，只要他需要她，她就会陪着他。即使远隔千里，他们的心也是在一起的。

但现在，他要经历最痛的失去。从出生起，他就依赖女人给他的指导和帮助。起初，是斯特拉一直引导他，控制他的生活。她教他应该成为什么样的人，怎样思考，下一步怎么做。她一直督促他成为"好男孩"，而不是像他父亲弗洛伊德那样，她总是给她的孩子们灌输弗洛伊德多么多么坏，以至于孩子们都觉得他是被驱逐的人，都会排斥他。

这样的教育方式，加上斯特拉的表扬和有计划的惩罚措施，使得父亲一直就觉得，没有斯特拉，他就会一事无成。她的力量和智慧能永远指导他前进的道路，并赋予他强大的力量。没有她，成功根本无从谈起。他们之间好像隐隐有一个约定似的：只要他和她在一起，听她的话，按她的意愿去做，她就能让他的生活平平稳稳。底线就是，她曾告诫他，最好一直依赖着她，因为他自己根本没有什么力量。

虽然他有时也会反抗，也经常会做一些精神分析，但我觉得他并没有真正意识到斯特拉对他的这种掌控。有时他也会挣扎着想要有自己的生活，可紧接着又会对她非常顺从，满足她的一切要求。他轻视她，可在她面前却又无能为力。他想尽办法想要摆脱她，可自打高中毕业后，他们之间的约定一直对他有着很大影响。

就这样被"洗脑"了以后，他不得不从别的女人身上寻找力量，而这个女人将尽心尽力地帮助他成功。毕竟，女人对所爱的男人都会这样做的。

二十三岁那年，他遇到了维奥莱特，从她身上他感受到了与众不同的能量，与斯特拉以及她的那些阴谋截然不同，维奥莱特光芒四射，而又清澈明净，如泉水一般。她美丽绝伦自不必说，灵魂的澄澈比外在的美丽还要攫取人心。斯特拉只是想冷冰冰地控制别人，但维奥莱特的能量却无比纯洁。于是他对待维奥莱特的方式，也和对待之前任何人都不一样。他死前告诉我，从那以后他再也没有遇到过像维奥莱特这样的人。他说维奥莱特就是他的音叉，他们的光芒交汇在心灵深处，她对他的影响远远超出斯特拉对他的影响。

他们结婚后，斯坦利就不再依赖斯特拉，开始把维奥莱特作为他力量的源泉。是她，填补了斯特拉的阴谋诡计给他带来的空洞。也难怪斯特拉特别憎恨自己的儿媳了，因为维奥莱特取代了她的位置。斯特拉总是使尽招数，想要破坏他们夫妻间的亲密。六年后，维奥莱特生下了我，斯特拉便把她对我母亲的很大一部分仇恨，转到了我——这个我父母的爱的结晶身上。

母亲提出离婚那天，已经远离很久的自责和害怕又一次吞噬了父亲。维奥莱特的遗弃，让他有一种被割裂的感觉，他狂怒不已。她竟然背叛了他！他是那么恨她！他知道，自己需要她，他真的爱她！

她的离开是不是意味着他毫无价值？他很害怕，他觉得自己是个失败的艺术家，也是个失败的丈夫，一事无成。他真的难以承受这种感觉，所以决定去做最熟悉的事情，希望能够好受些。"那天上午在杜帕餐厅，我决定，"他后来告诉我，"我要重新回去搞音乐。我别无他选。"他所相信的未来，所期待的依赖都不复存在，而他却无能为力。他仅有的只是创造"新音乐"的梦想。

那年圣诞前他宣布："我将会组建一个运用四十件乐器的乐团，将会有十六件弦乐器，还有其他一些不运用在爵士乐、不过在音乐厅里很常见的乐器，像双簧管、低音管等等，可能还有大号。"到了1950年元旦，他已经开始带着乐师们在好莱坞的埃尔卡皮坦剧院排演了。人们把他这种大胆前卫的尝试称为"现代音乐的革新"。正是这种尝试鼓舞一个又一个的乐师，和他一起开始堂吉诃德式的追求。

父母一直没把离婚的事情告诉我，直到维奥莱特带着我快要离开豪里莱奇我才知道。自从我们从南美洲回来后，家里似乎到处都是泪水。斯坦利回家时，我知道他也哭了，但他总是假装没事，擦擦脸就出门了。维奥莱特流泪时则比较平静，就像是走在雨中的女人，对周围的一切都视而不见。而我，还沉浸在失去泰菲的伤感之中。

最终还是维奥莱特告诉了我他们离婚的消息。有天一大早，斯坦利出门排练去了（也可能是去国会唱片公司和皮特·鲁克克商量"革新音乐"的新安排了），家里只有我和她。那天早上的一切我都还记忆犹新：她那塔布香水的味道；那透过餐厅的法式门，像玉米糖浆一样的阳光；玫瑰色地毯上的桌椅阴沉的影子。

当时我正往放在面前的半个葡萄柚上堆白糖，银勺上粘了好多晶体状糖，舔起来痒痒的。要知道平时他们都不允许我这样的，可那天母亲并没有责备我，我觉得很奇怪。我吃白吐司的时候，只吃软面包不吃面包皮，她竟然也没有说我。

"蕾丝莉，我有事情告诉你。"

"好的。"我说道，但并没有在意，脑子里正想着今天该干点什么。

"蕾丝莉?"

"我们就要搬走了。"

我一心只想着当天的活动安排,没太在意她的话。

"蕾丝莉,我们要离开豪里莱奇,搬到维塞利亚和吉米叔叔一起住。"

突然间,我嘴里的甜味变得很苦涩,只觉得一阵恶心,我讨厌这种味道。"什么?什么时候?"

"马上。"她的眼中泪光闪闪。

"不!"我变得特别激动,脸色也红得像蒸熟的龙虾一样。"那斯坦利怎么办?"

"我们不会再和他住在一起了。"

我的眼泪一下子奔涌而出,脸上、脖子上、衬衫上都是泪水。"你想走尽管走,"我打断她,"我哪儿也不去,就待在这儿!"

"别傻了,你不能自己一个人待在这儿。"

"我怎么不能啊?我就喜欢一个人待着!"我站了起来,泪眼朦胧,觉得那白绿相间的桃乐茜·德雷珀墙纸像风中的小旗一样来回摆动。我猛地把勺子往桌上一扔,尖叫着"我不去,我不去,我哪儿也不去",冲出屋子,猛地甩上了门。

两天后,也就是1950年2月20日,我们真的离开了。我们走后第二天,斯坦利就前往俄勒冈州,接受新闻俱乐部的采访,谈了谈自己"革命性的"创新音乐。又过了一两天,他在好莱坞8272号日落大道,阿尔文·皮·杰克逊律师的办公室签了一个文件。在这份新起草的遗嘱里,他提到了离婚程序,并把母亲列为他的遗产继承人,这份文件显示出了他和维奥莱特之间的紧密联系——虽然他很生气,很受伤,但那种联系是不可磨灭的。

但这份文件没有显示出,这种用情至深的承诺其实并不只是斯坦利单方面的,虽然他们都曾与外人有染,虽然他们即将和他人开始新的婚姻。我的父亲固然期待着能有其他人把他从对维奥莱特的需要中解脱出来，他也极力否认她对他的重要性，甚至是她的存在，但他们之间一直都不曾彻底分开过，直到生命的结束。

而对于我来说，母亲告诉我要带我离开豪里莱奇，我的末日也就不远了。我失去了泰菲、我的家和亲爱的父亲，就那么一下子，全都没有了。我觉得这并不是我的错，所以当时还是个孩子的我，就认定母亲是那个"坏人"，她应该承受所有的责备。毕竟，是她把泰菲送走的啊！

我想，她是不是已经把泰菲弄死了。那个所谓的农场，是骗我的吧！从那天起，在我的眼里，她就是一个怪兽，不仅毁了我的朋友，毁了我的父亲，还活生生地把我从家中剥离出来。都是她的错，一切都是她的错！在一个孩子看来，她对斯坦利实在是太残忍了，谁都能看出来他是那么需要她！虽然长着大脚的他有时会故作勇敢，装得像超人一样，其实他并没有那么勇敢，没有那么坚强！

因此父亲也就成了那个"无辜的"，"受伤的人"。一个无情的女人生生把我们分开了，他是受害者啊！和维奥莱特乘车离开豪里莱奇的那天早晨，我发了重誓：斯坦利，不管以什么方式，也不管在什么地方，我一定会以某种方式尽全力弥补你！

第十章　别样生活

他们的婚姻就这样结束了。维奥莱特真的已经受够了。"我想有一个能和我共同生活的丈夫，"她说，"我想要一个家。"

后来我将近三十岁时，我们开始像两个女人一样谈话，有一次她向我吐露了当年的想法，我才明白，她需要的是一种和谐的性关系。虽然她和父亲一生都维系在一起，彼此之间都怀有深深的感情，但和斯坦利做爱真的是一件很可怕的事。

母亲还曾用尽各种方法想要使他俩的婚姻更美好、和谐。父母两人忠实的朋友奥黛里多年以来都是站在母亲这边的。"根本没有用，"奥黛里说，"不过这一点儿也不奇怪，斯坦利根本不知道和一个女人待在一起时该怎么做。"我想，正是因为和他母亲生活在一起的时候，他总是充满了恐惧和自我厌恶，所以在他看来，做爱就是变坏了。

其他男人自然不是他这样了，吉米·弗斯特就是其中之一。父亲的情绪、行为方式总是变幻莫测，但他不一样，他是个很可靠的人，意志坚定，还很有耐心。吉米是二战后的退役海军。对了，他长得很帅，身体也很棒。

　　吉米的母亲和"大妈"认识，"大妈"一直都觉得维奥莱特应该选择这样的人当丈夫。在"大妈"的鼓励下，斯坦利不在家的时候，吉米叔叔就频繁地约母亲吃饭，去夜总会。最终，他的坚持和诚意有了回报。可就在他和维奥莱特快要结婚的时候，他还是很害怕会失去这个他苦苦追求的女人。"我记得和你母亲结婚那天，"他过去常说，"站在内华达州那个装饰得有些俗气的小教堂，我胆战心惊，生怕她最后会改变主意离我而去。我听牧师说，'那么维奥莱特，你愿意让詹姆斯作为你的合法丈夫吗？'当时静得可怕，我的衬衣都被汗水浸透了。"

　　虽然维奥莱特在婚礼上迟疑了片刻，不过她最后还是说："我愿意。"就这样，我们俩搬来和吉米叔叔同住。我们住在加利福尼亚州圣华金谷中部的奶牛镇——维塞利亚，东诺贝尔大街1500号的一间两居室。母亲的新丈夫在这经营了一个贮木场，他每天早上都是差一刻八点离开家门，晚上五点一刻回家。

　　我们搬进去的房子空空洞洞的，毫无生气，就只是房子而已。但这段新开始的婚姻让母亲充满了希望，她也想把这里变得美丽些。她和这个能满足她的男人之间性关系十分和谐，我觉得她第一次真正对生活满意了。她还把齐肩的头发剪短了，那白金色的发丝也恢复了自然的灰褐色。她和吉米之间稳定的新关系让她焕发出了一种前所未有的女性魅力。她开始忙着把这座了无生趣的房子打造成充满趣味之地。她买来很多钉子、螺栓之类的耗材，买来充满设计感的沙发、缝制好的窗帘，还有不少靠垫，所选的那些颜色和材质似乎都反映了她对生活新萌发的热情。她还到附近的田野里采野蘑菇，从花园里摘草莓，给我们做诱人的美食。

　　我努力去适应这个新环境。在这里我发现了自我，但我憎恨吉米，我觉得他就是一个侵略者，毁了我们的家，生生把我与至爱的豪里莱奇掰开！同时我也很鄙视母亲，因为我相信，是她背叛了那么深爱着她又需要她的斯坦利。而斯坦利也没做过什么能打消我这种念头的事情。每天晚上在维塞利亚，我躺在床上却根本睡不着，我是多么想念我在豪里莱奇的床，多么担心斯坦利啊！

没有了维奥莱特他该怎么办啊？他究竟是为什么让她离开呢？我满脑子都是他自己独处时，有可能发生的各种状况，必须得有人在那儿照顾他啊，那是一个能让他懂得一切都会好起来的人——特别是他在夜晚"神游"的时候，在他因为失眠、服药过度或饮酒过量而感到害怕，再一次觉得自己的生命快要散架的时候。

最后我不得不睡觉了，不过也睡得断断续续。每到夜里，我总会做一个又一个片段似的噩梦，我真的很困惑、很害怕。我会大叫着醒来，这时吉米或者维奥莱特就会到我房间里来。虽然我迫切地想有安全的感觉，但如果他们让我去他们床上睡，我是一定不会答应的。我才不想和维奥莱特，还有一个不是我父亲的男人躺在一张床上呢！那还有什么安全感可言！

我开始患有偏头痛，母亲觉得大概是因为我一直闷闷不乐。她知道我喜欢动物，有一天她问我想不想养只宠物，我一听特别高兴，还告诉她我要仓鼠和长尾小鹦鹉，因为这些可以在屋子里自由自在地走来走去或者到处飞！

他们在一起的第一年，吉米非常爱她。虽然她也很需要被爱的感觉，但吉米给她的爱似乎太多了，于是他就把爱转移一部分到我身上，虽然这并没有持续多长时间，但我至今仍对吉米表达对我的爱的两种方式心存感激。记得我头痛得最厉害的一次，他悉心照顾我，让我觉得他很高尚。他知道我在体育方面没有什么自信，就特意教我荡秋千、打棒球，最后我终于能把棒球打得很远，能越过我们的房子，甚至有时还越过邻居家的房子呢。正是他的鼓励让我变成了一个技术不错的运动员。学校里有人打垒球，我学得也很不错。我还跟男孩子们学踢足球，也蛮不赖的，我去哪个球队都是重要球员。最了不得的是，参加"12岁以下蛙泳比赛"时，我自己都没有意识到，我竟然打破纪录了！

而我不曾被别人察觉的一面，也得到了吉米·弗斯特的理解。虽然我会表现得很勇敢，但实际上我觉得自己什么都做不好。不曾想吉米竟然能了解那个不同于表面的我，还告诉我怎样才能做到那些以前我觉得自己根本办不到的事情。

在吉米给我上了那堂重要的棒球课没几天，母亲就告诉我一个可怕的消息：马上就要去新学校了。

一周后，我抖得像只野兔子似的走进科尼尔小学。到学校里该怎么做，我一无所知。因为我从小就很少和其他孩子待在一起，所以我根本不知道该怎样和他们相处。要是他们是马啊，羊啊，狗啊什么的还好点，我还知道该怎么办，可他们是人啊。唉！那些女孩子看起来人还不错，不过男孩子们总是注意我，我讨厌他们这样！刚来科尼尔小学的头几天，我设计了两个并不十分高超的计划，用于应对那些让我觉得不舒服的情况。

第一个方法是对付那些男孩子的，实施起来并不难。当有人靠近我或是想要和我说话的时候，我就会踢他们的小腿。显然别的女孩子之前都没有用过这一招，不过很快，她们一个个也都学会了。不到一周，班里的每个男孩子的腿都变得又青又肿。

至于如何能进入学术领域——如果可以用"学术"来描述四年级学生的活动的话——我却一脸茫然。阅读当然不成问题，我从三四岁就开始读书了，但班里的同学们读过的东西，我却一点也没看过。但是，我还是决定要做点什么，好给他们留下深刻的印象，而且我的确做到了——我写了一个关于《哈姆雷特》的读书报告。

我曾经和母亲一起看过这部电影。我还把一套《莎士比亚戏剧和诗歌全集》作为母亲节礼物送给她，里面就有《哈姆雷特》。我觉得班里应该没人听说过《哈姆雷特》或是莎士比亚，因为我们班里贴的读书报告可选的作家表里都没有莎士比亚，而我这么一个新来这里上学的四年级学生，写一篇关于《哈姆雷特》的读书报告应该会让他们印象深刻的。我当时觉得莎士比亚就是某个不知名的英国男人，《哈姆雷特》那部电影里的人们说英语的方式也是奇奇怪怪的。不管怎么样吧，我知道他很久以前就已经去世了，英国离维塞利亚也远着呢。那套全集里，《哈姆雷特：丹麦王子》是从第 998 页到第 1140 页。我写了读书报告交上以后，班里的其他孩子都特别惊讶我竟然读了一本 1140 页的书。幸好，我那聪明又善良的老师没有揭穿我。哈哈！

四年级结束的那天，我就把小鸟和仓鼠留给维奥莱特照顾，自己飞到洛杉矶去和斯坦利一起过暑假了。那会儿，他刚刚完成这一年在好莱坞博尔舞厅的终场"创意演奏会"，正在国会唱片公司录音。能再次和他待在一起我很高兴，而又一次回到豪里莱奇更是让我兴奋不已。

我和维奥莱特一离开豪里莱奇，"大妈"就搬过来给斯坦利看房子了。这次我回来，她还为我的九岁生日安排了一个聚会呢。这段时间里，我和斯坦利要么和"大妈"一起待在豪里莱奇，要么就去父亲租有海滨别墅的博尔博亚。斯坦利因为"创意巡演"损失了几十万，于是他决定成立一个小一点的爵士／舞蹈乐队，在俱乐部、舞厅表演的同时，还依然与"管弦乐队"合作举办演奏会。新成立的乐队在洛杉矶的绿洲俱乐部表演了一周，之后除了继续在绿洲表演，就是周末在父母初遇的地方——荣迪伍德舞厅表演。

第一周就在我们准备好要去博尔博亚的时候，"大妈"突然告诉我一些很奇怪的事情："蕾丝莉，不要穿着睡衣在乐队里那些男人中间走来走去。"她对我说这些干吗呀，我还只是个孩子啊！我从不在意自己是不是穿着睡衣。不过我也没问她为什么要告诉我这些，因为我实在是不想再和她争论什么了。但她的话的确让我很担心。

在博尔博亚的每天晚上，斯坦利去工作时我都会跟着他。他忙的时候，我就在冷饮小卖部附近，喝着可乐溜达溜达，或是去阳台读我的书。白天的时候我们一起去海滩，我会在他睡觉的时候用沙子垒成城堡。我们在一起的日子，总是充满了欢乐。

"天啊，小矮子，"他说，"和你这样待在一起真好，我真是太高兴了！"我们在沙滩上玩耍，或是一起去看电影的时候，他总会抓住我的膝盖，还使劲儿拧我，我尖叫着从椅子上跳起来，他却哈哈大笑。

父亲的行为模式有很多，其中有一种情况，他会像一只狂热的狗一样，毫无预兆地扑向我，好像要吃掉我。每当他狂躁得不能自已的时候，他就会这样，或是紧紧地搂着我，弄得我都无法呼吸了。如果我试图挣开他，他就会一把把我拉回去，还哈哈大笑。

那年夏天，他一直感谢我是他"最好的朋友"。我觉得蛮奇怪的，因为他不算是我的朋友，他是我的父亲嘛。但如果他希望我这样想，也没问题。其实我只拥有过一个最好的朋友——泰菲。

也是在那年夏天，斯坦利开始给我买珠宝——一个带小饰物的纯金手镯、一条金项链、一个中间有红宝石的大大的饰物。我很喜欢那块红宝石，让我觉得自己充满了活力。他还给我谈起他担心的事情，虽然他以前也这样，但这个暑假却比以前说得都要多，像是他因为"创意巡演"赔了很多钱，他害怕自己再也写不出音乐了等等。他还说自己想学习作曲，但是当务之急是赚钱再赚钱。

夏天结束了，我回到了维塞利亚，斯坦利也离开洛杉矶，开始了六个月为各地演出的奔波。那年圣诞节我没见到他。不过他每隔几个星期就会给我打电话，还给我发来许多电报，有些还很有趣呢。他很喜欢发电报，每次都署名："我所有的爱，斯坦利。"

回到维塞利亚后我又上了一所新学校。我不认识那里的任何人。来到学校后，我开始上五年级，还在那遇到了松田川崎。如果真有"灵魂伴侣"存在的话，我觉得我最亲密的"灵魂伴侣"就是松田了。

我们俩都是谢里拉·维斯塔学校的新生。松田是日本人，是一个佛学大师的女儿。她一年前就读的学校百分之九十都是西班牙裔，而谢里拉·维斯塔学校里面也没有别的亚裔孩子，整天和一群富有的盎格鲁—撒克逊裔白人新教徒（在美国社会中居中上阶层地位）的孩子待在一起，她觉得很不自在。

我就坐在她后面。"我每次回头看你时，"她说，"你都把手叠放在桌子上，坐得直直的，样子真奇怪。"她还觉得我的金发在头上卷成一圈的样子更好玩，她说："你看起来就像飞机上的副驾驶员，跟戴个耳罩似的。"

在我看来，周围的孩子没有一个有意思的，一个都没有。当然啦，除了松田以外。我问她喜不喜欢滑冰，她说喜欢。

后来的几个月里，我们俩天天都黏在一起。松田的父母"收养"了我——至少可以这么比喻吧——作为他们的第四个女儿。只要维奥莱特允许，我都会尽可能多的和他们待在一起。每次母亲一来接我，我和松田就会躲起来，能躲多久就多久，我总是想在"收养"我的家庭里多待一会儿。

松田一见母亲戴着很大的墨镜，开着黑色的凯迪拉克敞篷车，就说母亲很像电影明星，特别拉风。松田还很喜欢母亲的房子和她的家居装饰。我家里那舒适的查尔斯·埃姆斯椅子，那漂亮的织物，她都很喜欢，比起她家里的油毡地毯，她也更青睐我家的硬木地板。

斯坦利第一次来松田川崎家时，他从保时捷里出来的样子，就像马戏团的小丑从消防车道具里出来一样。他和他们打招呼的样子看起来也很温暖，很热情。在这之后的很多年里，川崎夫人都会说起斯坦利的温柔体贴和十足魅力。他高高大大的，川崎夫人则很娇小，于是他在和她说话的时候会专门屈下膝，这让川崎夫人一直都很难忘。

川崎夫人（我叫她"妈咪"）总是很惊讶维奥莱特和斯坦利离婚之后还是好朋友，而且斯坦利还经常来看她。"妈咪"曾对松田说，维奥莱特告诉她，自己离婚是为了给我创造一个真正的家。我想这也许是她与吉米的激情冷却后，努力说服自己接受新生活的一个借口吧。那时她才开始发现，她为自己选择的生活并没有想象中的那么激情四射。

没过多久，我就爱上了学校，开始了一种可以称之为"正常"的生活状态——没人会用"正常"形容我之前的生活。"收养"我的川崎一家都很善良，相互之间关系融洽，多亏了他们，我得以用新的眼光审视这个世界。和我之前已经熟悉的那种"疯狂"的居住环境相比，他们家有一种别样的感觉，他们都很正直、宽容，从不随意品评，妄下结论，也从不勉强我接受任何信仰。我曾经觉得自己的生活只能是一团糟，但现在不一样了，我渐渐开始有了些自信，在学校里也越来越突出，越来越优秀了。

我和松田干什么都在一起。两人的体育课都得了一个 A 呢。在学校的第一年，情人节的时候，我们为班里的每一个人都制作了节日卡片，又借来自行车，行遍全镇把卡片送到同学们手里。圣诞节到了，我们收集槲寄生，用棉白杨树枝做花环，再把花环都分发出去。我们还喜欢穿一样的衣服——蓝底的，上面还有红色条纹。每天早上，我们都会打电话商量怎样才能穿得更像些。

我生命中第一次有了归属感。每天只要川崎家一有什么活动，我都会参加——从每天早晨在川崎先生开车送我们去学校前，把他有点磨损的黑车擦亮，到洗盘子、做家务等等。我会和他们一起庆祝日本的所有节日，像是穿上传统的丝绸和服，和他们共庆佛的生日，也会几个人一块儿到田里野餐。我还把头发剪成了那种经典的日式波波头。每次和他们一起参加活动，我几乎都是几百个黑发东方人里的唯一一个白人，但我渐渐觉得我是松田家的一员：心灵纯澈而不浅薄，再也不像从前那样，觉得自己的生活一片混乱，一点归属感都没有。

1951 年 3 月，复活节假期时，斯坦利的乐队正在帕拉迪姆演奏。我和松田拿着母亲给的机票，飞到洛杉矶和"大妈"、斯坦利共度假期。空姐给我上餐饭的时候，我们俩还拿出儿童适用规格的筷子吃饭。到了豪里莱奇，我们在邻居的花园里摘花，做成花束跑到街上去卖，还把赚的钱都捐给了红十字会。

我们根据童话《长发公主》编了一出剧目，还售票在豪里莱奇的后院演出呢。我演的是长发公主，可是我没有那么长的头发，于是我们俩就在阳台上放了一根淡黄色的绳子，就当是长发公主的头发好啦！我们晚上有时会去帕拉迪姆，和着斯坦利的音乐一起跳舞，有时也会和"大妈"待在家里烤曲奇饼吃。

松田是我第一个"人类"朋友，我特别爱她。能和她在一起，又和斯坦利在一起，似乎把我生活的两个世界——维塞利亚和我与斯坦利的共同生活合为一体了。那段时间，我觉得过得特别神奇。但是，这种神奇的时光却好景不长。

第十一章　脱离苦海

父母的离异正合"大妈"的意。"大妈"渴求能有安全的感觉，而她想要有安全感，就得尽量掌控她认为能提供安全感的那个人。之前的很多年里，这个人一直是"老爹"，他工作稳定，他们有座又大又实用的房子，还赚了不少房租。但现在他俩离婚了，她就需要到一个新家实施自己的意志了。维奥莱特离开豪里莱奇后，她就把目标锁定在斯坦利身上了。

"大妈"开始掌控豪里莱奇的时候，她已经和"老爹"离婚了，而新的权力位置终于让她感受到了渴望已久的自由。她宣称自己现在可以把她的"精神研究"更进一步了，也就意味着阅读无数书籍，并结交一大堆她视为"导师"的人。

她掌管豪里莱奇的时候，不仅发挥了出色的厨艺，还把家里整理得井井有条，同时还常常会给父亲诸多"精神建议"，这样她就能暗示自己正在进一步进入斯坦利的生活。现在，斯坦利就是她的力量中心。而斯坦利正处在重塑自己的过程中，也极容易受到"大妈"的影响，她也乐意做他的导师和指引他前进的光亮。她会给他讲她在书里看到过的那些晦涩难懂的内容，还带领他进入了那个光陆怪离的"精神领袖"世界。这个世界简直就是好莱坞各类最"出色"人物的大杂烩，这里有些人其实臭名昭著，也有一些自封的"启蒙师"、"哲学家"和"圣人"等。

"大妈"常阅读的精神类书籍里，有 L . 罗恩·哈伯德和安·兰德的作品。很快，斯坦利也受到了兰德的影响。"我主要拥护的不是资本主义，"兰德说，"而是自我主义。但在自我主义和理性之间，我还是更拥护理性。""如果一个人能认识到理性的至高无上，并始终如一地把理性运用在实践中，那么一切都会水到渠成的。"兰德对"理性"的坚持让斯坦利觉得很安心，而哈伯德的"权宜之计"则让他更加充满希望。

我们曾多次造访帕萨迪纳市的一座红木大厦——帕斯尼基，"大妈"就是在那知道 L . 罗恩·哈伯德的。而出入帕斯尼基的人们也令"大妈"着迷不已。那些人就像电影里的角色一样，都很有意思，跟他们一比，豪里莱奇的客人就显得乏味多了。从我五六岁起，"大妈"就开始带我到帕斯尼基，那里的客人们会在一起讨论书啊，火箭啊，战争啊，炸弹啊，自由啊等等，而我则会一个房间接着一个房间地转来转去。

帕斯尼基的主人是杰克·帕森斯，他的真名是约翰·怀特赛德·帕森斯，一个聪明、温暖，充满野性又不失趣味的人——同时还是一个内心备受煎熬的人。许多比他有名得多的人，像沃纳·冯·布劳恩、西奥多·冯·卡门都称他为"火箭科学之父"。科学家甚至还以他的名字命名了月球背面的环形山。他个人对种种秘术玄学也很感兴趣。

有一天，杰克告诉了我一些事情。我至今都还记得他对我说："自由是件很危险的事情，但那又怎么样呢！毕竟我们不都是懦夫啊，是吧？"

"那你是个懦夫吗？"我问。

"有时候是吧，"他说，"但我学着让自己不要那么懦弱。"

我很确信自己是个懦夫，就问他："你能也教教我是怎么做到的吗？"他听后哈哈大笑。他怎么总觉得我可笑啊？

他的大卧室的墙上，挂着一把带棕色流苏的银制长剑，他指着那把剑说："自由就像那把剑一样，是双刃的，而且两边都锋利得像剃须刀。其中一边可以让你在柔风中，舞动着发丝，穿越苍穹；而另一边则会提醒你，你要为自己的所作所为负责。"

"不，蕾丝莉，你并不是一个懦夫，"他说，"如果你是的话，就不会出现在这里了。但是如果你认为自己是懦夫的话，就永远拿不起自由这把剑了。"

我没有完全懂他的意思，但我点了点头，因为我觉得他的话还挺有道理的。

有一天，我正在大厦后面看书（"大妈"和里面的人们忙他们的事情时，我就会待在这里）的时候，杰克从里面走了出来。他见我坐在一棵大橡树的树枝上，突然抓住我的腿，摇着我，我一下子从对书的陶醉中回过神来。他笑了笑。

"你喜欢爬树？"他说。

"我最喜欢的就是爬树了，"我说，"或许除了玩过山车以外吧。"

"你就不怕摔倒吗？"

"怕啊，有时的确会怕。但这也是一部分乐趣的所在，是吧？"

他又笑了起来。"不错，看来你还没被毁灭。"

"什么？"

"人们世代流传下来一些恶意的谎言，让孩子们因看不到超越尘世的幻觉而感到害怕。如果这种谎言把你催眠了，你也就被毁灭了。"

我听得一头雾水。我说："但我现在很害怕。"

"害怕什么呢？"

"黑暗。那些怪兽一到夜里就静坐在我的卧室里，让我做些我根本不想做的事情。我还害怕斯坦利，他一对着我大喊大叫，我就觉得我长大以后永远也干不了我想干的事情。"

"我明白了。蕾丝莉，虽然你自己还没有意识到，但我觉得你属于幸运的那种，你还是很野性的。"

"嗯，别人也这么说，不过也有人说我很顽皮啊。"

"那是因为他们虽然很费力，却还无法挫败你的精神。是你，让他们想起自己已经失去的自由，所以他们才憎恨你。各种各样的抑制、定律和规定生生剥夺了他们的自由，而人类竟然还在这样的情况下建造了一个可怕的世界，而且还无知到根本没有意识到自己的所作所为。只要他们看一眼这个可怕的世界或是'曾经放弃的自由'，就会非常惶恐不安，便又缩回到那个自己给自己建造的小监狱里，对着一些会因他们的胆小懦弱而赐福的伪善之神不停祈祷。"

我喜欢他说话的声音。之前没有人告诉过我这些，不过在一个孩子看来，这些都是很真实的。

"我一点都不想变成那样。"我说。

"那么你就要听从自己的内心。当那些怪兽吓唬你的时候，让它们见鬼去好了！一定要相信你的信心，它会让你更有活力的。不管别人怎么说、怎么做，也不管有多少人试图阻止你，都要跟随真心的指引。牢记这些你才不会出错。"

我永远都忘不了杰克。他和那些在豪里莱奇附近的人们不一样，应该说他不同于我认识的其他任何人。他不是一般的聪明，却也未能幸免于罗恩的骗局。刚开始的时候，杰克和罗恩志趣相投，很合得来，这是大家都知道的。可后来，罗恩竟然设计了一个"一定能成功的商业合同"，弄得帕森斯几乎倾家荡产，情绪也陷入了低谷。

除了 L. 罗恩·哈伯德和兰德的哲学理念，"大妈"还给斯坦利介绍了一大堆乱七八糟的想法，有的想法居然是相互矛盾的。他陷入到这些想法中，好像想抓住任何能拯救他的东西。斯坦利甚至开始机械地模仿起约翰·韦恩对于现实过于简单化的简述，把世人就分为好人、坏人，善良的和邪恶的。约翰·韦恩有一天这样对斯坦利说："他们告诉我世事非黑即白。"父亲就特别同意地说："是啊，可不是嘛！"

任何一个自我推销的"精神领袖"都想在我父亲身上发一笔财。"斯坦·肯顿"可是个名人，绝对赚了不少钱，这对于每一个"精神导师"来说，都很有诱惑力。于是在接下来的三年里，他们在"大妈"的邀请下，一个接一个地来到豪里莱奇。许多还表示自己很愿意帮助斯坦利，会从很专业的角度指导他。而他只需要遵从"导师"的指导，为他们的事业做出贡献，就会有所收获了。

而与此同时，运用四十件乐器的"创意"乐队在全国到处巡演，交通问题、经费问题都让斯坦利焦头烂额，很多时候他都得自掏腰包。他专门用两辆巴士接送乐师们，一辆全是爵士乐师，一辆全是自认为是传统音乐人的弦乐器演奏者。这两派乐师之间常常很敌对，弄得乐队的士气都很低。而每晚光卸东西、装舞台都要花费两个多小时。

虽然这种新音乐博得了一些有影响的人物的好评，但乐队几乎在每个地方都只演出一场，观众也不多。《纽约时报》的一名记者甚至这样描述斯坦利希望"创意"乐队能达到的效果："第一次成功地架起古典音乐和爵士乐之间的桥梁。"

他们在路上的时候，父亲不会坐在任何一辆巴士上，而是开着他的别克车，早早地进城去。他到了以后，会先做一些宣传用的唱片签名、广播和新闻采访等，为的就是在当晚演出开始前多招来些观众。这些都让他筋疲力尽，而他越累，意志却越坚定。不管付出什么代价，他都必须坚持下去。他服的安非他命和巴比士酸盐也越来越多了，他的身体真的已经无法负荷了，他却不敢停下来。"我觉得门口有狼，"有天夜里他告诉我，"我可不能让它们进来。"

假期里我和他待在一起的时候，他都不睡觉。而他又像我和母亲离开豪里莱奇几周前那样，开始在夜里来到我床上。他把头垂在床罩上，和我一谈就是几个小时。他需要与"经济怪兽"作斗争只是一方面，他的那些"恶魔"们已经挣脱开枷锁，开始从里到外一点一点啃噬他。而这样的痛苦让他一次又一次患上了神游症。

在他看来，精神病学已经失效了。大家发现伯尼·金德斯是个骗子后，他也摒弃了之前要当医生的想法。现在他觉得，任何形式的精神病学都是一堆废物。然而，他却还是会用从金德斯那里学来的理念和方法，分析乐队里的人和他认识的所有女人。父亲觉得他的分析会帮助别人，并指导他们的生活。他常常会用一些稀奇古怪的心理学方法，以他认为"为他们自己好"的方式，来掌控他的乐师们。虽然有些人对此很厌恶，但不少人还是怀着感激之心的，他们相信这个啰嗦的男人还是很关心他们的。

与此同时，斯坦利还想要安慰自己和其他所有人，"他自己根本没有因为离婚受什么罪"。其实，在他大肆声张的自我安慰之下，他内心的恶魔正在窃窃发笑。而"大妈"就在那里，握着他的手，指引他前行的道路。就算他总是在路上奔波，"大妈"和他也是一个电话就能沟通，她会倾听他的所有话语，同时也巩固了自己的"权威"地位。她那异常的洞察力、她的意志、她的智慧，都是斯坦利所依赖的。离婚的头两年里，他一直都是寻求她的指导和安慰——特别是关于一些极其私人的事情，像是他在经历了这么多的起起伏伏之后，越发觉得紧张不安了等等。他会说："毕竟'大妈'是个注册护士嘛。她懂这些事儿的，是吧！"或许她真的可以不让那些可怕的东西——愧疚感、意志消沉、愤怒、耻辱感、孤独、害怕失败等靠近斯坦利吧。他想要取得更大的成功就需要力量和权力，而她正好结交了一些很有权势的人物，大概可以帮助他吧。

最终，那些年里他对"大妈"的指导的迷恋和由此引发的信仰的扭曲，几乎影响了他整整一生。

第二部分　血腥回忆

第十二章　曼哈顿的屋顶

十岁那年，我念完了五年级，斯坦利已经安排好让我这个暑假去陪他，乐队将在大西洋城钢铁桥上的海洋舞厅表演一周。我挺喜欢大西洋城的。他在那里工作的时候，我们白天待在沙滩上喝鲜榨的果汁，一起玩耍，直到晚上演出快要开始了才回去。

那时候我已经坐过很多次飞机了，但母亲还是有点不敢坐飞机穿行美国。祖母斯特拉提议和我一起出发，她先把我送到大西洋城斯坦利那儿，再自己去看朋友们。她还说我们可以顺路到纽约"观光"几天。虽然我特别讨厌她，不过和母亲一起离开豪里莱奇后，我没再见过她，都有点忘了她的"本质"了。于是我就同意了，她便着手开始安排我们的出行。

7 月 17 日，我告别了母亲，在维塞利亚机场登上了联合航空公司的飞机，准备飞往洛杉矶。斯特拉会在那里接我的。我们计划在她家所在的南门市住上一晚，第二天乘机到纽约，在塔夫特旅馆待上三四天后再与斯坦利会面。

我一下飞机就看见斯特拉在那里等着我。我看着她，心里很害怕，但具体是为什么我自己也不知道。走到她家前门的时候，我甚至都开始发抖了。她问我："你是觉得冷啊，还是生病了？"其实都不是，大概是因为在那儿我想起了在船上的时候，我摔断锁骨后和她在一起的那些痛苦的日子。但也不完全是因为这些，其他一些事情也困扰着我，可我也说不上来是什么事情。

我觉得，以前和川崎一家在一起的时候，是那种温暖、安全、稳定的生活，可来到这儿却好像突然受到了威胁，甚至潜伏着凶险。斯特拉的房子很不干净——这不仅是说外在的不干净，就连这里的氛围，这里的一切都好像被蜘蛛网覆盖了一样。所有的东西都散发出老旧腐朽的味道，我简直无法呼吸。

她在厨房准备晚餐的时候，我问她："我可以给妈妈打个对方付费的电话吗？我想告诉她我到了。"她说可以，我就走进客厅，拿起电话拨零。

"我想打对方付费的电话，"我说，"到维塞利亚。"我的声音似乎有点怪怪的——好像听到了走廊的很远处有人说话的声音。"妈妈吗？"

"蕾丝莉？怎么你的声音听起来这么奇怪啊？发生什么事了？"

"我想回家。"我解释说。

"什么？"

"我不想待在这儿。我能回家吗？"

"为什么呢？"她问。

"我也不知道，我觉得这里很脏。我讨厌这里！我可以回家吗？"

"蕾丝莉，行程都已经安排好了啊，"她叹了口气说，"你就要和斯特拉去纽约了，该去见斯坦利了啊。"

"那我自己去纽约行吗？我不想在这儿睡，我害怕。"

"真可笑。你怕什么呀？"

"我不喜欢她。我不想和她在一起，好不好？"

"傻孩子，"她说，"现在我们也做不了什么啊。你总是大惊小怪的。"

"可是……"

"看，又来了吧。"

这次旅行之后的一些事情我都淡忘了。到了二十多岁，每当我又回想起那几年的一些经历，母亲就会提起我和她的这次通话。母亲说她之所以记得这么清，是因为那天我的所有行为都太反常了。

那天一晚上我都没怎么睡着。我躺在那里，看着床边窗户上的窗帘，怎么好像寿衣一样啊！我还想象着它会越变越大，再把我紧紧地包裹起来。啊！那种感觉，我甩都甩不掉。第二天早上斯特拉忙着收拾行李的时候，我就在想，我怎么会那么害怕呢？

我们乘机到纽约这一路倒是平平安安的，傍晚的时候就到了。以往我和维奥莱特都是直接从爱德怀特打车到曼哈顿，但斯特拉却说出租车太贵了，非要坐巴士。结果我们到塔夫特旅馆的时候天都已经黑了，连晚饭的时间都错过了。

"我饿了。"我抱怨着说。

"都这么晚了，别吃了，"她说，"等到明天再吃吧。"

第二天早上我们来到楼下的咖啡店吃饭。我点了法式吐司，结果服务员送来的是没有黄油的那种，我就想再要点黄油。但斯特拉却说："你不用黄油照样能吃，要黄油还得再掏钱！"

塔夫特旅馆位于第 50 大街和第 51 大街的第七大道的东边，房子倒是蛮大的，不过给人一种毛骨悚然的感觉。斯特拉怎么选择住在这儿呢？大概是因为这里每晚只要七点五美元吧。

接下来的几天里，斯特拉天天拉我去曼哈顿"观光"。无论我们去哪儿——从帝国大厦的顶层到洛克菲勒大厦的普罗米修斯金像，她都非要我照相，说是给旅行留个纪念。

第二天早上吃饭的时候，她不让我点鲜榨橘汁。之后还对我说："我们今天去干点特别的。我准备带你去见我在剧院的朋友，怎么样？”

我觉得干什么都比再去“观光”有意思，所以也就同意了。但是那天发生的事情，我至今都解释不清，那骇人的经历更是让我言不成句。

斯特拉给她的朋友和她其他一些孙辈的孩子买了一些俗气的纪念品，又带着我从第七大道往北走了两三个街区，这令我挺吃惊的，因为我知道的剧院都在第七大道往南的时代广场附近。我们往右转，好像是走到第54大街吧，又经过一段小巷。终于在小巷的尽头，那里的铁台阶再往上就是一个剧院的后台入口。我沿着阶梯往上走，进到剧院里。可那个经常应该坐着个看门人的办公间却是空空的。大概这么一大早，剧院里都还没什么人吧。

“在这儿等着。”她说后就往走廊另一边越走越远了。我听见了敲门声，还有人说话的声音。可接着似乎一切都安静了。空荡荡的剧院里的那种安静和一般的安静不一样，那种静寂就如坟墓一般死气沉沉。

我不想在那傻等斯特拉回来，就到舞台上，在绳索和沙袋间走来走去。舞台挺大的，上面还有块凹下去的地方，都能放下一整个乐队了。地板上还安了一些活动门，就在我想要打开其中的一扇时，斯特拉从我后面过来了，还有两个男人也跟着她一起过来了。其中一个个子高高的，脸又尖又长，另一个是个小矮子，蓝黑色的头发理得很滑稽，我都能看见他耳朵边的白皙皮肤，他的发丝也整得平平的，应该是用来布里尔①或是车轴滑脂吧，整个人看起来就像默片里的坏蛋的缩小版。不过我可不喜欢默片。

斯特拉还告诉了我他们俩的名字，不过我没有在意。对于我不想记住的人，我根本记不住他们叫什么。

---

① 一种男士用发油。

"你想去化妆间看看吗？"那个高个子问我。那时候我已经不知看过多少化妆间了，再去一个化妆间有什么意思啊！不过我觉得这也比再和斯特拉去"观光"强，所以我说"好的"。

"我四点左右回来。"斯特拉说后就把我留给两个男人，自己一个人离开了。

小个子男人抓着我的手，走过一段通道，一路上两边都是门，我还记得有一扇门上标着"柴宁小姐"。我当时在琢磨，这柴宁小姐是谁啊。但不管她是谁，我都企盼她那天早晨能在剧院里，那样就不会只剩我一个人孤零零地和这两个男人在一起了。

我们走进一个大房间，里面好多好多舞台用具——衣架上挂着的燕尾服、鞋子、化妆品、羽毛、照片等。

"你祖母说你想学学跳舞，"其中一个男人说，"不如这样，我们来玩点有意思的。我们给你化化妆，再教你点什么。"

我记得这俩男人来回走动的样子，相互接触的方式都很怪异。他们用粉饼往我脸上擦，给我粘上假睫毛，把我的嘴唇涂得红亮红亮的，还往我头上套了个很紧的网套，又给我戴上了个红色的假发。

"咦，不太好看啊。"小个子男人说着就把红色假发拿掉了，又换上了一个银金两色相间的假发。

"这样看上去就挺雅致了。"那个高高瘦瘦的男人说。接着他把自己也化妆成女孩的模样，小个子见他这么做，自己也化了化"女孩妆。"

他们化好后，高个子男人说："来，我们给你找点衣服穿上。"我们又来到一个房间，那里面东西真多，有男人的西服、帽子，还有一个金属杆上的裙子、长袍都快挂不下了。墙边放着伞、小丑的服装、裁缝用的人体模型、鞋盒等等。木架上堆放着假发商的十来个头部模型和一大堆假发。栏杆上还有面具和一些亮闪闪的材料，带衣架子的衣服也挺多的，每件上面还都写着名字。

他们告诉我不能动那些上面标有名字的衣服，其他想玩什么都可以。哈哈，这可真是孩子的梦想！于是我试了一个又一个帽子——有那种轻佻女孩戴的小帽子，男人戴的大礼帽，一个上面有粉色羽毛的帽子，一个像罗马士兵戴的头盔，一个罗宾汉戴的脏兮兮的绿色帽子等等。

我兴奋地在那儿更换衣服、照照镜子，像玩变装游戏似的，都没在意那两个男人在干吗。我还在一个大盒子里找到了一件大概是小丑服装的下半身，上面全是色彩明亮的大水钻，宽大的腰部还系着个背带。我穿上它，把背带往肩上一挂，裤子太宽大了，我走起来都晃晃荡荡的。

我一看那俩男人，他们也正忙着脱衣服、穿衣服。那个发型怪怪的男人穿了一件带红色亮片的紧身长袍，不过衣服穿他身上显然太长了。他又在身子前面塞了点东西，看起来像有胸一样。那个瘦骨嶙峋的男人脱了衣服后，又穿了条内裤，那真是我见过的最紧的内裤了，看起来就跟系在一起的几根绳一样。他还套上了一个黑色的长袜带，穿上一双木屐式坡跟鞋，接着又在乳头的地方粘上闪亮的流苏，戴上从我头上摘下来的红色假发。他拿起一把很大的扇子，来回转动起来。

"来点音乐。"他大喊道。墙边的长凳上有一个唱机和一叠老式唱片，那个瘦高个就拿起一张唱片放在唱机转盘上。那音乐有点类似布鲁斯，不过挺慢的。他们俩就合着很有节奏感的音乐节拍跳起舞来了。

那个瘦高个还说："来，过来和我们一起跳啊！"我也想跳舞，不过那小丑服太宽大了，我走路都不方便。他俩见我这副样子都哈哈大笑。

"脱掉！脱掉！脱掉！"他们像唱歌似的不停说着，还围着我转来转去。于是我就把裤子脱了，现在我下身只剩一条内衣裤了。

"过来啊，"小个子说，"我们教教你怎么跳舞。"他扯下我的贴身内衣，把一个带流苏的胸罩戴在我才十岁的胸脯上，实在是太大了，只能在后面用别针别住。接着往我身上裹了个长袍，在颈部系好。他们边跳着舞，边给我套上一件饰有蕾丝边的衣裙，又给我系上丝巾，带上项链、人造宝石、耳环、手镯、手臂套等。

我当时觉得挺好玩的，不过也感到很害怕。他们俩中有一个给我戴上一顶松软的帽子，穿上带红色吊袜带的粉色丝袜，还往我脖子上系了条女用鸵鸟皮围巾。我猛然间觉得，他们是要用脱衣舞女的装扮把我闷死吧。

他们又笑了起来，嘲笑我，还对我大喊大叫，说我是莎乐美[1]、莎蒂·汤普森[2]、巴比伦大淫妇[3]。我只觉得整个屋子都在旋转。他俩从栏杆上取下许多面具，一个一个戴过就扔到一边。他们嘲弄我，对着我的身体乱戳，还把我的衣服撕得一片一片的。我感觉自己处在一个漩涡似的梦魇中，却怎么都醒不过来，还恶心得难受，一下子就吐了起来。"看看你干的好事！"其中一个男人尖叫道，"你这个没规矩的下流孩子！"我吐在了一些衣服上。"坏女孩！趁着还没人发现你，赶快滚吧！"

"过来！"小个子说着抓住我一边肩膀，那个瘦子则抓住我另一边的胳膊。他们都抓得特别紧，我根本动都动不了。他们拖着我进到一个走廊，把我挤到大厅尽头一个厚重的大门前，我们旁边就是有混凝土台阶和金属栏杆的楼梯井。

"上去！"瘦高个大叫道。

我开始沿着台阶往上跑，他们就跟在我后面，不过我比他们跑得快。那楼梯井很潮湿，好像还有尿骚味。

"快！快！"他们尖叫着。

我终于跑到楼梯顶部，撞上了一扇门。那门上还有个闩——就是往下一推就能打开门的那种。我打开门后，发现里面是一个很大的屋顶平台。我一进去，发现在这个屋顶平台的旁边，还有其他建筑的屋顶平台，我

---

[1] 在王尔德的戏剧《莎乐美》中，莎乐美代表了美艳和危险。

[2] 同名电影中一个爱抽烟喝酒的年轻妓女。

[3] 《圣经·启示录》中提到的寓言式邪恶人物。

想着或许我可以从一个屋顶跳到另一个屋顶。我跑到平台边上，发现两个平台之间的距离实在是太远了，我根本就跳不过去。我又跑到相邻的一边，但那儿什么也没有，下面就是街道——根本无处逃生。我往后退了几步，忽然觉得眼前一黑。

等我醒来的时候，我发现自己赤身裸体地躺在一张暗红色的沙发上，应该是皮革面的吧，因为我整个人都是黏在上面的。身上还盖着一条毛茸茸的棕色毯子，也是潮潮的，弄得我浑身直发痒。我坐了起来，往四周看了看，觉得这应该是一间办公室，有桌子，桌子上放着纸张和一部电话，屋里还有一些木制的档案柜。而我的衣服竟都堆放在一个棕色的旧椅子上。我把脚往地板上一放，感觉凉得就像混凝土一样。我站了起来，发现自己已经不头晕眼花了。

那俩男人呢？不见了。

斯特拉回来的时候，我已经穿好自己的衣服了。那时我头发边还有一块一块的雪花膏，不过脸上可怕的妆好像已经被人擦去了。我当时胆战心惊的，连哭都不敢。这时，那两个男人也已穿好自己的衣服，从门口过来告诉斯特拉我是个"坏女孩"，接着就哈哈大笑起来。斯特拉假装很诧异的样子，然后也和他们一块笑个不停。

"她会变成一个魔鬼的。"瘦子说。

"那是，她生来就那样，她母亲就是个魔鬼。"斯特拉说。

我觉得自己干了坏事情——而且是特别坏的事情，要是有人发现了，我就得下地狱。虽然我不确定到底做错了什么，但却能特别肯定一点，我永远都得不到宽恕。

从那天起，斯特拉开始围绕我编织一个秘密和耻辱的网。多年以来，那张网就像散发恶臭的雾一样笼罩着我。不久之后，我意识到，那天在剧院里发生的一切都是她处心积虑安排的，就是为了让我陷入罗网，就像她很久之前使斯坦利陷入罗网一样。其实早在很久以前，她自己就已经陷入了充斥着愧疚、耻辱、私密和污秽的泥潭了。

我们回宾馆的一路上都没说一句话，吃饭的时候也很沉默。吃完饭后，她说："除非你从现在开始，都按照我说的去做，要不我就告诉你爸妈你有多么邪恶，还把你那些下流的事情都说出来！"

在她孙辈的孩子中，我是最特立独行的一个了。斯坦利的小妹妹厄玛·梅伊的两个孩子——珍妮丝和雪莉面对斯特拉时，都会假装出平静镇定的样子。当时年纪尚小的简和她父母甚至还在回国后和斯特拉在一起住过一年呢。斯坦利的大妹妹比尤莱的三个儿子——盖里、巴顿和小斯坦利，住的和斯特拉家也仅隔着一个半街区。童年时，他们就深受斯特拉的影响，但只有盖里有些厌恶她，她最喜欢的外孙巴顿还很敬爱她。巴顿在东洛杉矶学院上学时还和她在一起住了两年呢。最近有次我问起巴顿对斯特拉的印象时，他说："她是我见过的最有爱心，最善解人意的人了。"大概和斯坦利一样，斯特拉也有多重性格吧。巴顿印象中的外祖母显然不是我印象里的那个斯特拉。

开始写这本书的时候，我就决定要尽可能多地了解祖母这个人和她的家庭背景。我试图弄清楚，是什么造成了她性格的多面性。我从来不明白她为什么会那样对我，也弄不清她的行为方式怎么总是那么奇怪，她又怎么会有两种截然不同的生活方式呢。

白天的时候，斯特拉是宗教科学联合教会的中层成员，会做做园艺，养养长尾小鹦鹉，收集咖啡罐子，玩玩凯纳特纸牌游戏，也会和孙辈的孩子们打打乒乓球什么的。可到了夜晚，她却开始漫游。她常常会毫无征兆地在深夜或是黎明时分，突然出现在斯坦利表演的舞厅或者家里——而且多是不请自来。斯坦利还说，她晚上有时会去参加一些奇奇怪怪的聚会，里面的人相互称呼的方式都很诡异。

虽然对社会边缘人——像是放逐者和不适应环境的人很感兴趣，但她一直都因自己家族的血统而十分自豪。她的祖先可以追溯到乘坐"五月花号"来美国的清教徒，后来有人参加过美国独立战争，也有胡格诺派教徒、商人和富有的牧场主，还出过美国总统呢。而她的父亲塞拉斯·埃德加·纽科姆就经营大牧场，收入颇丰。她很崇拜自己的父亲。但事实上，塞拉斯从来都不在乎她，甚至曾经深深地伤害过她。

塞拉斯和他的哥哥丹尼尔·以法大·纽科姆是他们家族的第九代子孙，两人都是科罗拉多州拉贾拉地区颇有声望的居民，很有影响力。塞拉斯在镇里有个大牧场，还有一座富丽堂皇的房子。连当地的报纸杂志都常常对他大加赞扬呢。

塞拉斯把他的四个孩子和妻子们（他先后有过三次婚姻）视为自己的"财产"。他要求妻子能尽职尽责，生儿育女，把自己打扮得漂漂亮亮的，不过永远不要干预他的事情。对于几个儿子呢，他希望他们也像自己一样好好发展、赚钱，有社会地位，而且能领导整个家族。女儿们嘛，就要有"女性的追求"，从小就让她们接受绣花、音乐、厨艺，甚至可能还包括写作等多面的训练。同样，她们也要小心翼翼的，不能干预塞拉斯的任何事情。

在我成长的岁月里，祖父常常给我讲起斯特拉家族的一些事情，特别是我去他在科罗拉多州的山羊牧场看他的时候。早在结婚之前，他和斯特拉都还只是小孩子的时候就已经认识了。很显然纽科姆家族有着森严的等级制度。据祖父说，斯特拉的兄弟们成长的过程，也是一个慢慢熟悉他们这些地方精英的秘密活动的过程，像是参加共济会的各种精心策划的活动等。而这些活动都是秘密进行的，妇女、孩子们都无权过问。

还有一种在牧场、仓库里进行的活动是与此截然不同的。这些活动可能是为了有个好收成，或是保护塞拉斯的获奖骡子和牛儿不受侵袭。

这就和那些秘密活动大不一样了，是可以让妇女们参与的。事实上，这些活动还必须有妇女、儿童的参与，总得有人在祭牲之后打扫收拾吧。

祖父说，斯特拉从小到大干的农活都是最多的。她这么卖力无非是想博得塞拉斯的喜爱，但她的尽职尽责却从来没有得到过任何回应。"她真的是个好女孩，"祖父说，"她有点像童话里忙着洗碗的侍女，总是费尽心思想要取悦纽科姆先生，但他根本就没有注意过她。"

而斯特拉感受最深的却是塞拉斯对她的控制，而且大家都觉得，这种控制存在于她生活的方方面面，从穿什么到做什么，她都得听他的。但每一次，她以女儿的方式去接近他、去爱他时，他却视若无睹。他训斥她爬树的样子像个假小子似的，还吓唬她再不学点"优雅的礼仪"，就找不到个好婆家。祖父还说："我从来就没听见过塞拉斯夸奖她。"

祖母在这样的家庭中长大的确很不容易。虽然她很聪明，而且最终也遵从塞拉斯的意愿，钢琴弹得很娴熟，但她总是一副病恹恹的样子，看起来姿色平平。这样的她在塞拉斯心目中，地位自然很一般。早在她出生之时，塞拉斯最喜欢的女儿就是格德鲁德而不是她。多少年了，不管斯特拉怎么做，在塞拉斯眼里，她永远都不够好。

同样的，祖父弗洛伊德·肯顿也是塞拉斯最不喜欢的那种。祖父有林肯式的修长身材，六英尺四高，那双摄人心魄的蓝眼睛就如青花器般闪亮，他是个很有魅力的人，总是充满活力，不管到哪儿都很受欢迎（他的很多优点后来都遗传给了斯坦利）。祖父会弹吉他，故事讲得特别棒（这在广播和电视问世前可不是一般的才能啊），还能跳段吉格舞呢。他性格自由奔放，还总有些别出心裁的点子。反正总的来说，他就是好人一个。斯特拉特别迷他，不仅因为弗洛伊德总是干劲十足的样子，还因为与塞拉斯对自己的不理不睬不同，他很关注斯特拉。祖父完全是靠自学成才的，而且相对于纽科姆家族男人的理性，他更加感性。

1910年7月16日，塞拉斯·埃德加·纽科姆去世了。到了第二年3月，斯特拉已经怀上了弗洛伊德的孩子，于是他们匆匆结了婚，离开家乡来到堪萨斯城。弗洛伊德还在那儿找了份屠夫的工作。1911 年 12 月 15 日，在南分恩大街 120 号的白色小房子里，我的父亲斯坦利·纽科姆·肯顿出生了。但直到 1912 年 2 月 20 日，斯特拉和弗洛伊德才写信给科罗拉多州的亲戚朋友说他俩的儿子诞生了——并且说是在写信前一天出生的。等到几个月后，他们带着孩子回到拉贾拉，谁见了都会一遍又一遍地说："这孩子怎么都长这么大了啊！"

但斯特拉和祖父的婚姻最终却演变成了一场灾难。不过这也不是什么太出乎意料的事情，毕竟他们俩之间有太多的不同。她是那种冷若冰霜的女人，又很坚强，凡事都习惯先深思熟虑一番，为了未来更是可以破釜沉舟。她把丈夫看成是自己的"财产"，觉得就应该像塞拉斯对她那样指导、控制自己的丈夫，这是她的责任。但是有谁能掌控小精灵的意志呢？弗洛伊德是个满怀梦想的人，还很有趣，他热爱生命中的每一刻，而且毫无缘由，只是单纯的热爱而已。而且与斯特拉不同的是，他是一个淡泊名利的人。我记得他总是宽厚待人，很有爱心，不止一次地把自己身上仅有的一点钱给路上遇到的可怜人。

于是很自然地，斯特拉不久就开始对他们的婚姻非常失望。伤心又生气的她便把注意力转移到了斯坦利身上，从此斯坦利就成了她梦想和希望的中心。她悉心照顾他，教导他，希望有一天他能带来自己渴望已久的东西——社会地位、财富、结识达官贵人等等。我见过一张父亲十三岁那年的照片，他穿着一件笔挺的衬衣，还系着领带，下面一条灯笼裤，还套着中筒袜。站在他左边的是他的妹妹——当时七岁的厄玛·梅伊，右边是十岁的比尤莱。照片上，父亲笑容可掬，每一根头发都梳得整整齐齐的。很显然，他已然成了斯特拉"最喜爱的儿子"。

我第一次看到这张照片的时候，眼泪簌簌地就流了下来。那个斯特拉费尽心思培养出来又极力掌控的青春期少年，其实和父亲的本性相差甚远啊！直到现在，每每看到这张照片，我还浑身战栗不已。

斯特拉就用塞拉斯对待自己的方式培养斯坦利。后来，我对父亲和祖母家族的血统了解得越多就越肯定，斯特拉对斯坦利的控制欲和他们对各种隐私的迷恋，其实并不是从他们才开始的。这种基调早就奠定了。我研究从祖母再往前代的家谱时发现，有两大主题贯穿了纽科姆家族和布拉福德家族。第一，斯特拉的祖辈中有很多都像她一样过着双重生活。表面上，他们是特权家族，地位高且责任重，为人都很正直，是人们顶礼膜拜的对象。他们觉得自己天生就是道德的评判者，有义务对道德缺失的行为作出评判，并且实施必要的处罚——哪怕这样意味着对他人残酷的剥削。而这就是他们道貌岸然的背后很阴暗的一面。

斯坦利也和我谈起过几次斯特拉的双重性格。私底下，他总是不无蔑视地将其称之为"我妈妈的分裂生活"。但每次我让他多说点时，他就会转换话题。

像斯特拉一样，她的祖辈也通过各种仪式活动聚拢力量——这是家族的第二个主题。虽然表面上一个个正直诚实，他们其实都有极为隐秘的私生活。他们不仅花了很多精力掩盖自己的阴暗面，不想为外人所知，还用谎言、自负和"正当的理由"拼凑的薄膜蒙在自己的真实意图之上，告诉自己所有的行为是正确的。他们中除了像我父亲那样有心理病态性格的，一直以来一定都备受自我厌恶、恐惧和挫败感的折磨，他们谁都不敢跟从自己内心的指引。或许他们为了达到目的，不惜欺骗他人，给别人造成精神创伤，只是为了达到掌控别人的目的。

对于和斯坦利有关的活动，斯特拉都很感兴趣。奥黛里曾对我说："斯特拉过世的前几年里，我和斯坦利看过她几次。她总是用他俩之间私密的交谈方式说话，弄得我一头雾水，很不舒服。斯特拉会说，'斯坦利，你能起来去厨房吗？我把你变成黏糊糊的东西怎么样？'

他就会说，'我还没准备好呢。'

131

她又说，'你想输点血吗？'

斯坦利就会笑笑，继而表示同意。我觉得很迷惘——就好像他俩之间有什么不可告人的秘密似的，不想让我知道。"

起初，当我对纽科姆家族了解得越来越多，一想到他们这种唯一的生活方式——运用阴谋诡计，延续了一代又一代时，不禁觉得很恶心。后来，我逐渐获悉了更多关于父亲一生恐惧心理来源的信息，心情也沉重了许多。而那种恐惧的心理，不久也成为了我生活中的一部分。

第十三章　无处可逃

斯特拉又在大西洋城待了两天。那两天真是难熬，每次她一看我，我就觉得恶心、肮脏——心里还满是愧疚感。我不知道她到底是信守了承诺，还是已经告诉了父亲所发生的一切。我特别害怕，甚至她不在我身边的时候，都还心有余悸。

我开始有了两方面的变化：我强烈地感觉到我被玷污，成了一个危险的孩子；我像是感染了某种厉害的病毒，不，更强烈的感觉是我就是那种剧毒的病毒。我不敢与人接触，生怕他们也会罹患这种病。但与此同时，那些关于剧院里和屋顶上的回忆渐渐褪去了，就像电影的银幕渐渐模糊一样。记忆逐渐淡去，我却越来越觉得自己是个被玷污的人。

我体内的一些保护机制开始把那些回忆转换成感官上断断续续的片段，还把它们都隐匿在我脑海中最隐秘的地方。渐渐地，我的意识知觉中不再出现那些镜头，不久我甚至都记不起来那些事了。这样一直持续到多年以后，我才又回忆起那件往事。但那种创伤带来的伤痛却始终如影随形，像刺激很强的静电干扰一样，让我生理、心理上都很不舒服。

我的思维开始有两极的状态，要么很麻木，要么很警觉，但为什么警觉，我却茫然不知。

虽然我的耻辱感和自我厌恶的情绪与日俱增，但能待在大西洋城我还是很高兴的。可以说这里是我和斯坦利最喜欢的地方了。乐队会在钢铁桥末端的海洋舞厅表演，我们俩也得以有一个多星期的时间来放松身心。我们常常住在木板路的一家宾馆。宾馆不是很新，不过从这里大大的窗户可以眺望蓝色的海洋，当时维多利亚式建筑风格已经不太受人追捧，但这家宾馆还是保留了维多利亚式建筑的诸多魅力。我们喝着最喜欢的鲜榨橘汁，一杯接一杯，直到都喝不下去了，哈哈！早餐的时候我还是会点法式吐司，还问斯坦利我可不可以要点黄油。

"什么？"

"黄油，我想要点黄油抹在吐司上，可以吗？"

"不放黄油放什么啊？番茄酱吗？"

我笑了起来。

"最好再来点枫糖浆。"他说。

大西洋城钢铁桥的末端，每天下午都会有一个用起重机吊着的男人骑在一匹漂亮的白马上。我每次看到都会觉得特别害怕，马儿多好啊，我可不想生生看着这么可爱的生物受伤。只见那滑轮一点点把人和马越拉越高，一直升到一百多英尺高的空中。那马儿在一个仅能容下它蹄子的平台上颤抖不已，我的整个身子也跟着抖了起来。

男人用鞭抽着马儿，让它还往前走。我哽咽了一下，闭上眼睛，转过头去。围观的人们一个个也都屏气凝神。父亲抓住我的手，"看啊，小矮子！"他说，"快睁开眼啊！"我知道那个男人要让马儿往下跳了，可我不想让他这么做。"看啊！蕾丝莉！"父亲说。

"不！"我哭喊道，"我不看，我就不看！"

可那匹勇敢的马儿却似乎很相信那个坏男人，猛地跳了下去，"扑通"一声消失在了海洋中，激得水花四溅。看得我心惊肉跳，出了一身冷汗。唉，我确信马儿已经死了。

可是没过几秒钟，马儿又露出了水面，男人也还骑在它上面。我"哇"地一声就哭了起来。谢天谢地，它还活着！我多么希望自己也能像它一样坚强而无所畏惧啊！

斯坦利低头看着我哭泣的样子，很是惊讶："怎么了，小矮子？"

"我怕它会死啊！"

他用大手一把把我揽在胳膊下面，又像起重机把白马吊起来那样，把我提到他胸前，我猛然感觉到他的心跳了。他抱我抱得特别紧，我都快喘不过气了。可他看我这副样子居然又笑了起来。我就使劲儿推他的胸膛，想要从他怀中挣脱开，但自己也跟着笑了起来。终于，他把我放下来了。我看到那匹马和男人游回到岸上，我们俩也和桥墩上的其他人一样，拍着手高兴地叫喊着。

我们离开大西洋城以后，一直都开着车到处奔波，从宾夕法尼亚州到加拿大，后来又辗转到西部。工作的地点实在都太分散了，有时我们一天有六七个小时都在车上呢。不过那年夏天也是我们俩第一次待在一起那么久。我们经常讲故事，有时他刚说一个故事的开头，我就顺着情节往下说，一直到讲完。我开始讲故事的时候，他也会这么做。每次我们俩都会胡编乱造地讲个不停，最后连自己都笑得不行了，反正是打发时间嘛！

在路上的时候，他提起过很多事情。他说心理分析一点作用都没有，让他大失所望。我听了其实挺高兴的，因为在我看来那些东西根本一文不值。他还坦承，过去经历的一些事情——特别是他童年时期的一些经历（虽然已经不完全记得了），始终都是他前进的障碍。

"前进？往哪儿？"

"像是写出好的音乐啊，"他说，"自己快快乐乐的，也让维奥莱特幸福啊，反正很多很多。"

我看着他一脸悲伤的样子，心里也特别难受，我不想看见他这样啊！每次他心情不好，我也会跟着难过起来。我问他伤心是不是因为维奥莱特去和吉米一起住了，他没有回答我。

那年夏天他还说了一些其他的事情，包括在"大妈"给他的书里读到的东西等等。他说有本叫《排除有害精神疗法》的书真是不错。据说卖了十几万册呢！嗯，听起来是蛮畅销的。斯坦利说，所有人的难题都是由"记忆痕迹"引起的。"记忆痕迹"是人们对于那些已发生的糟糕事情的记忆，属于潜意识中的记忆。他还说，"正是这些有害的记忆让你不能拥有真正健康的身心，不能想干什么就干什么。"

我好奇地问他："'排除有害精神疗法'是不是就像用橡皮擦掉黑板上的字一样啊？"

"是的,就和那一样，"他说,"这就是'清除'。当所有的痕迹都被'擦干净'后，你的脑子也就'干净'了。'排除有害精神疗法'在这方面是很有效的。"他还说曾和一个所谓的"审核员"一起做过一些事情。"'审核员'会问一些问题，最后，你的反应式心灵就被摧毁了。"

"那然后呢？"

"然后你想干什么就能干什么，你会有非同寻常的力量的！"

"啊，这么恐怖！"我说，"不管我脑子里想什么，我都不允许任何人干扰我的思维！"他一听又笑了。

后来我才知道，提出"排除有害精神疗法"的就是 L. 罗恩·哈伯德。他在 1950 年春天的《惊奇科幻》杂志上发表了一篇文章，第一次提出了这一概念。没几个月，他的书《排除有害精神疗法：现代精神健康科学》也出版了。

哈伯德提出一种假设：人们生理上、心理上的种种问题都是由于那些储存在"反应式心灵"中，关于创伤的回忆所引起的。"排除有害精神疗法"的目标就是控制心灵，把那些痛苦的记忆统统删去，从而消除各种不良情绪和生理疾病。哈伯德还说，"排除有害精神疗法"在很大程度上，可以说是起源于身心医学。

"大妈"不仅把 L. 罗恩·哈伯德的书推荐给斯坦利，还邀请哈伯德本人来豪里莱奇。罗恩和斯坦利待在一起的几天里，引导斯坦利开始了一种"审核"的过程，来帮助他应对那些"记忆痕迹"。哈伯德在近海的地方停有一只船，斯坦利和"大妈"还在上面待过一段时间呢。以前帮助父亲解决问题的是金德斯"博士"，现在变成"排除有害精神疗法"了，而他也像以前痴迷精神分析那样，对这种新疗法着迷不已。

那年夏天，斯坦利工作得特别卖命，天气炎热，他总是出很多汗。后来他随身携带一条毛巾，弹钢琴的时候就放在琴架上，一出汗了就擦擦。那几周里，他每晚工作的时候，我就会一本接一本地读书，直到他收工。我总觉得他看起来蛮忧伤的，唉，也不知道那些"记忆痕迹"清除了没有。或许到头来，他对"排除有害精神疗法"的评价，也和他对其他最终拒绝的事物的评价一样："只是一堆废话而已"。

每次收工后，他都会喝很多酒，就算我们还得开车赶去第二天的工作地点，一夜都不能睡觉时也不能例外。我讨厌他喝酒，因为他只要一喝酒就跟变了个人似的，一点都不好玩，而且好像都不记事了，也不叫我"小矮子"了。

整个夏天，我们都在为工作到处奔波，不知住过多少个旅馆，每天都在赶时间，连吃饭都是急匆匆的。他还让我当他的"导航仪"，他会告诉我要去哪儿，然后在地图上找到最近的路就是我的任务了。我总是害怕会出错。哪次我真搞错了，我们就得停在路边，找人问路。指路的多是一些"怪老头"，他们会说我们的目的地就在"这条路上，已经不远了"。这倒还好，要是他再加上一句"你们一定能找到的"，我们俩最后是绝对找不到地儿的。

不知不觉已经是 8 月末了，我们已经完成了在全美各地的演出工作，回到豪里莱奇了。斯坦利又开车把我从洛杉矶送回维塞利亚，他在妈妈设计布置的房子里待了几天。这座房子是由玻璃和钢铁组成的，屋外有一个大院子，一个游泳池，前门和卧室之间还有一个九英尺长的室内花架，上面栽的都是些热带植物。斯坦利觉得这里相当不错。

维奥莱特见到斯坦利总是很高兴。他俩会坐在客厅，大晚上了还聊个不停。这时，吉米就会独自一人猛灌下一杯又一杯酒，还不停地抽烟。有时他俩说话声音还很大（他们经常这样），有时甚至还拥抱、亲吻。这时，吉米只能是再递给他们一杯威士忌，那脸色可真不好看。

回到维塞利亚两天后，我也该去上六年级了。学校里来了一位新老师，名字怪怪的，叫"小锄头先生"①。当时我绝对想不到，"小锄头先生"最终竟成了我心目中最优秀的老师。他个子挺高的，比斯坦利还高一点五英寸呢。大伙都很喜欢他，仅仅几周工夫，他就把班里那些捣蛋鬼调教地服服帖帖的了。他是第一个让我觉得可以依赖的人，和他在一起，我就觉得安心、踏实，而这种安全感也使我不断成长起来。

真是多亏了"小锄头先生"，我才真正爱上了学校。终于，在那么多年近乎疯狂的羁旅生活之后，我突然觉得每天早上去上学是一件多么美好的事，而学习就是一场永不停歇的游戏。每天早上六点半或七点，我就从家出发了，再步行三十分钟到学校。我每天都第一个到！我喜欢在校园里走走逛逛，擦擦黑板，也爱和"小锄头先生"聊聊，谈什么都行，

---

① Widger 在英语中既是姓氏，又是普通名词，意为"小锄头"（一种园艺工具）。

我都很喜欢！

虽然那种在纽约时就有的"被玷污"的感觉，让我在面对川崎一家时产生了距离感，但又能和他们待在一起还是让我兴奋不已。慢慢地，我和松田又开始了我们的那些恶作剧。不过接下来的日子，就那么平淡无奇地过去了。

圣诞节假期的时候，我和松田又飞到洛杉矶，去豪里莱奇陪斯坦利。1951 年末到 1952 年初，他的工作并不太繁忙。1951 年 12 月初的时候，他举行了"创意"演唱会的终场，接着又在国会唱片公司录制了"玻璃之城"。这首曲子是鲍勃·格雷廷杰专门为这个运用四十件乐器的管弦乐队打造的，既不是单纯的爵士乐，也不仅仅是古典音乐。对于一直想把爵士乐和古典音乐融合在一起的斯坦利来说，这首曲子可以算是他事业的高峰了。然而他却还满怀伤感，他感叹自己缺乏必要的训练，根本就写不出这样的佳作。

假期结束的时候，斯坦利开车送我和松田回维塞利亚。四个小时的车程，我们仨一路搞怪。我和松田都取笑斯坦利五音不全，唱歌完全不在调。回到维塞利亚时已经是吃饭的时间了，维奥莱特准备了俄式牛柳炒野菌菇，再配上很多酸奶油。我知道这是斯坦利最爱吃的一道菜了。

斯坦利压根就没把维奥莱特和吉米的新房子当成是人家俩的地盘，他在这儿一点都不拘束，想待多久就待多久。虽然吉米掩饰得很好，但我还是很肯定，他对斯坦利这样还是很不满的。吉米觉得，维奥莱特曾经就是被囚禁在与斯坦利的"婚姻之城"中的长发公主，而自己就是身着锃亮盔甲的骑士，把公主给解救了出来。

几周后，斯坦利再次来到维塞利亚。我们待在一起三天，庆祝了他的四十岁生日。他们仨都喝了不少酒。斯坦利和维奥莱特都快要烂醉如泥了，还强称自己"没醉"，接着又是两三杯酒下肚。

斯坦利说起了"排除有害精神疗法"——他知道怎样通过"审核"人

的大脑来"清除"记忆，他自己又是怎样已经把记忆"清除"的。维奥莱特还问了他好多这方面的问题。我觉得斯坦利本是希望维奥莱特也能对这种疗法产生浓厚的兴趣，但他发现她和吉米两人连一点"最基本的想象力"都没有，一下子就火冒三丈了。

在我的印象里，他从椅子上站了起来，摔门而出，驾车离开了。两个小时之后，我们接到警察打来的电话，说他醉驾，在 99 号公路撞上一棵树，已经被送到监狱醒酒了。

1952 年 6 月，我十一岁生日时邀请了六年级的全体同学来家里参加游泳聚会。每个人都能参加，这在我看来是非常重要的。

当时有人把不会游泳的陈维克推进了泳池，我当然得赶紧下水把他拉上来。除了这个小插曲以外，整个聚会还是很棒的。

这一年也是我在学校里感觉最好的一年。我满心期待着秋天的到来，那样我就可以开始初中生生活了。

那个时候，关于纽约的记忆已经锁在了我的内心深处，那种若有若无的愧疚感和耻辱感也渐渐褪去了。我相信，接下来的这个暑假，我和斯坦利在一起，一定会度过一个最美好的夏天。我有这种预感。哈哈，我运气真不赖！

第十四章　白瓷片，红血迹

1952 年 7 月，我们俩主要待在新英格兰地区及周边，经常会去游乐场玩。我蛮喜欢乐队在游乐场的舞厅表演，那样我就可以去玩过山车了！现在，我已经长得比同龄人高了，一看到有过山车就会对操作员谎报年龄，每次都能上去玩一番。全美那几个很刺激的过山车我都知道，像是安大略湖地区"水晶沙滩娱乐场"的"彗星"过山车，宾夕法尼亚州的康尼奥特湖公园的"蓝色闪电"过山车等等。

我喜欢玩过山车的感觉，有点像开大音量听音乐，也有点像在风中奔跑，总之特别带劲儿。过山车总会带来出其不意的体验，我就喜欢这样。当时的过山车大多是木制的，有的都已经很旧了。所以每次检过票坐上去后，我都不知道这一次能不能坐到头，有时还担心，可别玩一次过山车连小命都没了。

乐队在游乐场表演的时候，斯坦利就会给我钱让我玩过山车，只要保证十点半之前回到舞厅就好了。他还告诫我不要和陌生人说话。真可笑，我遇到的人里，除了乐队里的成员，不都是陌生人吗？不过我还是点点头，假装很听话的样子，然后立马闪开去找好玩的了。

我喜欢和遇到的"陌生人"待在一块，和他们交谈的感觉挺不错的。我还记得那个拿着棒球和填充熊的人，那个摩天轮的操作员，和他们聊聊以后，都让我免费玩呢！还有那个看管旋转滚筒的女人，也不要钱让我在上面玩，兴许有我在还能招来生意呢。

当然了，这么好的便宜事靠的是我的能说会道啊。我得能跟他们聊，交上朋友才行呢！斯坦利工作的时候，我自己一个人不是待在夜总会、舞厅，就是游乐场，遇到的"陌生人"都挺友好的。虽然也碰到过性情乖戾的人，那我就去下一个摊位，不行就再下一个，总会遇到好说话的人的。

有一天晚上，乐队在康涅狄格州布里斯托市柯姆庞斯湖游乐场的星光舞厅表演。舞厅蛮大的，能容纳五千人，而且那天都快爆满了。不过游乐场里倒没什么人，我自己在那里都还有点毛骨悚然的感觉。

这里的过山车名字还蛮特别——"狂野的猫"，不过我觉得叫"温顺的猫"反而更合适，玩着一点都不刺激。那天大家基本上都在舞厅里看表演，没多少玩过山车的。我见看管人挺闲的，就跟他聊了起来，心里盘算着他能让我免费坐几次。

他告诉我这个游乐场里闹过鬼，曾有工匠莫名其妙地被砍头了，还有不少人掉进过湖里。最恐怖的要属舞厅，据说那儿的工作人员在观众离开后，一关上门竟看到有鬼魂穿墙进出呢！啊，听得我怕怕的！真的吗？可能他是吓唬我的吧。

我玩了八次"狂野的猫"，但那个男人只收了我五次的钱。哈哈，我赚了！我坐了八次呢，八可真是我的幸运数字啊！

那天收工后，斯坦利和我开车回到宾馆。我把车钥匙放在衣柜上，还让我毛茸茸的骆驼凯莫，雄赳赳气昂昂地站在钥匙旁边，就像站岗的哨兵似的。每入住一个宾馆，我第一件事就是让凯莫站在屋里最高的平台上，一般都是像那天那样站在衣柜的中间。我只要一抬头就能看见它煞有气势地站在那里，会觉得很安心。

那天晚上，开启的窗户外霓虹闪烁，而这一切都映照在凯莫毛玻璃般的眼睛中。衣柜旁边的椅子上立放着一双十三码半的男鞋，排得像立正的士兵一样。父亲上床睡觉前总是会把鞋子并排放好，好像这是必要的程序，少了这一环他就会觉得不对劲。哦，我懂了，我让凯莫站在那里保护我其实也是同样的原因。

斯坦利的鞋里满是当晚赚来的钱。我们俩一块把钱仔细地数了数，这可是我非常乐意干的事情！美国钱的味道，嗯，不错，我喜欢！与世界上其他的货币相比，它有着不一样的感觉。每次工作结束后，斯坦利都会让我拿着在爵士乐俱乐部或是舞厅赚来的钱。"保管钱最好的法子，"他常说，"就是塞在纸袋里、鞋子里，或是交给孩子。"他相信这样即使我们经过阴暗的小路或是垃圾遍布的游乐场时，也不用害怕被劫了。

身上揣一兜钱的感觉可真不赖。记得那天我从游乐场走到斯坦利的别克车那一路，那可真叫一个兴奋。夜间的风把碎花生壳、热狗包装纸等吹得七零八落的。那会儿过山车也关闭了，好像在静静地等着第二天的到来。我们走在空地上，看着游乐场绚烂的彩灯一个接一个地灭了，我突然觉得有点诡异。啊，我讨厌这感觉！我当时就想赶紧离开这儿，千万可别碰见鬼魂什么的啊！

一回到宾馆我就把当天进账的数目给记下了，斯坦利则在那喝了很多酒。他从不在工作前和工作间隙喝酒，但每次只要一演奏完《韵律艺术》，他就会立马打开一瓶波本威士忌或是苏格兰威士忌，开怀畅饮起来。然后在接下来的四十五分钟里，他都会眉飞色舞地说些漫无边际的东西。刚开始我还知道他在说什么，但过不了多久我就听得云里雾里了。他喝过酒后变得就跟自动驾驶仪似的，同样的事情能不厌其烦地说来说去，要是提起往事还会潸然泪下。酒精似乎把他带到了另一个世界，一个我去不了的世界。

那天晚上他也和往常一样，拿出早就藏在壁橱架子上的苏格兰威士忌，打开后又从浴室里拿出一只玻璃杯，倒满之后猛地一杯全灌下肚。突然，他脸色变得特别难看，"真扯！这该死的服务员又往酒里掺水了！什么破宾馆！"

他的话让我浑身战栗不已。不是服务员干的，是我趁他不在的时候，把他的威士忌倒在下水道里半瓶，又灌上半瓶水。我只是不想让他喝那么多酒，可能只是枉费心思吧，不过每次他迷失在那个世界的时候，我都极其迫切地想让他回到我身边。我想，要是他能少喝点酒，不那么醉了，也就能多陪陪我了。

之前我觉得，他是不会察觉出我把他的半瓶酒给换成水的吧，毕竟酒瓶是深颜色的，看起来都差不多。当然啦，他最终还是发现了，不过没发现是我干的。一直到他弥留之际，我才坦白自己还有过这么个"罪行"。

睡觉的时候，我们还是睡在一张床上。自从母亲离开豪里莱奇后，我们俩就经常睡在一起。我喜欢蜷缩着身子，和他背靠背躺在一起。他那又长又宽的身子总是很温暖，连脚都热热的，不像维奥莱特的那么冰冷。虽然我不喜欢他打呼噜，不过和其他的孩子一样，我也是一粘床就睡着了，所以也没什么了。

那天睡觉前，他还让我切开他脖子后面的一个囊肿。他这一辈子各种痤疮层出不穷，所以我就得经常扮演外科医生的角色。每次一咬牙，我拿起单面的剃须刀刀片，把难看的肿块切开，让里面的有害液体流出来。之前干过不少次了，我已经是驾轻就熟了。弄完之后我又用卫生纸擦干净。终于完工啦！我舒舒服服地躺了下来——还是和斯坦利背靠背躺着。

我也不知道当时睡着了没有，总之我记忆里的下一个情节，就是他宽大的身躯压在我的身上！他用沙哑的声音反复叫着"蕾丝莉！蕾丝莉！

噢，蕾丝莉！"他抚摸我的方式把我吓坏了，就好像要把我带到一个异样的空间，一个我根本就手足无措的地方。天啊，他在干什么呀！他到底想怎么样？到底要我怎么做？我尽力安慰自己没事没事，毕竟他是我的父亲，我的伙伴啊！我们不是经常在一起开怀大笑吗？虽然有时我们也会争执不下，看见我咬指甲，他也可能给我一巴掌，但他一直都在保护我啊！我们是好朋友！

他庞大的身躯还压在我身上，我觉得特别热，浑身冒汗。突然，我身体里的什么东西像被撕裂了一样，一阵钻心的疼，再加上热，我就像被灼烧了一样。多年以后，业已成年的我和其他男人做爱时，才体会到两个身体交融在一起时的怦然心跳和快感。但当时我却只有炽烈难耐的疼痛感。我就像一个被撬开壳的牡蛎一样，里面柔软的部分溅洒得到处都是。有那么一瞬间，我都觉得自己已经散架了。

慢慢地，我感觉自己漂浮起来了。从床上漂浮到天花板上，我看着下面的床、地板，还有两个扭曲在一起的身子，觉得很好奇，不过也不是太在乎。管他怎么回事呢！这上面真凉爽，还很亮堂，一切都静寂无声。四周的一切都是玲珑剔透的，仙境一般的感觉，还有冰雕砌成的城堡呢。我在这儿一点也不热，也不害怕，还没有丝毫的疼痛感。只觉得自己就像一个公主，可以哄哄孩子，分发入口即化的粉红棉花糖，总之想干什么就干什么。啊，还有彩带，我还看见了好多迎风飘扬的彩带呢！

我漂浮得越来越高了，越过屋顶，升到夜空，又来到了星辰之上。我像是来到了银河中央一个隐秘的地方，四周都是光亮和唱歌的天使。我突然觉得这才是我的归属地，才是我的家啊！下面那个小房间？我可不属于那儿。

我又往下看了看，那里发生的事情终于结束了。男人已经从孩子身上移开了。孩子没有哭，屋里只有沉重的呼吸声和风声。风呼呼地吹了进来，把窗纱都变成了红色的海藻。这么神奇！可不一会儿，我发现整个屋子都是一片血红色。

我僵硬地躺在那里，生怕一动就把他吵醒了。渐渐地，风更猛烈了。我必须得去卫生间了。我强撑着坐了起来，腿伸到床边，像只猫一样静悄悄地移动。我强忍着腹部和两腿间剧烈的疼痛，慢慢地走到卫生间。

我打开灯。啊，这么刺眼！我又赶紧回到黑暗之中——回到以前，那个时候，黑暗是我的朋友，我和父亲背靠背躺着，非常安全，就好像悬浮在如黑天鹅绒般的夜色中。

我站在那里，看着血滴在白色的地板砖上，一滴，两滴……一共七滴。

我看着这滴滴血迹，多么希望只要我把它擦干净，就能抹去所发生的一切啊！天啊，这一定只是一场梦！我可不能让别人看到这些血迹。我要把它擦掉，擦掉了就没事了，一切就又洁白如初了！

于是，我的注意力全集中在清理地板上，似乎这是唯一重要的事情了。我知道我一定能把这里清理干净的。要知道我以前干过不少清扫的活呢。当时的我只穿着上半身睡衣，在那里一下比一下更用劲地擦血迹，洗毛巾。

过了一会儿——我也不知道过了多久，可能是十五分钟，也可能是好几个小时——我打开卫生间的门。屋子里静得可怕，连他的呼噜声都停了。我自己安慰说，明天一切都会好起来的。我那会儿真的有那种信心。我回到床边，非常缓慢地移到毯子下面。抬头一看，凯莫居然不再是站岗的哨兵的样了了，风太大了，它都倒在一边了，看起来就像吃了败仗的兵。我想去把它扶正，但我当时浑身冰冷，还特别害怕，根本就不敢起来。

至于后来凯莫怎么样了，我也没印象了。我不知道是什么时候失去它的，但一周之后我突然发现，凯莫不见了。

第十五章　被遗忘的秘密

第二天早晨，我伴着斯坦利低沉的咳嗽声醒来。

似乎只是一个平淡无奇的早上。他这一辈子，每天都恨不得抽上三十根烟，所以每个清晨，他都要先干咳一阵。他跟跟跄跄地走到卫生间，去拿阿尔卡塞尔脱兹止痛药。我听见"扑通、扑通"两声，就知道是他把两片药放进水杯里。接着他拿着水杯回到卧室，我记得那杯子里的水还冒着气泡。他来到床边，坐了下来，穿上平角短裤，一口喝下那杯水。这一切都和平常没什么两样。他看起来已经丝毫不记得几小时前发生的事情了。

我蜷缩着坐在床头，把毯子围在身上。终于再也忍不住，一下子哭了起来。

他看看我，一脸错愕的样子："你怎么了？"

"你怎么可以那样对我？"

"我怎么对你啊？"

"昨晚。"

"昨晚？"

"你，你，你怎么可以？"

"我怎么了啊！"接着我们俩都沉默了。过了好长一段时间，他突然咆哮着说："别装出一副可怜相！你想要的一切都已经有了！我说这话你爱不爱听都得给我听着！"

我真不敢相信他竟然对我说出这种话。我不再哭了，眼睛干干的，只是浑身都开始瑟瑟发抖。我不知道该怎么办。要和他说实话吗？他信吗？他竟然一点印象都没了！这比昨夜发生的一切更让我胆战心惊。

他就是个忘性大的人。记得有一次，我们住在纽约第五大道的一间公寓里，我问他能不能去街对面的大都会博物馆。他明明答应得好好的，可一个小时后我穿好衣服，都准备出门了，他却忽然大声嚷道："你到底想去哪儿啊？"

"去大都会博物馆啊，"我说，"你不是同意了吗？"

"我才没同意过呢！"他猛地打断了我。

我一下子火就上来了。"你答应了，"我反驳他，"你就是答应了！"我讨厌他这副德行，才不管他呢！我径自走出屋子，狠狠地摔上了门。

还有一次我们在芝加哥，他让我出去买一包骆驼牌香烟。可我买回来之后，他却勃然大怒，还嗷嗷大叫："想偷偷摸摸抽烟？甭想！"

而且我还记得，那次我、维奥莱特、斯坦利三人行驶在人烟稀少的地方，他分明找我借过我五美元啊，却拒不承认，气得我拿木衣架砸他的头。唉，他怎么总是记不住事呢！

这会儿太阳已经升起来了，屋子里亮堂堂的。平时这个时候我们都会说说笑笑的，但今天不一样了。我只感觉到腹部炽烈的疼痛感，那种被撕裂的感觉，就像有怪兽把爪子伸进我体内，撕扯着我的内脏一样。维奥莱特没在，没有人提醒他昨夜干过那样的事情，我也没有木衣架可以打醒他。那种心惊肉跳的感觉，就好像深陷困境而又无路可逃。

我孤零零地坐在床上，突然无比憎恨这张床！而眼前的这个男人，他又是谁呢？我认识他吗？一脸胡须的样子，看起来和那些领着瘦不啦叽的小狗，走在铁道旁的流浪汉没什么两样！

这个陌生人又走进了卧室。"哗哗——"，我知道他在洗澡了，接着是刮胡须的声音。可我该怎么办呢？要说点什么吗？难道真的像他说的那样，都是我的错？一切都因我而起？就算是，我又是怎么引发这一切的呢？天啊，他到底要我怎么样！

猛然间，一股很反胃的感觉涌了上来。我的满腹疑问都得不到解答。他是想让我装作什么都没发生过吗？或许这就是他想玩的游戏吧。可我不想玩，我连游戏规则都不懂啊！屋里已经很温暖了，但我只感觉到刺骨的冰凉，浑身还在发抖。

陌生人又回到卧室，打开衣柜，拿出一条宽松长裤。终于，他看起来有些不一样了，有点像我的父亲了。

"快穿衣服啊，小矮子！"他每次这样叫我时，声音都是那样的温暖。"走，看看咱们还能不能找到鲜榨橘汁！"我勉强笑了笑。一大早就去找鲜榨橘汁，这是我们熟悉的惯例了。在纽约和新英格兰这种盛产橘子的地方找鲜榨橘汁，要比在加州和弗州容易多了。我默默地祈祷着：或许喝点橘汁，情况会变得好一些吧。

当时的我年纪尚小，并不太理解所经历的那些情感冲突，也不知道那一夜会对我的心理造成怎样的影响。研究乱伦的专家都认为，每个被其父强奸过的女孩子，都会为父亲的行为开脱。据推测，女孩这么做是为了维护父亲在心目中的光辉形象，因为那是她们必不可少的依靠。而我的情况却有些例外。虽然在这个世界上，我最爱的就属斯坦利了。至少从我三四岁开始记事起，我就开始一次又一次见证他处境艰难的时刻。

无数次，我看见的都是那个褪去了在公众面前勇敢无畏、魅力四射的光环的男人，他有些胆怯，又有些自大。残忍的他，贪婪的他……我早就习以为常了。但我相信如果他对那一晚印象模糊（如果他真的还有那么点印象的话），却一定另有原因。我知道，是那种遗传自斯特拉家族的扭曲人性和精神分裂所造成的。

接下来的几天里我都是浑浑噩噩的，完全处于一种游离的状态。我全然不知他究竟想让我怎么样，或许他也和我一样困惑不已吧。虽然他表面上看来像什么事都没发生过一样——至少他极力表现成这样，但我还是能洞察出他的紧张焦虑和心烦意乱。每当我们四目相对时，他都会赶忙转移视线。他似乎想让我说点什么，或是做点什么。别管什么吧，只要能让彼此间不那么尴尬。但我真的无话可说。每晚临睡前，他都喝很多酒，然后倒头就睡。

在那件事情发生之前，我们每晚临睡前都会重复几句话。

"晚安！"他说。

"嗯，美美地睡上一觉。"我回应道。

"可别让臭虫咬了啊！"

然后我们俩都会笑起来。曾经有那么一两次，我们住的旅馆的床上真有臭虫呢，弄得我们俩都不得不换到其他房间。但现在，我们不在一起笑了，睡前也不道晚安了。我猛地觉得身体里的一部分被掏空了，而又无所填充一样。我有一种被放逐的感觉，似乎毁坏我们俩关系的罪人是我而不是他。但为什么会这样想呢，我一无所知。

黑夜里，我躺在床上却无心睡眠。虽然还是背靠背和斯坦利躺在一起，但我却感受不到丝毫的温暖。时值仲夏，可他的身子竟是那样的冰凉刺骨。

大概离乐队在柯姆庞斯湖游乐场表演那天有一周吧，一天晚上，我从床上起来，穿上他的一条长裤（就是他平时连着吊袜带穿的那种），裹上一件大衣，又罩上一条毯子，终于觉得不那么冷了。我蜷缩在一个大椅子上，不一会儿就睡着了。

第二天早晨醒来时，我看见斯坦利穿着短裤站在我面前，显然他被我的样子吓了一大跳。

"小矮子，你怎么了？"

"我很冷。"

"不会是病了吧？"

"不知道。应该不是吧，我只是觉得很冷。"

"来，过来。"

我当时身上还裹着那条毯子。从椅子上站起来后，我想要走近他，但毯子实在是裹得太紧了，我一下子就绊倒了。他抓住我，把我拉起来抱到床上。他给我盖上毯子，还摸了摸我的前额，"我觉得你是发烧了。"又把毯子掖好，问我："还冷吗？"见我点点头，他又说："要不洗个热水澡吧，感觉会好点的。"

他把我抱到浴室，打开淋浴头就自己出去了。只剩我自己裹着毯子站在浴室中央了，依然还冷得发抖。我拿下毯子，脱下衣服，开始洗淋浴。水顺着我的肌肤流了下来。水太热了吗？我也不知道。我在那洗了很长时间，或许这哗哗的水流能洗刷所有的一切。

我从浴室出来时，他已经不在屋里了。我翻着行李箱，想要找点干净的衣服穿上。这会儿身上是挺热的，但不穿衣服马上就凉了啊。我找到一件缝制的格子呢裙子，一件带大翻领的白色上衣，又穿上白棉袜、皮便鞋，戴上斯坦利送给我的带饰物的金手链，金链子上还吊着几个金制的小动物呢，小马、小狮子还有小乌龟。还是昨晚我睡觉的椅子，我坐在上面，不知道他会不会回来。阳光穿过窗户射在破旧的地毯上，我默默地注视着光束里飞转的尘埃，又百无聊赖地比画手做起动作来，把手扭在一起，看起来就像在自然历史博物馆的电影里看到的一堆蛇。

突然我听到开门的声音。是斯坦利进来了，他开开门后就站在门口。平时他进门前都会这么站着，那次去学校里接我时也是这样。

"现在暖和点了吗？"他问。

我点点头。

"蕾丝莉，我……"他开口说道，却又戛然而止了。我们四目相对时，我仍不确定他是否还在生气。不过显然，他知道我在想什么。

"我不是生你的气，小矮子。"他说。

他走进房间，关上门。"我是生自己的气，"他走过来，坐在凌乱的床边，"我真的特别爱你，只是可能，用错了方式。"

噢，我总算知道他在说什么了，但我依然缄默不语。

"我……"

"没事，没什么的。"我终于开口了。

他的眼中一下子满是泪水。他肆意地摇着头，眼泪哗哗地倾泻而下，好像这样就能赶走心中所有的忧思一样。

"你饿吗？"他说。

"都快饿死了。"

"我也是。我们吃饭去！"

我们就说了这么多。接下来的三年里，我们俩频频发生性关系。但直到二十年以后，我们俩才开诚布公地谈论起这所有的一切。我经常会问自己，为什么在那样的转折点，我们都那么言塞语噎，要知道从那以后，我们再也没能回到从前了。

当时是 7 月中旬，夏天还没过完呢。那次洗浴，那次发烧，那些泪水，还有那些不言而喻的约定和隐秘的恐慌，都发生在那个早晨。从此，我们的生活与往昔截然不同了，变得狂野而又难以预测。而这种与众不同的生活中的秘密，也被隐藏在很深的地方，有时连我们自己都茫然不知。

第十六章　非常蜜月

日子一天天过去了，我们之间的秘密也隐匿得越来越深了。我们自觉不自觉地把那些痛楚、那些耻辱和那些愧疚藏在了大脑深处。还以为只要那些感觉一直储藏在那里，我们就会很"安全"。

与此同时，我们俩竟然不可思议地开始了能量、情感和经验的广泛交流，就好像进入了一个多纬度的宇宙。无论我们身处何地，也无论我们在干什么，我们之间的感情交流的深度和广度都超乎从前。我和斯坦利好像已经合二为一了。

打破了乱伦的禁忌，我们也就跨越了可接受现实的边界，不得不来到未知的领域。我们已然违背了正常的法则和规定。有时我们就像战壕里的新兵面对敌人的入侵一样，有些害怕，有些不知所措。但即使远隔千里，我们的心仍然紧紧相连。这份亲密是如此真实，对于他和我来说都非常重要，尤其是在斯坦利生命中的最后十年。

从那以后，除了必须离开他去上学，我与他基本上都形影不离。在那之前，除了音乐，他关注的无非就是和一些女人无疾而终的短暂恋情，以及诸如"排除有害精神疗法"之类的精神控制方法。但现在，他的注意力全集中在了我身上。他开始迷恋我的外表，看重我的意见，在乎我的感受，甚至极为重视他自己对我的想法和感受。不论白天还是黑夜，他都一定要知道我在哪里。

离开柯姆庞斯湖公园几周后，乐队又来到另一个游乐场表演。我还是像往常一样离开舞厅去玩过山车。没想到，还不到半个小时，斯坦利就突然出现了。他竟然丢下正在演奏的乐队，自己一个人急匆匆地在游乐场里发疯似的找我。

终于，他看见我摇摇晃晃地坐在摩天轮顶端的椅子上，就对着看管人员大声嚷道："你到底想干吗？"那男人一下子给吓住了，赶紧拉闸，摩天轮猛地停止了转动，椅子在半空中晃荡起来。父亲一手抓住那个可怜男人的衣角，一手指着我，大叫："快让我的孩子下来！"于是不到一分钟我就回到了底部。斯坦利不等看管员打开栅栏，就一把把我从椅子上抓起来，就好像我根本没有什么重量似的，接着扑通一声把我放在地上。

"我从来没说过你可以玩这个！"他说。

"可你也没说过不可以啊！"他这么做弄得我很尴尬，而且当时我正努力想表现出成熟又独立的一面。

"过来。"

"不！"

我转身离开，想装作不认识他。但这只是徒劳，他又把我抓了起来，举到他面前。

"你有毛病啊！"我厉声道，"你担心我坐摩天轮，可你知道我坐过多少次过山车吗？"

斯坦利笑了起来，紧紧地揽住我，我都快不能呼吸了。我扭动着，想从他的"熊抱"中挣脱开来。他终于松了松胳膊，我才喘过气来，也情不自禁地和他一起笑。"我真的很在乎你，小矮子，"他说，"我不喜欢这里，咱们走吧，回舞厅里好不好？"

日子一天天过去了。每天，我们俩都像野孩子一样，会争执不休，会相互取笑，也会在一起开怀大笑。我和斯坦利都有些倔强，有些执拗，但我们在一起的每一刻都是那么的激情四射。不定什么时候，他可能会因为或真实或想象的事情勃然大怒。可接下来，我们只要对视一下，就会神经质地哈哈大笑。我们还从不放过任何一个冒险的机会。

我们俩的行为都常常变幻莫测，让人捉摸不透，有时还扰得周围的人心神不宁。就他来说，就是他那些滑稽可笑的诸多情结让人无措；而我呢，总是引得大人们指着我的鼻子说"大人说话小孩别插嘴"。

到了 7 月末，乐队要在柯林角附近休息两天。斯坦利的一个歌迷提供了私人海滨别墅给我们用。我们到达别墅的时候已经很晚了，就决定再熬一会儿，准备看日出。

那天晚上，斯坦利竟一反常态地没有喝酒。我们在别墅前，光找钥匙就找了老半天。钥匙应该是在后门的屋檐下啊，可我们找了半个钟头，才在后门的雨檐下面找到它，而且混着沙子都结成块了，好不容易才开了门。

原来这是一个家庭风格的小别墅！我们刚进去的时候恍惚以为，在这样一个地方，厨房里应该有一锅熬好的粥等着我们呢。我俩拿出卧室木柜里的拼缀图案的被子，动身去沙滩。我们裹着被子，坐在海滨的草丛上，紧紧地依偎在一起，等着太阳的初升。

沙滩看起来蛮荒凉的。四周空气凉凉的，比海水的温度更低，所以形成了雾霭。雾茫茫的一层横亘在海洋上，而且不是紧挨着海平面，离水面还有一段距离。这样我们既可以看到雾霭下边的景象，也可以遥望雾霭的上方。终于，太阳出来了。朝阳的光芒让薄雾笼罩在迷人的乳白

155

色光晕之中，上中下三层，甚是美丽。

海面上的浪花很小，那感觉和我们喜欢的惊涛拍岸的太平洋很不一样。太阳逐渐升了起来，雾霭也渐渐变薄了。我俩脱下鞋子、袜子，用床单裹好后放在一块浮木的下面。斯坦利卷起裤腿，那样子真搞笑！他的细腿就跟瘦鸡仔的腿没什么两样。我们沿着海岸散步，走着走着还跑了起来。

太阳越升越高，沙蝇也越来越多了。为了摆脱这些讨厌的沙蝇，我们俩互相泼水。每一波浪潮退去后，我们都会奔向大海，尽量往前跑，然后赶在下一波浪涌来之前迅速跑回岸上。

四周的人多了起来。我们沿着海滩走了好久，来到一个村庄，村子里的商店都已经开始营业了。斯坦利点了一个便携式纸杯咖啡，我要的是一个蛋卷冰淇淋和一杯热可可。接着我们又去一家小面包店，买了一大袋店家自制的丹麦甜糕饼。

买完东西后，我们回到了海滨别墅。斯坦利在浴室冲澡，我在床上蹦蹦跳跳。妈妈是坚决不允许我蹦床的，但我就喜欢这么玩，反正这会儿她在三千英里以外呢。我开心地在那儿蹦床，玩得不亦乐乎，可没想到这个床那么不牢靠，我还没蹦几下，一条床腿就突然断了，我一下子滑了下来。完了，这下子斯坦利该训我了，我心里挺害怕。

"怎么回事啊？"浴室里的斯坦利大声问。

"呃，我把床弄坏了。"

他从浴室里出来了，腰上还系着一条浴巾。

"你刚才在干吗呢？"

"蹦床啊。"

他低下身子，检查起已经跛了的床腿。

"对不起。"我说。

"没事，能修好的，"他说，"以前就坏了。"我想起我们俩在豪里莱奇还一起建过挡土墙呢，突然觉得我把床腿弄坏了也未尝不是一件好事，毕竟我们又可以一起修理东西了嘛！

我们把床垫拿下来放在地板上，我发现这个床和其他大多数床一样，根本不够斯坦利躺。他问我："你饿吗？"我们拉下窗帘，尽量挡住外面的光，又猛地倒在床垫上。还不到五分钟，床单上、毯子上，甚至我们身上都是丹麦甜糕饼的碎渣。嗯，真好吃！

"我累了。"我说着又蜷缩着和他背靠背躺在一起。我觉得自己不再害怕了，以前所有的惊慌失措都不复存在了。他转过身，正对着我，左臂滑过我的下巴。我躺在他的臂弯里，头紧紧挨着他的胸。他的胸毛不多，不过已经够弄得我痒痒了。

虽然我们一夜都没睡，但一点困意都没有，就在那儿一直聊天。

"你像我这么大的时候是什么样子啊？"我问他。

"我已经记不得了。"

我就用胳膊肘碰他，"我想知道嘛！"

"你想知道？真的？"他边说边用指关节敲我的肋骨。

"别闹了，快说啊！"

他突然不说话了，大概是想让我"放过他"，让他好好睡一觉吧。但我还是想和他说话。我想了解在我出生之前关于他的一切。他也看出来必须得向我"投降"了。

他叹了口气，"我记得的也不多了，妈妈经常让我去街角的商店买吃的。"

"哦，那好玩吗？"

"天啊，才不好玩呢，我特讨厌！商店老板伍尔西先生总是不太相信我。也难怪，我们总是欠他钱，大人给的钱根本不够付账，还总让我去买鲜肉、面粉、鸡蛋什么的。"

"啊，这么惨啊！"

"可不是嘛。我就像一个罪犯——每次都得撒谎。"

我转过脸去，摆弄起滚到床边的尘球①。"还有别的什么吗？"我问。

"斯特拉还非让我参加童子军。童子军团长就像纳粹军官一样独裁专制，我就退出了。"

我一听，觉得还蛮有意思的。"有一次你离开家很长时间，我还参加了女童子军。里面的女头头还让我参演感恩节的剧目呢！"

"然后呢？"

"但她没让我演清教徒，而是去演一只火鸡。我才不干呢！"

他紧紧握住我的手，笑着说："我讨厌童子军，为此斯特拉还常和我生气呢。她会把脸拉得老长老长的，非要我再回到童子军去。我只能换上制服出门去，不过不是去童子军，而是一个人跑到河边去了。"

"你到那儿干吗？"

"我就坐在河岸上，然后做起了白日梦。"

"哈哈，都想什么了？"

"想想这儿想想那儿呗。像是逃离那个家，拥有别样的人生，来一次冒险，领着一群野马下山等等。"

"你就没有告诉过别人你的想法吗？"

"从来没有——直到遇见你母亲。在她之前我就没有可倾诉的对象。"

他的话让我觉得挺感伤的。他以前一定很孤独吧，而那种孤独，我也有过切身体会。我问他："你还干过别的什么吗？"

"有一次，我用爸爸给的一个木盒和一块四寸宽二尺高的木料做了一个单座小车子。家附近有座山，我经常骑着车子下山去。有时我还骑得特别快，挺危险的，斯特拉很担心，非让我把车子送人。"

"那你是不是很生气啊？"

---

①室内墙角或是家具下积聚的灰尘与绒毛结成的团儿。

158

"也没有了，要是不能骑快，那骑车还有什么意思啊！"

"那你也像我一样经常生病吗？"我特别想知道这一点。

"应该是吧。我的扁桃体常常肿得像高尔夫球似的，后来找医生切除了才算没事。这下嗓子倒是不疼了，我却又开始犯支气管炎、肺炎，每年都得一两次，把我折磨得啊！"

以前我总是为自己频繁生病而觉得愧疚。不过现在好了，我知道父亲以前也和我一样。

"继续啊，你童年还经历过什么事？"

"嗯，我还和住在街对面的弗雷德、埃姆斯一起看过电影。"

"那咱们今晚就去看电影吧？"我喁喁细语，其实眼睛都快睁不开了。

"好啊，不过不知道这么偏僻的地方有没有电影院啊。"

我还想再问一些问题，但身体已经有些麻麻的感觉了。渐渐地，我睡着了，梦里面似乎出现了我们想看到的电影画面——超人系列的黑白电影，里面有好人也有坏人。

我们醒来的时候，天已经全黑了。这么晚五金店应该已经关门了，我们索性决定先不修床腿了。我们把剩下的丹麦甜糕饼吃了个精光，还是想去看电影。听人说镇子上有家影院，我俩开车一直行驶了二三十分钟才找到。刚一进去，服务员就告诉我们，十五分钟后电影就开演了。

斯坦利拉着我走进旁边的一家杂货店，问营业员："五分钟，有什么能做好打包的吗？"

"金枪鱼三明治怎么样？"

"好的，我们要四个，再来两杯香草麦芽酒。"

斯坦利等着食品打包的时候，我把票买好了。我们把打包好的食物藏在我运动衫的下边，匆匆忙忙地走进放映厅，正好赶上电影开场。

屏幕上出现了巨浪似的迷雾，好多白云不停地飘浮。"哇，这效果是怎么弄的？"我小声问，又咬了一口三明治。

"应该是把干冰放进水桶时形成的吧。"斯坦利说。能有这么一个学识渊博的父亲我挺自豪的，或许有一天我也可以像他那么聪明。

我们看的是《珍妮的画像》。虽然当时无法预知，但那部电影的确在某种程度上预告了我俩今后的生活。《珍妮的画像》讲述了约瑟夫·哥顿扮演的画家埃本·亚当斯和詹妮弗·琼斯所饰的小姑娘珍妮·阿普尔顿之间千回百转的爱情故事。影片中，珍妮在中央公园邂逅了埃本，她让埃本发誓等她长大。

接下来，男人和女孩又一次次地见面，她总是走进他的生活又拂袖而去。珍妮一点点长大了，埃本还是那个不知名的风景画画家，他决定以珍妮为模特画一幅人物像。没想到他自此声名鹊起，这幅画也被纽约的大都会博物馆收藏。影片的高潮部分，充满激情的画家终于找到长大成熟的珍妮，但还是无法拥有她。电影最后的场景是波涛汹涌的海洋，那是我见过的最澎湃的大海。《珍妮的画像》就是在距离影院不远的柯林角拍摄的。

当时我和斯坦利之间的关系已经非常微妙。我们俩都很喜欢大自然的景色，特别是海浪，所以之后又去电影院把这部电影看了一遍又一遍。不管是在芝加哥、亚特兰大、洛杉矶或是波士顿，只要他一说"珍妮？"，我马上就心领神会，"好的啊，走！"

在纽约的时候，我们还会在中央公园找寻影片的拍摄地点。

而影片最后澎湃的海浪，从此常常出现在我的梦中。我十四岁的时候，那片波涛汹涌的海洋已然成为一种象征，象征着一切事物都会以一种极端惨烈的方式结束。这实在太恐怖了，我简直难以承受。每次只要一做这种梦，我都好像徘徊在生死边缘，无力地看着远处的巨浪摧毁我之前的生活。

第十七章　沙滩上的城堡

在柯林角的那些日子里，我和斯坦利越来越亲密了。那种紧紧维系在一起的感觉，让我再也不像在柯姆庞斯湖时那么惶恐不安了。不过如果没有那一晚的强奸，我们之间又怎么会如此亲密呢！

后来我们还在弗吉尼亚州的切撒彼克湾附近待过一阵。有一次斯坦利不用演出，特意找人询问哪儿好玩，别人向我们推荐了一个灯塔。那个灯塔可真算得上是史上最丑的灯塔了，叫什么"老亨利"或是"老亨利角"来着。建造于两百多年前，看起来破破旧旧的，像是一个人可怜巴巴地伏在一堆沙上，眺望着海湾。

我们在那儿遇见了一个负责看管灯塔的男人，不过这里灯光这么微弱，大概他的工作做得也不怎么样吧。他问我们要不要爬到塔顶，我一听特别兴奋，马上把楼梯里的灯打开，还对着斯坦利喊道："你追不上我，你就是追不上我！"

"哼，是吗？看我追不追得上！"他大声回应道。

他当然赶不上我的步伐。虽然他一步能上三个台阶，我才上一个，不过由于他长期抽烟，没跑几步就得停下来喘喘气。

我们在灯塔里"探险"了一番后，又来到海滩，我还用沙子堆了一个城堡。斯坦利躺在旁边，大腿上盖了条浴巾以防晒伤，他不一会就睡着了。大概过了一个小时吧，海水开始上涨。本来我还想让斯坦利醒来后看看我的杰作呢，但海浪越涌越高，好像马上就要吞噬掉我的城堡。不过浪花涌过来，能冲到他身上把他弄醒，这也不错。他都睡了那么久了，我自己一个人多没意思啊。于是我就坐在那儿，凝视着海面，急切地等待着，这浪什么时候才能涌过来把他给"淹没"了啊。

最终，大西洋没让我失望。一个大浪从远处涌了过来，一直到离我们十英尺的地方势头都很猛。我马上站起来等着看好戏。只见海水越来越近，一直涌到斯坦利的胸部才退去。他一下子跳了起来，那样子太滑稽了，就像马戏团的小丑屁股上着火了一样，两眼还迷迷瞪瞪的，一副没睡醒的样子。

我忍不住笑了起来，他那红彤彤的胸脯，麻秆似的腿，真搞笑！他见我幸灾乐祸的样子，故意表现出很生气的样子，还把已经湿透的毛巾拧得像鞭子一样要来抽我。

"你怎么不把我叫醒啊？"他质问起我来。

"我才不管你呢，"我反驳说，"我管你干吗，我堆我自己的城堡！潮来了你不知道跑，被冲了还不是你自作自受！"

"哼，不过看起来你的城堡也被冲垮了！"

"是啊，那有什么啊，多值呀！"

他把我举起来，扛在肩膀上，就好像拿着的不是一个人，而是一块肉或是一小袋面那么轻松。"你不想混了吧！"他叫喊道，还握着拳头，用指关节敲打着我的头部。

"快放我下来，"我尖叫着说，却也笑了起来，"我讨厌你！"

但他并没有把我放下来，就这样一直把我扛回宾馆。一到我们的房间，他打开淋浴头，把我推进去洗澡。我浑身上下都是沙子，连耳朵里都有，好像怎么冲都冲不净。洗完后他把我抱到床上，给我涂上润肤露，接着他也进去洗澡。他洗完后，我也给他涂上了润肤露。

我们穿好衣服，准备下楼吃饭。我记得他穿了一件宽松的黑色上衣，领口敞开着，胸脯还是红红的，就像消防车的外壳。

餐厅领班把我们带到阳台边的一个桌子，问道："请问你们需要在餐前先来点鸡尾酒吗？"

"好啊，我要一杯加双份冰的 J&B 苏格兰威士忌。"斯坦利说。

"请问这位女生呢？"

父亲建议我来点鸡尾酒。不过根据我以往的经验，每次我点了鸡尾酒，送来的都是一杯樱桃汁和叫什么"雪莉邓波"的黏东西混在一起的饮品，既不中看又难喝。可还没等我回答，斯坦利就说："给这位女士来一杯香槟鸡尾酒。"领班记下后就离开了。

"什么是香槟鸡尾酒啊？"我问他。

"我也不确定，大概就是苦味补药和糖浆，还有别的什么东西混合在一起的香槟吧，应该是给女士喝的。"

糖浆啊，不错不错，我喜欢吃甜的。之前在新奥尔良也喝过香槟，所以这个应该也没什么。不过那个"苦味补药"，怎么一下子让我想起来以前嗓子疼的时候，"大妈"给我灌的药啊。所以我只是回答了一句"嗯，那好吧"。

"你要是不喜欢，咱就换别的。"

幸好，我还挺喜欢这种酒。应该要比那个"雪莉邓波"味道好多了，也不像之前的那些鸡尾酒，会在杯子上插一把俗气又难看的小伞。

一会儿，我们点的烤排骨也来了，但怎么摆得那么七零八落的啊。我们吃排骨的过程中，足足用了三碗洗手水，还有一大堆餐巾纸。斯坦利喝完他的苏格兰威士忌，又点了两杯，我一共喝了三杯香槟鸡尾酒，还时不时地品尝品尝他的 J&B。我觉得他终于把我当作一个女人，而不是一个无足轻重的孩子了。这让我很自豪。

"你长大了，"他说，"想想总有一天你会出落得美丽动人，这还真吓我一跳呢。"而他的话也让我吃了一惊，我还是比较期待长大的。不过有些大人挺呆板的，一点儿都不好玩，我可不想变成他们那样。

"我也不知道自己到底希望不希望长大，"我说，"可能还是当个孩子好吧。或许孩子总是得不到重视，不过那也不错啊！"

"你无法让人忽视，你值得关注的地方太多了。你会长得高高的，身体棒棒的，声音也会很好听。你一定会是一个活力十足的人，人们都会被你吸引。大家都会羡慕你！"

"那别人羡慕你是因为这些吗？"

正吃着排骨的他突然停了下来，坐在那里，手上还满是酱。他盯着我看了一会儿，说道："我想，以前是吧。不过慢慢地，我已经失去一些东西了。"

"那维奥莱特呢？"

"她和你、和我都不一样。你妈妈一直都生活在自己的世界里。她对我的世界并没有太大的兴趣。每当我试图告诉她一些她之前并不了解的情况时，她都是对我不理不睬的。"

"那我呢，我有对你不理不睬过吗？"

他摇摇头，用餐巾纸擦了擦嘴边和手上的酱。哎呀，纸巾就跟沾满了血似的。不一会儿，服务员又送来了一些水让我们洗手。

我见他一直盯着我看，就说："不要总是看我！"

"是你一直盯着我看！"

"我才没有呢！"

"我一直都想做得更好，"他说，"我想成为一个更好的父亲，一个更好的朋友……我真的想做得更好，但总是被什么东西羁绊住。"他的眼泪汩汩地流了出来。"你这么聪明，想干什么都可以啊。我真羡慕你的桀骜不驯。其实我也有过叛逆的青葱岁月，只是现在，所有的棱角都被岁月磨平了。你知道吗？"

"知道什么？"

"只要你我愿意，整个世界都是咱们俩的！"

我一听这话，就知道他的酒劲已经上来了。接着他又说了一大堆莫名其妙的话。不过我听着，心里还是蛮舒坦的，因为我觉得自己不再孤单了。就算我只是这个社会的局外人又怎样，有他陪着我啊！

吃完排骨后，服务员又问我们要不要来点甜品。我点了西米布丁，斯坦利点了杯咖啡。整个用餐过程结束后，他问我："咱们先散散步再回去睡觉吧？"

"好的。"我说。其实我自己都不知道，这么大吃大喝之后我还走不走得动路了。

记得那天晚上还蛮热的。斯坦利的胳膊搭在我的肩膀上，我的肩正好就在他腋窝下面。我的脸颊触碰着他丝滑的衬衣，他的气息扑面而来，那感觉真好。我们从楼梯上走下来，接着又漫步在沙滩上。他说想和我聊聊，而且这次不谈音乐，就说说他自己。印象中，他的声音很缥缈，好像那种精神恍惚得有点言不成句的人似的，而且他的话语中要么是没有动词，要么是一句话还没说完就开始下一句。

他谈到了斯特拉，说他小时候，斯特拉要求他应该怎么怎么做；还提到了他的父亲。他说自己做的很多事情都让他很有"愧疚感"，可就是停不下来。

我们回到房间的时候，发现屋子闷得不行，没什么凉爽的海风吹过来。我们干脆把床单拿下来，浸泡到冷水中，使劲拧干后再铺到床上，这样水蒸发一吸热，我们就能凉快凉快了。我们上床的时候都是一丝不挂的，就用床单盖着，真是凉爽多了。那床单就像一道屏障，把我们和外面的世界隔开了。

那个世界和我们毫无瓜葛。此刻，我们隐藏在只属于我俩的秘密领地。而且这次我们没有背靠背，而是面对面躺在一起、我的头依偎在他的胸前。

那天晚上，他又一次进入了我的身体。真的很疼，真的很怕。

喝了那么多香槟，又特别累，我整个人都像被麻醉了一样。心中隐隐约约地觉得这一切都是"错误的"，但是我又能怎么办呢？我只知道，此时此刻，此情此景，不管这个男人是父亲、朋友、孩子、陌生人抑或是同谋，也无论他到底是怎么想的，我只想竭尽全力配合他。

后来当我再回想起那个晚上，不禁觉得，其实我们俩都只是不顾一切的孩子而已，不想对任何人任何事负责，只想过一种超越时间和空间的生活。孩子才不会烦心为这种自由要付出怎样的代价呢！我和父亲之间的约定是自不待言的。多年以来，正是这个约定才使我懂得我们之间的维系有多么深，也让我愿意为之付出整个生命。

第十八章　许多住处

　　正是从那年夏天，我开始了一种完全不同于往昔的生活。我不得不紧紧地保守住秘密，有时甚至有一种自我分离的感觉。在我的心灵深处，承载着记忆和痛苦的那一块地方死寂般沉静。它就像一个患有自闭症的孩子，一个人孤零零地躲在偏僻的角落，别人甚至都感觉不到它的存在。我当时还不知道，在这个沉默的孩子体内，紧锁着的恐惧和愤恨、忧伤和混乱已经悄然成形，而且越来越难以抑制。终有一天，它会毫无预兆地爆发。而我，永远都不敢再相信我自己了。

　　我时不时还能感受到生理上的疼痛，从胸部到心口都疼得厉害。有的夜晚，我躺在床上，呼吸缓慢而微弱，如果把一根点燃着的蜡烛放在我嘴边，烛火都不会摇曳。我醒过来的时候常常惊恐万分，其实也不是真的那么害怕，只是我的身体好像已经不受情感的支配了，它在我毫无意识的情况下，已然承载了太多的恐慌。这些就像不速之客一样的恐惧让我特别恶心。这些情绪已经翻滚上来，仿佛要从我的体内溢出。

　　斯坦利一直都处于一种很困惑的状态。虽然他可以不去想我们之间的乱伦，但那种"负罪感"却像鸟身女妖①一样如影随形，扰得他焦躁不安。他会尖叫着从噩梦中惊醒，我问他做了什么梦，他却说"没什么，没什么"。

我想他也在竭力克制自己不要动我。然而，沉溺于酒精的他还是会经常来到我身边，然后……而第二天，他总是不愿承认之前发生的一切。

现在我才明白，父亲一直都是受本能的驱动，从来都是强迫意念的俘虏。他这个人啊，不可思议地既天真无邪，又意志坚定，这在他的音乐中也有所体现。迥然不同的力量和性格特征松散地交织在他一个人身上，他不愿意去面对那些他不喜欢的人和事，也不想承担任何责任。他常常会忘记时间的流逝。而任何东西，只要他觉得会"威胁"到他的意识和人格，他就会很"超脱"地忘却。

我依旧记得《约翰福音》（14：2）中的一句话："在我父的家里，有许多住处。若是没有，我早就告诉你们了。"神学家说，耶稣是想告诉门徒有很多途径都可以得到主的拯救，借此来安慰他们。但我第一次听到这句话时，一阵莫名的恐慌不由得涌上心头。耶稣的门徒通过这些箴言就能得到抚慰？这不禁让我为之战栗。在我父亲的"房子"里，也有许多"住处"，但我从来没有得到过任何安慰。

直到数十年后我才了解到，他的这种情况就是人格分裂症（DID），也就是多重人格，是由于严重或持久的精神创伤引起的性格分裂。这种创伤往往超出个人，尤其是孩子所能承受的极限。患有人格分裂症的人并不是真的精神上有病（虽然过去他们常常被视为精神病患者），准确地说，他们都还是正常人，只是会对很反常的情况做出很平常的反应。哪怕有些事情扰得他们心神不宁，甚至惶恐不安，他们的反应都很平淡。总而言之，这些人不能对所发生的事情做出恰当的反应。人格分裂症就

---

① 西方神话中的角色，性格暴烈，常常和鬼魂、地狱联系在一起。

是创伤后压力症候群的中心部分。

我们每个人都有自己的生存机制。我想，像斯特拉以及家中的许多先人一样，父亲在面对无可抗拒的压力时，选择的应对机制就是性格分裂。于是他的性格就像破碎了的镜子一样，一片一片七零八落的。如果有时候一些不自觉的想法让他感到恐惧，或是指使他不再做斯特拉所要求的那个"好孩子"，那么他性格的另一面就会浮现出来，进而占据主导地位。

而无论是哪一块碎片，只要它适用于此刻的状况，或是以后的任何一次挑战，它都跳出来，站在最中心的位置。由于这只是一块单独的碎片，斯坦利就既不必知晓所发生的故事，也无须负有任何责任。但他的确也为此付出了巨大的代价：他不得不挣扎在重重困难之中。想想他一直以来都那么敏感，精神饱受折磨，生活压力那么大，我终于明白，他所承受的压力，尤其是在他成年过程中的那些重荷，足以使人支离破碎。

后来卡罗尔·伊斯顿写传记《勇往直前》时曾专门采访过父亲。她告诉我："斯坦利幼年时期记忆的空缺，让他对那段时光特别在意。他的个性使他非常担心这样的空白会成为人生的羁绊。"

随着年龄的增长，斯坦利越来越嗜酒如命，性格分裂也愈发严重了，就好像那面已经破碎的镜子又遭了一记重拳。最终，这种分裂也割断了他与此生最爱——音乐之间的维系。在他最后的岁月里，他已经根本无法谱曲了。

夏天就要过去了。乐队里的几个人和周围的一些人都向奥黛里反映，我和斯坦利的关系有些"不正常"，鲍勃·菲茨帕特里克（菲茨）和吉恩·罗兰就是其中两个。不过奥黛里并没有确凿的证据，也没机会见到维奥莱特，所以也就只是自己担心担心而已。当时，不少人都说我和斯坦利更像是情侣而非父女，但这些看法随即被我们周围的沉默之圈吞噬掉了。

在我们栖息的这个全新地带，我和斯坦利生活得很随性。无论是对某种汉堡的偏好，还是对某个电影的喜爱，我们的选择常常如出一辙，而且每次都固执得非选不可。我们时而放声大哭，时而肆意大笑，时而悲痛忧伤，时而困惑不已。在这里，我们的每一种感觉，每一次话语，每一个动作都被放大了，仿佛过着一种特别纯粹的生活——就好像冲浪的时候，总是期待能乘着浪一直到岸边。但其实，隐隐之中却有难以言喻的恐惧——即使只有那么一瞬间，如果我们停下来看看浪花，很可能被波涛汹涌的浪潮所淹没。

我们在芝加哥待了几天后，我也该回维塞利亚上初中了。那会儿家里人都特别喜欢拍家庭录影带，维奥莱特和吉米把我两个月前离开维塞利亚和如今回来时的场景都录了下来，所以我今天还能看见当时的自己。

影像的开头，一架联合航空公司的小型飞机停在维塞利亚机场，我走上登机梯，和他们挥手告别。然后镜头一下子变成了我回来时的场景。大概还是那架飞机吧，我走下舷梯，穿过停机坪，来和大家打招呼。维奥莱特、吉米、松田还有"老爹"都来接我了。今天我再看这段录像的时候，竟产生一种异样的感觉，离开时的那个女孩和归来的那个分明是两个人！女孩离去的时候，沉着冷静，笑意浅浅，就像刚刚学会走路的小马驹。而回来时，她神情茫然，看起来心烦意乱，显然已经变成了极度活跃的赛马。她四处张望，一副惴惴不安的样子，仿佛生怕会遭到袭击。

"给我们讲讲你这两个月都怎么过的啊！"回家的路上，妈妈说，"你都干什么了？都去哪儿啦？好玩吗？"她的声音和我之间仿佛隔了一个长长的走廊，她像是在问别人而不是我。

"蕾丝莉？"她也发现我走神了。

"嗯，怎么啦？"

"讲讲你的旅行啊。"

"没什么好讲的。"

"斯坦利还好吗？"

"嗯，应该还好吧。"

"她大概是坐飞机累着啦。"吉米推测说。

"嗯，也是啊。那晚点再说吧。"

但我们始终都没有谈起过我那次的行程。我不想告诉任何人那年夏天的经历，甚至连松田都不例外。虽然我三番五次地想鼓起勇气，和斯坦利聊一聊那几个月的故事，但终究还是张不开口。因为我知道，我必须遵守我们之间的秘密约定，而且由于遗传的因素，我也有些性格分裂。对于那段往事，我的记忆已经模糊了，心中充斥的都是困惑和恐惧。而到底为何会如此，我却茫然不知。我只觉得筋疲力尽，浑身上下像散架了一样，生命的活力早就离我远去。不管我睡多久，都休整不过来。

我又一次觉得自己很难融入妈妈的这个新家。我和斯坦利在一起的那种生活，不是他们可以理解的。那几个月的点点滴滴，就像雪花玻璃球里的雪花一样，每当我拿起玻璃球想要看个清楚，那碎屑转眼间变成暴风雪，一切都模糊了，什么也看不清楚。

我和斯坦利的这种关系自然是不能公开的，而我的性格也分裂开来，我觉得自己越来越像他了。渐渐地，一些令人费解的事情发生了。时间一点点地流逝了，我居然会浑然不觉。有时一两个小时，甚至三四个小时过去了，我却一点感觉都没有，好像静止了一般，一看表才大吃一惊，这常常让我感到害怕。有时我去妈妈房里的浴室刷牙，竟然分不清哪个颜色的牙刷是我的。我茫然地看着好几个牙刷，脑子一片混乱，只好抓起手边的牙刷就用。

妈妈因为我用了她或者吉米的牙刷，责备过我好几次，但这样的事情还是一而再再而三地发生。维奥莱特越来越生气了，而我根本无法解释为什么总是出现这么低级的错误。万般无奈，我只好在书包里放一支牙刷，什么时候需要刷牙就只用这一支，这样我就不会再拿错牙刷惹她生气了。可是从此以后，只要我去斯坦利那里待上一段时间，再回到维塞利亚后还是会犯同样的错误。

回来才过了两三天，我就开始上学了。我一直都是全A生，得高分自然是我的分内之事。但是现在，我竟然觉得过去的好成绩都只是"意外"，我再不会有那么好的运气了，就好像那些高分都是别人赐予的，根本不是靠我自己得来的。而那个能给我带来好成绩的"她"，也已经不在了。我暗下决心，一定要装成"她"那样，否则别人就会发现"她"的离去。只要我能骗过周围所有人，老师自然也会相信那个"她"还在，我就又能取得好成绩了。

而与此同时，松田的两个姐姐菊子和洋子的功课都是A，我自然必须也是全A，否则川崎夫妇就不会把我当作"第四个女儿"了。

就这样，另一个蕾丝莉慢慢地显现出来了。曾经被川崎一家接纳的那个女孩会像男孩子一样踢足球，还颇有自信，但这个新出现的蕾丝莉充其量不过是那个女孩的摹本。每当夜晚我孤单一人的时候，我都必须面对可怕的现实：这个蕾丝莉是假冒的，只是用纸板剪出来的人形而已，大概过不了多久人们就会揭穿她的。

但是她始终没被揭穿，至少在那一年还没有。我的成绩还是很好，为人处事都是按照大家所期待的方式，因此还交了一些新朋友。然而，我每天都是在高度紧张中度过的——就像一只受惊的动物，生怕有人会揭掉我的皮。

我又开始频繁地做噩梦，其中有一个场景还反复出现。我一直跑啊跑啊，想要逃离什么东西，但我自己也不知道到底在逃避什么。我冲进一间屋子，关上门，耳畔却猛然间传来门破裂的声音，还听见一个恶魔般的野兽咬牙切齿地往屋里逼近。我赶忙从窗户上爬出去，跑过山川，来到一片森林，可它还是穷追不舍。

这个梦我做了一次又一次，常常大汗淋漓地惊醒过来。但我不敢向任何人提及，我的一切永远都只能是秘密。这是必须的。

在另一个噩梦里，我奔跑在曼哈顿的屋顶平台上，从一个平台跳到另一个平台。那个野兽一直朝我逼近，为了逃命我已经筋疲力尽。我问自己："蕾丝莉，你到底要逃避什么？"但直到现在依然有些恐慌的我还是不知道答案。跨到另一个平台的时候，我往后看了看，那个恐怖的东西已经追上来了，一只手、两只手、胳膊、头都跨了过来。我一下在呆住了，心里害怕极了。因为我看见，那个怪兽的脸和我的一模一样，一直追逐我的就是我自己。

我的生理、心理也发生了一系列变化。才十多岁就频频发生性行为，我体内的荷尔蒙急剧增加。我的身体似乎要以最快的速度把我从女孩变成女人。而目睹了这样的变化，我心中升腾起怪异的恐惧，我甚至觉得只要和男孩子并排坐在椅子上就会怀孕。我当然也知道这种想法十分荒谬，可我就是摆脱不了！我总觉得，有一片漆黑在无限蔓延，几乎快要把我吞没，而我只能不停地用力地抗争。只是当时的我并没有意识到，其实我已经把所有应该由父亲承担的愧疚、恐惧、愤怒和耻辱都扛在了自己的肩上。斯坦利总是忙于各种工作，还服用大量药片，再加上时常酗酒，他自己都麻木了，对此也就没有什么特别的感觉，不会像我一样遭受恶魔的追赶。然而，我觉得自己体内有些东西正在一点点溃烂，就像烂肉一样。

我和父亲不在一起的几个月里，我每晚都满心期待他能打来电话。虽然我还是像往常一样，到时间了就去睡觉，但只要一确定维奥莱特和吉米都睡熟了，我就会拖着凫绒被，拿着枕头，来到楼下的客厅，躺在电话旁。他常常会在完工之后，还没喝酒之前给我打电话。这时候他还能语句连贯地说话。和他聊过之后，我再偷偷溜回房间睡觉。

对于斯坦利的担忧，甚至他的一切，我都越来越感同身受，似乎我越来越像他了。我想竭尽所能帮他分担痛苦。我想快快长大，长成斯坦利那样——就像电影里的珍妮一样。我看着镜子里隆起的胸脯，觉得它并不属于我，那是别人的。我长大以后就是这个样子吗？这是父亲想让我变成的样子吗？所有的一切只是个可怕的错误吗？

即将来临的圣诞节，我还是要去豪里莱奇和斯坦利一起度过的。几周前，维奥莱特带我和吉米去吃"福斯特冰激凌"。我们坐在车上等着服务生送来冰激凌的时候，她突然宣布："我要生宝宝了！"

我一听特别吃惊，我一直都想有个弟弟或者妹妹，没想到真的有这么一天啊！

"我下周要去洛杉矶看麦卡锡医生。"她接着说。

"为什么？"

"我想让他为我接生啊。"

"但洛杉矶挺远的。"吉米有点不太同意。

"我才不要在这个破地方，让一个名不见经传的大夫给我接生呢！"

他们的谈话到此就结束了。

不久，妈妈又像往年一样问我想要什么样的圣诞礼物。

我脑海中一下子浮现出黑色丝绸和手工蕾丝，就说："我想要一件漂亮的睡袍。"

离圣诞还有一周的时候，我开始收拾去豪里莱奇的行李了。维奥莱特把圣诞礼物送给了我。我打开这个粉色的大盒子，解开金色蝴蝶结，发现是一件缀有米黄色蕾丝边的蓝色睡衣，特别可爱。虽然挺漂亮，感觉挺纯的，但我其实特别失望，因为这件睡袍看起来一点都不成熟。黑色的看着才成熟些。

我越来越喜欢责备自己，总觉得自己不够好。我不知道别人对我到底有什么样的期待，只是一直认为自己成长得不够快，没有很好地承担起应负的责任。与此同时，身体的迅速发育让我自己都很吃惊。才不过几个月，我就长高了四英寸，腰越来越细，臀部也越来越翘了。每次我一穿上衬衫或是毛衫，我的胸部都不再是以前那样平平的，已经很有曲线感了。

"天啊，蕾丝莉，你发育得这么快啊！"我去豪里莱奇的时候，斯坦利这样对我说。我都不知道怎么回答才好，我是该道歉，还是该感到自豪呢？或许现在，我已经变得和以前不一样了，他应该不想和我有什么了吧。

圣诞节期间，我们是在卡特琳娜岛度过的，又是爬山，又是下海游泳，玩得不亦乐乎。什么学校啊，成绩啊，松田一家啊，通通都被我抛到了脑后。我和斯坦利又回到了那个世界，那个只属于我们的世界。

在阿瓦隆，我们有时会站在房间的阳台上眺望大海。一天晚上，我们坐在一起——我坐在铁艺椅子上，他坐在我前面的地板上——把头伏在我的膝盖上，边哭边说他想写曲子，但又害怕自己再也写不出来了。

有的夜里，我们还是会发生性关系。还好，至少现在已经不疼了。

而在那之后的每个早晨，都与之前的晚上很不相同，我甚至觉得度过夜晚的不是我们，而是其他的什么人。我们晒日光浴、玩游戏、开玩笑、讲故事。我们常常一起放声大笑，欣喜若狂。有时交谈起来就像痴人说梦一样，有时说着说着也会争执起来。我们的生活是与世俗格格不入的。我和他就像动物一样，以本能的方式生活在现实的边缘。我们之间不需要言语即可沟通。然而一直以来，隐隐之中却有一种邪恶的意识在一点一点地吞噬我。这种意识无限膨胀，终会变成一只饥肠辘辘的怪兽，狼吞虎咽地吃下所见到的一切。

假期的最后一天早晨，我们驾着车，从豪里莱奇途经里奇公路前往维塞利亚。加州的里奇公路是原先的美国 99 号公路（也就是现在的 5 号州际公路）的一部分。公路蜿蜒在隔开洛杉矶盆地和圣华金谷的山上。刚出发的时候，阳光灿烂无比，所以我们把敞篷车的顶篷打开了。没想到车子一进入山间，气温骤降，居然还下起了大雪。

"你冷吗？"斯坦利问我，"要冷咱们就把顶篷放下。"

"冷？我才不冷呢。不过你要是觉得冷就放下吧。"

"我一点都不冷。"

"我也是。"

"你确定？"

"当然啦！"

我们俩都没穿夹克，就这样敞着顶篷开了一个小时，雪花飘落得满车子都是。我们冻得连牙齿都吱吱作响了，可就是不愿承认自己已经冷得不行了。最后，父亲终于大笑起来。接下来的五分钟，我俩都笑自己都这么冷了，干吗还嘴硬不承认。终于，我们冻得实在受不了了，总算是把顶篷放了下来。

第十九章　成年礼

　　圣诞节过后我又回到了维塞利亚，母亲看起来已经是孕味十足了。她让我摸摸她的肚子，我都能感觉到小宝宝在踢呢！我一直在想，一个女人能孕育新生命，多么奇妙！

　　我在学校里常常心神不宁，还总是觉得怕怕的。但我也不知道自己这是怕什么呢，只是好像迷失在浓雾中，又好像被困在了无形的障碍区。要是什么时候只剩下我一个人，我甚至连自己是谁都弄不清楚。就在一年前，我才第一次有了自信，大脑不再是一片茫然，可以自如地面对同学、老师以及松田的家人。那时我才刚开始有点安全感，觉得自己终于可以自然而然地生活了。但现在的情况却大不相同了。我似乎只是一个外来者，虽然闯进了一个世界，但在这里，我没有任何权利。于是，自我厌恶的感觉和羞愧之心开始长久地占据着我的大脑。

　　正好就在这个时候，我第一次来了月经。那感觉蛮怪的，但我一点都不害怕，也没觉得有什么不好意思的。那从我体内流出来的血液，似乎是一枚勇气勋章，也预示着我即将成长为很有魅力的女人。我打心眼里觉得自豪。

我还记得月经初潮那天的情景。当时我还在学校里，一直觉得两腿之间有点热热黏黏的感觉，想着大概是上体育课出的汗吧，我也没太在意。下午快放学的时候，班里的一个女孩哆哆嗦嗦地在我耳边说道："你的裙子后面有红点。"

"红点，什么红点？"

"魔咒啊，"她的声音更低了，"你知道的，就是那个'大姨妈'来了。"

我把百褶裙转过来一看，果然是血，红红的亮亮的血。这是从我自己的子宫里流出来的啊，太神奇了！按常理说，我应该马上到洗手间把血迹洗干净。但我可不想这么干，这血就留在那里好了，它是我身份的象征呀！好像有一种古老的魔法在起作用，正一点一点地把我变成真正的女人！

回家的路上，我还是像往常一样走在日落路上。不过今天我可是穿着沾有血迹的裙子。三十分钟后，我到家了，妈妈正在厨房做饭。

"我来月经了！"我"宣布"道。

她的反应就是心理学书籍里所示范的那样："这是个好消息啊，蕾丝莉！我们得去给你买点卫生巾。"

"为什么要去买啊？我用你的不行吗？"

"当然不行，你必须得有自己的卫生巾。快换件衣服，咱们进城买去。"

顷刻间，我所有的自豪和欣喜都消失得无影无踪了。我一直梦想成为维奥莱特那样美丽动人的女人。我曾经满心期待着，她会欢迎我来到她的女人世界，不仅和我分享所有关于女性美丽的秘密，还会和我共用各种女性用品——卫生巾、丝巾、衣服，甚至珠宝。

但这种期待最终却落空了。她明确地告诉我，往后我不能动她的任何东西，甚至连她的牙膏、梳子、毛巾都不行。又过了几个月，我的身材已经和她的差不多了，我问她可不可以穿她那件蓝白格的裹身裙，但她并没有答应。当我终于鼓足勇气问她为什么不可以时，她竟然回答说，"因为你就是个破坏分子！"

所有在我眼中属于女性专属物的东西，维奥莱特都坚决不让我使用，这让我愈发害怕了。我越来越觉得自己是个丑八怪。我又丑又讨人厌——我只是一头披着女孩外衣的怪兽——永远都不可能成为真正的女人。

我一直都渴望成为秀外慧中的优秀女子，这样子斯坦利就不会停止对我的爱。我真的很爱斯坦利，他简直就是我生活的中心。曾经有一份属于他的爱被生生剥夺了，现在我想再带给他那种爱。我迫切地想拥有真正的女人气质，但母亲冷冰冰地把我给否决了，我甚至觉得她的否定会成为影响我一生的诅咒。

那时我才十一岁，根本不会想到母亲对我的否决，是因为她对自身女性气质的失望。但现在我终于懂了，而且对此确信无疑。当时，和吉米在一起的最初两年的热情四溢，那种和谐的性关系，那种对优裕生活的期待，都已经消失殆尽了。她常常把两任丈夫做比较，总是发现自己的真心所向是斯坦利而非吉米。

由于维奥莱特并不了解体内胎儿的生长情况，她怀孕期间频频生病。每个月吉米都会开车送她到洛杉矶麦卡锡医生那里。我挺喜欢她怀孕时的样子，似乎比以前更光彩照人了，而且还有个小宝宝——活生生的小宝宝啊！我一直都想拥有弟弟或者妹妹。我的每一个老师都以为我是家里的独生女，这让我蛮尴尬的。我甚至觉得这是一件很丢人的事，我可不想总是独自一人，我渴望拥有一个给予我归属感的家。

4月的第一个周末，我们迎来了复活节。维奥莱特的预产期快到了，学校的暑假也不远了。我飞到芝加哥去陪斯坦利，那会儿他正在"蓝色音符"音乐公司表演并录制专辑。母亲则孤身来到洛杉矶，和密友诺娜一起，等着宝宝的出生。

我回维塞利亚的路上，母亲正在天使女王医院分娩，当时吉米已经过去陪她了。在机场接我的是"大妈"，刚一见面她就告诉我一个令人心碎的消息：维奥莱特已于1953年4月21日诞下一女婴，但女婴的内脏有严重的问题，至今仍命悬一线。

当时全美国就只有两位医生能为这种情况实施手术，还好有一个正好就在洛杉矶。于是我那出生才五个小时的妹妹被送进了手术室。七个小时之后，手术终于完成了，可她马上又被放进康复室的保育器中。唉，苦了她了！

产后虚弱的妈妈一直躺在床上，也没有抱过妹妹。到了第五天，吉米开车把维奥莱特送回维塞利亚，妹妹则在医院的保育器中足足待了六个星期。这期间，吉米和维奥莱特都很担心刚出世的女儿，妈妈甚至还一再责备自己生的孩子"不够完美"。她一直说，"为什么这样的事情会发生在我身上呢？"

"你准备给她取个什么名字呢？"我问她。

"你来选吧。"她说。于是我就给妹妹起了个名字：黛博拉·克里斯蒂·弗斯特。不过维奥莱特更喜欢"克里斯蒂"而非"黛博拉"。她说："喊'克里斯蒂'时我的声音能更放开点。"所以妹妹就叫克里斯蒂。

两三周后，我们终于知道克里斯蒂可以活下来！大家都特别兴奋。我喜滋滋地开始盘算着怎样喂养她最好。母亲的床边放着一本艾德乐·戴维斯的《让我们拥有健康的宝宝》。我把全书通读了一遍，希望能找到最佳的育婴方案。

当然要给她喂奶了，关键是喂什么奶。当时的人们普遍认为，由牛奶加工而成的配方要比母乳更适合宝宝的生长。大概是觉得合成的东西更"科学"吧，糖啊，水啊，乱七八糟的添加剂啊，一个都不能少。

然而艾德乐·戴维斯——这个堪称是世界上最认真的营养学家，却有他自己的看法。他认为应该给宝宝喂"虎奶"，而不是糖、水一类的东西。为了在家里好好地养育克里斯蒂，我们还专门买了一台搅拌机。我按照艾德乐的混合奶配方，把赤糖糊、酿啤酒的酵母粉、牛奶、脱脂奶粉、香草精统统倒进搅拌机，开始学着配制优良"虎奶"了。

盼望着，盼望着，终于，吉米和维奥莱特把妹妹接回家了。虽然她的肚脐旁有一大块疤，但我并不在意，在我的眼里，她就是最美丽最动人的生命。我把她所有的瓶子都消了消毒，准备给她喂"虎奶"。早在几周之前，我就把橱柜里的白糖、精面粉等全都扔进了垃圾桶。虽然我成长的过程中一直吃这些东西，但如今既然被艾德乐·戴维斯"诅咒"过了，那么通通都是垃圾。我还宣布从此以后，我们家只吃全麦面包和粗糖，每天至少喝一次成人版本的"虎奶"。不过我尝了尝那奶，真难喝！但看看克里斯蒂，还蛮享受的样子。

在我的努力下，不到三天，克里斯蒂就不再喝医院里标准的婴儿配方奶，而对"艾德乐配方"情有独钟。看着她纤细的小手，抚摸着她柔软细腻的肌肤，我就特别想关心她、呵护她。任何人、任何事都不可能把她夺走。而我也相信，多年以后我也会拥有自己的宝宝。那一段时间，我对妹妹的爱远远超过了对斯坦利的爱。我生活中最重要的，就是克里斯蒂。

第二十章　美女与野兽

为了在这个"被上帝遗忘的偏僻之乡"还能与"文化"接上轨，妈妈决定让我们参加电影俱乐部。俱乐部会在海德大街一个小影院放一些不落俗套的美国电影，有时也会放些外国影片。每个周二的晚上，不管我和吉米愿不愿意，都会被维奥莱特拉着去看电影。影院里的椅子坐着不是很舒服，我们也没有爆米花吃，就在那干巴巴地看着维托里奥·德·西卡的《偷自行车的人》以及类似的电影。还好我很喜欢电影，没有爆米花也无所谓，而且我基本上都是从头看到尾。

一个周二，俱乐部放的是让·谷克多的《美女与野兽》。我觉得这是对我影响最深的一部电影了。野兽一出现在屏幕上，我就被他深深吸引住了。但是电影的最后，他居然变成了那个漂浮在雾蒙蒙的空中，还有些罗圈腿的王子！天啊，怎么会这样！真讨厌！这个假惺惺又惹人烦的王子，哪有复杂多面的野兽吸引人啊！而且从他的身上，我还似乎感受到了斯坦利十多年来的苦楚和辛酸。野兽是强健而有力的，但他觉得自己那么丑陋，得不到任何人的爱。这与斯坦利的想法如出一辙。这个张牙舞爪、两眼放光的野兽，时而着实骇人可怕，时而又感性地满眼泪花，真是太奇妙了！看着他，我的心中满是怜惜和同情。为什么人们要选择锦衣华服的王子，而不是至情至性的野兽呢？其次就是关于他魅力的问题了。很显然，他和父亲一样都受到了诅咒。我非常确信，他们俩之所以都会时不时地迷失自我，变得那么令人生畏，就是那可憎的诅咒在作祟！

有一个场景还把我弄哭了。美女和野兽相伴走在城堡周围的防御墙边。看着他无比温柔的目光，我知道他深深地爱着她。在她的面前，他的举手投足都如国王般优雅。突然，一只獐鹿从旁边的树林里急速穿过。他的眼中一下充满了血红的欲望之火，我知道，他的动物本性上来了。这是一种最原始的冲动，没有什么能够阻挡他。但我却更爱他了。就像我父亲一样，谷克多电影中的野兽也是令人既着迷又恐惧。他就困在动物之身和闪耀的精神之光的中间。是的，他的确不完美，但又怎么样呢？我对他的爱愈发深厚了。

后来我和斯坦利再一次共度复活节假期时，我又想到了这些。我看着他，发现就在他十足魅力和迷人微笑的掩盖下，一只饱受折磨的野兽若隐若现。以前我从没有清晰地看到过这只野兽，更别说别人了。自以为了解我父亲的人很多，但其实他们谁也不知道这只野兽的存在。

1953 年春天，就在克里斯蒂出生的前三周，我还随斯坦利在各个演出点之间到处奔波。他还是像往常一样忙着带领乐师们，管理乐队，付账单等，而我也是一如既往地广览图书，参观博物馆、美术馆，听音乐。

我俩单独相处时，每次在酒精影响他的大脑，把他变了另一个人之前，他总会喋喋不休地说起资金和音乐遇到的问题，也会埋怨那些不称职的宣传人员，或是告诉我下一站该去哪儿了。他常坐在地板上，把头贴在我的膝前。他的开头常常是这样的："小矮子，我不知道该怎么办。"

然后就开始大倒内心的苦水。

面对公众时，斯坦利必须收起所有的失意和困惑，脆弱和彷徨。但其实，他也需要一个情感的宣泄口。

很多事情，斯坦利只会在我俩独处时告诉我一个人。能得到他如此的信任，我自然很是自豪。他这一生中，行色匆匆的女人不在少数，但他几乎从来没跟任何一个深交过。他心中唯一可以信赖的倾诉对象，也是唯一会向他伸出援手的人，就是我了。他总是很看重我的意见，我也竭力不辜负他的期望。我知道他也是爱着我的，因为每次只要一看见我走进房间，他立马就神采飞扬。要是哪会儿找不到我了，他的火一下子就上来了。而不管我愿不愿意，他总是执意让我陪他一起到处奔波。

没过多久我就发现，为了保持精力充沛，他服下了许多安非他命，喝酒更是常事。唉，也真难为他了。那年乐队的工作行程搞得他焦头烂额，常常一连几个月都得整夜整夜地演出，他和其他乐师之间的麻烦事也是一件接一件。他还专门租下一队汽车，让乐师们四人开一辆，这样在各地辗转的途中就能省下不少钱了。

一个漆黑的夜晚，斯坦利开车行驶在平原地带，本来也没什么危险的，但他转弯时转得太急了，一下子驶离了路面，车子动都动不了了。他只好一个人徒步到处找人帮忙。黎明时分还下起了雪，他浑身都湿透了，冻得瑟瑟发抖，都发烧了。还好他最终总算是找到了帮忙的人。"你知道的，小矮子，那一夜还真挺有意思的，"他说，"我记不清是怎么挺过来的，我也不知道是怎么回事，我的倒霉事总是层出不穷。"

那年春天我们在一起的时候，一到夜晚，总有那么一段时间，斯坦利就好像被困在无法脱身的境地，我根本无法理解他。每每这时，他就会开始抚摸在床上的我，然后就会像机器人一样，在我身上尽情地发泄欲望。我会断然离开这样的他，跑到别处。我觉得黑夜几乎快要把我吞噬，我迫切期待着黎明的到来，急切渴望着他能恢复原样。

人生在世，行为举止不免要受到各种习俗和法规的约束。和一个血缘十分相近的人如此亲密，显然已经触犯了禁忌。这种行为是不为世俗所容的，非常危险，你必须为此背负起沉重的包袱。虽然你拒绝公开承认这一切，但在广阔的意识海洋，你还是无可避免地会因此受到震慑，内心的恐惧更是难以言喻。其实，只要你们能坦诚地面对自己的所作所为，真心实意地对待彼此，你们之间就不仅仅是性关系那么肤浅了。

你们已经血脉相连，如果还能分享所有的爱恨情仇，那还有什么能把你们分开呢？你上过天堂，也下过地狱，这里并不是哲学概念中的天堂和地狱，而是实际的存在。有时候，你就像神仙一样怡然自得，可紧接着，你又坠入了恐惧和绝望的深渊。但无论是身处哪一种境地，你都拥有了更鲜活的生命。但这里也有唯一一种让你进退维谷的境地：你大可以背叛过去的决定，拒绝对所作所为承担责任，任由被发现和遭受惩罚的恐惧侵袭那个秘密世界，那么所有的欢欣雀跃都会消失殆尽，只留下毛骨悚然的你颤颤巍巍，茕茕孑立。

第二十一章　转移重心

　　一直以来，都是斯坦利主宰我俩的关系。总是他决定我们干点什么，什么时候做爱。哪些该干，哪些不该干也都是听他的。实际上，我整个人都是属于他的。他离婚之后，我的注意力几乎全集中在他身上。我总是挂念着他，我所做的很多事情都是为了他。但是现在，一方面，由于体内过盛分泌的荷尔蒙让我有些不知所措，另一方面还得照顾小妹妹，我便不像过去那样心心念念只想着斯坦利了。

　　在维塞利亚，维奥莱特还没有很好地融入母亲的角色，所以克里斯蒂还是很需要我。其实克里斯蒂才真正算是她的第一个孩子，她第一个想要自己照顾的孩子。当时"大妈"正忙着帮琼·克劳馥一类的好莱坞名流料理家务，并对他们的生活做"指导"，也脱不开身。那么克里斯蒂从医院回到家里之后，照顾她最多的自然就是我了。有好几次，我还得专门请假在家"带孩子"呢。维奥莱特总是紧张兮兮的，觉得克里斯蒂有些很严重的问题。有时妹妹吃过东西再吐出来，她就会惊恐万分。而每当妹妹半夜醒过来，她也会开始掉泪，根本不知道怎么办才好。她和吉米两个人只好每天睡觉前都抱着小宝宝在屋里走来走去，哄哄她，然后才敢去睡觉。可克里斯蒂几乎每个小时都要醒一次，这也就意味着，吉米和维奥莱特从来都睡不了安稳觉。

时间一点一点流逝，他们的焦虑不安也与日俱增，都有点神经质了，甚至还不让我在家里的游泳池游泳，说是水声会把克里斯蒂吵醒。喝"虎奶"的妹妹明明像花儿一样渐渐绽放出生命之光，维奥莱特却总是害怕她会死去。我们四个人的生活一直都处于紧张的气氛中，争执不断，都有些"不正常"似的。而我也萌生出一种强烈的感觉：我只是这个家不受欢迎的客人，我在这里只会把一切都搞得更加糟糕。

与此同时，我再也无法和川崎一家人接触得那么频繁了。虽然我已经不再去想斯特拉让我陷入的那些闹剧，以及和斯坦利之间有违伦理的关系，但总有一种无形的耻辱感和愧疚感萦绕在我的脑海。我总是不由自主地责备自己，还经常害怕得像受惊的小兔子一样。

我觉得自己已经没有资格和川崎一家人待在一起了，所以我只能选择尽量远离。剩下的只有那些男孩子了，他们一个个都费尽心思想讨好我。我第一次发现女性也可以有如此力量。我也想尽情施展自己的魅力，但不知道具体该怎么下手。我知道自己会让男孩子有一种触电的感觉，而我自己也有同样的感觉，这让我颇为困惑，因为我根本不懂什么男欢女爱。只是和父亲之间的微妙关系已经让我有了固定的行为模式，甚至在以后的几十年里，都一直悄然影响着我。首先就是要保密，不论跟哪个男人或是男孩子接触都必须要保密。毕竟爱和秘密总是如影随形！

十一岁那年，我第一次约会：和双胞胎兄弟迪克·吉布森、唐纳德·吉布森一起去看电影。记得那一天，他俩一会儿因为谁为我买票而大打出手，一会儿又为谁为我的爆米花付账而争执不下。他们俩虽然是孪生兄弟，但是也各有特点。迪克看起来更英俊些，和弟弟比起来，他个子更高，肌肉也更发达，金黄色的皮肤，浓密的眉毛，饱满的嘴唇也甚是性感。

不过戴眼镜的唐纳德更聪明，还很有幽默感。看电影的时候，我坐在他俩中间。一边拉着迪克，一边拉着唐纳德，反正手都放在蓬蓬裙下边呢，他们俩绝对都没有察觉出来。

　　没过多久，我就决定选择迪克。他只比我大两岁，不过已经开始赚钱了。这一点的确吸引了我，我可是从来都不敢想将来要是赚不了钱会怎么样。又过了一两周，他送给我一条金项链，链子上还吊着一个刻有他名字首写字母的金戒指，沉甸甸的。我把项链戴在毛衣外面，心里蛮自豪的。

　　当然了，如此高调地佩戴迪克送的礼物，这段恋情难免曝光，这让我挺烦心的。我不想这样，我想要的只是秘密的地下恋情。平时迪克工作挺忙的，我也不想在这个家待太久，于是就开始寻觅其他的合适人选。很快，一个不错的选择——著名律师的儿子基米·阿贝克隆比神奇地出现了。他个子高高的（这是必须的，因为斯坦利很高），长得也不赖。不过我最看重的还是他的羞涩——这样就能保守秘密了。从此，趁着迪克忙工作，母亲和继父一门心思都是克里斯蒂"下一个可能出现的状况"时，我每周有好几个晚上都会离开家，去和基米偷偷地约会。正好基米的家在米尔克里克区的另一边，这样他们谁也发现不了我！

　　但每次见面之后，我和基米都不知道该做些什么，该怎样对待彼此。我们就学着电影里那样，扭扭捏捏地吻几下，之后就坐在一起一直聊到半夜。我俩会饶有兴致地谈论起我们的秘密恋情，说到父母都发现不了我们，总是一脸的兴奋。

　　又是一年夏天，我也十二岁了。我决定以后要尽量少和斯坦利待在一起。其实这一年他也过得挺不容易的。三天两头就有乐评人公开抨击他，不仅批评他的音乐，甚至还攻击他本人。渐渐地，他对自己越来越失望。

　　有一次他凌晨四点哭着打来电话，我一听就知道他又喝多了。"我写的东西都是一堆垃圾，"他说，"我写不了曲子了，我甚至都无法思考，天天就领着一帮傻瓜准备去死！我不知道自己在哪儿。天啊，我要疯了！"

我记得他三年前谱下《星期天的主题》，是一首很有诗意的曲子，旋律特别优美，就问他："那《星期天的主题》呢，也不好吗？"

"垃圾，也只是垃圾！"他回答说，然后又开始对别人进行精神分析。他分析的对象有某个乐师的老婆，有给他们安排演出的宣传人员，甚至还有在宾馆见到的某个老男人。我俩聊了至少一个半小时——这要是哪个总想着电话费的人还不得担心死了！快说完的时候，他说想让我一放暑假就马上过去陪他。但我一听他的演出行程，初夏的时候几乎天天都要在西部整夜整夜地演出。每次他们需要表演一整晚的时候，我俩都没什么时间在一起，而且现在我的生活里还有其他男孩子嘛（当然我是不会在电话里告诉他这些的）。最终我们商量好，我先在维塞利亚待着，等7月底他们要在新英格兰地区表演时再过去陪他。到时候有整整一周的时间，他们都在大西洋城的钢铁桥演出，我们可以多点时间在一起了。

所以我暂时还是待在维塞利亚。在这个小镇的几年里，很多时候的很多事情，我都不知道该怎么处理。现在我渐渐长大了，我想找准自己的位置。也忘了是从什么时候，我开始发现——可能20世纪50年代的年轻女孩都有这样的潜意识吧——女人只有两种：好女人和坏女人。我很确信自己属于后者。特别是每当我觉得，别人一旦发现我的所作所为就会对我拒而远之，心里害怕得不行的时候，这种感觉就更加强烈了。

那一年，我总是睡不好，常常一大早就去学校，直到很晚才回来。我就是不想在这座房子里多待一分一秒。反正有男孩子，我大可以和他们一起创造爱情故事。

直到7月末，我才飞到东部去陪斯坦利。不过他没去机场接我，我自己打车到宾馆。我找到他的房间，敲了敲门，没想到开门的竟是一个脸色苍白、憔悴不堪的人！这是斯坦利吗？我都快不认识他了！他也一副很惊愕的样子，"天啊，你来啦？我还以为明天才到呢！"说着还不停地捋着头发，大概是想稍微中看些吧。

搞错日期的斯坦利突然间见到我自然很惊讶，而且他原本以为来的还是个孩子，却发现眼前的我已经很有小女人的感觉了。我知道我身体的变化是他所始料未及的。其实有时连我自己都有点害怕，不过我还是觉得我的身体越来越迷人了。我觉得自己好像正经历一个神秘而奇妙的发育过程，就是那种从原始社会开始每个人都会经历的变化过程。我对这一系列的变化并没有试图去控制，因为反正这也不是我所能控制的啊！

乐队完成了几次"彻夜演出"后就来到大西洋城了。我们终于又可以躺在沙滩上，品尝美食了。我喝香槟，他喝J&B。每天晚上我们都会睡在一起。他在钢铁桥上的舞厅表演的时候，我也待在那里，反正也没什么事干，我就读书。斯坦利从不问我书的事，不过他还是很高兴看到我读书。他一看到我埋头看书，就知道我好好的，可以不用担心我了。同时，他也不必因为没空管我而自责了。

纳撒尼尔·霍桑的《红字》深深吸引了我。海丝特这个角色，以及她绣在胸前表示通奸的红"A"，都让我着迷不已。我知道通奸是很严重的，但私下里，海丝特一定因为那个鲜红的"A"而非常自豪。书中写道："我就是我。如果你们不喜欢，那你们就见鬼去吧！"我觉得她和我一样，都是被放逐的人。我真的十分羡慕她能在忍受所有的嘲笑和憎恶的同时，还释放出闪耀的人性之光。

我们离开大西洋城后向北行进。他们将在新英格兰地区的游乐场里表演，其中有一站就是康涅狄格州科姆庞斯湖公园那个"骇人的舞厅"。之前，斯坦利就是在那里表演过后强奸我的。虽然当时我对那一晚的记忆已经模糊，但我还能清晰地记得那个小镇，那儿的过山车的看管人，以及他告诉我的那些恐怖事件。

我和父亲到达的时候已经临近傍晚了。我们从凌晨两点就没再吃过一口食物，已经饿得不行了，就决定先去吃饭再入住宾馆。餐厅的每张桌子上都有一个陶制的西红柿模型，柜台上也放了几个。那些"番茄"还往下滴酱，本来是红色的，转眼却变成了棕色。

我们点了我最爱吃的排骨。服务员送来的是沾有肉桂和葡萄干的排骨卷，热气腾腾的，上面还裹了一层糖衣。

我突然不自觉地抖了起来。

"小矮子，你怎么啦？"他问我。

"没、没什么。我就是有点冷。"

"怎么会冷啊，这儿都快热死了。你一定是饿了吧，快吃点东西啊。"他撕开一个排骨卷，又往上面抹了一层黄油，那黄油一直往下滴。他把卷卷递给我的时候，我摇了摇头。

"快吃啊！"他催我。

"我先洗洗脸去。"我站了起来，经过圆弧形柜台，往洗手间走去。结果我发现洗手间的门上没有手柄，这可怎么打开啊？我的肚子猛地一紧，大概是为了平息心中的害怕和紧张吧。可我还是很无助，呜咽着说："救命啊，谁能帮帮我吗？"

柜台后面的一个女服务员听见后走了过来，问我："怎么啦？"

"门，我打不开啊。"

"傻孩子。"她说着，伸手去推那锈迹斑斑的门把手，我还记得她的指甲也是那种番茄酱的锈红色。"看见了吧，这样一推就行了。"

我跟跟跄跄地走进这个狭小的房间，把门关上。我也不记得自己在里面待了多久，应该有很长时间吧。总之我下一个记忆片段，就是听见斯坦利在喊"蕾丝莉，你怎么啦"，然后就是一阵急促的敲门声。

我费了好大力气才终于把门打开。我对他斯坦利说："我没事，只是不太饿。"

斯坦利让服务员用蜡纸把我们的食物打包，接着我们就回宾馆了。我一下子有种故地重游的感觉，难道这就是我们以前住过的那个宾馆吗？但我也不是十分确定。

斯坦利开门的时候我已经高烧得很厉害了，感觉皮肤就像大漠里的沙子一样干燥。记忆中，他掀开床上的铺盖，把我抱上床，又把所有能找到的东西统统盖在我身上。他还给客房经理打电话，让再送些毯子过来。我听见他厉声说道："快！马上送过来！"那声音很冷酷，不像平日里那么有魅力了。我的头越来越晕了，他紧紧地挨着我坐着，我觉得自己都快被他挤碎了。他把大手放在我的前额，接着，我的眼前就是一片漆黑了。

后来我才知道，一连三四天我都高烧不退。无论在床上、车里以及当舞台上《旋律的艺术》的音乐震耳欲聋时，我几乎都在睡觉，甚至在化妆间里也能睡着。而且我还做了一个又一个梦，梦里面都是些没有意义的记忆片段，一些我排斥的感觉，以及那些曾经反复出现的混乱场景。那些梦都好可怕啊，好像要扼制我的喉咙，把我的生命揉碎一样。我知道我必须把这些梦藏起来。

当时我们正在赶往下一个工作地点的路途中，我烧得特别厉害，眼前好像出现了幻觉了一样。我看见一面镜子被一记重拳猛击后变得支离破碎，而每一块碎片都生生插进我的躯体。我知道那面破碎的镜子就是我自己，无数碎片几乎把我刺穿，令我泣血不止。但我不该流血吗？我活该受到惩罚！

一连几天的高烧把我折磨得筋疲力尽，整个人消瘦了不少，黑眼圈重重，看起来就像是正在醒酒的酒鬼，我只好坐飞机回维塞利亚。斯坦利和乐队则飞往欧洲，他们即将在欧洲演出。现在想起来，这次欧洲之行算是父亲这辈子最兴奋的一次出行了。

回到维塞利亚后，妈妈问我："你怎么看起来这么憔悴啊？都没有睡觉吗？"

我就把一连几天高烧不退的事告诉了她。

她摇了摇头，说道："你看你瘦了多少，脸色又这么苍白，整个人就像一张羊皮纸一样。黑眼圈那么重，跟小浣熊似的。"

"对不起，"我说，"我真的很抱歉。"一回来我就睡了三十六个小时。我没告诉任何人我回家了，连松田都不知道。又过了几天，我能游泳了，我就在水里来来回回地一直游。在水中，我有一种安全感，就像在关心爱护我的怀抱中徜徉。大概对于当时急需抚慰的我，这是唯一可以安心的地方吧。

回家整整两周之后，我才感觉恢复了精力。又该开学了，我也该上八年级了，但这个时候的我已经不同于往昔了。我开始涂闪亮的红色唇膏，也换了发型，不再像以前那样扎起又黑又长的马尾辫，而是剪短后又烫了卷。我的变化让松田和维奥莱特都大吃一惊。妈妈甚至都有点担心了。

维奥莱特把她的担心告诉了松田的妈妈。她觉得我的心烦意乱，是因为克里斯蒂的出生让我觉得自己的地位被取代了。除此之外，她实在想不出还有别的什么原因能让我有如此大的改变。松田也很担心我。不过在她看来，无论我有什么样的变化，都跟我妹妹没有半点关系。

其实改变的何止我的外表，我的行为方式也和以前不一样了。以前的我是个典型的好学生，一门心思都是怎样能取得好成绩。但现在不同了，我更在意自己的外表和那些男孩子们。于是松田就觉得，她可能会失去我这个好朋友了，而又不敢告诉我她的感受。其实我怎么会看不出来呢？我也特别怀念我们俩之间曾经的亲密无间，还想再拥有和川崎一家在一起时那种归属感。我想打消她的担忧，可该怎么做，又该说些什么呢？我茫然了。我觉得自己很不干净，如影随形的愧疚感更是让我觉得根本不配和他们待在一起。我已经不是从前的那个蕾丝莉了！这让我非常害怕。我竭力表现得很平静、很淡定，但在那种被摧残的感觉影响下，我觉得自己就是个丑八怪！我知道，我只能把这种感觉深深地隐藏起来。或许我根本就不配活在这个世上吧……今天回想起来，那种感觉真的对我造成了太大的伤害。

秋天刚开学的时候，学校里还举行了年级长、学习委员以及生活委员的竞选活动。我们学校的学生挺多的，每个年级都有好几百人。我想，要是我能选上年级长，兴许就会有些自信，不会再像现在这般妄自菲薄了吧。最终，经过精心筹划，再加上松田的帮助，我以压倒性的优势当选。然而，大家的认可却并没有带来任何我所期望的东西。

直到今天我才明白，青葱岁月里，我和男孩子之间的那些"游戏"，其实只是为了掩盖我的茫然和困惑。不过当时我的倾慕者确实越来越多了。我看过一张自己当年的照片：眼神是那样的迷离，一点也不像那么大的孩子——那只是没有灵魂的女孩外壳，迷失在无趣的世界里，根本找不到任何生存的意义。即便如此——或许也正是因为如此——我才会像花儿吸引蜜蜂一样，迷倒了那么多的男生吧。

按理说，我应该为自己这么有魅力感到高兴，实际上我却很不自在，因为我根本不知道该怎么面对他们。我决定和他们保持一定的距离。我穿上了宽宽大大的女式衬衫（其实更像是男式的），每个扣子都系得紧紧的，就是不想让他们窥见我的身体。渐渐地，我竟然像得了强迫症似的，疯狂地，总是想把自己包裹得严严实实的。

我的身体让我感到害怕，我甚至觉得它已经不属于我了。它变得很陌生，甚至有些危险。可我又能怎么办呢？

有些晚上，我躺在床上，浑身上下都有强烈的性冲动，那么炙热，我整个人都有一种欲火燃身的感觉。有时我还会出现幻觉，一闭上眼就会看见谷克多电影中的野兽凝眸俯视着我。它一脸悲伤，看起来特别孤独。这让我想起了斯坦利。我还是很期待能接到他打来的电话。有时夜里，当那种性冲动强烈得让我难以入睡时，我就会跳进泳池，边游边让水来平息我内心的躁动。

9月末，斯坦利兴高采烈地回来了，整个人看起来都容光焕发。这次欧洲十国巡演大获成功，连诸多苛刻的乐评人也对他的音乐大加赞扬。终于，不再是以往的冷嘲热讽，斯坦利生平第一次得到了很正面的评价。

他还在欧洲的时候，斯特拉打去电话告诉他，他爸爸在与白血病的长期斗争后不幸去世了。他当然也很伤心难过，但没什么能摧垮他目前积极昂扬的生命姿态。他刚到纽约就给我打来电话："小矮子，我觉得我可以征服整个世界，什么都阻挡不了我！"

和他通话时，我感觉有点怪怪的。他是白天打来电话的，但之前我们的电话基本都是在午夜时分。从他的话语里，我感受到了他的兴奋和喜悦。他能这么高兴，我也很欣慰。可是他说话的时候，声音就像蜜蜂嗡嗡叫一样，有些刺耳——好像一会儿加速一会儿又减速的过山车，坐得久了都不知道自己该怎么下来了。

他从欧洲回来之后本该休整一段时间的，但他立刻就忙了起来。他和迪兹·克莱斯皮、"大鸟"查理·帕克共同打造一场名为"美国当代爵士乐盛典"的巡回演出，的确轰动了全国。

参演的音乐人很多，来回都得两辆巴士才能坐下。有一次在路上，两辆车发生了追尾，不少音乐人都伤得很严重，有十个还被送进了医院。

然后，受伤的不只是乐师们的身体，还有斯坦利的信心。他焦虑不安地给我打来电话。"小矮子，我真怕乐队会解散啊！"他说，"有的乐师嘴部受了伤，都没法吹乐器了。我必须得把长号部分重新编排一下。可他们有的人都不敢再坐巴士了。唉，可怎么办才好啊！"最终，无可奈何的他只好把乐队大换血。

11月底，"美国当代爵士乐盛典"的第一部分终于落下了帷幕。但斯坦利还是忙个不停，要录音啊什么的，当然还要更加频繁地整夜演出。圣诞节期间，他在底特律的福克斯剧院表演了一周。维奥莱特觉得我们应该过去看看他，"大妈"就专门抽出工作假期，来维塞利亚照顾克里斯蒂。这样我和吉米、维奥莱特就乘机来到了密歇根州。我心里特别高兴。自从几个月前我在新英格兰告别斯坦利后，又长高了好几英寸呢，胸部也发育了不少，我都开始戴胸罩了。结果和上次一样，我的变化让斯坦利很不自在。其实更不自在的是我。虽然眼前就是最爱的人，我还是觉得自己是茕茕孑立地在这个世界上。

而妈妈也自有她的打算。如今她发现，自己对和吉米的婚姻失望极了。她真害怕自己的容颜和对生活的热情，会在维塞利亚这个"鬼地方"一点一点流逝，不禁怀念起娱乐圈的声色犬马和好莱坞的浮华生活。曾经，她的生活就像妙趣横生的电影一般，但现在，和吉米的结合不过是一部沉郁的黑色电影，她却又无法抽身。而最重要的，就是她一再提及有多么想念斯坦利，多么怀念他们之间的心心相印。我想，这才是她极力主张底特律之行的真正原因吧。

在底特律，维奥莱特把自己的生活感触都告诉了斯坦利，伤心、郁闷、挫折都一吐而净。我能感受到斯坦利的不知所措，我甚至第一次觉得，他们俩不再像从前那样亲密无间了。我们只在那儿待了五六天，每个人都有种度日如年的感觉。直到回到维塞利亚，大家才都释然些。

接着，斯坦利飞到芝加哥。元旦过后又来到俄亥俄州的辛辛那提，准备从那里开始"美国当代爵士乐盛典"的第二部分。巡演一直持续到了2月末。2月的最后一天，乐队在洛杉矶的圣殿剧院举行了终场演出。我记得当时的父亲已经筋疲力尽了，手往钢琴上一放就会不自觉地发抖。他知道自己不得不停下来休整一段时间了。终于，1954 年发行的 *Downbeat* 杂志①宣布：斯坦·肯顿已经解散乐队，准备前往西海岸度长假……据他说，"我在家的时候也会写一些音乐。但此时此刻我最想见到的，就是我的家人。"

---

① 世界著名爵士音乐杂志。

第二十二章　幻觉的代价

1954 年的春天来得特别晚。复活节假期，我还是和斯坦利一起度过的。这时，"大妈"已经搬出了豪里莱奇，我们俩又可以独处了。那段日子，他谱曲谱得挺不顺，我能感受到他身体的疲惫和内心的孤独。他想再赚点钱，就一直和国会唱片公司协商，希望公司能成立专门的爵士乐部门，并由他领导。

屋子里也有一种异样的感觉。就像是刚举行过一场狂野的聚会，虽然酒瓶、烟蒂什么的都清理干净了，但还是弥漫着一种很污浊的气息。真不知道这到底是怎么回事。父亲看起来又消瘦又憔悴，似乎比前一年夏天我们在新英格兰的时候——甚至比在底特律那会儿都老了好几岁。回到心爱的豪里莱奇，我自然还是很高兴的，只是现在在这里，我浑身都不自在，连我自己的房间都是那么陌生。

我到的那天晚上，我们又去比弗利山庄的维克饭店吃饭。这是我们俩的秘密习惯！自从父母离婚后，每次我去豪里莱奇，我和斯坦利两人都会去维克饭店吃几次饭。斯坦利很喜欢这里幽暗的波利尼西亚氛围。在这儿他不容易被认出来，我们就可以边吃边聊好几个小时。我们常常还会提前订餐，一到那里，餐厅领班就会送来诱人的美味佳肴，让我们大快朵颐。每次的食物还都不一样呢，他们总是能变着花样做好吃的：什锦拼盘啦，朗姆酒和果汁调成的鸡尾酒啦……还有混合了椰奶的格罗格酒，放在新鲜的椰子里，上面还插着长长的吸管。

当时我还不到十三岁，已经有五英尺八英寸高了。我想自己看起来应该更像个女人而不是孩子吧，至少大家，包括斯坦利都是这么说的。那天晚上，我们在昏暗的灯光下一直坐了两个小时。我记得桌子前面有一棵人造棕榈树，还有一片芦苇区，上面还挂着海豚标本、渔网和夜光鱼漂。

斯坦利看起来有些心不在焉的。他说自己很想系统地学习作曲，还问起维奥莱特、松田的父母，以及我从去年圣诞节到现在的情况。他虽然问了很多，但都没有认真听我的回答，甚至一次都没正视过我的眼睛。还好，餐厅的氛围和诱人的美食让他的情绪渐渐有些转变。终于，我眼前那个又瘦又憔悴的思虑者变得温和多了，亲切多了。

"我有东西给你，"他说，"我想送给你，但又怕你不喜欢。"他把手伸进夹克衫的胸口袋，掏出一个白皮小袋，又拉着我的手，特别温柔地把小袋放在我的手心。我的脸一下子就红了。我迫不及待地想打开看看，但心里隐隐有点害怕的感觉。听见他说"打开看看啊"，我才小心翼翼地拉开袋子上的绳子，往里面看了看，原来里面的黑色薄纱包裹着的，是一条长链子拴着的 18K 金怀表，表上还有"1875"的标记。表盘上的刻度是罗马数字，背后还刻着"以我所有的爱献给蕾丝莉，斯坦利——1954年复活节快乐"。

我马上就把它戴在脖子上。链子真长，一直垂到我腰部以下四五英寸。"我很喜欢，"我说，"真漂亮。"

"这个东西有些年头了，"他说，"我遇到一个卖古董首饰的人。他一让我看这个怀表，我就知道一定要买下来送给你。你不介意它是一件旧物吧？"

"当然不介意啦，喜欢着呢，"我说，"不过你看，这链子太长了点啊。"

"就是这个样子的，"他说，"这样你骑马的时候能把它放在腰带下面，就不会吧嗒吧嗒地来回晃动了。"

我的眼前仿佛浮现了一个骑在黑马背上的优雅女子。她穿着红色夹克、骑马裤，还有光亮的黑靴子，脖子还有一条闪亮的金制怀表。当然，这个女子绝不可能是我。那时候我并不经常骑马，每次骑的时候也没装过马鞍，而且每次都是一条旧牛仔裤，一件旧衬衣，也不戴帽子不穿靴子就上马了。他的那个女子是维奥莱特吧？

有时我都不知道父亲到底了解不了解我，维塞利亚那些追求我的男孩子们绝对不了解我。不过这也没什么好惊讶的，兴许我也不了解我自己呢！那些男孩子根本不重要，但是斯坦利却在我的生命中占据着举足轻重的地位啊！如果连他都没有真正了解过我，那还有谁懂我呢？我真的存在于这个世界上吗？

那天晚上我们回家后，他对我说："现在你已经长成大姑娘了，从今以后就在自己房间里睡吧。"

我听后一时语塞。自从维奥莱特离开后，我都是和他睡在一起的啊！我强忍住泪水，不想让他看到我的窘态，假装淡定地说："好的！"我默默地走回自己的屋子。我以前每次待在豪里莱奇自己的房间里，就会特别安心——无论发生什么样的情况，一切总归会好起来的，因为这是我的家啊！但现在我一个人躺在床上，抱着枕头，真的好想再体会一次那种感觉啊！

那年复活节，我只在洛杉矶待了一周多点的时间。斯坦利一直都处于一种自我斗争的状态。我能感觉出来，他竭力克制自己不去动我。但和以前一样，只要他一喝酒，还是会来到我床上……第二天还会否认自己的行为。不过有的晚上他确实没有碰我。

有时我想，那个来到我屋里的男人到底是谁？我认识他吗？这不禁让我颇为恐慌。我开始睡在床离门最远的一边，不曾料想，这一习惯竟然影响了我整整三十年，而我也是几十年后才发现。不论是在家里、宾馆，或者别人家里，我睡觉时都会不自觉地选择离门最远的一边，就觉得离门越远越安全。当有人进来时，我可以有更多的时间准备。

与此同时，斯坦利的行为举止也越来越变幻莫测了。我爱他，我抑制不住地爱他，但在那儿的每一天，我都处于一种高度紧张的状态。想想以前我们在一起的时候多快乐啊，我们在沙滩嬉戏，喝鲜榨橘汁，还在中央公园找寻《珍妮的画像》的拍摄地点……如今那些美好都烟消云散了。我真的好害怕，思绪一片混乱。

他送给我的怀表一直就放在我的小化妆间里。从那天以后，我再也没有戴过它。怀表的金色太闪亮、太耀眼了，不适合戴在我脖子上。我甚至觉得它根本就不是我的东西。或许，连斯坦利都没有真正属于过我吧。

每每斯坦利看到我俩的指头都是又弯又小时，就会说这是"有其父必有其女"。而我曾经好几个小时盯着自己的手指，总觉得他说的不对，我们两的手指哪有那么像啊。

我回到维塞利亚参加期末考试，战战兢兢，如履薄冰，生怕会失去什么东西似的。我的生活就像一出拙劣的情景喜剧，一点意思都没有。仿佛一切都是那么平淡无奇，在灰色的阴影下暗淡无光。没多久，妈妈就觉得我不对劲了。

有天我们吃早饭的时候，她问我："你喜欢和斯坦利待在一起吗？"

"当然，"我回答说，"我们在一起很快乐。"

"但每次你从豪里莱奇回来后，都是很悲伤难过的样子啊。我不知道他对你到底怎么样，不过他有的时候真的很自私。"

"我知道。"

"要不今年暑假你别去洛杉矶了，就待在这儿吧。"

"但是我都已经答应他了。他一整个夏天都是自己一个人在家啊！"

"再想想吧。"

我根本就不用再想想，我早就决定好了暑假要过去陪他。我一定要去！

6月末的时候，学期结束了，我也十三岁了。斯坦利来到维塞利亚，在妈妈这儿待了几天。那年我没有再举办生日聚会，就只有他、我、一岁的克里斯蒂、吉米、维奥莱特和"大妈"六个人在后院吃生日蛋糕。

生日时，我收到了生平第一双高跟鞋，雪白色的，跟很高的那种。我决定稳稳地穿着它，绝对不能摔倒。一部八毫米的家庭录影带展现了我沉重缓慢地走在草坪上的样子。看着看着我就觉得，当时我一定是相信，要想不摔倒，就得勇敢迈开大步子吧。从中我还能看出斯坦利对我的迷恋，他的注意力就不曾离开我，但我显然有些不知所措。今天，当我再回头看这些镜头时，不禁觉得，怎么维奥莱特和吉米都没有发现斯坦利是那么想占有我呢。

那天晚上还发生了一些怪怪的事情。吃完饭后，吉米、维奥莱特和斯坦利一起坐在客厅里边喝饮料边欣赏落日。斯坦利又开始谈起"自由"、"力量"一类的东西，以及自己对"排除有害精神疗法"的笃信不疑。一年前，他曾送给维奥莱特一本L.罗恩·哈伯德的《排除有害精神疗法》，不过她还没看一两章就搁在一边了。

当时她说："我不相信那个男人的话，一个二流又过气的科幻作家而已，不就是为了赚钱嘛！"

"嗯，"斯坦利说，"你说得对。不过'排除有害精神疗法'还是很管用的啊。"

"好吧。那对你有什么效果吗？"

他说了一连串的人名，都是所谓经过他的"帮助"得以"清除"记忆系统的人。"只要我们的记忆系统得以清除，那么从小到大所有乱七八糟的东西就都可以一扫而净了，"他说，"真的很神奇，维奥莱特，你一定得试试！"

一时间，三个人都无语了。吉米又倒了一杯饮料，维奥莱特则问斯坦利："那你呢？你试过了吗？"

"告诉你吧，"他开始说道，"我脑子里所有没用的东西都已经清除干净了。一个叫比尔的男人每周都会找我两次，都是他给我清除的。"

"接下来呢？"

"然后我就自由了啊！知道吗维奥莱特，我已经超脱了世俗，什么乱七八糟的东西再也烦不到我了。我与耶稣同在，想干什么就干什么！"

他的话着实让我惊叹不已。维奥莱特虽然有几分醉意，听过之后也很震惊。她站起来，光着脚走过白色的地毯，把手放在斯坦利所坐的椅子上，又往前探了探身，对着斯坦利耳语了几句。

"我是认真的！"他说着把维奥莱特推到一边，就好像她说了什么他极不愿听到的话。"维奥莱特，我可没开玩笑。我就是下一个耶稣。我想怎么做都没问题，这就是我说的自由。你们就等着瞧吧！"

她只好从他身边离开，回到沙发上。他们三个都没再说什么。以后的很多年里，母亲在吃饭的时候总是会提起斯坦利的那些话和他偏执的信念。但在那个时候，我无法预知，斯坦利那种异样的信仰将会对他自己，甚至他人造成极大的破坏。

第二十三章　无法回头

虽然斯坦利勇敢地宣称拥有无穷的力量，可以不受道德的约束，但1954 年的他总是噤若寒蝉，一副惶恐不安的样子。那年的确有太多的纷纷扰扰搅得他心神不宁。自从被"排除有害精神疗法"及其所声称的"精神控制"所蛊惑之后，他就一直安慰自己马上就能过上神仙般的生活了。他相信哈伯德的系统疗法可以赋予他无限的创造力。只要他的大脑被"清除"了，他就可以甩开多年以来痛苦不堪的回忆，从此事业上也会顺风顺水。

十三岁那年的整个夏天我都是和他一起度过的。我知道他很无助，我必须陪在他身边，倾听他的所有感慨。然而，对"排除有害精神疗法"越来越失望的他，竟变得那么尖酸刻薄、脾气暴躁。今天，当我回首往事时，忽然想起那些预言三年后将是地球末日的狂热分子。三年过去了，地球依然存在，他们自然特别失望。那个时候情绪跌宕起伏的斯坦利不是正和那些人一样嘛！他一直都按照疗法的规则，由比尔清除记忆，同时也竭力清理他人的记忆。几年下来给 L. 罗恩·哈伯德"送"了不少钱呢。他本以为自己做好这一切就可以得到"救赎",但他所期许的突破却从未到来。反正也不知道是什么原因,他整个人变得既躁狂又抑郁,就像是在旋转木马上转了一圈又一圈,座位还忽升忽降的。终于,他不想再转圈了,但旋转的木马却停不下来了。

那段时间,似乎所有对立的事物都在相互撞击。有那么一两个星期,他觉得自己即将突破重围,马上就能拥有卓越的创造力,每天都欣喜若狂。他兴奋地说:"精神控制真的有效!我已经超越世俗了!真的,就像L. 罗恩·哈伯德所说的那样,我感觉自己快要成仙了!"可没过多久,他又心生疑窦,整日愁眉不展。"天啊,什么鬼东西,一点儿用都没有!"他会说:"我一直都在与自己作斗争。我没钱了,我也写不了音乐了!真要命,小矮子,为什么一点变化都没有呢?"

眼见自己所期待的"突破"迟迟不来,他真担心永远都不会有那么一天。这对他的打击可是不小。他所坐的旋转木马越转越快了。周一,他会兴高采烈地宣布"突破"即将到来,"我真的能感觉到,你们体会不出来吗?"可周二他就变得意气消沉,非常失望。那种悲伤对他的破坏力是前所未有的,几乎把他的全部活力都抽走了。他曾经因为心力交瘁把乐队都解散了,但之后他都恢复过来了。可是这次,他真的快要虚脱了。坐在旋转木马上,经历了起起落落之后,他愈加确定那一度信赖的方法其实根本一无是处。他曾笃信"排除有害精神疗法"会让他在艺术上大放异彩,于是每天都喜不自禁。但现在,他就像突然从噩梦中惊醒过来一样,整个人都还惊魂未定。他觉得自己水平很差,而又不敢把内心的恐惧告诉任何人。

我来到豪里莱奇几天后,他终于在一个晚上爆发了。当时我们正在客厅听瓦格纳的音乐。19 世纪的音乐家里,他欣赏的寥寥无几,瓦格纳是其中之一。他边听音乐边喝苏格兰威士忌。我对瓦格纳的音乐不是很感冒,趴在扬声器前面,不一会儿都快睡着了。

"小矮子，"他说，"我有话要告诉你。"他在我旁边躺了下来，我翻了个身，用手肘托着头，准备聆听他的话语。

"想说什么呀？"我问他。

"很多啊，我也说不清。"

"比方说呢？"

"资金问题就是其一啊。"他开始说道，接着又说了一大堆生活中的琐事，都是他感到无能为力的事情。他说："怎么我周围的一切都是乱糟糟的呢。以前我从来不怀疑自己分辨真实和虚假的能力，但现在，我真的不敢确定了。"

我知道他不仅要面对经济问题，还要面对气势汹汹的斯特拉。斯特拉每隔一天就会打来电话，督促斯坦利赶紧收拢心思好好工作。她总是说他该去赚钱了，也该有点主见，别成天想的都是些"胡扯八道"的东西。

就在"周围的一切都是乱糟糟的"的时候，维奥莱特也开始频频和他联系。自从在底特律的那个圣诞节后，对和吉米的婚姻大失所望的她就一直想和斯坦利更亲密些。"你妈妈还是像我们刚结婚时那样对我，"他对我说，"她一直要我听她的话。我知道她想让我把她从维塞利亚拯救出来。但是小矮子，我不能那样做啊！"

直到二十年后，我和斯坦利才能开诚布公地谈起我们之间的性关系。"和你在一起，就好像有一面镜子摆在我面前，我所有的软弱都暴露无遗。我讨厌这样。"这么多年来，我的父亲总是竭力避免直视自己的缺点。每当他觉得可能会窥见自己柔弱、阴暗的一面，就会转身而去，想要借酒销千愁。

他还告诉我，"你的那股韧劲，那股勇敢总是让我着迷不已。就算你很害怕，你也不会逃避人生。那个夏天我终于明白，其实我一直都在自欺欺人。"

　　但是那年夏天，他却把所有的恐惧、自责和挫败感统统都抛给我。日子一天天过去，他的行为举止也越来越难以捉摸了。有时候，他就像被困在笼中的动物，狂躁不安地踱来踱去。

　　一天早晨，他看见我在阳台上看书，突然对我大喊大叫："你怎么回事啊你？"

　　"什么怎么回事？"

　　"哼，你可真够大胆的。你就不能老老实实地待着，天天就想着到处乱窜！"

　　"你在说什么啊？我在看书而已。"我接着说，"你说你想写音乐，就在音乐室里待了二十分钟，然后是你跑过来让我穿好鞋，说'我们要出去'的啊！"

　　"我就烦你看什么烂书，不会干点别的吗？天啊，小矮子，我无法思考，根本写不出音乐。我什么都想不明白！"

　　"你要想明白什么啊？"

　　"我也不知道。"

　　"那就去想吧，别打扰我看书。等你想好了再来找我。"

　　虽然他是一个性格分裂的人，但我相信在某种程度上，他还是很惧怕别人会发现我们的关系，那样无疑会让他名声扫地。那三年里，他把一个原原本本的斯坦利呈现在我面前，也呈现在他自己面前。他看到了自己人性上、心理上的阴暗面，生怕就此会打开潘多拉的盒子。他曾经对我的率性天真着迷到无以复加的地步，但是现在他都不知道能不能再信任我了。毕竟，他让我对那个真实的世界了解得太多了。难道他亲手制造了一个怪兽吗？我真的知道得太多了吗？我的野性和率真对他来说真的那么危险吗？是不是只要我一开口，一切就完了？

　　这些担忧和害怕一直困扰着他。他常常会做一些荒诞离奇的梦。他告诉我，他曾梦到一个巨人，就像戈雅①作品中吞食自己孩子的萨图恩一样，想要先把他的头给吞掉。

但是斯坦利从来就没有意识到，我是绝对不会吐露我和他的关系的。我怎么可能呢？大概我们家族的人都有性格分裂的倾向吧，我自然也不例外。性格的分裂让我不自觉地把那段性经历深深隐藏起来，别说是其他人，连我自己都无法触及。我唯一可以确定的就是，我们的关系和以前我所见过的任何一种都不一样。为此我还很困惑，但与斯坦利之间的亲密的确是我生命中最重要的东西。就算当时我没有忘却那段乱伦之恋，我也不会告诉任何人的。背叛他就是背叛我自己，就是否认我自身存在的意义。

斯坦利变得愈加狂躁不安，毫无缘由指责我的次数也与日俱增。他想一点点把真实的自己隐藏起来。他会对斯特拉说，"我很担心蕾丝莉，她越来越难管教了。"斯特拉那么讨厌我，又听他这么一说，自然在一旁煽风点火。他还给维奥莱特讲过几次对我的担心。多年以后，当家人终于了解到我和斯坦利的乱伦之恋时，母亲说她依然能清楚地记得那个时候斯坦利在电话里告诉她的一切：

"我很担心蕾丝莉。"他总是这样开头。

"为什么？"她问道。

"她已经变成了一个病态的骗子。"

"什么？"

"她总是撒谎。"

"别傻了，斯坦利。蕾丝莉从来都不说谎的。"

对于他的这种话，母亲自然不予理睬。其实斯坦利自己也知道，虽然有时候，我的过于坦率会招致不必要的麻烦，可我从来都不允许自己说谎。

---

①西班牙浪漫主义画派画家。

斯坦利还把我"病态"告诉了周围的很多人。有天早上，我听到他在打电话，也不知道他是打给谁的，就听见他说："我真害怕这孩子是得了精神病，得想想什么办法救救她！"

他也会当面斥责我是"疯狂的"、"病态的"。大概以为这样做就能消除我所"制造"的麻烦吧。最终，他甚至相信，只要能把我"修理好"，他就又能回到以前的生活。

夜里面，他频频来到我的房间把我叫醒。有的晚上，他会一脸愧疚地走进屋里，坐在我床边的地板上，不停地流眼泪，把床单都浸湿了。我把手放在他的头上，告诉他一切都会好起来的。可第二天晚上，他又会对我大喊大叫，斥责我有多么"病态"，常常把我吓哭了。这个时候，他就会咆哮着说："哭什么哭，别哭了！"然后握住我的胳膊，把我从床上猛地拉下来又推到墙上。不过他也只有在极其恐慌的时候才会这么做。他的手很大，胳膊又有劲儿，每次这样拉我的时候，我几乎都触不到地面。然后又疯了似的一直晃我，我又疼又怕，只能嗷嗷大叫。

但我总是乖乖听他的话，他不让我哭，我也就不哭了。就这样日复一日，我也支撑着过来了。可突然有一天晚上，我的心有一块碎裂了。不管他再怎么做，再怎么威胁我，我就是止不住奔涌而出的泪水。他的困惑，他的悲伤，他的失意，以及他的混沌，都不再是我能承受得了的。我知道我很爱他，哪怕是在我最恨他的时候，我还是会一如既往地爱着他。但是，这已经不重要了。

一切都结束了，他不再拥有我了。他自己也知道这一点。但这三年来，我们之间的确太过亲密，太过信任彼此了，他从未想过，有一天会失去我。即便他狂怒不已，但他内心明白：一切已成定局，再也无法改变了。

他猛地把我往地板上一丢，就摔门而去了。那一刻，我清楚地意识到，无论他有多么强大的意志，都不可能"修理好"这个孩子。

第二十四章　停滞

斯坦利的情绪总是处于不断的变化中。而我一直以来都在努力迎合多变的他，每天都好像生活在刀锋上一样。他不停摇晃我的那天，我终于失去了配合他的能力。好像有什么东西敲碎了我的心，让我变成一只极度受惊的小动物，惶惶不可终日。

我当然可以打他，在那之前，我们就经常打着玩。但是突然间，嬉戏玩耍转而变成了令人生畏的搏斗，好像会生生把我撕裂一样。其实我还有第二个选择——逃离。只是几年来，我从未向任何人倾诉过我们的秘密，甚至连我自己都不清楚那些秘密究竟从何而来。我又一直觉得，父亲的悲伤、失望，甚至一切都必须由我负责。那么现在，即使我能离他而去，又能逃到哪里去呢？

或许这正是他想让我牢记的吧。只要能让他不那么痛苦，包袱都丢给我又有什么关系？毕竟，我和他有那么多的喜乐哀愁，有那么真真切切的生活啊。现在的我无比困惑而又不知所措。前两种选择显然都不适合我。所有受到威胁的生物，无论是人还是动物，都有一种连他们自己都不一定清楚的选择——冻结。此时的我，也选择了冻结。

生物学家把这第三种应对创伤的反应称为"停滞反应"。虽然不同于常见的抵抗或逃避策略，但这也是一种有效的应对方法。而且很有趣的是，停滞的动物在逃离至安全地带以后，全身都会不由自主地发抖。这种像芭蕾舞似的动作看似怪异，其实也是有一定的规律可循。通过发抖，动物渐渐平静下来，也就可以恢复正常的生活了。但人类运用这种有助于复元的抖动却不大实际。如果真有人采取了这种方法，那么应激反应最终将演变成个人习惯，这显然是有一定负面影响的。心理学家发现，由于此类人对所遭受的危险太过敏感，以至于即使是一些很平常的情况，也会做出强烈的反应。

大概那天晚上的我就是这个样子。三年多了，乱伦之恋让我的压力越来越大，而我的内心总是自觉不自觉地否认这段父女畸恋，我的性格也因此分裂得越来越严重了。我已经濒临崩溃的边缘。终于，我再也无法承受这一切了！我不会再像以前那样坦诚率真了，这不仅仅是针对斯坦利，而是对于所有的人，所有的事。我静静地缩在一个极为隐秘的地方。我忘了睡觉，也吃得很少。思考？不，我的生活已经停滞了。一切的一切对我来说都已经无所谓了。

年少时屡遭创伤的人往往会变得很冷漠。直到多年以后我才明白，其实斯特拉在很久以前就已经"历练"得冷酷无情了，斯坦利也是如此。这种性格导致他们缺乏对别人的同情，对自己也颇为苛刻。因为在他们看来，这是一种示弱的表现，是成功路上的绊脚石。这种漠然会让一个人变得没心没肺，最终过着一种无比孤单寂寞的生活。我知道斯坦利就经历过这样的阶段，而且他经常对我说起自己的这种生活。斯特拉绝对也是这样生活的。或许，这正是她一辈子"双面性格"的重要原因吧。

后果还不仅限于此。当你无法充分信任他人时，本来可以非常愉悦身心的性体验也会变成一种折磨。你会发现自己很难融入其中，一点快感都得不到。你唯一能体会到的，只是空洞的感觉。于是你像发狂了一样，用尽各种方法，拼命想要寻找生活的乐趣。你酗酒、嗑药，一次又一次为了性交而性交……却都无济于事。处于停滞状态的人需要先掌控他人，才可能拥有安定感以及快乐的感觉。而那些快乐，往往都是残忍地从别人身上抽离出来的。

"大妈"住在豪里莱奇的那几年，斯特拉没在深更半夜突然"驾到"过，她都是给斯坦利打电话。什么时候斯坦利就在离她家不远的地方演出了，她才过去看看。后来"大妈"搬走了，1954 年的夏天，斯坦利也没什么演出，还总是在电话里向斯特拉提及"蕾丝莉不正常"，她就又来到豪里莱奇了。

还记得那是一天晚上，她突然毫无预兆地拖着大包小包"驾临"了。那会儿斯坦利不在家，我不知道他去哪儿了，反正我也不在乎。当时，我一个人躲在音乐室的钢琴下面，读着陀思妥耶夫斯基的《地下室手记》。

对于被自责、痛苦和偏执折磨得牙也痛肝也痛的主人公，我有种同病相怜的感觉。这个可怜人也像我一样，处于停滞的状态，根本无力改变一团糟的生活。我们都还有强烈的愧疚感，觉得自己非常丑陋。我正读到主人公因妓女丽莎可能侵犯自己的隐私而惶恐不安时，斯特拉也来入侵我的生活了。

我听见前门锁开的声音，想着应该是斯坦利回来了。不过他这个时候一般是不会到音乐室来的，而且大厅的门也关着，我就继续读起书来。可是接着，我听见有人上楼，打开两扇门，又都关上了。咦，这不像是斯坦利啊，他从来都不关楼上的门啊。我就拿起书，打开大厅的门，正巧碰上下楼要去厨房的斯特拉！

"你在这儿呢，"她说，"听说你最近过得挺不开心的。斯坦利就让我过来，兴许可以帮帮你吧。"她微笑着把手放在我的肩膀上，我却猛地往后一退。虽然当时的我情绪已经没什么起伏了，但我只有一个念头，就是要抗拒她。她又说："我给你带好东西了，会让你好起来的。"

"我一点事儿都没，好好的。"

"但你看起来状态很不好啊！"

"我真的没事！"

她拿下我手中的书，放在电话上，接着领我来到厨房。我记得她从橱柜里拿出一个水杯，从包里掏出一个信封，撕开之后把里面像干树叶似的东西倒进杯子里，又倒了半杯水。然后打开冰箱，取出枫糖浆倒进杯子里，搅拌之后对我说："喝了它，对你有好处的。喝完之后咱们去见几个朋友，给你治治病。"

每当我一次次回忆起那个夜晚，总是很好奇自己怎么会那么听她的话呢？她让我喝，我就把那杯又黏又杂的混合物喝下了，里面的好多东西都还没化开，而且甜得让人恶心。见我终于痛苦地喝下了她的"良方"，斯特拉说："真乖，咱们走吧！"

那会儿已经快晚上十一点了。虽然我一再说自己不冷，可她非要我穿上大衣，接着就领我出门了。我们坐着她的车往山下行驶。快到峡谷时，我居然觉得很平静，还蛮舒服的，蓦然间，一种怪怪的感觉涌上心头：或许一直以来我都错怪斯特拉了，可能她是真的想帮我啊！慢慢地，我觉得越来越晕了，接着全身都麻麻的。不一会儿，我就睡着了。

我也不知道她这是要带我去哪儿。又过了一会儿，大概是到了曼哈顿海滩、雷东多海滩抑或威尼斯海滩一类的地方吧，我们从车上下来了。我发现这是海滨小镇的一条街道，满街都是又小又破的木屋子。迎面吹来一阵凉风，咸咸的，有点海洋的味道。

我们的车子前方像是一座废弃的教堂，木制的台阶，摇摇晃晃的木栏杆，楼上也是有些破旧的双层木门。上楼的时候，我紧紧扶住栏杆，生怕摔倒了。这样走着，我的手都被木头上的刺给弄破了，不过我竟然没什么感觉。我记得斯特拉说，"小心点啊，蕾丝莉。我可不想让你摔着。"我抬起头，看到浩瀚的夜空里繁星点点。可是猛然间，眼前只剩下一片漆黑。

我不记得后来是怎么回到豪里莱奇的了，反正不可能是斯特拉一个人送我回来的。当时我已经长到五英尺九英寸了，有一百三十磅，她怎么可能背得动我？

直到第二天傍晚我才醒过来。斯坦利来到我的房间，俯下身子对我说："小矮子，你一定是太累了。你都睡了一整天啦。"还无比温柔地一直注视着我。

"是吗？"

"当然啦。我都有些担心了，想着再不叫你起来，你今晚上都不用睡啦。"

"我可以一直睡的啊。"

他摸了摸我的额头。"有点烫啊，不是又要发烧了吧？"

见我摇摇头，他又问我，"饿吗？"

我点点头。

"先洗个澡吧，我下楼做点吃的去。你不会再睡了吧？"

我又摇了摇头。

"知道吗，我一直都很想你啊！"他说。接着走出房间，还是像平时一样没有关门。

我准备起床了，却发现自己一点力气都没有。终于，我总算是坐起来了，把腿伸到床边。我突然发现大腿上有血，而且全身赤裸裸的！难道昨天晚上来月经了吗？但是这会儿血已经干了。

那一刻，我觉得一切都离我很远很远。我看见椅子上的大衣，却怎么都想不起来是什么时候放到那儿的。我努力让自己站直，往床右边的门走去。走的时候，两腿就像橡皮筋一样，步伐缓慢而沉重，如同慢动作影片。从床边经过梳妆室到浴室不过六七步的距离，我却有种步履维艰的感觉。在梳妆台的镜子前，我看着自己，竟又一次充满了愧疚感，好像我不是在看自己，而是在偷窥他人的身体，侵犯他人的隐私。看着那个人胳膊上的刮痕，我几番思索，终于确定那是被指甲刮伤的。从梳妆室到浴室才三英尺，我却觉得有一英里那么漫长。我打开淋浴花洒，小心翼翼地扶着光滑的玻璃门，开始冲澡。

我就直直地站在那里，任热水冲过我的胸部，我的整个身体。热热的水让我觉得自己干净了许多，也安心了许多。那个时候，夕阳的余晖射进屋里，那光芒略带桃红色又泛着金光。我发现光和水真是我的好朋友，它们可以让我更坚强。

我也不记得那天到底洗了多久。印象中我一点儿都不想离开淋浴头，耳畔还反复回响着"忘记！忘记！忘记！"的声音。我也不知道这是怎么一回事。淋着热水，我竟然还不停地发抖，我就把水温调得更高，直到我皮肤所能承受的极限。

到了第二天早晨，那些声音倒是不再响起了，我却听见"不管它们怎么对你，都无法伤害你，你是无坚不摧的。"听着这声音，我居然莫名其妙地安心了许多。直到十五年以后，我曾经刻意埋葬的一些记忆片段才渐渐显现，我也才想起那天晚上的情景。

第二十五章　四女一男

我到餐厅的时候，斯坦利已经做好饭了。他用烤箱烤了羊排，还热了些速冻豆角。羊排是用很嫩的羊肉做的，味道好极了。吃着这些东西，我才有了真实存在的感觉。印象里，我们在餐桌旁坐了很久。我还是觉得虚弱，身体还有点发抖。他一定也看出来了，因为他看我的时候，一直都是不放心的样子。大概这个世界上最不省心的人就是我了。他没有问我前一晚的事情，不过他侧过身来好几次，把手放在我的手上，问我：

"感觉怎么样啊，小矮子？"

"我也不知道，没什么感觉。"

"还想再睡会儿吗？"

"嗯，还想睡。"

"陪我在这儿待会儿，好吗？"

"好的。"

"对了，你想去看电影不？"

"这会儿不想看。"

216

"那明天呢，明天怎么样？"

"好啊。"

"嗯，那你先去睡觉吧。"

我用劲儿站了起来，慢慢地上楼。我还是晕晕乎乎的，走起路来一步三晃。结果我一下子被绊倒了，撞到了放在壁龛上的门偏钟。我仿佛听见斯坦利说了些什么，但具体是什么我也没听清，他的声音好远好缥缈。我站起来，走到自己的房间，又好不容易来到床边。当时我真有一种虚脱的感觉，连衣服都没脱就昏睡过去了。第二天早晨我起床的时候，发现整个房子里只有我一个人。

几天之后我和斯坦利一起去看电影。但是，我们之间已经不再像过去那样亲密无间了，简直就像两个陌生人一样，他甚至都不再像往常那样挠我痒痒了。接下来的日子里，我们一起在菲利普餐厅吃法式蘸酱三明治时，或是在奥利维拉大街观看墨西哥嘉年华时，也都没有太多的交流，欢笑就更不用提了。我们就像薄纸剪切而成的皮影人物，生活平淡无奇，没有一点波澜起伏。我知道，那个时候的我们虽然并未分开，却已经疏远了。

一连好几个星期，斯特拉都没有来豪里莱奇。不过她还是三天两头地打来电话。她好像总能知道斯坦利什么时候在家似的，我独自一人在家的时候从来没接到过她的电话。每次只要斯坦利拿着电话走进音乐室并关上门，我就知道这绝对又是斯特拉打来的。

接下来的一个晚上是我一直都竭力想忘记的。那天，斯坦利不见了——我根本不知道他去了哪里，甚至都不晓得他会不会回来。由于我们的家在山顶，所以只剩下我一个人的时候，我都有些害怕。那天晚上，豪里莱奇似乎到处都是黑影，我打开全部的灯，还一直开着客厅的收音机。终于，我迷迷糊糊地睡着了。夜里，我做了一个又长又复杂的噩梦。

直到今天回想起来那个梦的内容，我都还会脊骨发凉。

而当时的我并没有意识到，这个噩梦不仅预示着即将发生的事情，还是我性格分裂的写照。

梦里面，我躺在宾馆里一间昏暗的房间。我从房间走到大厅，又从大厅进到右边的房间，发现里面有一个正在睡觉的女人。我的房间左边有一扇门通向另一间屋子，里面居然也有一个正在睡觉的女人。更为奇怪的是，她们都和我长得一模一样。

我决定再走出房间看看。我走过一段过道，向右转，经过破旧的电梯，来到一间屋子前。透过半开的门，我看到有一个男人和一个女人，一张双人床。屋里的框格窗显然早就该修理了，上面还挂着又脏又破的网状窗帘。窗户没关，一阵风吹来，整个屋子都尘土飞扬。

那个女人赤身裸体地躺在那里，眼窝深陷，黑眼圈也很重。骨瘦如柴的她看起来就像是从奥斯维辛集中营逃出来的一样。她身边那血迹斑斑的灰色床单好像波浪似的缓缓移动。

她默默地流着眼泪，胸部也随着床单移动的节奏上下起伏。男人只在腰部系了一条毛巾，站在窗户旁边，看起来又憔悴又害怕。他好像有精神病似的，既迷恋这个女人又非要折磨她。他说："总有那么一天，我会杀死她的！"我才不相信他的话呢，他最想要的是折磨她时的感觉，要是她真的死了，那还有什么意思？

女人的身体动了动。她睁开眼睛，伸手去摸那个男人。天啊，这是人的胳膊吗？简直就是皮包骨头啊！女人很虚弱，但她还是支撑着笑了笑，她应该很爱他吧。我知道她的处境很危险，但她并不想让我卷进她与他的是是非非，低声对我说："请离开吧。"

我就离开了这个房间，关上门，穿过走廊，我匆匆来到自己的那间屋子，跳上床，把枕头往头上一盖就睡着了。突然间，我被一阵尖叫声给吵醒了。啊，一定又是他开始折磨她了！我得赶紧报警，要不然非出事不可。不过我转念一想，他们之间的种种和我有什么相干，我还是继续睡觉吧。可是一阵又一阵的尖叫声不绝于耳，我只好走下床，来到连接两个房间的门前。我想让旁边房间的女人陪着我，不能什么责任都由我一个人担着啊。

我打开了门，看见这个女人睡得很沉。我都纳闷了，怎么会有和我长得那么像的人啊，我还能看出来她和我一样，也喜欢暖和的床铺。蓦然间，我觉得我们俩早就熟识了，而她似乎就存在于我的身体中。她和我一样，爱卷发，爱喝热可可，爱摘花。此刻，她散落在枕头上的金发正熠熠发光。她只想一个人静静地沉睡，做一些光陆怪离的梦，不愿有任何人打扰她。但我只能抓住她肩膀，摇着她说："快醒醒，快醒醒啊！"她总算睁开了眼，却从床上下来，走到窗边，微笑地看着窗外的清晨景色。

很显然，她是不会帮我的。我只好一个人离开了，又来到大厅，敲着右边房间的门。开门的是一个女人，竟然也和我长得像是一个模子里刻出来的！

"你想干吗？"她恶狠狠地问我。

"那儿有个女人一直在尖叫，一个男人不停地在伤害她——可能要杀了她。咱们过去帮帮她吧。"

"你自己帮她不得了。"

"什么？"

"她爱怎么尖叫就让她叫去！"

梦到这里，我猛地惊醒过来，浑身发抖，既害怕又愤怒。我从床上跳了下来，发疯似的要找到斯坦利。我跑过梳妆室来到浴室，这里有一扇门可以通到他的房间。我急匆匆地冲了进去，却发现他的床空荡荡的。我扯着嗓子大叫"斯坦利，斯坦利，斯坦利"，但根本没有任何回应。客厅里的收音机好像还在响着，要是他已经回来了，一定会把它关了的。我忙了这么一阵，身上出了好多汗。这会儿只能无助地坐在他的床边，把头埋进臂弯里。

也不知道过了多久，我身上的汗终于都干了。我站了起来，走进浴室，打开灯，拉开医药柜。里面的玻璃架上全是瓶瓶罐罐。我打开了其中的三四瓶，把里面的药全都倒进盥洗盆，又接了一杯水，抓起一把药片就咽了下去，接着又吞了两把。我只是在机械地做动作，并不知道我在干什么，或是我为什么要这么做。接着，我又茫然地回到自己的房间，昏昏沉沉地睡了过去。

醒来的时候我已经躺在医院里了，还有一根管子从我的嘴部直插进喉管。我听见很恶心的抽吸声，好像是从我身上发出来的。周围的人很多，但我一个都不认识。我的头颤了一下，耳畔全是很可怕的声音。空气一点也不像空气，反而更像是水。看看四周，窗帘的蓝色，墙壁的黄色都过于明亮了，刺痛了我的双眼，我只好又闭上了眼睛。

没过几个小时，斯特拉就来到医院要把我领回家。我还没见她进门就"先闻其声"了。我听见她恼羞成怒地尖叫道："我才不管呢！管你愿不愿意，我现在就得把你带回家！"

坐在回家的车上，她一直在喋喋不休地数落我。她说我吞下药片几分钟后斯坦利就回家了。在她的话语里，我是一个顽劣而又邪恶的坏女孩，对斯坦利造成了极大的伤害，我能活过来那真是上辈子烧高香了。她还说要不是她，我早就没命了。斯坦利回家一看见水槽里的药片就赶忙给她打电话，救护车也是她叫的。而且她还从家里赶到医院，等着救护车把我送过来，当时斯坦利并不在场，前前后后都是她一个人。她反复唠叨着我应该对她感激涕零……我还是晕乎乎的，耳鸣得很厉害，根本没听进去她的话。

但我为什么要吞下那些药片呢？直到现在，我都百思不得其解。什么阿司匹林、安非他命、巴比妥酸盐等等，我统统都咽了下去。斯特拉带我回家的时候，我甚至觉得自己对生死都已经无所谓了。但那一晚，我明白了一件事：如果有医生曾洗过你的胃，那么你一辈子都不会采取吞食药片的方法自杀。

在那之后的很多年里，我都觉得喉咙有一种紧缩感，胃也常常是沉沉的。我也搞不清是什么原因，每当我疲惫或是伤心的时候，都会有这种感觉。直到后来，关于那一夜的记忆渐渐清晰之后，这种痛苦的感觉才不再折磨我，直到今天也再未出现。

第二十六章　灵魂裂缝

在斯特拉看来，斯坦利的生活早已是七零八落了，他整个人正陷入一场危机之中。如果她能悄无声息地尽快处理好这混乱的局面，那么她将会得到两方面的回报：第一，他将永远对她感激不尽；第二，只要她能修理好他的难题——也就是我，她就能重新掌控他的生活，多年的等待也终于有了个结果。这可是她求之不得的好机会啊！但是她没有想到的是，即使是在生命中最阴暗的日子里，斯坦利依然对我怀有深深的爱意，依然十分珍视自己灵魂的完整性。

由于我从小就不喜欢斯特拉，而且从不掩饰对她的厌烦，她几乎从来都没有真正接近过我，也始终未能像掌控我父亲那样控制我。后来我慢慢长大了，也越来越独立了。大概在某种程度上，斯特拉也很羡慕我的独立自主吧。我记得她曾经对我说："蕾丝莉，你的能量就是我的能量。"这或许是她对我说过的唯一勉强算得上是赞扬的话吧。但我知道，她因此而羡慕我的同时也在憎恨我。

她想要掌控斯坦利，但我很显然是一大块绊脚石。她的大半辈子都在费尽心思把斯坦利打磨成她心目中的样子。然而，先是维奥莱特的出现扰乱了她的计划，接着我又出生了。我同样也是反复无常，情绪变幻莫测。于是她意识到，如果她再不出手干预，我不仅可能对斯坦利的成功造成削弱或妨碍，甚至可能对他的成功造成致命打击。一旦我真的毁了斯坦利的事业，她那么一大把年纪也没有精力再去培养另一个孩子了。那么她一生的所有目标都将遥不可及，再没有实现的希望了。所以，她开始行动了。

"现在已经不能再逃避现实了，蕾丝莉精神错乱！"她一遍又一遍地在我父亲耳边絮叨。而且她说这些的时候，我往往就在旁边的房间里，听得一清二楚。"她可是吞下了那一堆药片啊，她疯了！我们必须得把她控制住！"

7月的第三个星期，斯坦利要飞到东部去主持第一届"纽波特爵士音乐节"。他出发之前，斯特拉来豪里莱奇住了两晚。我记得他临行的时候，他们之间有过这样的对话。斯坦利说："我知道蕾丝莉需要帮助，但我们具体该怎么做呢？"

"交给我就好了，"斯特拉安慰他说，"你不用担心！"

在好莱坞，只要你能像斯特拉那样认识人，又有钱，那么无论什么事情你都可以"找朋友帮忙搞定"。过去如此，现在也是如此。在这个地方，政府、黑社会以及娱乐圈之前有着千丝万缕的联系。平日里，任何人处理任何事情的首要原则就是要"小心谨慎"。接下来你只需用电话联系到要找的人，往往三四个电话就足够了。只要电话一通，你就能知道谁能帮你"搞定事情"，然后接受对方的报价即可。

斯特拉也是通过这种途径"修理"我的。一辆汽车如约而至，开车的人并不认识"被修理的人"，也不会管为什么要来接人，只要按要求行事就可以了。接下来，我就像其他"急需修理"人一样，被一个个毫不知情的家伙转手再转手，总算是来到了"该到的地方"。最终，当"麻烦"

得以解决之后，我又会悄无声息地回到原来的地方。

斯特拉是那个"麻烦"的朋友，也是修理"麻烦"的人之一。那个"麻烦"，自然就是我。

斯坦利刚一离开豪里莱奇，斯特拉就不停地"提醒"我，我的处境有多么多么危险。"蕾丝莉，如果你再得不到治疗的话，一直拖着你会变成神经病的。你可不希望这样吧？"她说，"千万不能泄露秘密啊，否则你会疯的。"如果我执意说自己的精神根本没有问题，她就会摇头叹气地离开。可不一会儿，她就又回来了，"你怎么可以这么忘恩负义！"她又开始唠叨我给斯坦利造成了多少多少麻烦，"你就没发现他天天愁眉不展吗？你以为他就只要管你这个疯子吗？他要忙的事多着呢！"

果然，第三天傍晚，一辆汽车来接我了。斯特拉说车子会把我带到"让我感觉更好的地方"。其实上次让斯坦利那么担心，我已经很愧疚了，斯特拉又总是斥责我"毁了"父亲的生活，我终于快被她折磨得心力交瘁了。所以这次能"逃离"她，我还是比较高兴的。我看到车上有三个男人，一个穿着司机制服，另两个穿着西装。

斯特拉只给我装了很小一包东西，还对我说："这些东西足够你用了，其他的他们都会提供给你的。千万别带太多书，你需要的是好好休息，这样才能恢复精力。"我上车的时候，她把小旅行包递给了其中一个男人。接着，三个男人就把我带走了。一路上，他们哪个也没说一句话，车子里寂静得可怕。我们开着车，沿着洛斯费里茨大街，经过格里菲思公园，又驶进圣费尔南谷。之后我就不知道车子是往哪儿开了。

我们到达目的地的时候已经是傍晚了。这个地方像是一个大楼群，有许多像木舍一样的低矮建筑，不过比木舍大多了。有的是两层的，四周还有草坪、树篱、杉树。其中有一个比其他的都小得多，是一个方形的塔楼，顶部还有一个十字架，屋顶尖尖的，门廊看起来像是灰泥制成的，上面又贴了一层瓷砖。我觉得这里像是很久之前一块一块地拼凑起来的，相互之间十分不协调。车子终于在一座长长的建筑前停了下来，里面的走廊幽长，通向未知的远方。一个男人把我扶下车，领着我往大厅走去。大厅里是那种瓷砖地板，还有一些室内植物，大厅另一边的大柜台后面站着一个穿白衣的女人。他们把我留在门边，一个男人走过去对白衣女人说："让您久等了，我们把蕾丝莉小姐送来了。"女人点点头，从那个男人手中接过我的包。

"来，这边走。"女人说着拉住我的胳膊。我跟着她走过一段两边有很多扇门的长长走廊，终于在其中的一扇前停了下来。她开开门，又打开里面的灯，对我说："这就是你的房间了，有单独的卫生间和浴室。在这里要好好休息啊！"

接着她又问我："饿吗？"我告诉她自己不饿。她就说："嗯，好的。去看看你的床吧。"

我打开斯特拉给我整理的行李包，拿出来我的睡衣。但她却说："不，亲爱的。在这儿穿不着这些衣服。"她打开一个很高的壁橱，从中取出一件硬挺的长袍，我一下子就想起了从前因锁骨受伤，住在天使女王医院时穿的病人服。

"这是医院吗？"我很惊愕。

"天啊！亲爱的，这里当然不是医院啦，这是疗养院。以前是肺结核病人的休养场所，现在我们把它用于别的方面了。我们会帮助像你这样的病人好起来的。"

我爬上了床。女人递来一杯水，我看到里面有两片药。"连水带药喝下。"她说。我也就照办了。

我发现床边没有灯，就对她说："怎么没有灯呀，我想看书啊。"

"今晚可不行啊，亲爱的，我们明天再说吧。"说完她就转过身去，走出屋子，轻轻地关上了门。

屋子里只剩下我一个人了。

又过了一段时间，好像是已经过了很久了，但屋子里还是黑漆漆的。一个男人走了进来，在我的床上方挂起一个吊瓶，接着把针头插到我手上。

在疗养院的日子里，我从没洗过一次澡，也没看过一本书。每天都度日如年，我有一种很崩溃的感觉。

人的一生中，总有一些记忆片段是会反复回想起的。欣喜若狂也好，伤心欲绝也罢，每每回忆当时，你都会有一种昨日重现的感觉，仿佛又回到了彼时彼景。这些属于你的深层记忆，当然不同于回忆日程表、电话号码，或是死记硬背某首诗。深层记忆是触觉、嗅觉、味觉、听觉等多方面的印象组合而成的。无论是快乐，还是悲伤，它都早已融入了你的身体和灵魂。在岁月的流转中，深层记忆会幻化成图片、信仰，甚至你思维的一部分，在你的生命中反复出现。

我这一生，有些记忆片段特别清晰，无论什么时候回想起来，都觉得是刚刚才发生的。有些则只是我脑海中的浮萍，虚无缥缈地来了又去。而被监禁在那个奇怪的地方的那段日子，就是那种难以名状的记忆。

疗养院里来来往往的人中，男男女女都穿着白色的病人服，而且从没有人问过我的姓名。有的早上，我告诉他们我都饿得前胸贴后背了，可他们就是不肯给我吃的。我问为什么，他们竟然回答"我们不想让你呕吐"！

我的床是带轱辘的那种，就像手推车一样。有时我躺在床上，疗养院的人会把我推到户外。每次一到外面，我都觉得太阳光是那么的刺眼。我不喜欢这样的光亮，刺得我眼睛直疼。

有一次，他们推着床，来到走廊一旁的另一个房间。屋门前面的一张床上躺着一个老妇人。他们先把我留在大厅里，把老妇人的床推了出来。我听见她嚎啕大哭，大概很不情愿待在这里吧！当他们推着老妇人的床经过我旁边时，我看见她双眼布满血丝，还不停地哭泣着、抽搐着。

现在轮到我被推到那间屋子了。进屋后，他们把我抱了起来，放在一张窄窄的桌子上，把我的胸部、胳膊、腿——固定住。我大叫道："不，不，不要啊！"

"这样你才不会摔下来。"一个声音如此说道。

"但是这是哪儿啊？你们要干什么？"我不能这样任人摆布。

一个女人把一根裹着橡胶的木棒对着我的嘴唇。我记得那木棒滑滑的，她对我说："啊——张开嘴！"结果我张得不够快，她就掰着我的下巴，把我的嘴给扯开了。还有人用冰凉的东西压着我的太阳穴，接着又把它固定在我的头上。

那段时间，他们每天都会把我推到这个房间一两次。那房间挺大的，窗户也大，外面还没有防护栏。虽然屋子里也有其他一些人，但看起来空荡荡的。里面只有一张装有皮条的木板，也就是他们让我躺在上面的那张，以及一个带有刻度盘的黑盒子，盒子的开关上还拴着黑色电线。

"看着我。"一个戴蓝色条纹帽子的女士说。她总是站在我头部旁边。我往上一看，天啊，那光亮真刺眼，强烈的光芒像是要把我撕裂一样。我感觉自己被灼烧了，五脏俱焚。

也是在那个房间里，他们一连两三个星期都用电休克疗法（ECT）"修理"我，有时一天还不止一次。"电休克疗法"，直到今天，我写下这个名词时，还是会不寒而栗。想想当时，他们先把我的胸部、手、脚固定好，再把我的嘴塞住，然后让高压电流通过头部，导致全身抽搐，就是为了达到"治疗的目的"。天啊！

也不知道过了多久，我终于醒了过来。但胸部很闷，有一种窒息的感觉。我的身体似乎也不再是完整的了，大脑里的一块好像已经被撕扯出来了。我头也痛，胳膊也痛，后背也痛，浑身上下都在不停地抽筋。大概是太难受了，我的眼泪簌簌地落了下来。我努力想笑一笑，却发现面部已经僵硬了，甚至一举一动都是那么笨拙，那么缓慢。天啊，我一定是做了什么不可饶恕的事情，才会得到这样的惩罚！

起初，在疗养院里发生的一切让我极度震惊，整个人都呆若木鸡。每天早晨，我一点儿都不愿意起床。日复一日，我的头发越来越油腻，身上也又黏又痒。我只记得天天就是起床、睡觉，再起床、再睡觉，但在醒与睡之间发生了什么，我根本没有任何印象。大概什么也没发生吧。

突然有一天，我歇斯底里地爆发了。只要一有人接近我，我就愤怒地朝他／她打去。每当他们把我从床上拉起来放在桌子上，我都特别恼怒，如果手边真有什么武器，我一定会杀死他们的！我从早上一起来就尖叫个不停，他们说什么我就是不听。这样一直持续了好几天吧（我也不太确定），终于听到他们说："得好好治治她了，真欠修理！准备实施吧。"

还有另一个记忆片段，我被困在另一个陌生的房间里，白墙上也没有一扇窗户。我摸了摸墙壁，比家里卧室的沙发还软呢。房间地板上还有一些垫子。一些人拉着我的胳膊给我穿上帆布衫，那袖子特别长，他们就用袖子围着我裹了一圈，又紧紧系上。我的腿还能动，但身体的其他部位已经动弹不得。我没有再尖叫，在这里再怎么大喊大叫也没有任何意义，谁也听不见。我不明白他们为什么要把我放在这里，也不知道自己会在这儿待多久。但我知道，他们对我的恨，不比我对他们的少。

有那么一会儿，我觉得好像离开了自己的身体。其实这也挺简单的，我飘浮在上面，看着下面那个被帆布袖子缠绕的女孩，她和我长得一模一样，我能看出她不快乐，但我搞不懂她为什么会这么愁眉苦脸。慢慢地，我越飘越高。啊，这感觉真好！我就是"冰激凌皇帝"，想做什么口味的都易如反掌。

突然间，门开了。我看见一些穿白衣服的人在大厅里来回走动。他们是医生和护士吧。不过这里一点都没有医院的味道。

我看到一面破裂的镜子，其实那面镜子就是我自己。一片片匕首似的碎片刺穿我的躯体，我的血一下子流了出来，并且长流不止。我觉得自己活该流血，活该受到惩罚。但是，如果我能从"被惩罚的人"变成"惩罚别人的人"，他们就不会再这样折磨我了吧。

　　他们以"治疗抑郁症"和"消除有害记忆"的名义所做的一切，灼伤了我的大脑。电休克疗法对我的生理、心理都造成了极大的伤害。每一次，我的身体都像遭受了猛然袭击一样，思维和直觉都会突然一片空白。20世纪50年代中期，医生在实施电休克疗法前，并不对患者注射麻醉剂。直到今天，在很多国家仍是如此。他们的理论基础是：病人受到的折磨越多，越能更有效地驱除掌控病人的"恶魔"。而对于当时的我，电休克疗法不仅消除了记忆，还损害了中枢神经系统。它把我的灵魂生生地抽去了，只留下一个空空的人体躯壳。

　　直到三十五岁以后，有关在疗养院的记忆片段才渐渐拼接起来。但我还是无法确定那一切发生在哪儿。从那时到我三十五岁之间的二十多年里，我一次又一次在梦中遭遇电刑，而且频频听到"橄榄风景"这几个字。我怎么都想不通"橄榄"会和电休克疗法有什么关系。直到有一天，一个很偶然的机会（其实我已经不相信什么偶然不偶然的了），我发现位于圣盖博山脚的圣费尔南多山谷，有一个名叫"橄榄风景"的疗养院。

　　"橄榄风景"建于1920年10月，最初是洛杉矶的一座肺结核病人疗养院。后来，医生们可以通过抗生素治愈肺结核，这里也就变成了急症护理医院，里面有大批设备可以用于"实验性的医学规程"。洛杉矶的第一例心脏直视手术就是在这里完成的。

　　再后来，"橄榄风景"并入了加州大学洛杉矶分校。1970年，加州大学洛杉矶分校在疗养院原有的基础上又对它加以扩建，成了一所新医院。然而两个月后，里氏6.5级的西尔玛地震却把刚落成不久的建筑夷为平地。

我在为这本书搜集素材的过程中，专门采访了两个曾在"橄榄风景"接受过电休克疗法的人。20世纪50年代初，科学情报办公室发起了旨在控制他人精神的"神经控制实验"，这一项目至今仍饱受诟病。而他俩当时不幸地成为了"神经控制实验"的对象。可我是怎么也"被实验"的呢？那些安排项目的军队高官一定和斯特拉有什么联系。也或许，梦里面反复回响的"橄榄风景"只是个巧合吧。谁知道呢？或许我永远都弄不清楚到底是怎么回事。

过了一段日子，他们用另一辆车把我送回豪里莱奇，还带回一大瓶"可以安神"的药片。车上有一男一女，男的戴着黑色司机帽，女的穿着一双老式的棕红色系带皮鞋，是那种古巴式女鞋跟。我妈妈最讨厌的就是那种鞋跟了！

到家的时候已经天黑了。那女人竟然有我们家的钥匙。她怎么会有呢？她开开门，领我走进去，还问我哪个是我的房间。

我们上楼来到我的屋里。她边说着"今天真累啊"边给我铺床。她脱掉我的衣服，又给我套上一件睡衣——是我自己的睡衣。接着，她对我说："好啦，睡觉去吧。"

我乖乖地爬上了床。那天的我似乎最听话了，好像附在别人身上的鬼魂一样。女人递给我两片白底蓝点的药片，又把那瓶药放在我的床头。

"斯坦利在哪儿？"我猛地想起来。

"谁是斯坦利？"伴着她这句问话，我昏昏沉沉地睡着了。

第二十七章　寻找银汉鱼

　　一直到现在，我仍想不起来刚回到豪里莱奇那几天都发生了什么。脑海中关于那一段的记忆一直都是空白。接下来的印象中，就是斯坦利带我到位于马里布海边的一间房子，又把我一个人丢在那里。那间房子不大，是木制的，有些旧旧的，闻起来居然还有点碘酒的味道。这里除了我，还有一个女人和她儿子。女人名叫弗吉尼亚·威克斯，她的儿子迈克大我三岁。

　　从那之后又过了五十多年，我才和弗吉尼亚·威克斯重逢。一个我们俩共同的朋友告诉我她还活着，并给了我她的电话号码。我打电话给她，和她聊起了我们在海滨房子的那段日子。她说："当时你的心情可低落了，好像所有的生命活力都被抽离了。我和迈克都很担心你。"她还说对我之前的经历一无所知。

　　如今已是耄耋之年的弗吉尼亚曾出任过许多爵士乐人的公关，像纳京高、艾拉·菲兹杰拉尔德、洛克·哈德森等等，当然也包括斯坦利。当我问起她为斯坦利工作的那几年里对我的印象时，她说，你和你父亲一

231

样高挑，长得也很像。你的话不多，但每次开口说的话都挺有意思的，而且那语气更像个大人而不是孩子。我真羡慕你既聪明又成熟。你对什么事都充满了好奇，不过你那次来到海滨小屋后，变得和从前不一样了。

那些年的许多事情，我都是多年以后才逐渐拼凑完整的。但与弗吉尼亚和迈克待在海滨的那个夏天，却一直都是我最鲜活的记忆，就好像发生在昨天一样。正是从那时开始，我开始挣扎着，用残存的点滴印象拼凑新的人物形象。

我似乎又回到了当时：大家都叫我"蕾丝莉"，嗯，这名字还蛮好听的。可突然间，有人把太阳的光全挡住了。整个世界一片灰暗，我分不清哪是天，哪是海，哪里是小屋，哪里又是沙滩……不过我还是能认出来长得很像的弗吉尼亚母子，也能体会到他们对我很好。但我不知道自己在这儿是干吗，也不明白他们为什么会对我如此友善。总之，我的心里满满的都是对他们的感激。

弗吉尼亚把盘子、勺子、刀叉等递给我，让我摆摆桌。我看着这些餐具，也知道要把它们一个个摆好，却怎么都弄不清到底哪个该摆在哪儿。我特别害怕，万一我摆错了，他们就会惩罚我。漂亮的弗吉尼亚坐在房间的另一边，我一抬头，正好遇上她的目光。我得赶紧装装样子啊，要不就被她发现了。我拿起一把刀，猛然间觉得它的光亮照得我头晕目眩，就赶紧又放了下来，拿起一把叉子。大概这是个游戏吧，就像唱歌一样。我握着叉子，突然想起电影《哈姆雷特》中的长发女子。叫什么名字来着？噢，奥菲莉娅！她顺着河水漂流而下。慢慢地，她死了，与潺潺清溪融合为一了。

我就想着，不知道自己能不能也像奥菲莉娅那样唱歌，就边摆餐具边低声哼了起来。唉，怎么好像没有一件餐具摆对了地方啊！我还安慰自己总会摆对的，可谁知最后还是乱七八糟的。算了，我还是别干了。我满怀期待地看了看迈克，希望他能帮帮我。他果然微笑着走了过来，把餐具摆放得整整齐齐的。

"想去捉银汉鱼吗？"

"捉什么？"

"银汉鱼啊。它们会在满月的时候洄游，伴着碎浪而来，想在海浪退去之前藏在沙里面。咱们啊，只需要在它们消失之前把它们给挖出来。可有意思了！"

"在它们消失之前？"

"是啊！"

我蓦然间觉得自己就是一条银汉鱼，一旦潮水退去了，我也就消失不见了。

又到了该睡觉的时间。按照弗吉尼亚的要求，我走进洗手间刷牙。这里真小啊，还有点海盐和锡罐的味道。我摸了摸每个牙刷的刷毛，只有一个是干的，那这个一定是我的。但刷完牙后，我用毛巾把牙刷毛擦干。我真怕自己又用别人的牙刷了，这样擦干就不会有人发现了吧。

我的床边放着一件睡衣。我能肯定那一定是我的，这衣服这么小，迈克和弗吉尼亚根本就穿不下。我穿上睡衣，轻手轻脚地躺进被单里。硬邦邦的被单，清冷的寒夜，我就像掉进了冷库一样。不过银汉鱼要是躺在这里可真不错，任何渔民都找不到它们。

弗吉尼亚不仅为父亲工作，还与"大妈"建立了深厚的友谊。她常常说："伊冯总是对我那么那么好。"的确，弗吉尼亚怀着她女儿克里斯蒂娜时，"大妈"还专门过去陪她住了好久，一直悉心照顾她。弗吉尼亚也是 L. 罗恩·哈伯德的忠实粉丝。她告诉我，只要哈伯德的船停在附近，她就会和"大妈"、斯坦利三人一起去拜访他。

弗吉尼亚还告诉我，在那个夏天之前，斯坦利就常常带我去找她。他总是会在晚饭时间突然到来，然后把我留在她那里一整夜，甚至好几天。有一次，她还开车带我去海边度了一周的假呢，但我居然没有一点印象！而且据她所说，每次斯坦利送我过去时都会说："蕾丝莉该和你待一段了。"

我总是会回忆起友善的迈克和我们在一起的那个美好夏天。虽然迈克只比我大三岁，却像个大哥哥似的关心、体贴我。我很感激他，也很尊敬他。

多年之后，我终于又和他们母子俩联系上了。我和迈克打电话时，也问他对当时的我有什么印象。我们一聊就是好几个小时。迈克还回忆了我们在豪里莱奇和太平洋沿岸的帕里塞德共度的时光。

弗吉尼亚似乎有点记不清，那年夏天我是什么时候来到海滨小屋的了。她印象里的日期比我记得的早些。当我把这些告诉迈克的时候，他对我说："我相信你的直觉，那段日子我记忆犹新。"

第二十八章　逃离

斯坦利的一生都离不开各种"修理"。他相信斯特拉所说的：只要能把我"修理好"，他就可以"把那一堆废物统统甩到脑后"，他的生活也将回到正轨。后来，又过了十五、二十年，我们俩才谈起那年夏天的种种，我也才了解到当时的一些情况。

斯特拉向他保证，一切都由她来"处理"。他就满怀信任地把我交给了她。对于斯特拉具体要怎么做，他并不想关注太多，反正就是相信斯特拉事后会有个合适的交代，而他可以把斯特拉所说的转述给维奥莱特和其他人。当然，这个交代应该是真实的，是他可以接受的。

7月，他乘机去参加纽波特音乐节时，终于一扫长期以来的阴霾，变得自信多了。他满心期待着，等他一回来，所有的问题都解决了，蕾丝莉会变得和从前一样可爱，所有的事情都会越来越好。

然而现实却与他的期待大相径庭。很多年以后，他告诉我："我一看见你，心里就特别难受。你以往的那股活力荡然无存，那种精神之光也熄灭了。好像剩下的就只有一个躯壳，除了还能动、能呼吸，你就跟死去的人没什么两样！你的一举一动也都是小心翼翼的。我看了看你的身上，没有淤青和抓痕，不像是受过伤，但你总是一副噤若寒蝉的样子，根本集中不了注意力，一会儿看看这儿，一会儿看看那儿。而且你知道吗，你的头发都少了很多。"

"见到你的那一刹那，真是我一生中最惊恐万分的时刻了。我唯一的希望就是能回到从前，再看到那个时候充满朝气的你。我甚至希望你脸上能有痛苦、害怕，甚至憎恨的表情，只要不像当时那样呆若木鸡就好。可是……唉！"

那年夏天快过完的时候，斯坦利和斯特拉有过一次激烈的争吵。他们的声音特别大，我听得一清二楚。

"你到底是怎么对她的？"

"只是做了些该做的事。斯坦利，你冷静点啊，别这么激动！"

"冷静，什么是冷静？我就知道你一直都恨她，现在好了，她被你给毁了，你高兴了吧！"

"我哪有啊！"斯特拉打断他。

"那你自己看看她啊，都变成什么样子！"

"我可都是按照你的要求办的啊。"

"可我从来没有允许你把她变得跟植物人一样！你到底算什么，禽兽吗？"

"你住嘴！我辛辛苦苦为你做了这么多，到头来你却这样对我！是你让我清理你的'废物'，但是现在你居然这么恨我！"

斯坦利又急又恼，"说，你到底都对她做了些什么？"

"你想知道吗，斯坦利，你真的想知道？"

他们的争吵戛然而止了，或许他其实并不想知道真相吧。如果他真的逼她说出这其间的种种，她一定会狠狠地大揭他的伤疤。那天晚上，斯坦利把斯特拉送走了。从此，他们之间的关系再也不同于往昔了。

从那以后，斯坦利的情绪依旧很低落，而且常常突然间暴跳如雷，每次都把我吓得胆战心惊。我被洗胃之后，他也不再服用那些药片了。浴室药箱的瓶瓶罐罐被一板消食片和一瓶阿司匹林所取代，以往他到处奔波时都会带着的小药袋也不见了。但他还是一如既往地嗜酒如命。在他看来，酒不仅能陪他度过无眠的漫漫长夜，还能帮他减压，让他相信自己能处理好日常生活中的各种事宜。记得当时他常常对我说："这该死的压力，压得我都喘不过气来了。天啊，我一定得喝一杯。"

回学校之前，我一直都和他待在豪里莱奇。他不跟任何人说话，从不接电话，邮箱里的信都堆满了，他也不会拆开任意一封。我则退回到了书的世界。有的书我以前虽然已经读过了，但不知怎么的已经没什么印象了，我就又捧起了那些书籍。我俩就这样沉默地生活在一起，就如坠入云雾中的两个人，困惑而又茫然。

也是在很多年以后，他才告诉我他当时的感受。"我就像进入了一片恐怖的黑暗之中，觉得什么事都不对劲，却又束手无策。如果我承认这都是我的错，就等于否定了我所拥有的一切——妻子、孩子、住宅、音乐……我真的不能那样做啊！我一直祈求生活能尽快回到正轨，至少那样的话，我还能知道该怎么做。"

那时，斯坦利虽然私生活一团糟，事业上却是顺风顺水。那一年，他入选了 *Downbeat* 杂志的"音乐名人堂"，以表彰他对爵士乐的毕生贡献。在他之前，仅有两位音乐人得到过如此殊荣。

但他依然面临着资金不足的问题。大型巡演乐队越来越不赚钱了，逐渐被演出地点固定的室内小型表演乐队所取代。剧院的舞台表演成为了历史，收音机里再也不会响起演出的远程广播了，连那些在南部和中西部聊以糊口的"彻夜演出"，也已是明日黄花了。要想在音乐界获得成功，不能再靠卖座的巡演，而必须有大卖的唱片。虽然当时的斯坦利已经很有名气了，自己又那么卖命地工作，但他赚的钱却根本不够，未来的事业更是不容乐观。

与此同时，我也回到了维塞利亚。每天都像惊弓之鸟一样，惶惶不可终日。我怕黑，觉得有人给我下了诅咒，还觉得自己就是可恶的瘟疫传播者，谁接近我都不能幸免于难。羞愧、伤心、困惑……就像一个个幽灵一样对我纠缠不休。哪怕只是日常琐事我都记不住了，而我到底是谁呢？我又一次迷惑了。

在那之前，我的数学成绩一直都很好，在班里总是遥遥领先。但是现在，我连最简单的计算都不会了。电话号码？我根本记不住。我也不玩牌了，因为我总是想不起刚刚出过什么牌。

当时，我生活中唯一的目标就是能变得和"正常人"一样，可能这样子大家就不会排斥我了吧。"不能让任何人发现我的情况，要不然他们非把我赶走不可！"诸如此类的话语一次又一次回响在我耳边，我每天都惊恐不已。但这些话到底从何而来，又是什么意思？我茫然无知。只是从那以后的很多年里，只要一想起这些话，我还是会不寒而栗。

每天早晨，我都起得早早的。穿好衣服后去吃早饭，每次我都不敢吃得太少，要不妈妈就会担心地一直问我是怎么回事。吃完之后，我离开家，一个人在街上晃悠，快到点了才去学校。深夜里，有时我会在大家都睡着后，独自一人偷偷地溜到妈妈的更衣室，拿出她的衣服穿上，然后出门，在公路上来来回回地走上几个小时。在 20 世纪 50 年代中期，这倒也不算是太危险的事。不过的确蛮奇怪的。我也不知道自己为什么会这么做，可能是为了寻找能给我归属感的地方吧。兴许真能碰到好心的指路人呢。

近些年来，我和松田经常聊起年少时的岁月。她说我从豪里莱奇回来后，整整一年里，她只要一看见我，就觉得自己正在逐渐失去最好的朋友。而更糟糕的是，她和我一样无能为力。她回忆说："你的变化太大了，虽然你还是会写作业，但根本不像从前那样爱学习了。可我也只能无力

238

地站在一旁，眼睁睁地看着我们的友谊一点一点地流逝。你和以前真是判若两人啊！"

其实我怎么会不懂她的担心呢。我还看出来母亲也很是担忧，特别是整个夏天斯坦利总是打电话说他有些"担心"，说我是个病态的疯子，我的精神多么不正常，她的担心就更重了。起初，她倒也没有太在意，以为他只是还像过去那样在大倒苦水。从前，他每每压力很大时，就会指责她是个疯子。但现在维奥莱特也有自己的烦恼啊，她已经进入了更年期，对自己的生活越来越不满，还得费心照顾我。

回到维塞利亚不久，我又一次发了很严重的高烧。母亲着急地给"大妈"打电话，"大妈"立马就放下手中的工作赶了过来。但我实在烧得太厉害了，"大妈"那么能干，又当过护士，却也束手无策。她不确定我到底是怎么回事，觉得我应该是得了肺炎。结果经医院一诊断果然如此。"大妈"一天往我身上擦好几次酒精，还给我炖鸡汤，做奶昔，一心想把我治好。最终我总算是挺了过来，她无微不至的照顾要比"神奇配方"有用多了。退烧之后，我终于可以回学校上课了，但还是没什么力气，每天都无精打采的。不过这次高烧似乎也把我体内的一些东西给烧毁了。反正从那以后，我发现自己不用那么费劲地去装"正常人"了。

我觉得我必须离开这里。但怎么离开，离开又能去哪儿呢？我来到镇里的图书馆，到处翻看杂志中有关寄宿学校的广告和介绍。我挑了三所看起来还不错的，都在加州，也不远。我填好申请表格，连同申请必需的小册子、个人信息寄给了他们。

当然，我给维奥莱特和吉米的转学理由是"我现在待的学校太没有挑战性了"，就央求他们送我去帕洛阿尔托市的火焰高中。这是一所女子学校，课程很紧，难度也不小。而且火焰高中也接受了我的申请。一切都准备就绪后，圣诞节一过，妈妈就开车把我送到了那里。

突然来到一群各有千秋的优秀女孩中间，我有些不知所措了，心里有些畏惧。我希望在火焰高中，我能慢慢想清楚自己到底想成为什么样的人，具体又该怎么做。我很清楚，我必须开始一种全新的生活了。我迫切地渴望得到认可，因为我已经根本没有任何退路了。

　　火焰高中的竞争很激烈，但我很快就站住了脚，不仅交到了朋友，而且又一次全身心地投入到了学习当中。我还再次如饥似渴地读起了一本本书。学校为了全面提高学生的"思维、审美和社交能力"，每个月都对我们进行"文化培养"。每当这时，女孩子们都会穿上漂亮的衣服、鞋子，整整齐齐地去参观画展，或是欣赏歌剧等等。我刚到的那个月，大家的活动是"必须"到洛杉矶剧院，聆听由来自英国的托马斯·比彻姆指挥的《贝多芬第五交响曲》。

　　以前，斯坦利总是向我灌输"20世纪以前的音乐与现在完全脱节，根本没有必要去听"，我自己也就慢慢相信了。去洛杉矶剧院的路上，我还一直抱怨学校逼我们浪费时间去听这种"老古董"，还不够耽误事呢！直到进到剧院里面，我还是一副极不情愿的样子。

　　可当音乐真正响起之后，还不到三分钟，我就完全被它震撼了。我甚至不敢呼吸，生怕极其微弱的呼吸声都会影响我沉浸在绝妙的旋律中。原来世间还有这么棒的音乐啊，贝多芬真是奇才！他的音乐还带给我一种前所未有的体验，那一串串音符似乎穿过了我的恐惧、愤怒和困惑，真真切切地填补了我内心黑暗空旷的地带，为我注入了无尽的活力。那种感觉，啊，真是妙不可言！渐渐地，我和音乐融合为一体了。只要音乐不停，我就不会再孤独。

　　我生命中第一次听到这样的话语："只要这种东西还存在，我就不会放弃生活。"此后的很多年里，这些依然反复回响在我的耳边。

　　那次经历让我收获良多。它为我打开了一扇门，我得以来到一个以往从未涉足过的音乐领域。它不仅滋养了我的心灵，还鼓励我去寻找自己的价值。

　　大概是来到火焰高中的第六周吧。一天早晨我醒来时，突然发现自己腰部以下一点知觉都没有，根本走不了路。娇小但很强势的女校长玛格丽塔·埃斯皮诺萨来到我的房间，为"迫使"我站起来使尽了浑身解数。尽管她一再警告我再不站起来的严重后果，可我就是动不了！不仅如此，我的小腹也是一阵阵绞痛。在任何人看来，我当时的情况都太莫名其妙了。

　　恼羞成怒的埃斯皮诺萨只好打电话给我妈妈。妈妈赶忙过来，把我接回维塞利亚，又带我去卡尔·怀斯医生那里。那个时候，我已经可以走路了，但每一步都需要别人的搀扶，小腹也疼得更厉害了。

　　起初怀斯医生认为我是得了阑尾炎，但一诊断并非如此。我就那样一直疼了五六个小时，再接着，疼痛感居然慢慢消失了。怀斯医生始终没搞清我到底是什么状况。到了今天，我突然觉得，那些症状应该是我的身体在发出求救的信号吧。看似一切都是突如其来又莫名其妙，其实是想告诉别人我和斯坦利之间的种种。在记忆燃成灰烬之后，生理的疼痛，甚至瘫痪，就成了寻求帮助的唯一途径。

　　当然，他们都没有想过要对我进行内科检查，毕竟我当时才十三岁。还好他们没有，否则就会发现我已经不是处女了。

第三部分　优雅岁月

第二十九章　双螺旋

每当我回忆起 1954 年的夏天和那之后的种种，脑海中总是会一次次浮现出双螺旋的形象。我的灵魂和斯坦利的灵魂交织在一起，卷入一股强大的涡流中。其中的一条螺旋链颜色较暗，我知道它完全是由谎言、背弃、愤怒和悲伤、心碎拼凑而成的；另外一条则熠熠发光，它所承载的都是欢乐、兴奋、惊叹和不离不弃。显然，这两条螺旋链太不一样了，但它们都无法单独存在。也正是这牢不可破的双螺旋把我和父亲紧紧地捆绑在一起。它让我们快乐幸福、神采飞扬，也令我们难过悲痛、黯然神伤。其实，无论是它的哪一种赐予，都同样弥足珍贵。

爱？是的，正是爱，穷其各种形式，或淡然欣喜，或痴迷绝望，使我陷入这万劫不复的深渊。然而，纵使深陷乱伦诅咒，无法自拔；纵使离经叛道，遭人鄙夷，此爱仍在我心，无可比拟，绵绵不绝。

乱伦，这字眼里渗透着恐惧和负罪的痴迷。一直以来，它都是我们的文化中最讳莫如深的部分，连虐待和谋杀都要居于其次。多少年来，虽然从古希腊悲剧大师索福克勒斯的巨作到美国作家托妮·莫里森的小说，再到波兰斯基的《唐人街》之类的电影，乱伦之恋在艺术作品中屡见不鲜，人们也颇感兴趣，但在日常生活中，人们还是很少谈及这一话题。近些年来，乱伦越来越为人所诟病，不过人们也已经用更加理性、认真的态度来看待这一现象了。

我们基本上都会同意的一点就是：乱伦的发生，一定要归咎于那个心怀邪念的人。而事实上，无论是民间传说、剧本、小说抑或电影，只要涉及乱伦之恋，总会有一个人受到惩罚。

兄妹之间产生感情或许还容易理解些，但父女之间和母子之间的乱伦之恋却一直都是我们尽量回避的话题，不少人甚至还对此嗤之以鼻。当然，这也无可厚非。近些年来，人类学家对父母与孩子之间的乱伦进行了更深入的研究，罗列了这种感情会带来的诸多严重后果。而这些研究，每每谈及父女之恋所带来的伤害时，关注的往往都是那个孩子。持续的紧张、睡眠失调、慢性疼痛以及饮食紊乱的确让女孩子痛苦不堪，之后更深层的破坏还包括自尊自信的缺失、狂怒不已、性格分裂以及时常妄自菲薄等等。那种源于乱伦经历的害怕会蜕变为恐惧，受害者常常变成完美主义者，越来越觉得自己无足轻重，悲伤、失望都是再平常不过的情绪，有时甚至还有自杀倾向。到最后，几乎每一个受害者都会有一种被掏空的感觉，这种感觉甚至能持续一生。这些描述的确都非常准确，因为我曾经真真切切地经历过。

心理学家还说，年少时遭遇乱伦的女性往往偏爱宽松、色彩暗淡的服装，既是为了能表现得成熟些，也是为了掩盖她们的身体，因为对于这个世界，她们已经心怀芥蒂。我也是如此，我从不穿无袖上衣或是短裤一类"暴露"的衣服，偶尔哪天不经意穿上了，我就会觉得自己裸露在外边的肌肤异常危险，马上会换别的衣服。

基本上在我看来，是迷恋点燃了乱伦情结，并使它愈演愈烈。可以确信不疑的一点就是，斯坦利从一开始就对我非常迷恋。当我接近而立之年时，这段乱伦之恋渐渐又浮现在我的脑海，我会在下面的篇章中作以描述。当我向母亲谈起这其间的种种时，她非常震惊，不过也表示那是意料之外，情理之中的事。她说："其实想想这也是自然发展的结果。你才那么小一点的时候，就把斯坦利给迷住了。他看到沐浴后裸体的你甚至会产生'不自然的感觉'——性感觉，这让他自己都感到害怕。他也常常对我说起这种感觉，我告诉他，'别犯傻了斯坦利，你怎么可能会对一个孩子产生这些呢。'"

但是每一个家长和孩子之间的感情都是特殊的。虽然几乎所有乱伦之恋的受害者都会受到身心上的伤害，但乱伦的父女或母子之间远远不是心理学家所归纳的那么简单，那么模式化。就像人各有不同一样，每一段乱伦之恋都是独一无二的。

几乎所有关于乱伦之恋的研究重心都是受害者的可怜遭遇，从不关心那个"犯错的人"所承受的伤害。大概，这是因为我们眼中的世界非黑即白吧。我们必须把矛头指向那个"罪人"，好像这样才能让我们好受些吧。我们会说："我才不会干这种事情！"或许正是对乱伦这一话题的回避，才使得研究人员几乎一致忽视了对"罪人"的心理探析。

其实斯坦利一直都是个极其孤独的人。他与我之间的乱伦在很大程度上是为了减轻这种孤独感。他无法承担起一个成年人的责任，就竭尽全力想占有并约束我的身体，甚至我的灵魂。而最糟糕的是，他自始至终都不清楚自己到底在干什么。我对此十分确信。

从一个女性的角度，加上我自身的经验和多年来的观察，父女乱伦多发生在父亲的身心不能同步运作时。这种男人（包括斯坦利在内）从来都觉得自己的身体不完整，常常从外界寻找内心的"感觉"部分。在他们眼中，"女人"正是这种感觉最重要的来源。这样一来，麻烦自然在所难免。人类的感觉存在且只存在于我们的内心。想从外部寻找？不可能。这些陷入强烈孤独感的男人为了填补内心的空虚，极有可能转向和

247

妓女，甚至和自己女儿的一夜情。

他们会坐在酒吧里，几杯酒下肚就迷迷糊糊地说："女人，噢，不能没有女人，绝对不能！"斯坦利就是这样一个空虚的人。奥黛里后来回忆说："他频频招妓，就是为了让心里不那么空荡荡的。自从维奥莱特离开之后，他的心也就跟着去了。"

心理学家在研究乱伦时，往往忽视了很重要的一点：乱伦的父女或母子拥有相同的基因，他们拥有同样的血统。两个血缘关系如此近的人之间，如若"相恋"，那后果远不是乱伦结束之日就能消失的。

这种血缘上的维系相当重要，是世界上最重要的维系。他们会对同样的事物着迷不已，有相似的梦想与渴望，也会有类似的恐惧、害怕、挫折和忧伤。这样，他们的身体、心灵，乃至整个生命都紧紧地交织在一起，任何愤恨、耻辱，甚至背弃都不能把他们拆散。我和父亲正是如此，有时连我们的想法、感觉都是那么的如出一辙。

斯坦利曾经对我说，"你总是给我一种异样的感觉。你好像可以不受控制一样，总是会让我觉得，我似乎是活在你体内而不是我自己体内。"我们的生理、心理上都无比密切，共同点那么多，那么我们共同生活的小世界永远都不可能消逝。我们在一起嬉戏玩耍，度过一段段美妙的时光，说什么都不愿分离。这正是双螺旋明亮的一面。

后来我读了艾米莉·勃朗特的《呼啸山庄》，才渐渐开始真正明白我和父亲之间复杂的感情。当我读到凯茜向耐莉解释她和希斯克利夫之间的情感时，我终于懂得了作者想表达的东西，也就是我当时经历的写照。

"……而是因为他比我更像我自己。无论我们的灵魂是由什么组成的，他的和我的都是一模一样的。……我最大的悲痛，就是希斯克利夫的悲痛，而且我从一开始就注意并感受到了。在我的生活中，他就是我最深切的思念。如果其他一切都毁灭了，只要他还在，我就能继续活下去；如果别的什么都还在，他却被消灭了，那这个世界对我来说也就成了一个极其陌生的地方。我不会像是他的一部分……我对希斯克利夫的爱恰似下面恒久不变的岩石：虽然看起来他不能给你带来多少快乐，但这点快乐却是必需的。耐莉，我就是希斯克利夫！他永远都在我心里。他并不是一种乐趣，不见得比我对自己更有趣些，但他确是作为我本身而存在的……"

那句"虽然看起来他不能给你带来多少快乐，但这点快乐却是必需的"，让我的心久久不能平静，这分明就是我内心的真实感受啊！

虽然希斯克利夫和凯茜的恋情并不是严格意义上的乱伦，却和我与斯坦利之间的感情有诸多的共同点：不可抑制的生理联系以及像孩子一样忠于彼此等等。孩子们往往会许下忠贞不渝的誓言，而大人们常对此不屑一顾。有的时候，我真的觉得我和斯坦利是合二为一的。而斯坦利也一次又一次地告诉我："我觉得自己更多地存在于你的体内，而非我自己的体内。"

这样强烈的感情把两个人带到一个全新的世界。这里，一切规则都是新的，但只要你们忠于彼此，坦诚以对，那么熙熙攘攘的红尘俗世都不复存在了，你们就能生活在纯净、美好的氛围中。周围的色彩越来越明亮，彼此间的感觉愈发强烈，生活中的一切都是那么的妙不可言！于是这里只剩下两人之间的真挚情感，这种亲密远远超越了以往的任何东西。然而，虽然这里那么纯洁，那么有吸引力，一旦有人背弃了这种关系，这个小宇宙顷刻之间也就土崩瓦解了！

当凯茜背叛希斯克利夫，嫁给"俗世"中的林顿时，希斯克利夫怒不可遏，对凯茜尤为憎恨。文学家曾经长篇累牍地想阐明这种心理。我真奇怪为什么那么多人都解释不清呢。当时的我就因为斯坦利的背弃既生气又懊恼，既伤心又害怕，大概这是对于一个人来说最痛苦的折磨吧。

直到多年以后，我才明白凯茜对希斯克利夫的背叛，和斯坦利对我的背叛所带来的后果是不一样的。希斯克利夫把他的憎恨和痛苦都瞄准了包括凯茜在内的外部世界，但那时还只是个孩子的我，只能默默地咽下所有的苦水。

是斯坦利让我真切地体会到什么是背叛。这就是双螺旋黑暗的那一条，具有毁灭性的破坏力。然而与此同时，明亮的那条螺旋链依然在熠熠发光。斯坦利和我就像孩子一样，为自己依然活着高兴不已，期待在我们之间建立起一座坚不可摧的桥梁。

我相信，在斯坦利的眼里，我永远都是那么的天真烂漫、生气勃勃，对未来总是满怀憧憬，而这些都恰恰是他所不具备的。无论是心理分析、"排除有害精神疗法"，抑或酗酒、乱性，都不能让他的生活回到正轨。他的一些错误，其实本身也没有什么异常，大家都可能会犯，但他却把它们都夸大了。他不断告诉自己，只要他能深入接近我、吸引我、占有我，他就能找回那些美好的遗失。

或许从某种程度上来说，他的想法是正确的，因为他通过和我之间的种种的确取得了一定效果。但他并没有明白的是，我和他能生活在这个难以言表的世界，享受着无尽的活力、欢乐和最真的感情，并不是因为他占有了我，而是因为双螺旋最核心的部分，其实就是简简单单、原原本本的爱。是爱让他找回了曾经遗失的美好。虽然这只是暂时的，而且也耗尽了他的整个生命，甚至我的大半生。

曾经有那么一段，我就像一个音叉，感受着父亲的点点滴滴。但只要我一离开，无论是离开他还是离开我自己，他就会又拾起他唯一可以消愁的方法：酗酒。他就是靠酗酒来逃避内心所有负面的感觉，甚至逃避他自己。只要有酒，他就觉得自己又可以到处奔波了，他正是用这种近乎自残的方式来维持精力。这还真有讽刺的意味。

然而，在某个他不知道的黑暗角落，双螺旋依然在旋转。

第三十章　渴望救赎

从 1955 年春天起，父亲开始频频给我写信。要知道他以前从来不这样，他甚至觉得给任何人写信都是一件很麻烦的事。一直以来，他因为字写得不好看，还常常写错别字，对写信有点怵。而且以前他寄来的每一张明信片，发来的每一封电报都会署名"斯坦利"，但现在，他的署名变成了"爸爸"、"父亲"或是"你的父亲，斯坦利"。

时光荏苒。五十多年后的今天，当我坐在书桌前，仔细翻阅这一摞信件时，不禁为那种字里行间透露出来的深切之爱所感动，也不免为他的理想与现实之间的差距而黯然神伤。从这些信件中可以看出来，写信的人胸怀梦想，渴望摒弃过去所有的错误，拥抱美好的新生活。但现实却充满了讽刺的意味：他是一个性格严重分裂的人。过去的种种总是会躲在他内心的某个角落。有些事情，他原本以为自己已然忘却了，可总有一股股回忆的浪潮在心底波涛汹涌。他又能怎么做呢？他什么也做不了。

此外，这些信让我觉得，父亲似乎正在进行一种心理玄术，这让我很感兴趣。例如，他会说这个世界正在往他所期待的方向发展。他的一部分知觉好像是在运用感应巫术：只选择所期望看到的部分，或许就能让梦想照进现实。我自然也是他所期望看到的一部分。

有时他写信也会谈到工作，当时在哪里工作，都有什么样的担心等等。有时则完全是从一个父亲的角度，诉说他的所思所感和谆谆教诲，这显然是他从前不曾给予我的。

有一封是他在环球航空公司飞往洛杉矶的飞机上写的，并于1955年3月13日从比弗利山庄寄了出来：

> 我正在从德州的阿马里诺市飞往好莱坞的飞机上，已经坐了两天的飞机了。我还没有完成和克里斯蒂合作的专辑，所以让乐队先回去制作专辑了。……我很高兴又见到了你。亲爱的，你真漂亮！什么烦恼啊、忧愁啊似乎都烦不到你，真好！虽然我暂时不能陪在你身边，但我还是希望你每天都能了解我的一些想法。我希望你会健康成长、认真学习，成为一个有爱心的人。你有那么多东西可以与别人分享啊！做你的爸爸很荣幸，也希望你能为有我这样的爸爸而自豪！我一定会努力做到这一点的。
>
> 爱你的爸爸

虽然他一再否认和"蕾丝莉的问题"有丝毫瓜葛，但他还是想像其他父亲对孩子那样对我。他常常会写到我们共同的爱好：一部电影、一出音乐剧，对风、雨、海洋等的迷恋。

他还会娓娓道来有多么爱我，因为我而有多么自豪，还会和我分享他对未来的"愿景"。

> 我首先想说的就是"我爱你"。另外，我收到你寄来的很棒的信了，太好啦！谢谢你，亲爱的，我还想告诉你，你一切的一切都

让我那么骄傲：你最近很快乐，没烦恼，还提名学生会秘书和班长……还有就是你对我的爱。你一定会越来越棒！

如果接下来乐队还是没有什么突破的话，那我只能承认失败了。我们正准备到纽约附近发展。希望可以成功！

再过不久你就十四岁了。天啊，过得可真快！上次见你的时候，你已经是个大姑娘了。还记得吗，我夸过你的脸庞，你的明眸……人们越来越能感受到你的力量和爱心了。

爱你的父亲

当时斯坦利正在寻觅新的歌手。有两位作曲人向他推荐了十八岁的安·理查德。他听到安的音乐样本带觉得很不错，就雇用了她。不久，安就随乐队一起演出了。

我还是在洛杉矶和父亲一起过复活节时第一次见到安。当时我根本没有想到，几个月之内，她会变成父亲的女朋友，然后，妻子。安没有受过多少教育，对很多事情都很敏感，不过心地很善良。她很喜欢我，总是希望和我一起逛逛街啊什么的。我们的年纪差得不多，她一直都把我当作妹妹。她希望我们俩就像闺密一样，什么事情都能对我倾诉：发型可不可以啦；裙子该配什么鞋啦；怎么处理歌唱方面的问题啦……甚至包括怎么处理和斯坦利的关系。很显然，她已经被我父亲迷得神魂颠倒了，但她所了解的只是"斯坦·肯顿"，而不是"斯坦利·肯顿"。

安也是个电影迷，不过我们俩偏爱的电影类型大不相同。就在我们见面之前，她刚刚看过朱迪·加兰主演的《一个明星的诞生》，对主人公的经历很有感触。"我看那部电影时，"她的眼中闪烁着泪光，激动地说，"我就知道，只要我能坚持待在洛杉矶，同样的事情一定也会发生在我身上。看看我现在不就是吗，多好啊！"和斯坦利越来越亲密的关系似乎让她看到了最光明的未来。她觉得只要有他，自己就能实现所有的梦想。

她对未来的希冀似乎笼罩在似梦似幻的光环下，她简直把我父亲当成了救世主。

那个假期过后，我再见到安已是那年夏末了。我飞到东部去陪斯坦利，我们仨每天晚上都会睡在一起。白天，我们一起到处奔波，从这个工作地点到那个工作地点。但很遗憾，我们并没有成为"三个火枪手"那样的莫逆之交。

安还是想让我成为她感情甚笃的"妹妹"。这还没什么，我当时最不自然的就是毫无预兆的三人同居。那感觉也太诡异了。可我只能竭力表现得很友好、很自然。我始终就不明白斯坦利对安到底是怎样一种感觉。除了她唱的歌，他对她的任何事情都提不起半点兴趣，当然我就更没兴趣了。有时奔波的路程很长很长，斯坦利也尽力想兼顾我和安两个人，但每次，本来是我们三人之间的谈话都会变成我们俩之间的。至于我们说什么，安自然不会太懂。

安渴望得到斯坦利的保护：她期待有一个父亲关心她、照顾她。她还是个无可救药的浪漫主义者。我们仨在路上一起聊的时候，说的最多的就是结婚。他俩还常常疑惑地说，"我们该结婚吗？我们不该结婚吗？"而我也就成了他们私底下询问的对象。斯坦利已经说服自己，他之前的婚姻之所以失败，在于维奥莱特而非他自己。虽然他一直爱着她，他也知道自己"不完美"，也承认自己有些地方做得不够好，可他还是觉得是维奥莱特把那段美好的姻缘埋进了坟墓。

我相信，父亲是想以与安的婚姻来证明自己还是好男人、好丈夫，那么别人就不会觉得之前的离婚是他的错了。他觉得和安能开始一种全新的生活。除此之外，我还觉得他想把对我的迷恋转移到安的身上。他不想再受那种"不健康"关系的羁绊了，也想让我回归到正常的女儿角色。

那年秋天我没有回到火焰高中。我转学来到了查德威克，这是位于洛杉矶市郊的一所混合制寄宿学校。我开学之后，安常常会给我写一些非常口语化的信,讲讲生活中的点滴琐事,像是"我的马尾辫长得可长了,圣诞节你见了一定会大吃一惊的",或是描述一下她新买的裙子"三层蕾丝边,看起来能值一百美元,不过我只花了四十五美元"等等。9 月 23 日,我又收到她从底特律的屋尔委瑞宾馆寄来的信。我读了之后,不仅深深感受到了她的天真,也体会到了她的忧伤和不自信。显然,斯坦利已经把她"教育"好了,现在只要他们之间有任何问题,她就会觉得都是她的错。

> 告诉你啊,我们最近发展得挺不顺的。基本上都是我的错,但我从来都不是故意的啊!只是,我对很多事情都太不了解了。我已经在学着去理解、去适应,也有一些进步!但显然还不够,我还得再加把劲。真是谢天谢地,斯坦利这么有耐心。不过你也知道,他对结婚犹豫不决,第一次婚姻的失败让他在再婚的问题上,比一般男人都更难下定决心。所以我一犯错惹他生气,他就会对我们的关系持怀疑态度,不知道要不要和我共度一生。我当然知道,很多问题还是在于我。我痛恨自己的不足,而现在又无从弥补。但他更生气了,一再推迟婚期,大概会推到我们搞清楚自己究竟在做什么的时候的吧。可那个时候又是什么时候呢?我相信我能克服自己的软弱、迟钝等缺点,但这也不是一朝一夕的事儿啊!我爱的男人也要对我有信心啊!如果没有他的支持和鼓励,那么一切不还都是白搭!我干什么还不都是为了他啊!当然我还是会继续努力的,我一定能做到!不过这真的需要时间啊。我就是想把事情的进展都告诉你。不要担心,一切都会好起来的。

> 爱你的 安

决意开始新生活的斯坦利,希望把安塑造成他理想的妻子,就爱着那个原原本本的他,支持他,不给他添麻烦。他们会有一个家,会有很

255

多宝宝，而他也会做一个好父亲。他们能幸福地生活在一起。

斯坦利很多时候还是会征求我的意见，有烦恼和担心还是会向我倾诉，而且依然常常给我打电话、写信。一年前的他还挣扎在和我的关系里，现在困扰他的则是和安的关系。他的信里满是担忧的字眼，也写了许多可行的解决方案，时不时地还会剖析到底该不该结婚。

1955 年 10 月 18 日，他们终于在威斯康星州的密尔沃基结婚了。但是第二天，安就哭着给我打来了电话。"蕾丝莉，发生了很糟糕的事情……"她说，"昨天，我得了重感冒，不能唱歌，就在宾馆里等斯坦利回来。我穿着专门为结婚当天准备的娃娃装白色睡衣，可漂亮了，对，就是我给你说过的那件。可你知道吗，斯坦利事先都没告诉我，就突然带着乐队里的一帮家伙回宾馆了！我当时一下子就懵了，特别尴尬！他根本没理我。接着他开始播放朱恩·克里斯蒂的新专辑，还一直夸她多么优秀。我们大吵了一架，气得我把唱片扔到了窗外。他说要去买汉堡，猛地摔门而去。我觉得整个楼都震了起来。他回来后我们继续对骂。最后房管都受不了了，敲着门警告我们再不闭嘴，就把我们扔出去！真的太可怕了！"

1955 年 10 月 21 日，也就是婚礼三天以后，我收到了斯坦利寄来的信，用的是俄克拉荷马州塔尔萨市福佑宾馆的信纸。

亲爱的蕾丝莉：

我三点才睡，还没睡几个小时又醒了。或许给你写信能好受些吧。

其实我这会儿也没那么难受了，不管之前是因为什么难受吧，反正这会儿已经好点了。但是安的感冒很严重，嗓子疼得厉害，已经三天不能唱歌了，一直待在床上。这大概是情绪紧张、睡眠不足引起的吧。其实我们俩都是如此，这段日子过得真不容易啊！我原

256

本以为一切会很简单，可没想到这么难。我每天都忧心忡忡的。一直以来，我对周围的人和事都很了解，我的音乐又那么受推崇，我觉得我有义务好好表现自己，呈现出最好的作品。

难道我这么努力是为了证明自己依然对年轻女孩有吸引力吗？是有恋女情结吗？我是自寻嘲笑，自寻惩罚吗？难道以前的挑战都不够刺激，还要再寻求新的挑战吗？或者是安有恋父情结？她爱的到底是我还是斯坦·肯顿？她缺乏安全感吗？还是也像我一样忙于事业？

我脑子里的事情一件接一件，简直要把我逼疯了。我知道必须把主观感情和客观思维分开，我也一直在努力。

让我下定决心的一大因素就是过去四五年间的经历。可以毫不夸张地说，我真的非常失落、非常孤独。一直以来，音乐都是我生命中至关重要的一部分。很多时候，我要是不开心了，都可以在音乐里求得解脱。但说真的，我的内心还是有那么大、那么深的孤独之洞。

大概只有既付出爱，又得到爱才能填补这些空洞吧。爱和被爱是生命的不竭动力。

或许你会说，"就算是这样，那也不用非要找个年龄这么小的啊！"可是蕾丝莉你知道吗，像我这样的年纪，想找到年纪相当又合适的几乎不可能。也有和我差不多大的，别管以前结过没结过婚，很多都有些神经质，你也见过一些啊。当然也有既有头脑又有品位的，但那些人结婚大多只是为了给自己（甚至还有孩子）寻求生活保障而已。对于我和我的事业来说，唯一合适的人选就是安。

亲爱的，请相信我，我绝不是单单被她的青春给迷住了。这么多年了，我对身边的漂亮女孩都司空见惯了。她吸引我的更多还是在别的方面。她是对我的感情最敏感的人，不管我是喜是悲，是快乐或是苦恼，她都会有所触动。她见过我被感情压力折磨得有些病态、有些狂虐的样子，要知道别人看了是会被吓到的。在过去的几年里，我成熟了不少，但有时的举动还是很可笑。我并不缺乏精力，只是有时用错了地方。

　　亲爱的，我知道我一直都拥有着你，但你的未来要有自己的生活啊，你不该再对我负有那么多的道德义务了。

　　你妈妈离开后，特别是她嫁给吉米，生下克里斯蒂之后，我们俩的感情一天比一天浓厚。这种情感上的依偎是那么的非比寻常。我也知道我和安这件事让你很烦心，很失落。我们过去的关系的确有些不正常，但那都是我的错！如果我们再这样挣扎下去，我怕你一生都会觉得你属于我，只想和我在一起，那样你就不可能拥有属于自己的爱情了！我不想拖到一切都来不及的时候啊！

　　虽然这个过程很痛苦，但成长不就是这样吗？小矮子，我想成为一个强壮、健康、能鼓励你的父亲啊！我特别关心你和你的未来。我想让你觉得，无论在物质上，还是精神上抑或道义上，我都是你强有力的后盾。

　　请不要急于提醒我这段婚姻是多么不合适。我知道你关心我，我和安都真诚地希望你能和我们待在一起。

　　我得赶在下一场演出开始前睡几个小时了。我可能又写错别字了，不过不许笑爸爸啊！我手头上没有字典，要是有了，我一定会很自觉地查查。都是你的功劳啊！

爱你的父亲　斯坦利

婚礼之后，第一件令安非常失望的事情就是，她猛然醒悟，这场婚姻并不会带来她所憧憬的生活。其实结婚那天晚上，她的希望就破灭了，接踵而来的是更多的伤心，她觉得自己陷入了牢笼之中。斯坦利对她几乎视而不见，她的心很痛很痛。或许当时的她已经进入了死胡同，她越来越为未来担心。而与此同时，斯坦利却一直在规划我们仨的美好未来。

终于，连续七个月的夜夜演出之后，斯坦利终于在12月带安回到了豪里莱奇。当时安已经怀孕了，但斯坦利却没事先和安商量一声，就把维奥莱特、吉米、克里斯蒂都请来共度圣诞。这个维奥莱特亲手设计并住过很久的家，在她离开后也没有任何改变，第一次在这里见到我母亲，安显然有些惊慌失措。

安很快就发现维奥莱特和斯坦利之间绝非一般的深情。虽然吉米对此已是司空见惯、见怪不怪了，但安又一次发现自己只是局外人，真的是伤心欲绝。她开始怀疑自己和斯坦利的这段婚姻能否走到最后。

圣诞节一过，乐队在洛杉矶的让迪舞厅表演了几周。之后，斯坦利和安又踏上到处演出的征程，我则回到查德威克。那一年我又新结识了许多人，他们中很多都是娱乐圈导演、制片人、演员等的子女，不少是犹太人。很快我就发现，犹太人可以休犹太教的节日，基督教信徒则可以休标准的假日。我既不信犹太教，也不信基督教，但我可以在假日里装成犹太人或者基督教信徒，这样就能休两种假日了。在查德威克我相当的叛逆，常做些老师们不允许的事情，像是在宿舍里放几只跑来跑去的小鸡仔，还拿用过的洗发水瓶装苏格兰威士忌，藏在房间的衣柜里，居然从来没被发现过！

查德威克的学业任务远比在火焰高中时轻松多了。这也就意味着我可以有更多的时间来读感兴趣的东西了。那一年我都沉浸在陀思妥耶夫斯基的作品中，读了《马拉卡佐夫兄弟》《白痴》以及我的最爱——《罪与罚》。我对拉斯科尔尼科夫①特别着迷，竟开始觉得人可以为了谋杀而

---

① 《罪与罚》中的主人公。

谋杀。有一次室友把我惹恼了，我还真策划过怎么整她呢。可一想我既然可以实施自己的方案，而且不被发现，那是否付诸实践其实也就没那么重要了。我的计划搁浅了，我的室友对此也始终一无所知。

那一年，我还爱上了一个比我大三岁的男孩——约翰。他有六英尺四英寸高，经常对我很不好，就像斯坦利那样。吃午饭的时候，他经常会在桌子底下踢我，就因为我的餐桌礼仪没有达到他的要求。除了斯坦利，约翰是第一个和我发生性关系的男性。那天晚上，他从后备箱里拿了条毯子，铺在沙滩上，我们俩都喝得醉醺醺的（就像和斯坦利第一次那样），然后一切就发生了。对于那次经历，我已经没有太多印象。只是事后当我追问他，失去贞洁的我到底流了多少血时，他坚持说根本没有落红。我们俩都很茫然，不知道这到底是怎么一回事。

那一年我们又一次做爱是在豪里莱奇。斯坦利和安在到处演出，房子没人住，我们就选择了斯坦利的大床。可没想到，最后竟是那么收场了。午夜时分，斯特拉就像以前视察豪里莱奇那样突然出现了！斯坦利房间外边连着一个小阳台，就是我和松田表演《长发公主》的地方，阳台下面就是后院。那天晚上，我们一听到斯特拉来了，约翰赶紧跳下床，抓起衣服就从阳台上跳了下来。我则独自一人面对怒气冲冲的祖母。显然她能看出来是怎么一回事，怒不可遏地把我批得体无完肤。但我觉得她没有向斯坦利提过这件事，或许她根本就不敢。

有一次，约翰本来邀请我参加高年级聚会的，可随着日期的临近，他却频频向那些高年级的女生说，他更愿意和她们而不是我一起参加聚会。我一听，心里就突然萌生出很邪恶的想法：我一定会使出浑身解数，让他尝尝这种被侮辱的滋味！

也是在那一年，第一次有人告诉我，我很漂亮。他们不仅说我有多美，还写下对我的溢美之辞。所以我决定变身成一个女妖精，让约翰爱上我，然后再把他给踢了。暑假一开始，我马上就回到维塞利亚。不到一周，约翰就跟过来了，还带着大包小包的礼物，发誓永远爱我。他在家里的客房一共待了三天，我可没给过他什么好脸色。不过这样反而激发了他更为炽烈的爱。不过我是不会忘记我之前的想法的，我才不想真和他有什么瓜葛。

后来我又回到查德威克上学，要是斯坦利和安什么时候回加州了，我们也能见见面。每逢周末斯坦利该来接我的时候，他都来得很晚。他也知道中午之前就该把孩子接走的啊！这总是让我很尴尬。每次，我都得一个人可怜兮兮地待在那儿，当然还有不得不留下来陪我的老师。我常常得等他到十点，还等到过午夜之后。还有一次，他干脆就没到。

不过他的信还是源源不断地寄来。他一直坚称自己不要再到处奔波，特别想过稳定的家庭生活，也总是和我分享他的忧愁以及希望。那年春天，他们在欧洲巡演都那么累了，斯坦利却还是常常给我写信。我知道他一路下来非常辛苦，什么轮胎没气啦，乐队里谁又不争气，不得不换掉啦，还有安排的行程不好啦等等。也真难为他了。

本来安是和他一起在欧洲巡演的，但安，她一直都没什么好运。现在她怀孕了，很多演出根本不能参加，也没法天天焦虑不安地行驶在崎岖的山路上。斯坦利每次工作过后回到安身边时，基本上都是酒气冲天的。终于，安实在忍受不下去了，一个人回到了洛杉矶。

5月的第三周，欧洲巡演终于结束了，安就飞到东部，继续陪斯坦利。父亲回到纽约后，也一直在盘算着怎样才能不再到处奔波，能和妻子、小宝宝以及我过上新的生活。他觉得我们可以组成一个完美的家庭。1956年5月23日，他在纽约的喜来登酒店给我写信：

> 你应该也能从之前的信中看出来，我一直在为未来作打算。从去年9月到现在，除了很短的一段时间，我几乎天天都在外奔波。

我必须重新规划一下家庭生活了，要不怎么能保证我们的未来呢？我不知道安还能在路上陪我多久，但我们正在努力创造一个家。只要她没有不舒服的感觉，路途就没有那么艰辛了。

我们希望到了秋天，你就能和我们待在一起了。我真想你在上大学或是接受其他什么教育之前，能一直留在我们身边。我也希望你了解（可能你已经了解了）一些各个学校的信息，有助于你选学校。我当然想你让进私立大学，也想让你住在家里。放心吧，我们新家庭的生活将会很美好。我最近正忙着把豪里莱奇再装修一遍，应该会更舒服的。我把这些也告诉了你妈妈，她说这也正是你所期望的。我听了之后特别高兴。

我现在感觉很棒，还是很有雄心壮志啊！我想在回家后好好做事情。唉！我到家的时候能有现在一半的激情就行了。

小矮子，我必须得说一下，你在过去的几周里给我写的信太少了。别管你说写了多少，我都只收到一封啊！哼，我要抗议！这周必须给你打电话。

安也向你致以最真挚的祝福。

爱你的 斯坦利

从欧洲巡演之后，他再给我写的每一封信，都没有再出现过"爸爸"、"你的父亲"之类的签名。无论是信件、卡片，还是电话，他都只署名"斯坦利"。

第三十一章　薄纱上的跳蚤

　　1956 年秋天，斯坦利觉得自己的"完美之家"梦想终于就要实现了。他、我和安三个人一起住进了豪里莱奇。装修工忙着把房子来个大翻新，尽量改变维奥莱特那时的装饰痕迹。当时的安已经怀孕好几个月了。由于斯坦利坚持不让我上寄宿学校，要我和他住在一起，所以 6 月高二课程结束以后，我就离开查德威克，转学到了罗尔伯勒高中。罗尔伯勒是洛杉矶的女孩最向往的贵族学校。这也正合我意，因为我依然在"狂奔"，依然在逃离。或许我自己并不清楚，但我和斯坦利两个人一直都盲目地遵从着极其荒谬的信条：不能停下来，否则黑暗会追上来把你吞噬掉。

　　父亲在加州的舞厅工作了几晚后，开始了在好莱坞的让迪舞厅为期两周的定量演出。9 月 10 日，安的女儿出生了。他们为她取名"达娜·琳恩·肯顿"。

　　七周后，数万名匈牙利人起而反抗，要求政府结束苏联模式。苏联空军轰炸了匈牙利首都，又将一千辆坦克开进布达佩斯，开始大规模的镇压活动。我听说之后，泪水止不住地流淌，眼前总是浮现出这样的场景：成千上万渴望自由的人民惨遭屠杀……那天晚上，斯坦利在我床边坐了好几个小时，拉着我的手，抚摸着我的额头。印象里，这是他唯一一次安慰我，但他说的话很奇怪，"小矮子，你哭不是因为匈牙利革命中伤亡的平民，而是有别的原因。"我始终都不明白，他所谓的"别的"到底是什么。

作为豪里莱奇"再装修计划"的一部分，装修工把斯坦利卧室外的小阳台封了起来，给达娜建了一个小房间。直到今天，我都还记得安给宝宝喂母乳的样子。她当时一定在畅想美妙的母女之情吧。达娜的出生似乎让安有了安定感和满足感。至少在那一段时间里，初为人母的安还是很快乐的。

而当时的斯坦利，只要是他觉得能让安快乐的事，他都会竭尽所能地去做。他给她买了一辆粉色的雷鸟牌汽车，专门请了一个心理医生"帮助安解决问题"，还时不时地要我也帮帮安。大概他自己并不知道要怎么做吧。

那还是 1950 年的时候，为了活跃在维塞利亚的生活，维奥莱特向我们推广她的"文化项目"。我、她和吉米去看了弗雷德·辛尼曼指导的《男儿本色》，主演是当时还名不见经传的马龙·白兰度。影片讲述了一个二战退伍伤兵回归正常生活的艰难历程。当时，我坐在烟雾缭绕的海德剧院，一次次为主演对角色淋漓尽致的诠释而感叹。在这之前，我也看过不少电影，见过不少演员，但从来没有一个能像白兰度这样，给我的心灵带来如此强烈的震撼。那天晚上，我决定自己也要当一个演员。我渴望能像他那样，可以拥有至情至性又富有创造力的表演。那个时候，我没有把这一想法透露给任何人，这里是维塞利亚，偏僻的"牛乡"，也没有谁能教教我。

现在好了，我住的地方可是好莱坞呀！我就告诉斯坦利我想学习表演。虽然我也不知道去哪儿学，具体怎么学，但此时不学更待何时啊。不过看起来，我似乎只有等到高中毕业了才能开始学习表演。然而，就在我有些急迫又有些沮丧的时候，马龙·白兰度出现了。

马龙是斯坦利的粉丝之一。那年圣诞节，他来到豪里莱奇，送给斯坦利一条漂亮的领带，还附上一张写着"爱你的 马龙"的卡片。很显然，我应该问马龙我该去哪儿上表演课。了解到我白天还要上课以后，他说在好莱坞，我唯一能师从的就是山姆·格里曼了。山姆是个很有魅力的演员，演了很多年的舞台剧。在五六十年代，也出演了《独眼杰克》等片子。山姆每周都有两晚专为平时还需要工作的演员开设表演课，不过每一个想参加的人都得先通过面试和试演。

当时我并不知道要怎么准备面试和试演，怕得要死。但我还是很有信心山姆一定会收下我。果然，他见了我之后，很欢迎我参加他的表演培训。在我看来，虽然他是个才华横溢的老师，但他愿意收下我，在很大程度上并非因为我演得怎么样，而是由于年仅十五岁的我浑身散发的性感魅力。

我很享受跟着山姆学习表演的每一刻。虽然有时候真挺不容易的，他总是要求我的每一句话，每一个手势，每一次联系以及每一次即兴表演都不能矫揉造作，必须有真情实感的流露。他要求我绝不可以为了表演而表演。

那段时间，我一门心思都是表演。白天的时候，我还是回去上课，不过都是耐着性子挨过一堂又一堂课，脑子里满是晚上该表演的场景。马尔伯勒的很多课都让我甚为反感，特别是化学。电休克疗法的余波仍在，我连最基本的化学反应式都不会了。而且我觉得，做实验是一件非常愚蠢的事。这些实验都被无数人做过无数次了，我们又不是不知道答案。在我看来，真正的实验是站在已知的边缘，继而向未知的领域前进。

能给我感觉的只有表演，所以我也就全身心地投入其中。我觉得，表演或许可以给我一个家——一个让我有归属感的地方。还有一点，是我多年以后才意识到的，那就是表演之所以对我那么重要，是因为它可以让我再次接触到早已支离破碎的记忆片段。每每表演时，我总是可以自然而然地，把斑驳往事的点点滴滴融入到角色中。至少在某种程度上，当时的我隐隐约约地意识到，表演能帮我把已然消逝在记忆深处的零星碎片重新拼凑完整。

约翰·福德的悲剧《惜为风尘女》讲的是兄妹乱伦的故事。我曾在由此改编的戏剧中出演女主人公安娜·贝拉。演出结束后，我的表演大受好评。山姆甚至还夸我说："蕾丝莉，你真把她给演活了！真太棒了！"

对于我的表演热情，斯坦利给予了充分的支持。不过事实上，由于他一心想建立一个和谐的家庭，其实更想让我参加救世军①。那会儿我上学、排练，还得上表演课，根本无暇像斯坦利所期望的那样，充当安的"情感教练"。每天下午我一回到家，匆匆忙忙换件衣服就去排练了。我们仨往往只有在晚饭时才在一起，但每次安都不怎么高兴。也难怪，我们仨在饭桌上总是说着说着，就变成我和斯坦利两个人在聊了。

斯坦利开始学习作曲、和声和对位法。他的老师是一个八十多岁的奥地利人，名叫保罗·赫尔德，在音乐方面颇有造诣。对于斯坦利来说，保罗不仅是他动力的源泉，还让他感受到了父亲般的伟岸。吃晚饭的时候，斯坦利常常会说起保罗都教了他什么东西，以及他的努力方向。而我也会被他的激情所感染，兴奋地追问他每一点细节。接下来，我也会给他讲我近来上课都表演什么了，或是我读到的剧本里有我很想诠释的角色等等。每每这时，和我们坐在一起的安就会表现出一副很失落的样子。她搞不懂为什么自己总是"局外人"，而我们俩也一直没有意识到这

---

①救世军，以军队的形式作为架构和行政方针，并以基督教作为基本信仰的国际性宗教及慈善公益组织。

样会让安有多痛苦。

斯坦利终于又开始写曲子了，曲调悠扬，既给人愉悦的感觉，又带点神秘感。他在音乐室写曲子的时候，我就会坐在里面的地板上静静聆听。他只让我一个人进到音乐室里，有时谱曲之前还会专门拉上我，"小矮子，我要开始写点什么了，你也过来吧！"

音乐室面积不大，除了那架大钢琴，就只能放下一条长凳。屋里面除了这些，也就只有一些嵌墙式书架了。我记得父亲每次在里面工作时，看起来都真的很高兴。也是在那里，他坐在钢琴前面，脸上又浮现出曾经稍纵即逝的安详。在过去，那种安详的神情只有在他试图解决什么事情时，还有我们坐在遥远的海滩上时才出现过。

有一次，他写曲子，我躺在地板上看书。他突然对我说："小矮子，听听这个怎么样？"接着就弹了一段曲子，还问我感觉如何。当时我就想告诉他，这就是他最棒的作品，至少是从多年前的《协奏曲之王》之后最好的曲子了。

有一天他在音乐室忙的时候，我事先没告诉他，悄悄地来到他身边。他没有跟我说话，在那儿一直弹钢琴。弹完之后，他抬起头对我笑了笑。我对他说："真是太棒了！以前怎么没听过啊？"

"我一直都保密的嘛，"他微笑着说，"曲子就叫《给蕾丝莉的信》。"

虽然我们都有过惊慌失措的时候，虽然那些恐惧总有一天会再次浮出水面，但我相信，我们的关系已经深化了，已经焕然一新了。或许，过去的性关系真是已经过去了。我们可以再一次自由地在一起，坦然面对这个纷扰的世界。

在斯坦利看来，音乐室就是他的避难所。只要他待在那里，安就不能打扰他，既不能敲门让他接电话，也不能问"咱们什么时候去杂货店"一类的问题。渐渐地，他在里面学习写曲的时间越来越长了。

他嗜酒如命，不过工作的时候从来不喝酒，一般都是在深夜才喝。

每当这时，他就跟变了个人似的。我和安都特别讨厌他喝酒后的样子，都想离他越远越好。

安常常很痛苦，不仅是由于无法融入我和父亲之间的谈话，还因为每当有什么差错，斯坦利就会责备她而不是我。当时的我还不到驾车年龄，而每次下课后，山姆几乎都会主动提出开车送我回家。有时我们的课将近午夜才结束，他还会带我去吃汉堡，和我坐在一起，一说起表演就是好几个小时。所以我回到家的时候往往都已经凌晨两点了。

这让安大为恼火。她一直对斯坦利说："哪有女孩半夜两点才到家的！你不觉得该对蕾丝莉说点什么吗？"

可他的回答总是如出一辙："为什么？我很相信她啊！"他从来就没说过我的不是。

我还不止一次听到安说："蕾丝莉神经过敏，常常高度紧张。你可不能就这么看着不管啊！"可斯坦利只是耸耸肩，一笑置之。

有天早晨，我正准备去上学，却听见安在厨房里哭泣的声音。我进去一看，她的一边脸又红又肿。

"天啊，这是怎么啦？"我惊愕地问。

"他……他打我。"她不停地抽泣着。

"什么？"

"斯坦利打我，就因为我说你不该那么晚才回家。"

我赶紧从冰箱里拿出一包冻胡萝卜，用毛巾包好贴在安的脸上。可她还是一直在哭。

下午放学回家后，我看见斯坦利在音乐室弹钢琴，就过去问他："安还好吗？"

"很好啊。"

"但她说你打她了。"

"嗯，我不该打她。"

"那你为什么要打她呢？"

"因为她总是抱怨你回家太晚了，还说你和山姆有点'什么'。我当然就火了啊！"

原来安还这么"暗讽"过我啊，我不禁大笑起来，斯坦利也跟着我一起笑，好像在安慰他自己似的。其实，安的直觉并不完全是错的。山姆送我回家的时候，有那么三四次都试图吻我。虽然我很喜欢跟他学习表演，但山姆和斯坦利的年纪差不多。我觉得对于我来说，他太老了，而且长得也不英俊。

正是从那天开始，斯坦利开始频频对安施暴。我不知道他为什么会这样做，但我觉得很多时候并不是因为我。他之所以那么暴力，很可能是为了宣泄内心的失望和挫败感。他眼睁睁地看着梦想一点点落空，而又无奈地不知所措。

而安也开始把她的不幸归咎于我。我记得有一天下午，她对我尖叫道："和你在一起就像被黑寡妇蜘蛛缠身一样！"

当时我正在厨房做金枪鱼三明治，什么也没说。

"或者……或者……是土若兰图毒蜘蛛！"她咬牙切齿地，"他一直都袒护你，从来没有站在我这边过！连我说什么都不听！"

音乐室里的斯坦利听到外面乱糟糟的，就打开门，走到厨房。

"我说的不对吗？"安对斯坦利说，"你什么时候在乎过我！"

他走过去搂着她，安慰道："安，你知道我是爱你的。"安把头依偎在他的胸前。他说："大概我们需要更多的帮助吧。"

这所谓的"更多的帮助"，有两种伪装。首先，一个精力充沛的精神治疗兼婚姻咨询师，取代了安之前的治疗医师。表面看来，这位专家是为他们俩工作的，其实针对的只是安。至少在安的记忆中，每次斯坦利陪她去"治疗"，刚坐一会儿，就会坚称一切问题都在于安而不是他，然后就走开了。

其次，是卖掉在豪里莱奇的房子，在比弗利山庄买一座更大更贵的住宅。我在马尔伯勒中学快上三年级的时候，斯坦利已经买下了位于日落大道和圣塔莫尼卡市之间的阿尔塔路上的一座宅子。里面有七个卫生间，七台电视机。我们刚一到那儿，斯坦利就像个孩子似的，要我们同时按下所有的抽水马桶，就为了"看看到底会有什么事发生"。

然而，虽然这所房子有那么多卧室、储藏间、卫生间，甚至还有专门的保姆房，却没有一间音乐室。父亲的卧室倒是挺大的，里面的家具也很奢华，但我总觉得那里阴森森的，无论是看起来还是闻起来，都有一种陵墓的感觉。没有专门的音乐室，父亲只好把钢琴往卧室里一放，也没空去管它。事实上，就在我们离开豪里莱奇前夕，他和安之间发生了一件大事，使他基本上停止了谱曲。安趁他不在的时候，溜进音乐室，偷偷翻看了他放在钢琴上的一大堆音乐手稿。突然，她发现了《给蕾丝莉的信》的乐谱，愤怒地把它撕成了碎片，又扔进了火炉。怒不可遏的安还嫌不够，就又把剩下的所有乐谱用同样的方法"毁尸灭迹"了！

与此同时，斯坦利和安虽然搬进了新房子，也进行了不少婚姻咨询，他们之间的关系依旧没有任何改观。耗重金买新房更给了斯坦利重新到处奔波的理由，安也忙于自己的事情，而且再度怀孕了。他们都很忙，没有人关心我在哪儿，或是做了什么，哪怕我失踪一周，估计也没人找我。我快要抓狂了，真不想再像坟墓里的鬼魂一样生活！我给妈妈最好的朋友诺娜·库珀打电话，我问她："我可以在高中毕业前一直住在你那儿吗？"

诺娜马上就答应了。我收拾收拾行李，把校服、书等等一打包，就自己开着父亲的林肯敞篷车去长滩市了。诺娜和她的丈夫约翰及二儿子克雷格住在一个两居室公寓。我和克雷格住在同一间卧室。他比我大两三岁，是个挺叛逆的男生。虽然克雷格常常开着收音机直到凌晨一点，尽放些无比难听的音乐，但我还是觉得和诺娜一家生活在一起真幸福。我什么时候离开家，什么时候回家，我去哪儿了，干什么了，诺娜都很关心。

有时我挺大意的，会忘了把脏衣服放进洗衣桶，她都会帮我收拾。她时常会起个大早，就是为了让我上学前能吃上吐司和鸡蛋。而我每晚回家时，都有香喷喷的饭菜等着我。我一直渴望拥有的，就是像她这样的母亲啊！诺娜不仅慈爱，而且正直、聪明。她可不是那种孤陋寡闻的家庭妇女，还常常乐于参加各种社会公益活动。和她在一起的生活，我被引领着，进入了一个广阔的世界，那是一个我的父母都不甚关注的世界。我觉得自己太幸福了！

1958 年 1 月 16 日，安的第二个宝宝——男孩兰斯诞生了。初次抱上儿子的斯坦利自然很高兴。但那个时候，他每个月都得靠借钱再借钱才能维持生计。他花了一大笔钱买下了博尔博亚的荣迪伍德舞厅，作为乐队的常驻演出地点。但这项计划，最终却以惨败收场。演出不到三个月，他不赚钱不说，居然还欠下十五万美元的外债。这项他倾注了那么多希望和金钱的计划，显然已经无以为继了。2 月中旬的一天晚上，他完工后，灌下了很多酒，接着开着心爱的保时捷，准备回他在舞厅附近租的房子。

当时已经酩酊大醉的他开车开得特别快，一不小心就撞上了停在博尔博亚大道上的一辆轿车！他自己的车也翻了个个儿。不过警察并没有逮捕他，他总是说，这是因为他们很感激他一直以来为当地做的贡献。

车祸几个小时后，斯坦利在黎明时分打来电话，告诉我撞车的经过。他说："小矮子，我出车祸了。我可不想你是从新闻上听到这一消息的。"

"啊，那你还好吗？"

"嗯，没什么大碍，我还挺幸运的。我撞着头部了，身上也裂了个大口子，不过没有骨折。"

"那保时捷怎样了？"

"那就得修理修理了。"

我知道那辆车对他来说具有非常重要的意义——就像他心爱的小宝宝

一样。许多个没有月亮的晚上，我们俩就开着那辆保时捷，行驶在僻静的山间。有时还把车头灯一关，摸黑在崎岖的山路上一路前行，看谁先害怕嚷着要把灯打开。

车祸两天后，斯坦利又给我打来电话，"还记得我撞着头吗？我终于醒悟了，你和安说得对，我必须戒酒了！"

在那之后，他经常打电话到诺娜家找我，基本上都是在他晚上收工之后，不过有时也会在我准备开车上学之前。他还是像往常一样，什么都跟我说。比如，从立即戒酒之后的不适症状，像发抖、精神紧张、觉得身上有东西爬等等。有时他也会向我抱怨和安之间越来越深的隔阂。起初，斯坦利能戒酒让安挺高兴的，但从结婚当晚一直延续着的愤怒和憎恨，哪是那么容易就能平息的啊。虽然他们之间不再夹着一个我，但情况也没有好转多少。斯坦利总是既遗憾又生气地说："我真是受够这个泼妇了！什么都不懂，见鬼去吧！"

"荣迪伍德计划"仅仅持续了三个月多一点，就实在撑不下去了。之后，斯坦利又来到洛杉矶，想要安排一下之后的工作计划。一天晚上他告诉我："我已经九个星期没喝酒了。但我必须要说，我不喝酒的时候真是太难和安相处了，我真是没什么想对她说的。"

有时候我一放学，就能看见斯坦利在马尔伯勒的停车场等我。他会问我想不想吃基度山三明治。然后我们就会去好莱坞的布朗德比餐厅或是某个司机餐馆，坐下来边吃边聊。他见我还专门打电话给诺娜，告诉她我晚上不回去吃饭，总是一脸惊愕的样子。我知道他从来不觉得自己需要理会任何人，当然也就不可能理解我真正喜欢的，是晚回家时被诺娜关心的感觉。

6月，我即将高中毕业了。在马尔伯勒的这两年，我一点归属感都没有。现在，这里一个个穿着粉红色高尔夫裙的女孩子，都在为融入上流社会而不懈努力着。上流社会，那可是个高品位的地方。当然，你首先得有钱。

马尔伯勒的毕业仪式隆重而复杂，一直持续了好几天。毕业仪式包括和父母一起游泳，正式的毕业典礼，以及父女茶点舞会。令我非常高兴的是，这三项活动斯坦利都参加了。要知道他以前随便去个学校都会害怕，还总是觉得浑身不自在。

正式的毕业典礼上出现了好多跳蚤。典礼上，每个女孩子都穿着一样的裙子，长及脚踝，还有一层一层的薄纱。我们微笑着站在前院的草坪上合影，那笑容似乎是庆幸自己的"高贵出身"。突然间，我觉得腿上痒痒的。低头一看，我裙子的薄纱层上居然有几百只跳蚤！那一个个小黑点是那么明显。白色纱裙上竟然出现了那么多小昆虫，这充满了象征与警示。它不仅代表着我在马尔伯勒这两年的生活，也象征着斯坦利对和睦家庭的憧憬，却被他内心深处的恶毒敌人所摧毁。但他并不知情，那些敌人正在一点一点地毁灭他的生活。

毕业典礼中令我喜爱的部分是"父女茶点舞会"。尽管父亲不会跳舞，我们仍在舞池里来回旋转，并且玩得很开心。我注意到其他父亲，并且为他们的女儿感到难过。其他父亲不像斯坦利这样精力充沛，也没有他那种笨拙而真诚的样子。那一天是这么久以来父亲头一次三个月没喝酒，这无疑有助于我们快乐。

在完成了所有的毕业程序之后，我和斯坦利开车来到格里菲思公园。在这里俯瞰着洛杉矶，我的心情很舒畅，唱起歌来。斯坦利忽然扭过头对我说："小矮子，我真没想到你唱歌这么好听！"

当时我就觉得，我们之间一些原本根深蒂固的东西，已经在悄然改变。我不再是他的附属物，再也不会只听从他的意志，再也不会是可有可无的了。斯坦利也开始把我当成是独立的个体，而且是拥有属于自己的爱和才华的个体。这才是我的毕业典礼，真正的毕业典礼！

第三十二章　黑鞋婚礼

　　我毕业之后，斯坦利又开始到处演出，他又犯上酒瘾了。我飞到纽约，和妈妈一起登上"伊丽莎白女王"号远洋客轮，我要到欧洲去呢！这是斯坦利送给我的毕业礼物。我们还随船托运了一辆崭新的奥斯汀希雷汽车。妈妈会一路都陪着我的。

　　当时，她和吉米、克里斯蒂已经从维塞利亚搬出来了，来到圣华金谷另一个偏僻的地方：莫德斯托市。他们专门请了一个保姆，在维奥莱特外出的时候照顾克里斯蒂。按计划，我们在伦敦下船，再开车到法国、意大利、瑞士玩上几个星期。回美国后，我会先过去陪斯坦利到处演出，一直到大学开学。

　　这次旅行真是妙不可言！不论我们到哪儿，总能碰到热心的人们，告诉我们哪儿的建筑最美轮美奂，哪个饭馆的菜最可口，以及哪些雕塑、油画最值得一看。这趟欧洲之行，妈妈似乎也发现了一个美妙的新世界，她对美的渴望和激情也终于得到了满足。看到她高兴的样子，我也挺欣慰的。

不过突然和维奥莱特待在一起这么久，我还是觉得有点怪怪的。毕竟在这之前的很多年里，我生活的中心都是斯坦利，没在她身边待过太久。我觉得她远没有我小时候那么意气风发了，变得有些胆怯。我们开车行驶在法国和意大利之间的曲折公路上时，我开得很快，没想到这居然都把她吓住了。这似乎也不难理解，我那个时候才十七岁，总是开快车，但她的害怕并不仅仅是因为这些。自从和斯坦利离婚后，她其实一直都生活在一种极其孤立无援的状态下，和外面的世界之间有一道很深很厚的墙壁。这才是她惊恐的主要原因。我们快要到达意大利里维埃拉的阿拉西奥时，她甚至担心车子会掉下悬崖，情不自禁地哭了起来。我被她这一哭搅得心烦意乱，就对着她吼了几句。

　　晚上到宾馆后，我觉得自己那样对妈妈发火实在是太不该了，就想向她道歉。我画了个身子像青蛙的小野兽，还长着尖牙、细长腿，又在下面写上"请原谅我这头野兽"，然后递给了她。许多年以后，她过世了。我在整理她的遗物的时候，竟意外地发现了这张小纸条。原来她一直都保留着啊，我不禁感动得泪流满面。

　　在我看来，这趟欧洲之行最重要的事发生在佛罗伦萨。我们到达那里的第二天早晨，妈妈说要带我去意大利佛罗伦萨美术馆。但我前一夜都没怎么睡，只想赖在床上，哪儿也不想去。可最后，我还是挣扎着坐了起来，穿上一件套头T恤，一条裤子，啃着抹了黄油的长条面包，就睡眼惺忪地出发了。那天清晨的阳光特别明媚，但我在不停地诅咒太阳，只想让它跑得远远的。我跟跟跄跄地走了一路，觉得头像快要裂开了似的，疼得特别厉害。

　　我们到达美术馆的时候，我依然是半睡半醒的状态。我们进入一间展厅，往里面一直走。走到头的时候，我突然看见了米开朗基罗的《大卫》，倦意和疲惫一下子都消失得无影无踪。这间屋子不算太长，但有这座雕塑在这里，好像能无限延伸一样。而我，就像第一次听到贝多芬的音乐那晚一样，屏气凝神，内心震撼不已。

阳光从圆形大厅的顶部洒在大理石的表面，《大卫》看起来更活灵活现了。他那布满青筋的宽大右手，真是绝美无比。他的脸部也渗透出一股我几乎难以想象的精神之光。一时间，我凝视着他，觉得自己必须摒弃所有的思维和感受，才能真正与他同在。我围着他转了一圈又一圈，欣赏了一遍又一遍，耳畔蓦然又响起了熟悉的声音："只要这种东西还存在，我就不会放弃生活。"

一直到今天，初遇《大卫》时的触动和震撼依旧激荡在我的内心。从那以后，我开始到处搜寻米开朗基罗的雕塑、油画和建筑作品。我那么着迷，不仅是由于他的作品透露出无尽的力量，还因为他居然可以通过有形的躯体，来展现无形的灵魂火花。他的每一件作品都凝聚着无限的精神力量。而我，根本无法抗拒那些杰作给我带来的改变。

回到纽约之后，维奥莱特飞回加州，我则去找正在马萨诸塞州伍斯特市演出的斯坦利，然后再陪他到处演出。能又和斯坦利在一起，我心里挺高兴的，就我们两个！不过，他们每场演出的上座率都很惨淡，他还天天酗酒。

他问我欧洲之行的情况：都去哪儿啦，见到谁啦，最喜欢什么等等。我就一直给他讲有关意大利的情况。我告诉他，我在罗马都没怎么睡觉，半夜里，常常一个人漫步在风情浓郁的罗马街头，为精妙绝伦的喷泉和美轮美奂的建筑着迷不已。我还给他讲神秘莫测的威尼斯，米开朗基罗画在西斯廷大教堂墙壁上的《永不得救赎的灵魂》……我说，米开朗基罗的每一幅壁画都是心灵、躯体和精神的完美融合。

和他在一起的这段日子，我发现他听音乐的时候比以前更专注了，他这个人也更多愁善感了。有时我的话都能让他潸然泪下。很多时候我看着他，就会想起又乏又累、嗷嗷待哺的小动物。除了在台上的尽情表演能让他精力充沛几个小时，唯一可行的"食物"就是苏格兰威士忌了。不过谁都知道这"食物"是没什么"营养"的。其实他自己也很明白，酒精正在一点一点摧残着他的身体，可他又有什么办法呢？

乐队待在伍斯特市那天，一位名叫丹·史密斯的记者采访了斯坦利。之后我和丹又聊了好几个小时。他比我大七岁，对于一个十七岁的女生来说，大七岁就好像是上一辈的人了。不过那天他说了很多关于书的事情，我都很感兴趣，觉得和他一点代沟都没有。接下来的几个月里，丹的信就像雪片似的一封接着一封。我上大学前，他还专程来到加州看我，待了好几天呢。我们的关系越来越铁了。

转眼夏天就过去了，9月来了，我也该上大学了。在马尔伯勒的时候，我申请了两所大学。一个是位于加州的帕罗奥多市的斯坦福大学，这所大学体现的自然是社会中上阶层的意志。一个是位于纽约的莎拉劳伦斯大学，这是一所文科大学，当时还只招女生，主要关注人性、表演艺术和写作艺术。两所大学都录取了我。虽然我知道莎拉劳伦斯大学才是我的心之所向，但身边的大人们都坚称斯坦福才是我"应该待的地方"。

同时，为了逃避久久挥之不去的耻辱感和愧疚感，为了不再那么自卑，我最终选择了斯坦福大学。其实我一直特别后悔没有勇气听从自己的内心，只是盲目地遵从了别人的价值观。如果当年我的选择是莎拉劳伦斯大学，那我就可以师从伟大的生化学家约瑟夫·坎贝尔和舞蹈学家玛莎·格雷厄姆，就可以继续多年前跟博尔姆学的舞蹈课了……唉，都是过去的事了。从这件事中，我唯一真正学到的，就是一定要听从自己心灵的指引。哪怕所有人都觉得你错了，那也没有关系。即使是孤军奋战，也不要盲从他人。这也成了我以后的生活准则。

还好斯坦福的有些课程还是很有意思的。生物、逻辑学、莎翁研究、哲学、演讲以及戏剧等等，都是我所钟爱的学科。但斯坦福真不是一个好待的地方啊。在那里的每一天，我都能感觉到我的外在和内心渐行渐远，这让我很惊讶，也很害怕。与此同时，周围年轻男士殷切的目光也让我很不自在。我也试着约会过几次，但就觉得他们都很肤浅，一点儿内涵都没有。

我夜里不睡觉。而长夜难眠使我在白天上课时沉沉入睡。有时我交作业很迟，以至于影响了我的成绩。大学一年级我没有一门课不及格，这简直就是奇迹。

很多时候我都是独来独往的，总是觉得千万不能告诉别人我都在想些什么，要不"他们"非把我送进什么"机构"不可。当时，我对乱伦之恋以及1954年夏天的一切都没有什么印象。但是总有那么一天，每一段尘封的记忆都会从心底再次凸显出来，那是我无法不面对的啊！孤独，是我在斯坦福最深刻的感受。有时我甚至会想到自杀！

自杀的念头一次次冒出来，但我也不知道自己为什么要这么想。有时我会一连熬上三四个晚上，然后开几个小时的车，来到加州俄罗斯谷的太平洋边。我不顾一切地奔向海洋，一直游，一直游，唯一的念头就是希望海水能把我带走。但体内的生命活力是我所不能控制的，而且从小我就深谙水性，所以每次我都会安全地回到沙滩上。当然，还是一个人。

在斯坦福的日子里发生的一件事情，我至今想起来都心怀感激。正是从那件事以后，我和酒精的关系再也不像从前那么"亲密"了。一天晚上，我出来和一个叫吉姆的小伙子约会。我们吃了饭，喝了不少鸡尾酒，又开着他的车，到和学校有一段距离的乡村俱乐部参加派对。途中，我们被警察拦了下来，还被要求走直线、单脚站立等等一些十分可笑的动作，就是为了看看我们喝醉没。吉姆哪个都做不成，我呢，每一项都完成得很出色，而且一直都很镇定。起初我也挺纳闷的，明明我和吉姆喝的酒一样多啊。但转念一想，我分明是遗传了斯坦利的好酒量——可以喝到酒精在体内根深蒂固，却还是很清醒。这也让我意识到，我和父亲一样，是很容易染上酒瘾的。

那些警察也没为难我们。他们问了问我俩去哪儿，就说要我开车，而且只要我们保证派对结束后打车回学校，就放我和吉姆通行。我们自然答应得好好的，很快就到了俱乐部，又是跳舞，又是和乐队一起唱爵士乐歌曲。对了，我记得那天穿的是黑裙子。

我们的大学宿舍要求午夜之前必须回寝。不过每个学期都有两次机会，可以在签名之后到凌晨两点半这段时间内回来。那天晚上离开前我想着会玩到比较晚，就签了一次。不过万一我们真到那时候还没赶回来的话，就会被学校开除的。那一晚后来又发生了什么，我都记不得了。第二天早上我醒过来，一下子就慌了。我原以为我是在外面待了一夜，心想着这下完了，违反宵禁肯定要被学校给开除了！可我再一看，我分明是躺在宿舍里自己的床上！真不知道这是怎么一回事，昨晚十点之后？一点印象都没有了。这让我猛然间不寒而栗。从那以后，除了极少数的几次，我都只喝一两杯酒。现在想想，我的确该感激那次记忆缺失，要不然我也不会意识到，酒瘾可能会给我带来巨大的伤害。说真的，要不是那次，我可能就会步斯坦利的后尘，任由酒精摧毁我的人生。

大学的第一年，我又一次动了感情，也又一次和男人做爱。他叫彼得·达务，比我大三岁。主修他钟爱的哲学，还上着医学预科，毕业之后就会去医学院。彼得人很聪明，家境也不错，他父亲是圣华金谷一个富有的土地所有者。后来他带我见了父母，我立马就喜欢上了他母亲，他的父亲布德则很欣赏我，刚一见我就直接表明希望我和彼得能结婚。几个月后，布德不幸离世了。这对彼得影响很大，彼得似乎比以前更迷恋我了。1959 年 4 月，我大一快结束的时候，我们成为了情侣。而且，我怀孕了。

我很清楚自己是哪一天做爱时怀孕的。这是我的直觉，非常准确，但无法解释。我这一生怀过四次孕，每次很都确定是哪一次做爱怀上的。所以直到学期结束，我回到父亲在比弗利山庄阿尔塔大街的房子过暑假时，才把这一消息告诉了其他人。

暑假里，我想找份工作干干，最终选择的是国会唱片公司。那里的工作还是很有意思的，我每天都像在和时间赛跑，就觉得完成得越早越快，就越有意义。于是，每天还不到上午十一点，我就把一天的活给干完了。我问别人还需要干点什么，他们都说没有，我就读起书来。可他们不允许我这样，说哪怕已经没什么工作可做了，在工作时间也不能干别的。但我可装不来，所以三天之后我就辞职了。这不仅是我的第一份工作，也是唯一一份在公司里的工作，从此以后我都是自己当老板。

安回到比弗利山庄以后，很多时候都不在家。兰斯和达娜基本上都是由入住的保姆玛格丽特照顾。她常常带着弟弟妹妹出来吃饭，买单时就用斯坦利的美国运通卡。所以我一个人又开始了之前的老一套——早餐一个金枪鱼三明治凑合一下，中午和晚上都是牛排。但没想到麻烦事来了，我一吃金枪鱼三明治就想吐。这更加证实我之前的猜测，我的确是怀孕了，所以才会呕吐。从那以后，我只要什么时候吃金枪鱼三明治会吐，就绝对是怀孕了。

我给当年为妈妈接生的医生麦卡锡博士打电话，告诉他我怀孕了。我想他为我检查一下，看看胎儿的情况。那会儿大概是 5 月末 6 月初的样子，已经可以用 B 超检测胎儿了。麦卡锡博士对我说："你的身材太适合生孩子了！臀部啊，盆骨啊……反正哪儿都适合生宝宝。"接着又问我："你现在的姓是什么？"

我回答说："肯顿，我还没有结婚。"

下一步就是打电话告诉斯坦利，然后再通知彼得。我在电话里对斯坦利说，"我怀孕了。"那天，乐队又在康涅狄格州布里斯托的科姆庞斯湖游乐场表演。啊，又是那里，还真是巧啊！

他问我孩子的父亲是谁，还问我怀孕的感受。接着又对我说，"那你打算怎么办呢？"在当时的美国，堕胎是违法的。

"我当然要生下这个宝宝啊！"

"但你必须先结婚啊。要么就把孩子生下来送给别人抚养。"

"那我就结婚，"我说，"没什么能夺走我的孩子。"

"之后呢？"

"然后我就回斯坦福完成学业。"

"这能行吗？你忙得过来吗？"

"怎么不行啊！好多女孩子不都是生了孩子之后又上大学的啊。"

"那好吧，就按你说的来吧。"

"嗯，我会把婚礼安排好的，"我向他保证，"8月底吧，就定在咱家的花园里。邀请信、牧师、音乐、香槟、花……都由我来负责好啦。你只需要到时候取消几场演出，飞回家参加婚礼就行啦。"

"好的。"

我们的谈话到此为止了。这么多年来，我一直都很在乎斯坦利的想法和意见，也就根本没有考虑他的两项建议之外的方法。虽然我也很喜欢彼得和他热情的家人，但我并没有结婚的欲望。当然就算当时堕胎是合法的，我也不可能考虑这个选项。那么了解我的斯坦利，自然也不会提议人工流产。真可惜，我当时怎么就没有想到第三种解决方案呢！如果当时有人告诉我，我完全可以自己生完孩子再去上学，我一定会毫不犹豫地这么做的。但那会儿，我才十七岁啊，很多时候还是听父亲的。想想真是挺遗憾的，要不然在以后的日子里，无论是彼得、他的家人，还是我自己都能省去不少波折和麻烦。

彼得对于结婚倒是蛮兴奋的，特别是想起他爸爸曾经那么支持我们俩的结合，他就更高兴了。于是我就着手安排婚礼的事宜了。我要打造一个纯白唯美的婚礼。松田、彼得的妹妹茜茜都会穿着白色的裙子做我的伴娘，花童则是我的妹妹克里斯蒂。花园里点缀着白色的百合花、白色的小苍兰以及白玫瑰，到处都缠绕着白色的缎面带子。

我写好婚礼请柬后寄了出去。没想到我犯了一个小错误，一不小心漏写了父亲家族名字中的一个字母。斯特拉收到后勃然大怒，非让我把所有的请帖都收回重发。她的事可真多，我才不理她呢！

之前连我自己都没预料到，我居然可以一边满心欢喜地期待婚礼的到来，一边井井有条地安排婚礼的每一个细节。要知道那会儿可是上个世纪50年代末啊，未婚先孕可不是件小事。我把为婚礼所做的每一项工作（当然也包括我那会儿的孕妇晨吐），都当作是宝宝出生前的必要准备。那个时候，我最渴望拥有的，就是属于自己的宝宝。

8月25日，婚礼终于举行了，一切都是那么美好。斯坦利取消了三场演出，从东部飞回来主持婚礼。那天天气很好，婚礼上的音乐也令人陶醉，每位客人都很高兴。当然啦，斯特拉是个例外，她还在"生请柬的气"呢。为了防止有来宾喝得酩酊大醉，婚礼上我们只提供了香槟。婚礼之后，不少客人都写信说这是他们参加过的最棒的婚礼。

那天维奥莱特穿了件很漂亮的浅灰色纱裙，还戴了顶很搭的帽子，看起来光彩照人。我想她一定很高兴能再次回到流光溢彩的世界中吧。的确，她一直都是那么美，她也应该永远都拥有美丽！

"大妈"也状态极佳，忙得不亦乐乎。她刚一到，大伙立刻就发现她是"大管家"，我也很乐意在忙活了两个月之后，把一切都交给她处理。眼光锐利的斯特拉凭着她那近乎卑鄙的敏感神经，很快也发现了这一点。有那么两三次，我都看见她用那种犀利中夹杂着不满的眼神，盯着把每项工作都安排得井然有序的"大妈"。

没想到一切都是有遗憾的，那场臻于完美的婚礼也不例外。直到我在更衣室准备就绪，俯瞰着即将举行婚礼的花园时，我才发现，我之前准备再准备，细心再细心，可就是忘了买一双和白婚纱相配的白色缎面鞋，我脚上穿的是黑色鞋子。我记得清清楚楚的，当时我就坐在梳妆台前面，看着强光照射下的自己，问镜子里的"她"这是为什么。答案马上就出现在我脑海中："你是在宣布放弃自己的生活。你不想跟任何人结婚。黑鞋代表着你为保住这个孩子所必须做出的牺牲。你确定要这么做吗？"我迟疑了几秒钟，终于下定决心，如果真的要付出什么代价才能拥有肚子里的孩子，那不管是什么代价，我会义无反顾，勇往直前。

第三十三章　两次顿悟

斯坦利对我这次婚姻的看法，我始终都不得而知。不过我猜想他应该很庆幸终于摆脱了我吧。他不仅要处理和安之间并不融洽的关系，还要管理乐队，再加上其他一些乱七八糟的事情，压力的确也挺大的。现在彼得出现了，他至少可以不用再那么担心我了。但是，对于我和我的生活，他会有一些奇怪的举动，令我百思不得其解，而且他的行为可以说是越来越怪异了。

结婚那天，斯坦利把彼得拉到一边，传授他作为一个男人，"应该怎样对待蕾丝莉"。斯坦利对彼得说，"你的手腕必须强硬些，绝不能示弱。让她老实点，告诉她谁才是老大。"

"他给我说这些的时候，感觉特奇怪，"事后彼得对我说，"而且他还一直说个不停，我都不知道该怎么办了。他看起来还挺厉害的。"听彼得这么一说，我的心凉了一大截。

婚礼之后，我和彼得以及彼得的母亲艾娃住在他们家的"梦幻之屋"里。这座房子是布德过世前和艾娃一起建造的，特别漂亮。艾娃人很好，打心眼里很认可我这个媳妇，对我很不错。她让我有了一种家的感觉，我也很喜欢她。

这样一直到秋天，我和彼得该回斯坦福上学了。彼得即将完成大四的课程，然后去医学院，我也该上大二了。

回想起怀孕的那段日子，虽然有时候晨吐得厉害，我还是很享受准妈妈的感觉。我的生活目标变得非常明确——我要竭尽所能，让这个宝宝在我体内健康成长，然后强壮又快乐地来到这个世界。孕育新生命让我有种前所未有的真实感，我觉得自己是属于这个星球的。我要完成最重要的使命：把宝宝生下来！

与此同时，我也尽力想打造完美的婚姻。其实我对彼得不是没有感情，我很尊重他，也很爱他，但那更像是对兄长的爱，而非对丈夫的爱。不过那真是我唯一可以付出的爱了。人总会选择去爱什么人，然后全心全意地去爱他／她。既然为了宝宝，我已经选择了和彼得结婚，那我也会努力当个好妻子的。

但这又谈何容易呢。彼得有个爱管闲事的姑妈，总爱"教导"我应该怎样对新婚丈夫，怎么做才能"得到社会的认可"等等。和彼得生活在一起，的确还蛮有挑战性的。我们对很多学术领域都很有兴趣。比如他主修哲学，我也很迷康德、柏拉图等哲学家。不过他似乎还爱研究希特勒和纳粹，这可都是我非常讨厌的。

彼得还很喜欢狩猎鸽子。他常常背着枪出去，回家时候，夹克衫的兜里都是沾满鲜血的小鸽子。每次他捕鸽子回来我都挺烦的，我讨厌他那带血的夹克衫，讨厌他就这样残忍地就把小鸽子给杀了！但我又能怎么样呢？时不时的，我们还会为此争执起来。当然，婚后我们意见不合的时候多了去了。于是，我的心里又升腾起很深很痛的孤独感。

由此产生了两方面的结果。由于我没有什么人可以倾诉，就开始拿起笔，对纸诉说。我买来一个笔记本，把所思所感的点点滴滴都记录了下来。其实每次在写的时候，我只是让内心的话语喷薄而出，希望能借此减轻痛楚的感觉，至少能让我继续表现得很"正常"。从此之后的三十年里，我一直都保留着记录心情的习惯，于是也就有了摆满十英尺长书架的一本又一本笔记本，也就有了数十万字的心路历程。其实有很多文字，我写下之后都没有再回头看过。不过当年一一记录下那些感受，对我来说非常重要。下面是我刚开始倾诉心情时写下的一些片段：

8 月 31 日 凌晨四点

我突然惊醒过来，心里又急又怕。我简直想弄死我自己。我知道恶魔就在我的体内，可我该怎么办呢？只有我一个人孤零零的，又惊恐万分。如果真有好心的神，那就请救救我吧！

9 月 12 日

我讨厌我自己！我是一个没有修养、行为放纵的笨蛋！就会一点点地湮没自己，毁灭自己！我到底在干什么？是自虐吗？可我为什么要这么做？为什么我会卷入这场徒劳无功的内心挣扎，最终把自己弄得遍体鳞伤？我也知道这样憎恨自己一点好处都没有，可就是停不下来啊！

9 月 20 日

我好像被一种恐惧的疲劳感攫取了——或者我需要向它投降吧。它已经把我拖到一个又黑又骇人的地方了。我好想一直睡下去，永远都不要醒过来。我的内心似乎有一个贪婪、憎恨和自私堆积而成的恶魔，它就要把我给毁了！不行，我拼了命也要赶走它！

10 月 4 日 凌晨三点

我好害怕，觉得全身都好像被冻结了一样。我知道，这是因为我无法成为彼得的好妻子。他想和我做爱，但我一点欲望都没有。我们做爱的时候，我简直觉得自己是被强奸了！我也知道自己不该有这种想法，可我也控制不住啊！

我和彼得回到斯坦福继续上学了。还好又该为学业所忙，我的脑子不会总是那些乱糟糟的东西了。我们搬进一个很小的两居室，离学校只有五分钟车程。我每天都会忙着做家务，但是我当时会做的菜还是只有两种：牛排和金枪鱼三明治。

我就打电话给诺娜，问她金枪鱼炖菜是怎么做的。这道菜混合了金枪鱼、罐装蘑菇汤和碎薯条，虽然算不上色香味俱全，甚至都没有一点诱人的地方，不过这个好做，彼得应该也会喜欢的。于是我第一次开始为我们俩做饭。谁知诺娜只传授了我配方，却忘了告诉我要放多少盐，我就放了满满的一勺。接着就把这一堆混合物放进微波炉。完成之后我很自豪把炖菜送到彼得面前。他尝了一口，对我说："蕾丝莉，味道挺不错的。"

我也用叉子挑出一点，刚尝了一口就受不了了，简直咸得要死！我把剩下的统统倒进了垃圾桶。"你什么意思，"我问彼得，"那么难吃！"

"真不难吃。"他说，大概是想让我心里好受些吧。"不过你也知道，有那么一点咸。"

可我还是不服输，准备第二天晚上做烤肉。我们结婚的时候，亲朋好友送了很多礼物，其中有不少还挺实用的。但是里面并没有我当时要用的烤肉盘，那就用烤板代替吧。烤着烤着，肉里面的油都流了出来，溅得烤板上、微波炉上哪儿都是。接着油着起火来了，整个屋子都烟雾缭绕，居然也没人报警。最后还是彼得把火给扑灭了。不过那次烤肉的

287

味道可真是不错！

另一项居家挑战就是这个房子本身了。真搞不懂怎么会这么脏啊，记得刚搬进来的时候挺干净的，而且我们住过的房子不都是很自然就又干净又整洁的吗，谁知道这次是怎么回事啊。反正我是没辙了，只好向"大妈"求救。她说我需要"打扫"房间，还告诉我具体该用哪种刷子，哪种抹布等等。

我重回课堂之后，成绩居然突飞猛进。我很确定，这是因为怀孕让我更有安全感、稳定感了。其实刚回到斯坦福的时候，我心里多少还是有些惊惶的。虽然当时我已经结过婚了，可毕竟最早的时候是未婚先孕。就像我所钟爱的《红字》里的海丝特一样，我也做好了因"犯罪"而被排斥的准备。我决定了，哪怕别人对我有一丁点的鄙夷和不屑，我都会"勇敢"地接受。毕竟那会儿还不到 60 年代啊，对于我这样的"前科"，多数人还是看不惯的。但是我没想到，真实的情况却完全出乎我的意料，刚开始连我自己都有点不敢相信了。

大一那年，宿舍里的女孩我一个都没深交过，但现在，她们居然决定为我这个准妈妈举行一场隆重的送礼聚会。那天来了好几十个女孩呢。有许多我都还叫不上名字，但她们每个人都热情、殷切地询问我的怀孕情况，以及宝宝什么时候出生等等。我一下子感动得热泪盈眶，真没想到她们对我这么好啊！那么多我根本不认识的人，却像朋友一样对待我。我甚至觉得，这也预示着我接下来的生产将充满了乐趣！

圣诞节假期，我和彼得回到弗雷斯诺市去看艾娃。节日过后，彼得返回斯坦福，我则前往比弗利山庄待产。我计划第二个学期休学，生了孩子，过完复活节，再在第三个学期回到斯坦福。我和彼得商量着都修大三的哲学课。一来，他需要修这门课才能获得学位；二来，我们俩到时候可以一个人去上课记笔记，一个人待在家里照顾孩子。

我来到斯坦利位于阿尔塔大街的房子时，他也刚刚结束几个月的奔波，才回到家里。他说他想在孩子出生时陪在那里。当时安并不在家。1959年，她在国会唱片公司录制了第二张个人专辑《安·理查德的多面情绪》，那会儿正努力地到处做宣传。三岁的达娜和快两岁的兰斯还是由玛格丽特来照顾。我依旧住在自己的房间。一走进更衣室，我还是能看见自己的衣服整整齐齐地挂在杉木衣橱里，其中就有结婚时穿的缎面裙子，多漂亮啊！回到这里感觉特棒，而且几个星期之内，我都不用担心打扫卫生的事了。

自从婚礼过后，我和斯坦利还没怎么交流过。这次我回到他身边，他每天除了例行公事要去办公室看看，都会花上好几个小时去了解他的孩子。只要他不工作，我们几乎都在一起，这样一直过了好几个星期。晚上的时候，我们会出门去娱乐室听音乐，或是坐在酒吧里，一直聊啊聊，直到我困得非回去睡觉不可。和他在一起，我觉得很轻松，很自如。我们两好像从来没有分开过一样。

1960年1月16日，我的儿子布兰登在天使女王医院出生了，恰巧和比他大两岁的兰斯是同一天生的。在这之前，斯坦利已经定好从17日开始，在好莱坞的克里森都舞厅工作。我分娩的时候，他就在产房外面踱来踱去，既焦急又期待。当产房门终于打开的时候，他迫不及待地走了进来，怀里还抱着一大束白玫瑰和白色雏菊。这都是我喜欢的花。

我不想像安那样把孩子丢给保姆。我可是下定了决心，无论怎么样，我都要亲手把宝宝抚养大。不过那时候的我还真不知道具体该怎么做，也没有人告诉过我啊。当护士把用柔软的白毛毯裹得严严实实的宝宝递给我时，我就把他抱在怀里，一直用充满惊奇的目光注视着他。二十分钟后，护士又过来把他抱走了。接下来每隔三个小时，布兰登都会在我身边待二十分钟。护士总是轻轻地把他放在我的床上，小宝宝就一直躺在那里，直到护士再次到来。

护士第三次或是第四次把他送过后，他哭了起来。我抱着他，轻轻地摇晃他，还很温柔地对他说话，可他还是哭个不停。我按铃让护士过来。

　　"我的宝宝一直在哭，怎么办啊？"

　　"你让他打嗝了吗？"

　　"让他打嗝？"

　　"是啊，让他打嗝。"

　　"什么意思呀？"

　　"我是说，你给他喂过奶了吗？"护士的话语中充满了怀疑。

　　"给他喂奶？没人告诉我要给他喂奶啊！我还以为两三天后才有奶水呀。"

　　"我的神啊！"护士像母鸡咯咯叫一样笑了起来。接着解开我的衣服，把宝宝放在我的乳房前。我记得宝宝张开小嘴，好像知道要吃奶一样。不过他那么用力咬我的乳头时，我差点疼晕过去。

　　但我还是情不自禁地笑了起来，真是想不到啊，如此幼小的生命居然有这么大的力量和决心。当然他这么做也不是没有目的的。他那原始而又真实的坚持，是为了从我身上汲取生命的活力。没有什么能否定他的存在。

　　看着他吃奶的样子，我的眼泪毫无顾忌地奔腾起来。就在那里，穿着病号服的我发现了最重要的，也是改变了我之后人生的真谛：爱是真真切切地存在的。

　　而且爱又是如此简单，如此朴实，不需要煽情的告白，也不会掺杂自私自利的要求。爱就是两个生灵的交汇，那么真实而又坚不可摧。那天，两个生灵——我和他交汇在了一起，我们用最质朴的真诚触摸着对方。看似既不浪漫，也不神圣，但爱就是这样，没有任何强加的责任，也没有花里胡哨的游戏。我并不需要什么育儿手册，我和我的宝宝已经自然而然地成为了行动上和精神上的朋友。

过了一会儿，那个咯咯笑的护士把布兰登抱走了。我就躺在床上想：我能不能在新发现的基础上，营造出一种全新的生活呢？如果爱真的存在，那我能不能创造一个家，一个地方，一种生活方式，让我、宝宝，以及其他人能充分地活出真我的人生呢？从那天起，这就成为了我的生活目标。这是我的第一个顿悟。

几天后，彼得来看儿子，之后又带我们回到帕罗奥多市。接下来，我们仨就开始一种并不熟稔的生活：三口人的家庭生活。彼得很喜欢布兰登，好像很自然地就融入了父亲的角色。有时候，彼得得去上学，我就在家悉心照顾宝宝。我记得每天早晨布兰登在婴儿床里醒过来的时候，都会高兴地咯咯笑上半个小时，然后我就开始喂奶。就这样，我们仨平静安详地过了一个半月，好像个个心情都挺好的。不过我也该回学校了，而这个时候，我犯了一个极其严重的错误。

一个儿科大夫告诉我，我是没办法在上学的同时，还兼顾给宝宝喂奶的。他坚持让布兰登开始喝奶粉，还向我推荐了断奶计划——先让宝宝一天喝一次奶粉，接着一天两次，循序渐进，直到完全断奶。我也就照办了，但布兰登就是不喝奶粉冲泡的奶。就算我离开屋子，只留彼得一个人拿着奶瓶喂他，他还是"抵抗不合作"。就这样挣扎了好几天，我和彼得都不知道该怎么办才好。我很泄气，只好打电话向大夫"求救"。他说，"整天都别给他喂吃的，他饿得不行了自然会喝奶粉的。不用担心，这法子绝对可行。"我们就按照他的方法，结果布兰登整整两天都没有进食，我吓得真担心他会死掉。还好，他最终总算是拿起了奶瓶，以后再也没吃过母乳。

医生让宝宝断奶自然是出于好意。但我遵从了他的意见，而不是等布兰登自然断奶，却是犯下了大错，让我的第一个孩子受了不少苦。我和布兰登之间一度坚如磐石的信任，一定已经渐渐在瓦解了。直到多年以后，当我回忆起曾经的点点滴滴，才突然明白，母亲和孩子之间的信任一旦遭到破坏，后果将非常严重。

除了让布兰登断奶时的挣扎，我的生活还是很快乐的。我期待着再度回到学校，去上那些我很感兴趣的课程。那个时候，如果有人把接下来的事情提前告诉我，我一定不会相信。但就那样，那些事情真的就发生了。

我依然记得很清楚，那是我回到学校的第一天。早上八点，我走进一个有点阴凉的礼堂上植物学。授课的是佩奇博士，瘦瘦小小的，头发也全白了，不过讲起课来还是很有激情的，给我们讲"这里有世界上最有意思的根毛"时更是活力四射。我都被他带动起来了，被他的活力深深感染。我想记点笔记，却发现自己没带笔。我看到坐在我左前方的年轻男子，想着他应该有多余的笔吧，我就拍拍他的肩膀问他借笔。只见他从衬衣口袋里拿出一支笔，那真是我见过的最短的铅笔了。不过这并不重要，因为当我俩眼神交汇时，我发现自己生平第一次彻头彻尾地心动了。

他叫迪克·吉文斯，比我大三岁，高我一届。认识了他我才懂得，我不仅可以爱上一个孩子，也可以爱上一个男人。

在此之前，我并没有真正地爱过一个人。当然我经常在书中读到各式各样的爱情，但我总觉得简·奥斯汀啊，戴维·赫伯德·劳伦斯啊，陀思妥耶夫斯基啊等等笔下的爱情，都不过是小说里的情节，和现实根本沾不上边。不久前，我才下决心和彼得建立起共同的生活，布兰登的出生的确让我们俩更亲密了。我和彼得有了同样的目标：当好布兰登的家长。我越来越认可自己的婚姻，对未来也是充满了期待。我相信总有一天，我可以像彼得所期待的那样去爱他。但遇上迪克之后，我的生活全改变了。

对于这个男人的感觉居然让我都有点不知所措了。起初，我们俩都竭力表现得很平淡，只是一起散步、学习、交谈。我给他讲彼得和布兰登，以及我做母亲以来的良多收益。他告诉我，他是从东部转学到斯坦福的，还说过他的爱好，他的前女友和他之前的生活。我还领他见过彼得和宝宝呢。有好几次，我和彼得出来看电影或是吃饭，还是他在我们家照顾布兰登。

我和迪克的情谊与日俱增。终于，我俩无法再否认一个事实：我们深深相爱了。过去，我从来不知道自己会产生这么强烈的感情，能够在做爱的时候那么全身心地投入，也不知道我可以为了另外一个人完全放逐我自己。然而，我们的故事仅仅维持了三个月。转眼到年底了，彼得也该毕业了。他想去东部上医学院，就申请了位于曼哈顿的纽约医学院。

一个艰难的抉择摆在我的面前。我是该不管彼得，和布兰登、迪克待在斯坦福，还是应该撇下迪克和斯坦福，跟随彼得去纽约？从十岁那年起，我就一直背负着无形的罪恶感，如今背叛了婚姻，更是把这种感觉放大了一百倍。恐惧和耻辱充斥着我的内心。我到底算个什么样的女人？我怎么可以撒谎呢？彼得一直都那么依恋我，现在新去医学院压力又那么大，我怎么可以让他失望？要是我和布兰登能过去陪他，他一定会非常感动的。

我困惑极了，根本拿不定注意，就打电话给斯坦利，"我恋爱了。"

"恋爱了？怎么可能？爱上谁了？"

我就把整个经过一五一十地告诉了他。我给他讲自己面临的两难抉择，我有多么害怕，多么内疚，也告诉了他我的确十分爱迪克。本想着他会为我真正爱上一个男人而高兴，可谁知他居然勃然大怒，就好像我背叛的不是彼得而是他。他骂我没心没肺，根本不顾他之前为我做了那么多，甚至斥责我是个淫荡的女人，根本不配做他的女儿！

他的话深深刺痛了我。其实几周以来，我已经这样责备过自己了啊！我实在没想到他会这么说。从他的话中，我感受到了他对我的强烈占有欲。他发狂似的说了那么一大堆，就好像我往他心里插了一把刀子。挂过电话后，我的思维更混乱了。仿佛顷刻之间，我过去的所有努力都成为了泡影。我能体会出来，他想告诉我我有多卑微，我的所思所感都是毫无意义的，我对迪克的爱也不过是校园女生的懵懂好感。他甚至告诫我，我必须把迪克忘到九霄云外。

直到二十多年以后我才明白，当年斯坦利之所以对我和彼得的结合反应那么平淡，是因为他觉得，彼得根本威胁不到我和他之间的关系。只要我和彼得在一起，他就不会失去我。但突然间，我告诉他我爱上了别的男人。在他看来，这简直是最不可饶恕的背叛了。他觉得我是属于他一个人的，过去是，现在是，将来也是。我怎么可以爱上别人呢？

这个时候的我，已经被愧疚感和耻辱感逼得无可奈何了。于是，就像之前我理性地选择了斯坦福大学，而没有感性地前往莎拉劳伦斯大学一样，我决定再次做出"明智的选择"。我会当个"好女人"，做"该做的事"，不能只是随心所欲地生活。我不要抹去自布兰登出生以来建立起的微弱自信。终于，我决意离开迪克，到纽约去。是时候放下我的真爱，去履行我的责任了。

彼得比我提前一天乘机前往纽约。以前我和迪克还没有共度过一个晚上，这下子终于有一整天的时间可以在一起了。我们来到金门公园散步。其实，这里我已经来过好多次了，不过以前都是一个人，这次可是和我最爱的人一起啊。我们参观日式花园，躺在草坪上沐浴阳光，还去博物馆欣赏油画。但不管在哪个地方，我都没有太关注周围的事物，只是隐隐约约地很享受这种感觉，绿树、青草、繁花……这真是特别的一天。

我和迪克就这样漫无目地一直走着，彼此都很清楚，几个小时之后，可能此生永别了。那种感觉，就好像死亡已是迫在眉睫。我是如此深爱这个男人，只要他一抚摸我的脸颊，我全身都有一种在燃烧的感觉。而每当我们做爱的时候，会有一阵又一阵的狂喜溢满我的身心。就那么毫无预兆地，我的世界发生了翻天覆地的变化。也不知道是由于什么原因，总之我的知觉，也就是我对这个红尘世界的认识，一下子熠熠发光起来，变得奇妙而难以言喻。在这之前，我还从来没有过这样的体会。

我和他就这样并肩走在一起，那个所谓的现实世界猛然间打开了一个口子，一番新天地展现出来。我们走出树林，穿过马路，踏上街头的边石。一些老年人正在全神贯注地玩草地保龄球运动，根本没注意到我们俩。蓦然间，那青青树木，悠悠芳草，以及老人身后灌木成丛的小山坡，交织成了一个摄人心魄而又令人惊恐的空间。这个空间向四面八方延伸开来，好像有一百万个小洞，要穿破现实的构造一样。每一个小洞还发出璀璨的光芒。空气、草地、老人的躯体、身边的树木、天上的云彩，也都熠熠生辉。那些光线像巨浪一样向我袭来，清空我的体内，同时也把我的生命形式幻化一新。我无法参透眼前的这一切，只是觉得在这种扣人心弦的美面前，我已无能为力，深陷其中。

发现对儿子的爱，是我的第一个顿悟。那天，对迪克的深情厚爱让我第二次顿悟。只不过，这次顿悟的过程要比我们俩本身都重要得多。我好像受到了邀请一样，得以体验一种别样的生活：更深邃、更丰富、更广阔，也与生灵万物维系得更为紧密。我一点都不害怕，只是觉得一切都是我无法抗拒的。我就那样，第一次欣喜若狂地感受到了这种生活。它简直带给了我天方夜谭般的希望。也是从那天起，我开始相信，宇宙远比我之前想象的要广阔得多。

而这一切，都是在和迪克在一起时才体会到的。我问自己为什么要决意离开他，难道我疯了吗？

当时的我，还不知道自己依然会不自觉地遵从一种行为模式。正是那种模式，一些其实在我看来最弥足珍贵的人或事，却被我生生抛弃了。正是那种模式，我才觉得自己根本不配拥有那些美好。也正是那种模式，让我去依赖那些对我本来毫无触动的东西。直到多年以后，这种情况才有了显著改观。但那天，对我来说，是新生活的开始。

第二天早晨，我登上了前往纽约的飞机。

第三十四章　纽约，纽约

1960 年的秋天，布兰登八个月的时候，彼得开始接受医疗培训了。我们一家三口挤在一个狭小的一居室。房子位于东 88 大街和东头大道的交叉口。我们家对面就是格雷西大厦——纽约市长的官邸。当时的市长是罗伯特·斐迪南·瓦格纳。他曾为工人们争取到了劳资谈判的权利，还明令禁止一切基于种族、信仰和肤色的歧视。我常常在家里的窗户前面，入迷地看着一群群男人，戴着黑色的帽子，穿着价格不菲的外衣，开着加长版豪华轿车，没日没夜地在那里进进出出。怎么看怎么都觉得是"黑色"电影里的"高级黑帮"。

对于母亲这个角色，我很自如地就拿捏好了，但婚姻对我而言，绝非易事。我的确离开了心爱的男人，来履行我为人之妻的责任。然而日复一日，我却发现，我与这段婚姻渐行渐远了。这当然不能归咎于彼得，他是个好爸爸，也深爱着我。我不是不爱他，只是那种爱，更像是对朋友的爱。无论我下了多少工夫，费了多少心思，我就是无法成为一个好妻子。

刚到纽约的几个月里，我就只是干干家务，做做饭，带带孩子。大家都知道儿童常吃的那种饼干吧——由面粉和白糖制成，上面还有味道很不怎么样的菠菜酱和煮得过头的肉，我想起来就觉得胃口全无。所以我决定，我儿子才不要吃这些东西呢。想想当年我就是吃这种垃圾食品长大的，怪不得小时候三天两头地生病。

我给布兰登买了一只迷你版的达克斯猎狗，还给它取名格雷琴。后来，布兰登长牙了，我也寻思着该找点他能咬的东西了，得是不带糖的才行。硬饼干应该还不错吧。在仔细阅读了多种饼干的说明书后，我选择了当年和泰菲分享的那个牌子。从那以后，布兰登常常就和格雷琴坐在地板上，布兰登自己吃一个饼干，再喂狗狗一个。很有意思的是，他俩也都是不喜欢黑色的饼干，就跟十年前的我和泰菲一样。

我经常带着布兰登、格雷琴一起散步，有时一走就是六七十个街区。我买了一辆小游艇，这样我们仨就可以在中央公园的水池里划船了。我们还一起探寻了整个哈莱姆区①，才不管什么所谓的"安全警告"呢，而且我们在这儿也没碰到任何麻烦啊。每个人都笑脸相迎，还会用羡慕的神情看着布兰登和格雷琴。格雷琴的确蛮特别的，像它这样身量小巧的达克斯猎犬可不多见，它的毛色呈深墨蓝色，也挺少见的。

我们所到的每一处地方，都能遇到很友善的人，我开始喜欢上纽约人了。生活在西海岸的人们，哪怕在很痛苦的时候还是会强颜欢笑。但纽约人不一样，他们表里如一，从来不会口是心非。有的时候，我坐上一辆出租车，要是司机对我疾言厉色，我就知道那是因为他早上和妻子生气了，而不是针对我。这个时候，常常我还没问，他就会告诉我到底是怎么个情况。在纽约，我第一次知道，原来有那么多人会在别人有难时伸出援手。

---

① 纽约著名的黑人居住区，曾经因充斥贫困和犯罪而令游客止步。

我们住在第五大道和东部大道之间的上东区，恰巧处在一个德国人社区的中心。这里有一半的店主都只说德语。由于我和布兰登都是金发碧眼的，又总带着一只德国种小狗（达克斯猎狗是德国种小腊肠狗），我们走在路上的时候，时不时就会有人十分热情地向我们打招呼，还问我们，"Ist das einen Dachshund？ Er est so schön."（这是一只达克斯猎狗吗？真可爱。）我一个德语单词都不会，不过听得多了，也知道怎么回答了，"Danke，das ist sehr nett."（很感谢你的夸奖。）

有一天，我正准备找人把彼得的夹克衫修一下，就和布兰登、格雷琴从家里出发，走过三个街区，来到位于第一大道的一家小裁缝店。店里面有一个小柜台，一个炉身又圆又大的炭烧炉。店主人阿兹沃纳里安先生是亚美尼亚人，已经是八十岁高龄了。

他看了看布兰登，叫他"小乖，小乖"，又俯下身握住布兰登的手。我还没告诉他来这儿修衣服的事，他就转过来对我说："你喜欢吃亚美尼亚式菜炖肉吗？"

我之前从来没有听说过什么"亚美尼亚式菜炖肉"，就不假思索地对他说："我没听说过这东西啊。"

"哈哈，没事，明天再来一次啊，"他说，"我给你们做最好吃的亚美尼亚式菜炖肉。"

第二天我们还真又来到了这个小小的裁缝店。阿兹沃纳里安先生往"大肚炉"上放了一口锅，我还是第一次见到这么古老又乌黑的锅，一下子就想起俄国神话里的女巫熬制神秘配方用的那种锅。我、布兰登和格雷琴并排坐在一堆旧报纸上，看着这口锅冒出的腾腾白气，闻着那无比浓郁的草药味。

我们在一起品尝这道亚美尼亚式菜炖肉时，阿兹沃纳里安先生也开始向我娓娓道来他的人生经历。从那天开始，我们和这位老人之间建立起了一段很奇妙的友谊，在他这儿可没少吃亚美尼亚式菜炖肉——那羊肉特别嫩，入口即化，配合西葫芦、洋葱、大蒜、茄子，加以浓浓的料酒烹制而成，再来上一碗米饭或是粗麦粉面包，那味道真是好极了！

一年之后，阿兹沃纳里安先生见我那么喜欢那个"大肚炉"，就把它退休给我，自己又换了一个新炉子。我把"大肚炉"带回家后，把上面的烟灰都擦干净，又给它涂上金色漆，包好之后寄给了妈妈，当时，她正住在位于蒙特利半岛的一间漂亮的复古式房子里，她也许能用这个炉子来插花。

医学院的课程远比彼得想象的要难得多，也紧得多。他不得不在医院里待很久，每次回家的时候都已经筋疲力尽了，可还是得学上几个小时才能睡觉。我们俩连见面交谈的机会都不多了。不过与此同时，斯坦利倒是隔三差五地来纽约看我。乐队在纽约及附近演出的时候自不必说了。哪怕他们在很远的地方表演，只要中间能有一两天假期，他也会乘飞机过来，给我一个"突然惊喜"，待一两天再回去。他特别喜欢布兰登，还一直说"我们俩这么像，他简直就是我儿子嘛"。其实在我看来，布兰登和他根本没那么像，布兰登和彼得才像是一个模子里刻出来的。

而这个时候，满腹心事无人诉的安也频频给我打来电话。记得有一次她说："斯坦利回家过圣诞节了，但我并不喜欢和他共处一室。他天天五点就开始喝酒，一直喝个不停，不一会儿又是那副'蜥蜴的样子'。"我明白她的意思。斯坦利只要一"脱离"他的身体、他的生活，那只"蜥蜴"就会出现。他就会变得无比冷酷，无比骇人。每每这时，他根本就听不进别人的话，也不记得自己做过什么，说过什么。哪怕只是一小时前发生的事情，他也没有丝毫的印象了。我知道，这是他性格分裂最严重的时候。别人在他眼里不过是东西而已，要么是令他喜欢的素材，要么充其量能让他鼓鼓掌，或是点点头。

安和斯坦利待在一起的日子屈指可数。斯坦利整日忙着到处演出，安则常常跟拉斯维加斯等地的俱乐部签短期约，然后一连两三个星期都得登台唱歌。安自己也承认，她之所以这么做，是为了逃离这段婚姻。虽然之前的安也不是多有自信的人，但到了1961年，她的自尊似乎跌到了谷底。斯坦利不再给她打电话，改为发电报，但是电报里都是一些怪异的晦涩语句，像是"斯坦·肯顿让我告诉他的妻子，他向她致以最诚挚的祝福，希望她的首演之夜大获成功。同时希望我转达他对她的深情厚爱"等等。

安说："斯坦利是如此的贫乏，和他在一起的时候，我简直都被他一点点地抽干了。"还有一次，她在电话中讲道："我想我真是受够他了。他居然说他喝酒是我的问题！他就只是把我当成一个小孩。当初他总是哭泣，总是狂躁不安，或许我正是被他的痛苦所吸引才嫁给他的。"那个时候，他们失败的婚姻已经勉强维持五年了。两个人都试图从对方那里得到些什么，但都失败了。

终于，1961年夏天，安告诉斯坦利她不再爱他了，并要求离婚。他表示同意，不过要求孩子由他抚养。安听了之后特别震惊，更没想到斯坦利还接着说："你就不是一个合格的母亲，谁不知道啊！孩子还是跟着我好点。"

不久她就哭着给我打来电话，"蕾丝莉，我该怎么办啊！"

我告诉她，斯坦利的话也不无道理。孩子们还待在阿尔塔大道的那座房子里可能真的好一些，那儿毕竟是他们的家啊，入住的保姆玛格丽特心地善良，也很疼爱两个孩子。除了有时会刷斯坦利的美国运通卡带孩子们出来吃饭，她还是很尽职尽责的。"另外，"我又补了一句，"这样的话，你也有机会去拥抱新生活了。"这才是安一直坚称想拥有的，甚至可以说是她最想拥有的东西了。

8月，安向法院提出了离婚申请。斯坦利就专门雇了个私家侦探跟踪安，想要找出其"不忠"的证据，从而在法庭上立证她是个不称职的母亲。最后，法院判他赔偿安五万美元，孩子由两人共同抚养，不过斯坦利拥有"照顾和监督孩子的权利"。

那一年，乐队第四次获得"最佳爵士乐队票选大奖"。这一殊荣体现了父亲在爵士乐方面的深远影响。但遗憾的是，他的事业并没有太大起色，依然面临着资金不足的问题。于是，他决定再次踏上巡演之路。两个孩子则被他撇在了比弗利山庄。

这场离婚搞得父亲焦头烂额。他一度对新生活满怀希望，以为自己可以拥有相处融洽的家人，可以拥有一个能够安心作曲的家。那年秋天，他在接受《纽约先驱论坛报》的记者采访时，说了一些奇奇怪怪的话。其实从那次访谈中，他的心烦意乱已经可见一斑了。他还发泄了对女性的不满，这些女性之中自然包括最盛气凌人的斯特拉。那个时候，斯特拉依然没有打消要掌控斯坦利生活的念头。他对记者说："我真看不惯那些甜言蜜语的爵士音乐家，还有那些声音阴柔、女气十足的乐手。你知道这都是什么造成的吗？是母亲！正是因为她们从不放手自己的儿子，才导致这么多年轻男子变得这么女性化！可爵士乐界为什么也会这样呢？"

斯坦利每次来纽约，都会把彼得叫到一边，问问他我平时的行为举止，再"传授"给他该怎么"对付"我的办法。我们两在一起的时候，他还是像往常一样，谈谈他的工作，他的担心。他说讨厌自己这么天天不着家，还说离开豪里莱奇之后，就再没写过一首曲子，他真害怕自己再也无法谱曲了。

一天晚上，他来到纽约，把我从公寓里接了出来。我们计划去看场电影，就打车到了时代广场。可没想到，我刚一下车，他居然开始对我大吼大叫！周围都是熙熙攘攘的人群和川流不息的车辆，他竟然因为我的鞋子咆哮起来："你到底以为你在干什么？你不能穿这种东西！""被质疑的"是一双手染浅绿色胶底帆布鞋，在当时的大学校园里挺流行的，而且跟我那天的绿色毛绒衫很搭。可他却很排斥，大概是觉得帆布鞋和绿色都是"下层社会的象征"。真是不可思议。就在时代广场的中央，我忍受了他五分钟的怒吼，还听着他大喊"你怎么可以这样对我"。我真是又伤心又生气，就猛地转过身去，跑过第42大街，又跑过百老汇大道，一路狂奔到家。

还有一次，我正和布兰登、格雷琴待在位于东头大道的公园里，斯坦利过来了。当时正值夏末，我就光着脚坐在沙坑边上看儿子和狗狗玩耍。没想到，斯坦利又一次把我批得体无完肤。就因为我没穿鞋，他就像受伤之后愤怒的小动物似的，指责我是个"淫荡的女人"。

布兰登一岁的时候，我要去找工作了，就找来一个性情温和又有爱心的保姆照顾他。不过我可不想干那种朝九晚五的正式工作，那样一周有五天都没时间陪宝宝，所以我选择了当模特。

我打听到纽约最好的模特公司就是福特模特公司，再找到这个公司的地址，一天早晨就过去了。面试我的是艾琳·福特。她看了看我说："重要的只有两样东西：骨头和身体，身体和骨头。如果你想当模特，就必须是一个漂亮的女人—— 一个了解自己内在和外在的女人——包括脸蛋、身体等等都要了解。而且，你必须学会充分利用自身资源。"听到这我有点怕，我怎样才能做到这些呢？接着她又说："减掉二十磅，然后再来找我。"

我还真一个月减了二十磅。我也不知道是怎么做到的，应该都没怎么吃东西吧。起初我自己也没什么感觉，直到有一天站在家中的长镜前，我才猛然发现我的哪一件衣服都已经不合身了。我脱掉身上的黑色针织裙，简直都不敢相信镜子里的那个人是我。我有五英尺七高，第一次去见艾琳的时候是一百四十五磅，但照镜子那天我还不到一百二十五磅，我还从没有这么瘦过。

我决定再去找艾琳一次。她说："现在我们必须得让你拍照看看。"

然后就安排我照相。拍好之后，我拿着照片去见艾琳，她看着看着还哼起一首爵士歌曲"你那么远从圣路易斯州来……"她这么满意，我也挺高兴的。但我对自己这个样子，更多的是矛盾。照片上那个盯着我看的女人好像并不是我自己。我记得有一个摄影师曾对我说："你有一种天真无邪的感觉——就像一个挤奶女工，刚刚从来自瑞典的船上下来。"她竟然这么描述我，和我那个黑暗的内心世界对自己的定义太不同了。我觉得自己是个大骗子，我的外表掩盖了我的本质。用艾琳的话说，我的骨骼和身体"长得刚刚好"，可我并没有这种感觉，我觉得我就是一个空空如也的容器。

渐渐地，我终于被一次又一次的拍照折腾得筋疲力尽了。我不喜欢摄影师只是把我当作"东西"来看，仅仅是觉得我的脸蛋和身体有用，而没有把我当成一个完整的人。如果我还想在模特界生存下去，就必须用一些实实在在的东西充实我的人生。我在斯坦福的时候特别喜欢俄国历史和俄国文学，于是报名参加纽约城市大学亨特学院的俄国研究课程。

那年夏天闷热得要死。每趟去亨特学院的地铁里，都会挤满了汗味十足的人们。不过我并不觉得这有什么恶心的，反而对每天的行程都很期待。和这么多素昧平生，以后也不再碰面的人共处一节车厢，我不再觉得自己是孤零零的一个人了。我就是他们，他们就是我，我们都是芸芸众生的一分子。亨特学院的课程一点也不轻松。虽然有的时候，我必须得"逃"几个小时去参加面试或是拍照，但在那里学习的每一分每一秒，我都很享受，我不再觉得自己和他人是分离开来的了。

然而，自从当模特以来，常常一天和儿子被迫分开好几个小时，我的孤独感越来越重了。还好这个时候，我和父亲一起在马萨诸塞州伍斯特市遇到的那个记者丹·史密斯搬到纽约来了。记得我在斯坦福上大一那年，丹可是没少给我写信，差不多一天一封。起初我都没有回复他，只在圣诞节的时候寄去一张贺卡。谁知道他接着又寄来了一些书籍，都是他觉得我应该读的。他就像一个导师一样，想要和我分享他最钟爱的东西。一直以来，只有为数不多的几个人，能发现我表面的欢乐和勇敢之下，其实是个困惑又恐惧的年轻女子。丹就是其中之一。我知道他竭尽所能想帮助我，是真心对我好的人，连彼得都对他印象不错。我和丹常常一起散步，从书籍、电影谈到芭蕾艺术，又谈到人生哲学。

有一次斯坦利来到纽约，邀请我和彼得去贝森大街看艾灵顿公爵大乐团的演出。彼得因为第二天早晨还有考试，就提前回家了。斯坦利还向他保证晚点会把我送回家的。演出结束后，我们又和艾灵顿公爵聊了一会儿，所以打车回家的时候都已经很晚了。那天，斯坦利又和往常一样，喝了很多苏格兰威士忌。

回去的路上，我们俩并排坐在出租车的后排。突然，他侧过身来抓住我的肩膀，一把将我拉到他面前，开始忘情地吻我。我一下子就慌了，根本不知道该怎么办，只是使劲推他，却又不敢说一句话。他还在那儿不停地说："这有什么不妥吗？对自己的女儿有这种感觉，错了吗？"

他的举动真是把我吓坏了，我只能竭力去处理这个突发状况。而且就像碰到任何一个醉鬼一样，千万不能把他们给惹恼了，否则后果不堪设想。

"没，这没什么不对的，"我对他说，"不要担心。"我边说边轻拍着他的胸膛。出租后排就这么大点空间，我还是想让他离我越远越好。"没什么的，不用担心啦。"下车之前我一直这么对他说。

我们终于到地方了。可谁知他一下车又开始吻我。我唯一能做的就是勉强笑笑，一边想着脱身，一边告诉司机把他送到哪家宾馆。我不得不表现出一切都很自然的样子，好说歹说总算是把他哄进了出租车。

我进屋的时候，彼得已经睡着了。我也躺下了，只是那几个小时一直都没睡。我真想弄清刚才的一切到底是怎么回事。难道是我的什么举动导致他这样吗？我很确定自己没有啊。可这究竟是为什么呢？这件事，我既没有告诉彼得，也没跟丹提过。我想这是因为，当你发誓保密之后，自己都弄不明白的东西根本不会泄露给他人——特别是当你在内心深处早已习惯事事都责备自己的时候。

彼得在纽约医学院的第二年快上完的时候，特别怀念加利福尼亚，就决定回那里继续医学课程。我居然倒霉地在这个时候发起了高烧，接着又得了传染病，而且很不好治。所以学期一结束，彼得就带着布兰登先去艾娃在加州的家，我则待在纽约治病，养好身子后再过去找他们。给我看病的是一位名叫欧文·萨克思的妇产科医生，他的办公室就在中央公园西街。萨克思医生告诫我必须停止工作，好好休息一下，另外每周都要去他那儿检查一次。

我这次的病好得挺慢的，不过萨克思医生一直都很密切关注着我的情况。与此同时，我也尽力想让自己过得充实些：我和丹一起沿着曼哈顿东河，从卡尔舒茨公园走到罗斯福岛；我和一个好脾气的贝司手展开一段恋情（他的名字我已经记不得了）……但是无论怎么做都无济于事。

好几个月都不能和布兰登待在一起，我挺烦的，只能自己去书店买点他可能会喜欢的书，还有填充玩具、卡片等东西，再一个一个包好，每隔两三天就寄给他一件。我实在太想宝宝了！对他的爱是我生命的基础，现在他不在身边，我的根基何在啊？而离开了我，布兰登也不好受。他原本早早地就学会说话了，才十八个月大就成了"话匣子"。可跟着彼得去加州后，他整日都缄默不语。直到后来我又和他们团聚了几个月后，布兰登才又张开了口。

独处的这段日子里，我清楚地意识到：我和彼得的婚姻是走不到头的。那个时候，我并没有做好嫁给任何人的准备。到了加州以后，我把离婚的意向告诉了彼得，他不理解这是为什么。其实他怎么能理解呢？他所了解的我，只是我展现给外在世界的那一部分——对于我的全部来说，那仅仅是冰山一角。他还以为自己眼中的我就是真实的蕾丝莉呢。他也根本不晓得，我的整个人生都被另一种力量所掌控。

1962 年 9 月末，我带着布兰登去卡梅尔，在妈妈那里住了一周，之后就准备前往东部。

斯坦利要我去纽约的途中先去比弗利山庄看看他。当时他正在国会唱片公司录制专辑，不过也有几天假期。我们还是像往常一样，坐在娱乐室的迷你吧台前，喝着加冰的苏格兰威士忌。由于我和布兰登准备乘午夜的飞机去纽约，我就先把宝宝放在卧室里睡觉，等时间差不多了再叫他。

斯坦利问我为什么要和彼得离婚。我本想一五一十地都告诉他，可最后我只说我不适合做彼得的妻子。斯坦利的反应挺奇怪的。虽然他曾经把彼得拉到一边，告诉他应该怎么"对付"我，虽然连我自己都以为，他曾因为可以摆脱结婚后的我而松了口气，可现在，他居然对我们俩的离婚相当满意。或许这是由于他自己的婚姻也走了尽头吧——同是天涯沦落人。也或许，他是觉得我离婚之后，会在他身上投入更多的情感吧。

晚上八点，突然有人敲门。原来是巴里·科姆登——我十四岁时断断续续约会过的人。不过我们已经有五年没见面了，而且我之前从未和他发生过性关系。这次他是听一个朋友说我在这儿，就过来看看。我们仨就一起坐在那里喝酒。时间越来越晚了，我决定和布兰登再在这儿待一宿，明早再坐飞机。巴里不断地和我调情，弄得斯坦利像个醋坛子似的。终于，他爆发了，怒气冲冲地撇下我们俩，一个人睡觉去了。那天晚上，我和巴里做爱了，就在娱乐室的沙发上。我又怀上了第二个孩子，而且我很快就知道了。

回到纽约之后，我见到了在机场等我的丹，就把怀孕的消息告诉了他。几周之后萨克思医生也证实我果然有孕在身。丹想让我留在他身边，还说会照顾我和孩子的。但我还是想回到加州待产。

我打电话把再度怀孕的消息告诉了妈妈。她真是太好了，邀请我去她那里，还从那时一直照顾我到产后恢复。我十三岁那年就离开家了，她如今对我这么好，我真是感动极了。

那会儿我在经济上真是一点都不宽裕。得知联合航空公司有一款从纽约到洛杉矶的九十九美元特惠机票，我就打电话询问这种机票能不能同时让我年幼的儿子免费乘机。接电话的人表示她认为可以。于是12月初，我就带着布兰登，放在铝制狗窝里的格雷琴和一百五十磅以上的超重货物来到了机场。其实我的手提包里还偷偷藏着一只叫乔治的宠物狗呢。检票的人见我预备用九十九美元的机票带上这么一大堆"行李"，不禁哈哈大笑。不过那天他好像心情挺好的，并没有额外收费，检查行李（包括格雷琴）之后就放我们过去了，还祝我们"旅途愉快"。飞机降落后，我们先来到洛杉矶，按计划先在斯坦利这里住一晚上，第二天再开车去卡梅尔。

到达阿尔塔大道的时候已经是下午了。斯坦利刚刚结束一次巡演，才回家没几天。我们在花园见面时，我立马就发现他那天刚喝过不少酒。这让我挺纳闷的，因为按照他的习惯，他不工作的时候五点之前是不会喝酒的。

我打开狗窝，格雷琴就跑过去和布兰登玩了。斯坦利走到我面前，双臂紧紧地环绕着我，我简直都喘不过气来了。我看到他的眼中噙满了泪花。可接下来，他的脸色、声音骤然改变，还一把把我推开，对我大吼道："你居然重蹈覆辙！我可不想让你靠近兰斯和达娜！你永远都一文不值！你太恶毒啦！"然后又重复了那句老话，"这话你爱听不爱听都得给我听着！"

这样子再度怀孕，我已经很自责，很绝望了。如今他又这么说，字字句句都像钉子一样插在我死灰般的心上。我已经彻彻底底地，被自己的父亲贬成一个贱民，甚至一个十恶不赦的禽兽！可除了我，谁会和一个认识多年的男人第一次做爱就怀孕呢！

斯坦利这样狂怒不已，我也不是第一次见了。我能看出来他已经有些失控了，生怕他会伤着我儿子，就赶紧抱着布兰登，把格雷琴放进狗窝，一句话也没说就离开了。

之后很长一段时间里，我和斯坦利都很生疏，一直没怎么联系。也是从那天开始，父亲的健康状况开始急剧恶化，身子骨是一天不如一天了。他所有的活力都遭到了前所未有的损害。直到三年以后，他才告诉我当时的情况。

我们走后第二天，他就飞到旧金山接受一个采访，同时安排接下来的工作。做完访问的那天晚上，他去最爱的那家牛排店吃饭，可等牛排的时候，他觉得自己嘴里好像充满了某种液体。他拿餐巾纸往嘴边一按，才发现竟然是血，而且，很多很多的血。

他赶忙站起来冲到男洗手间，一直对着水槽流血。旁边的服务员走过去递给他一条毛巾，可一看是这副情形，赶忙大喊："不，不行啊，先生，您不能死在这里！绝对不可以啊！"

斯坦利就从餐厅跑了出来，打车飞速赶到机场。很久之后他才告诉我："当时我必须得尽快回到洛杉矶，这样才能见我的医生！后来医生告诉我，是我的愤怒导致了脑部血管破裂。"

从那天起，他的突发状况便一个接一个。脑部血管破裂引发了恶性循环，导致多发性动脉瘤，此外一些并发症也没有得到妥善的治疗。就这样，一直延续到他过世之前。

第三十五章　爱上米开朗基罗

　　我从怀孕一直到生产后几周，都和布兰登、格雷琴、乔治住在妈妈那里。斯坦利那次大发雷霆之后，虽然表面看来我一副满不在乎的样子，但其实已经伤透了心。他这次又恶语相向，更是让我想起了几年前他对我的种种指责。他诅咒我——这个重蹈覆辙的人永远都一文不值，又叫嚣以我这样的女儿为耻，弄得我心烦意乱。再加上孕妇本身就容易愧疚和惊恐不安，我真的已经心力交瘁了。

　　不过那个时候，妈妈的确很喜欢我陪在她身边。那几个月里，我们经常待在一起，那段时光对我而言，是那么弥足珍贵！其实母女之间，既不乏挑战性，又能妙趣横生。随着我们俩的关系愈发亲密，我也越来越感觉到，她也和斯坦利一样，觉得无法把握自己的人生。

　　她在生命的后四十年里，依然美丽动人，身子骨也算硬朗。那个时候，每当暮色降临，她常常带着两岁半大的布兰登在月光下的花园里跳起舞来。我能看出来，她已经不是和我父亲结婚的十五年里的那个维奥莱特了。她的一些光芒已经褪去，之前那把生命之火也已经在世俗的压抑下

310

熄灭了一大半，就连她的政治观点也和以前不同了。曾经，她和斯坦利这两个自由主义的笃信者，满怀激情地要为不同种族、不同阶级、不同信仰和不同肤色的人民争取权利，让他们过上渴望已久的生活。但是现在，这些理想早已经烟消云散了。

　　九个月后我还是没有分娩，不免有些担心了。我知道自己是哪一天怀上孩子的，那会儿刚和彼得分开一周。如果宝宝能准时出生，那我就可以骗彼得和他的家人这孩子是他的。我自然也知道这是个很严重的谎言，但母亲有那种保护孩子的天性啊，我还是会很镇定从容地撒这个谎的。我真害怕万一彼得发现这个孩子是别人的，就会在法庭上证明我"不合格"，那样布兰登就该被他带走了啊！

　　我有病时和布兰登分开的那几周对他影响挺大的。我非常确定，布兰登这么小的孩子还是很需要妈妈的。于是我下定决心，绝对不能失去布兰登，也不会像那些夫妻离婚后一样，让布兰登陷入父母争夺孩子的拉锯战中。

　　终于，到了 1963 年 6 月 17 日，我实在是一天都等不下去了，就喝了一瓶蓖麻油（有催产作用），然后开始等待宝宝的出生。两个小时过去了，我的子宫开始有些轻微的收缩感。妈妈一下子就慌了，坚持要把我送到医院，可我就是不去。我一点儿都不喜欢医院，这会儿又不是要临盆，去那么早干吗！不过到了下午三点，我终于妥协了，但是要求妈妈必须答应在去医院的路上买个汉堡。等到我们最终来到医院，已经是四点半了。

　　医护人员把我送进一间面积不大的待产室，当时我还在大口大口地啃着汉堡。六点的时候，吉米来了，还带了许多汉堡和一满瓶冷藏的马提尼。虽然别人都警告我，马上要打麻醉针了，不能再吃东西了，可我还是在妈妈喝马提尼的时候对着那些汉堡大快朵颐。我的子宫还只是很轻微地收缩，真不该来这么早的。在这儿什么事也没有，就只是平复平复妈妈紧张的情绪。

六时三刻，要给我接生的马尔诺大夫来了。他检查之后对我说："还得好几个小时呢，我回家吃过晚饭再来。"

"不，你可别走，"我说，"我确定马上就要生了。"

可他还是回家去了。结果不到十五分钟，我的子宫就收缩得很厉害。医护人员赶忙把我送到分娩室，准备给我用常规药，但我肚子里面的孩子已经迫不及待地要出来了。马尔诺大夫走进来的时候，宝宝刚好出生了。我为她取名苏珊娜。

苏珊娜刚呱呱坠地就大哭起来。本来她应该像她哥哥出生后那样，被抱起来然后送到隔音的保育室，但她的哭声太大了，简直传遍整个医院，护士觉得没必要让她待在保育室了，就又送回到我的房间，正好也让别的病人清静清静。有的时候，一个女人第一次生育，又了解了自己的孩子之后，就会觉得全天下的宝宝都和她的孩子喜好相同。当时我也是这么认为的——直到我的第二个宝宝出生。再度分娩之后，我终于意识到，每个宝宝，从他／她的第一次呼吸开始，就已然是独一无二的了。

产后三周，我到马尔诺大夫那里去做检查。他发现靠近我子宫右侧的位置，长了一个很大的肿瘤！而且这个肿瘤在我怀孕期间就已经有了，只是当时一直被肚子里的宝宝挡住才没有被发现。马尔诺大夫非常震惊，他说自己还是头一次见到这么年轻的女性长这种肿瘤。我赶忙问他该怎么办，但他也无计可施。

直到多年以后，我才明白这到底是怎么一回事。还记得我第一次去寄宿学校的时候，小腹疼痛难忍，连路都走不动。那是因为我的身体迫切地渴望别人能知道我所经历的一切。如今这个肿瘤也是一样，体现着我经历过，但已经忘却的创伤。据说性格分裂的人缺失一定的记忆，很容易产生这种状况。我很确定，这个肿瘤就是我过往伤痕的生理表现之一。但不管究竟是怎么样，所有的人都一致认为：必须尽快实施手术切除它。

但当时我并没有多少钱，也没地方可去。我不能再接受妈妈的热情款待了，就给萨克思医生打了个电话。他说我一回纽约，立马就给我动手术。而我忠诚的保护者丹·史密斯也在电话里表示，如果我想和他住在一起，他会好好照顾我的。我出发之前，马尔诺大夫就已经把我的病例寄出去了。还不到三天，我就带着两个孩子、一只狗、一只宠物鼠离开了卡梅尔。

我到了之后，萨克思医生果然就按之前所说的那样，调整了休假计划，取消了几个病人的预约好让我插进来。他还动用关系在医院给我找了张床，这样就能尽快实施手术了。在那个年代，要切除这么大的肿瘤只能在腹部大开刀。手术之后，病人还必须至少在医院卧床休息一周。萨克思医生知道我一没那么多钱，二不愿和孩子们分开，同时也相信我的身子骨能很快恢复，所以两天之后就让我出院了。

那次手术进行得很顺利，我的腹部也几乎没留下刀疤。后来萨克思医生还很自豪地对我说："我下手的部位很靠下，所以你还可以穿比基尼！"

自始至终，欧文·萨克思医生都没给我寄过一张账单。后来我每隔一段时间还会提醒他，但他总是说："哎，我那个秘书啊，总是这么健忘！"

直到三年之后，我和斯坦利再度重逢时，我才知道就在我经历这一切的同时，斯坦利的生活已经越来越支离破碎了。当时他和两个年幼的孩子一起住。离婚那会儿，他可是好不容易向法院证明安"不合格"才得以留下孩子们。过了一段时间，他又一次踏上了巡演之路，把兰斯和达娜留在了比弗利山庄。

在和美罗菲尼姆乐队一起到处演出了两年之后，他决定去英国开始一场为期十六天的巡演。出发之前，国会唱片公司向他保证一切工作都安排好了，也已经做了很充分的宣传工作。然而，事实并非如此。他到了之后才发现，原来他几年来所录制的唱片一张都没发行。伦敦的天气也很糟糕，连交通都是个问题。由于之前没有任何宣传，他们不得不把计划好的演出取消了一场又一场。渐渐地，乐队里几乎毫无团体精神可言了，大家的情绪都很低落。斯坦利最担心的事情终于发生了："斯坦·肯顿和他的乐队"招牌打出来了，却无人问津。

对于那个时候的斯坦利来说，只有表演才能赋予他生命的意义。可如今，连这些都一点一点流逝了。接下来，他又遭到了最猛烈的一击。乐队在伯明翰开音乐会期间，司机艾瑞克突然告诉他们肯尼迪总统遇刺了！这对他来说不亚于晴天霹雳。后来他告诉我："我的事业，甚至整个人生都在那一刻轰然崩塌了。"

他回到阿尔塔大道以后，开始了将近一年的隐居生活。整日心情抑郁，谁都不见，每天要么舔舐自己的伤口，要么借酒消愁。两个孩子只好还由玛格丽特照顾。多年之后他坦诚地对我说："我觉得自己很丢人，我不是一个好丈夫，也不是一个好爸爸，而且我连一小节曲子都写不出来了。"那种"愧疚"就像鬼魂一样日日夜夜地缠着他，而他根本无法逃离这内心的恶魔。

一天晚上，当时六岁的达娜给安打电话，哭喊道："我觉得爸爸疯了，我想离开这里！"

安匆忙赶到家里，发现斯坦利两眼呆滞地坐在客厅里，一手拿着烟，一手握着盛满苏格兰威士忌的酒杯。"他又是那副'蜥蜴'的样子。"安说着就把达娜带到她那里住了几天。她把四岁的兰斯留给保姆照顾，是因为她觉得"他还这么小，应该不会受什么影响"。

斯坦利隐居期间，国会唱片公司的李·吉列曾多次打来电话要找他。

后来，斯坦利终于接电话了，李·吉列就说："我想谈谈制作新专辑的事。"

但斯坦利一口回绝了他。"一切都已经结束了。我再也不想为国会唱片公司录一张唱片了！我早就受够了你们骗人的鬼话！"说完就猛地挂上了电话。

从那以后，父亲就没再接过一个电话，一连几个月也没打开过一次邮箱。1964年的绝大部分时间，他都是一个人待在家里喝酒。二十五年以来，他一直都是受人尊敬的领军人物，是许多人关注和膜拜的对象。这些人里有他的乐师，有他的粉丝，也有很多自以为了解他的人，他们都把自己的幻想寄托在父亲身上，以为这样就可以沐浴在他的荣光之中。

父亲这一辈子，常常是别人倾诉的对象。他还时不时地充当老师、向导、精神专家的角色，总是会勉励他人。许多作曲家和编曲家在他的指导下，事业上、生活上都取得了长足的进步。但很少有人曾意识到，就算父亲没有要求更多，也需要同样的进步啊。

回到纽约之后，从我手术到康复，丹一直都悉心照顾我，还把苏珊娜和布兰登当亲生孩子一样关心爱护。我们住在位于切尔西19大街的一座房子里。丹给麦格劳希尔集团当记者，我则在家照顾孩子、打扫房子、买买食品、做做饭。我们手头并不宽裕，所以我平时都是挺节省的。

这个时候，我有些想离开纽约了，原因有两方面：其一，我喜欢欧洲，生活在那里一定会很有趣；其二，到了欧洲以后，就没有法院能把我和布兰登分开了。于是当丹得到一份在巴黎当驻外记者的工作时，我们迫不及待地就接受了。

我们搬进塞纳河上游布伦市的一处高层公寓，当时公寓还没有完全竣工。这里位于巴黎近郊，是一个法国共产党社区。来到异国他乡，我带着一个小孩子和一个婴儿，既不认识其他人，又不会说法语，着实过得很不容易。家里的所有东西，从尿布到床单，再到浴巾，通通都是我蹲在那儿一点一点洗的。我还得到市场买东西。当然，没有人跟我说英语。

六周之内，我终于从跟鱼贩、蔬菜商打交道的过程中学会了日常法语，反正绝对够平时买东西用了。又过了六个月，我已经可以把法语说得很溜了。到了年底，我在梦里都说法语而不是英语，也会玩法语的文字游戏了。学习法语的这段经历告诉我：对我而言，语言的魅力更在于口语而非书面语。通过说出一字一句，我学到了很多。直到今天，我都必须大声朗读一首诗歌，才能参透它的意思。

1964年7月29日，我和丹终于结为了夫妻。我们跨过塞纳河，搬进暮登贝拉维的一座三层楼。房子还带有一个可爱的花园，离一所很不错的学校也挺近的，正好方便布兰登上学。我们刚搬过去不久，"大妈"就过来了。

鉴于丹对法国菜的酷爱，"大妈"也懂不少这方面的知识，我决心好好学做法国菜。我买来一部法国经典烹饪书的复本，翻到"烤鸭配橘子酱"部分读了起来："选一只嫩鸭子，拧断它的脖子，然后快速拔光鸭毛直到血流出来。"小时候我在"大妈"厨房里可没少给鸭子拔毛，这些是难不倒我的。慢慢地，我不仅可以烤出美味的鸭子，还掌握了其他一些菜肴的做法。丹对此非常满意，我也的确想让他高兴高兴。我一直在努力，竭尽所能要当一个好妻子。对我而言，这也就是做饭、整理家务之类微不足道的事了，但至少这些，我还是可以驾驭的。

身处巴黎的我，虽然几乎对所有事物都很钟爱，但依然就像斯坦利那样，在尽力和自己内心的恶魔作斗争。我还是会发起无名的高烧，会半夜被噩梦惊醒。绝望的心情就像洪水一样不断向我涌来，有时让我孤独到害怕，有时则让我毫无缘由地非常疲惫。要说我这么年轻，身体也不错，不该这样啊。可有的日子里，我真的觉得一点儿力气都没有，就躺在床上，哪儿也去不了。而且对于这样的状况，我根本就无能为力。

我是爱丹的。但是，我又一次只能用对朋友或对兄长的感情去爱我的丈夫。这并不是他所期待或需要的方式，他也不应该被我这样来爱。我整天都会为此自责不已，总是对自己说，如果我能多爱他一些，那一切都会好起来的。

那年夏天，我、丹、"大妈"、苏珊娜和布兰登五个人挤上一辆狭小的雷诺，前往西班牙度假。就在地中海沿岸的一座别墅里，我怀上了第三个孩子。才二十三岁就三度怀孕，真是上天对我的恩赐！这次我决定了，无论如何都不会再让宝宝在医院出生。我想要一次不加任何药物的自然分娩。在医院里生孩子可真够麻烦的，本来是多么自然的过程啊，他们非弄得跟治病似的。

我曾经了解到，法国有一位名叫费尔南德·拉玛泽的产科医生去俄国学习了自然分娩的技术，并把它带到了自己的国家。那些认为药物既有毒又不必要的法国妇女，很快就对他的方法大加追捧。不过当然了，绝大多数美国医生还是会对此嗤之以鼻的。我发现这个领域当时的专家是埃尔·瓦雷医生，曾任拉玛泽的助手，写过一本《无痛分娩》。在瓦雷的分娩室，他会泰然自若地为产妇接生，就像法国大厨做出一道诱人甜点那样驾熟就轻。在这里，产妇就只是生孩子，不必借助任何药物。于是我就在他这儿登记了。1965 年 6 月 12 日，经过四个小时的分娩，我终于生下了第三个孩子——男孩杰西。产后我躺在床上就想着，瓦雷医生这种人性化又自然的接生方法，会不会影响杰西的世界观，会不会影响他长大之后对于人生之路的选择呢？

除了几个孩子以外，能缓解我内心的忧郁和黯淡的，就是我所钟爱的法国的艺术、电影、设计、绘画和塑像了。而我最青睐的还是米开朗基罗的雕塑。

我们在暮登贝拉维的时候雇了个保姆，这样我就可以去法语培训中心提高法语写作能力了。刚开始的几个星期，我每周都会去五次，在那里专心致志地听课。但是不久我就厌烦了，于是开始翘课去参观博物馆、美术馆或者去看电影。要说我都二十多岁的人了，逃逃课也没什么大不了的，可我的确为此非常内疚。大概当时，那个经历了电休克疗法之后一直极力"去做正确的事情"，"当个负责任的人"，以及"表现得正常些"的蕾丝莉复本，已经被更深层次的我所取代了。虽然这样会让我感到十分愧疚，总是害怕受到惩罚，却都是我不得不面对的。在我的内心，有更深层、更真实的呼唤渴望得到满足，迫切地想要找到真正有价值的东西。

　　自从1954年夏天以来，我常常觉得很孤独。不过现在，我满怀激情地要去寻找美的事物了。在我看来，美不是外在装饰的表面之美，它有着更深层的含义。美是光明与黑暗交相呼应，展现的是最真真切切的东西。如今的我正非常急切地要去探究这种美。我就像觅食的动物一样，穿行在巴黎的街头，寻找那种能让我更有活力的美。而与此同时，丹以为我还是那个"好姑娘"，每天下午去上法语课，回家之后做蛋奶酥。

　　从小在博物馆逛的时候，只要一看到人们那种晦涩的顶礼膜拜就会感到害怕。我经常听到有人这样评价绘画作品："你还没品尝到那些苹果的滋味吗？"或者"它也太有魅力了啊！"我总是一头雾水，根本不知道他们到底在说些什么。每当我被绘画和雕塑所吸引时，就感觉它们在扼住我的喉咙，除非我答应它们的所有要求，否则绝不放手。我站在展厅的这一头，另一端的某个塑像或是某幅画却在召唤我，让我急切地去靠近它。有时这种渴望又让我打开心扉去吸收艺术品的美。还有的时候，我几乎被一件艺术之作完全掌控，甚至觉得自己已经幻化成它了。而当我站在一个摄人心魄的雕塑面前，这种感觉是最强烈、最难以抑制的。

　　在亚历山大三世大桥上，位于角落里的达鲁的雕塑作品——那些狮子、那些孩子，是那么让人惊叹。后来我去了小皇宫博物馆，又见到他所雕刻的微缩版纺织妇女和带着孩子的妈妈，也欣赏了卡尔波等人的杰作。在塞纳河的对岸，罗丹那极具表现力的雕塑同样令我着迷，不过罗丹算不上是我最喜爱的雕塑家。我在卢浮宫遇到了一位八十岁高龄的俄国女人伊丽莎白·法兹·费恩，她既是雕塑家也是画家。我们俩成了朋友以后，她就带我去看了布尔代勒的作品。

伊丽莎白告诉我，布尔代勒是罗丹的学生，曾协助罗丹完成了其创作生涯的一些丰碑之作。布尔代勒曾在日记中写到他在雕刻《巴尔扎克》时所遇到的挫折。罗丹常常隔几天回一次工作室，把布尔代勒刚完成的部分给毁坏，他不得不一次又一次重新再来。

和伊丽莎白一起参观布尔代勒博物馆时，我惊奇地发现，他的许多作品无论在技术上还是表现力度上，与罗丹相比，都有过之而无不及。他那失去伊甸园之后的亚当青铜像，那一座座贝多芬头部塑像和半身像，那勇敢战斗的赫拉克利斯……都是那么的出色。

有时看过一场电影，我也会产生这样的感觉。要是哪天看了场特别有共鸣的电影，那之后一连好几天我都会"生活"在那部电影中。我没敢告诉任何人这种体会，因为那么地深陷其中不能自拔，连我自己都给吓到了。我甚至怀疑自己是不是精神错乱了。但是当时，我需要"生活"的渴望太强烈了，不管付出什么代价，我都只能乖乖地听从心灵的指引。

最让我有所触动的，是雕塑作品；而雕塑之中让我感触最深的，是米开朗基罗的杰作。

这个时候，我只要下午一翘课，最喜欢去的地方就是卢浮宫。我在米开朗基罗的《奴隶》前一站就是好几个小时，为作品所展现的力度、美丽和生命之感所深深感染，特别想要弄清大师究竟是怀着怎样的意志去完成这部力作的。过去的十年里，我总是觉得体内有什么地方空空的，就连几个孩子都无法填满那空白。但是现在，米开朗基罗的作品让我充实起来，让我变得活力四射。我就像一个饿极了的女人一样，贪婪地"咀嚼"着《垂死的奴隶》和《被缚的奴隶》——我最爱的作品。

当时，这两座雕塑就被随意地摆在博物馆地下室的一块狭小的空间。看管人是二战后退伍的一个小个子男人。他见我总是去那里，而且每次都驻足观看那么久，终于有一天忍不住问我，当然他还是竭力表现得很礼貌，他说："女士，你还好吧？没什么事吧？"

一天下午，我刚从卢浮宫出来，恰巧看到丹开车从里沃利街经过。他也看见了我，我一下子既害怕又内疚，几乎整个人都麻在那儿了，就好像被丈夫捉奸在床一样。那个赐予我生命活力的内心世界，以前一直都是只属于我自己的秘密，现在却裂开了，展现在外人面前。直到现在我都不确定，当时丹是不是以为我有婚外情，反正也无所谓了。其实在某种程度上，他要真这么想也不无道理。我的确和另一个男人"在一起"，他叫米开朗基罗，是由大理石雕刻而成的。

1966年春天，丹得到一份在英国的工作。我们商量着他先过去，等找着了房子，适应了新工作，我再带着孩子去和他团聚。

丹离开几天后，斯坦利突然打来电话。他说："我现在在欧洲，在丹麦，我去巴黎看你好吗？"

此时，距离他斥责我"重蹈覆辙"已经有四年了。这四年来，我的生活以及我孩子的生活都与他毫无瓜葛。现在他突然打电话给我，我还是非常震惊的，对他说："当然好啊，你过来吧。"

"嗯，那我明天下午三点左右到。"

他来的时候给孩子们带了好多礼物：超大号的泰迪熊、填充海豚和一个大大的玩具长颈鹿。

我对孩子们说："这是你们的外祖父。"当时快三岁的苏珊娜特别认真地仰视着他，就好像在观察摩天大楼一样。接着她抚摸着斯坦利送的长颈鹿，就唱起歌来。站得笔直的父亲说道："你听，她唱歌多好听啊！"然后就把手伸向苏珊娜，女儿也握住了外祖父的手。过了一会儿，她又到一边去爬花园里的那棵小树了。

印象中，父亲那天的一举一动都有些笨拙。他的害羞溢于言表，和我、和孩子都没说太多话。

"你会玩跳棋吗？"布兰登问他。

"我不会呀。"他回答说。

接着，我俩就和孩子们待在花园里，喝着鲜榨柠檬汁，沐浴着温暖的春阳，几乎昏昏欲睡。

大概是斯坦利来到一两个小时以后吧，他问我："一起吃晚饭好吗？"

"晚饭？"

"有什么你很喜欢的地方吗？"看来他是执意要带我出去吃饭了。

我告诉他有一个小船餐厅还不错，就在第五区福斯圣伯纳德路上，是私营的，面积也不大，不过那里的鱼汤超级棒。

"那里安静吗？我们能在那儿好好聊聊吗？"我告诉他"是的"，就进屋打电话预订了一下。等我回来的时候，斯坦利已经脱掉了鞋子袜子趴在草地上。我蓦然间回想起了多年以前，那个和我一起待在卡特琳娜岛、博尔博亚和柯林角的男子。他看着我，笑了起来。

我把杰西带到屋里的床上，哄他睡了。再回到花园时，我发现布兰登和苏珊娜在尽兴地玩游戏，斯坦利则已经睡着了。我坐下来注视着他。想想四年前，他曾那样对我大吼大叫，我还以为再也不会见到他了。现在我们是重逢了，只是眼前的这个他已经和四年前截然不同了。我在想，他为什么要到巴黎来呢？他想从我这里得到什么？我可以再次安心地和他在一起吗？

他过了好几个小时才醒过来。孩子们已经准备睡觉了，我把他们留给保姆照顾。我和父亲跟孩子们告别后就出门打车了。一路上，他都在讲这四年来的经历。我听了之后挺伤心的。我和心爱的孩子们住在巴黎的漂亮房子里，我还在这儿找到了能填补我内心空缺，让我兴奋不已的东西，可他……虽然当时的我在很多方面还是相当纠结，可我怎么都觉得，自己的生活越来越充实的这些年里，我的父亲不该生活得那么惨，那么痛啊！

接着我们就到餐厅了，服务员把我们领到靠里边的一张小桌子。斯坦利点了这里最好的香槟，我们喝得都很尽兴。他给我说起了一年前组成的尼欧菲尼克乐队，还说这是他最后一次对那些作曲家委以重任了，也是最后一次指挥交响乐队，希望能演奏出融合爵士和当代经典的曲子。

我从记事起，就知道他想做到这一点，这大概是他毕生的理想吧。印象中，他曾在无数个日日夜夜，情绪激动地告诉我他害怕自己永远无法实现这个梦想。他也会半夜被噩梦惊醒，满头大汗地对我说："我的音乐一文不值。"此时此刻，在这个法国小餐厅，父亲又一次向我吐露心声。

我记得他好多年没写过曲子了，就问他："那你现在还谱曲吗？"

"不，"他说，"我再也不能写了，根本就写不出来。"

可接下来，我们的话题一下子转变了。他从桌子对面握住我的手，"蕾丝莉，你知道我有多爱你吗？"我摇了摇头。一阵静默过后，他说："你真是太美了！"

转瞬间，父亲和女儿的餐桌对话变成了男人和女人之间的情感交流。我对面的这个男人，起初还有些犹豫，可接着他再也按捺不住内心的激情，开始诉说对我矢志不渝的爱。

我的脑海中又浮现出在纽约乘出租的那个可怕夜晚。可这个男人是我父亲啊，我对自己说——父亲，对我拿回家的全 A 成绩单几乎连看都没看，就只让我"下次更努力些"；父亲，痛斥我"重蹈覆辙"，几年来都不和我联系；父亲，明明知道二十三岁时的我没有做手术的钱，也没有容身之地，却从来没有问过我需不需要帮助！

现在，他就坐在那里，离我还不到两英尺远。其实他也只是个男人，深深迷恋着坐在他对面的那个女人。以前有一两次，我也和倾慕我的男人这么面对面坐过。他们对我的爱意还没有斯坦利的深，不过我从来都不予理会。但这一次，我知道自己不能再视而不见了。这一次是截然不同的。

时间好像停滞了一样。我们又回到了只属于我俩的秘密世界，那里有更加明艳的色彩，有情不自禁的笑声，也有悲伤的峡谷。我们已经坠入了峡谷的深处，好像再也爬不上来了。就在那一刻，那种奇异而富有生气的力量又回来了，让我们挣脱所有的法则和规范，让我们不再犹豫，不再受世俗的羁绊。

然而对于这些，我高兴的同时又不免害怕。我们是在一起游向充斥着困惑和迷茫的危险海域吗？然后忽然被冲到岸上——一块处女地。那里唯一存在的，就是我们之间，那种世间最平凡的爱与信任的交流。

他谈起了自己的壮志未酬。我给他讲米开朗基罗，还有我第一次在意大利见到《大卫》时的屏气凝神。

他感叹自己对维奥莱特和安都没有尽到做丈夫的责任，也不是兰斯和达娜的好爸爸。

我则说起对巴黎的喜爱，还给他讲有一个抄电表的人对塞尚的每幅画都了如指掌，说不定自己都可以画出来呢。

突然间，他说："我把一切的一切都毁了。"他的眼中噙满了泪花。"蕾丝莉，我很失落。虽然我争取到了兰斯和达娜，但我并没有真正的生活。我一无所有！"我伸手去抚摸他滴满泪水的胸膛。他接着说："我可以吸取他人最优秀的地方，但我从自己这里什么也得不到！不管我怎么努力，就是做不到！”

我一时不知道该说些什么，心里满满的都是对他的爱。

我还没来得及回答他，父亲又像我幼年时那样，把餐巾纸往杯子里蘸了蘸，然后开始擦我的脸。但这次我对他说：“够了，斯坦利。我已经长大了，可以自己来了。”

第三十六章　深海潜水

伦敦真是太让我失望了，天天下雨，食物简直难以下咽，人们的话题只有一个：天气。我特别想念五光十色的巴黎，那才是艺术和美的天堂。除了几个孩子以外，光影交织的巴黎带给了我最重要的东西——对生活的信念。但是随着我们的离开，那些都一去不复返了。

我们在伦敦以西的乡村里租了一座漂亮的房子，还是乔治王时代的艺术风格。我发现周围拥有土地的贵族们，一个个都是"走自己的路，让别人去说吧"。平日里，他们穿着肘部打了补丁的破夹克衫，裙子看起来像是经历过战争的洗礼似的。他们把衣服当作老朋友，自己穿起来舒服就好，或许这正是我们应当借鉴的生活方式吧。很快我就发现，英国人不仅可以容忍怪癖，简直相当崇尚标新立异。这和我一样。

慢慢地，我也习惯了在英国的生活。我们把布兰登送到英国教会办的一所乡村学校，里面只有一名教师，一间教室，若干五到八岁的孩子。学校规模虽小，老师教得还是很不错的。与此同时，我隔三差五地会去拍卖会淘一些家具，尽可能地让我们的房子更有家的感觉。然而，我依然十分向往照亮我生活的巴黎。我能感觉出来，自己又一次陷入了黑暗之中。

一直以来都是依赖丹，我都快没有自己的生活了。平时忙着照顾孩子，我的演员之梦也因此褪去了。来到英国六个月后，我发现自己的精力越来越不行了，而且特别怕黑。有时在家里从一个房间走到另一个房间，我都必须把各个屋子，甚至走廊上的灯都开着才能走过去。我总是觉得，家里的每个角落都布满了可怕的安全隐患。

终于，一天晚上我对丹说："我必须得干点什么了，要不然我会活不下去的。"

我觉得他并没有真正懂我的意思，其实连我自己也搞不清。但他听到了我内心的疾呼，就问我："那你想做点什么啊？"

"我想去剧院上班。"

在英国，作为三个孩子的妈妈，我是不可能全天都待在戏剧学校的。不过我们在家里请了帮手，我就可以去伦敦的"城市之光"等培训机构上一些非全日的课程了。我学习了跳舞、演讲、即兴创作和表演，认真刻苦地练体形、练发声、揣摩角色的塑造。我很享受这些课程，非常喜欢表演。终于，我的心情开始平复了。但是时不时地，我的脑海中还是会浮现出骇人的场景——有医院，也有一些黑洞洞的地方，那里的人都很奇怪，而且我一个都不认识。

我很怀念早年的时候，山姆·格里曼老师对我的严格要求和指导意见，不过现在的学习也挺不错的。我开始参加试镜。詹姆斯·卡斯蒂根的新剧《阿拉班的小月亮》搬上圣马丁巷"小小剧乐部"的舞台时，我可是主角。接着，查尔斯·玛洛威茨改编的《闪电戈登和天使》在托特纳姆区法院路上演，还是由我领衔主演。

之后我还获得了第一次在电视剧中担当女主角的机会。然而就在距开机只剩四天的时候，内政部打来电话不允许我参演，就因为我是"外来人"。我被告知，除非我已经是美国影星，否则都必须先在英国生活四年才能做演员。所以从那以后，我在剧院里的工作要么不合法，要么是白干的，要么两者兼具。

我居然不能合法地工作！这几乎摧毁了我所有的希望。虽然很多导演、老师和观众都给予我以支持，可我总是很羞愧，总是妄自菲薄。我觉得自己奇丑无比，根本不想让任何人见到。那个时候，如果不是我与孩子之间相互的爱，我一定会垮掉的。

当时，正是凭借布兰登、格雷琴和杰西教给我的很多东西，我才开始了解爱。孩子们看待爱时，异乎寻常地不带有感情色彩，也受不了成年人那些浪漫的想法。他们眼中的爱并没有什么花里胡哨的，而是一种用来认真体验的切实感受。一个孩子说："如果你爱一个人，就会在他困难的时候帮助他。"还有一个说："我长大以后爱的那个人就算写字很丑，我也还是会爱他的。"

那个时候布兰登才八岁，平日里对他妹妹总是一副很不屑的表情。但我正是从布兰登对苏珊娜的一次举动中，感受到了真切的爱。一个秋日的傍晚，我们和两只狗狗弗雷德、休伯特在外面玩过以后，苏珊娜自己走丢了。她一定是误以为我们去树林里散步了，而我们还以为她先回家了。

我发现苏珊娜不见的时候，布兰登正左右各抱着一个狗狗，和一个朋友一起聚精会神地坐在沙发上看他最喜欢的电视节目。如果说我们家有什么是一成不变的话，那就是只要电视里放着这个节目，不论是谁，甭想让布兰登干一件事——摆桌啊，洗手啊统统不可能。就算我站在屋子中央喊破了嗓子，他也会像根本没听见似的。

我把每个屋子都找遍了，可还是没有苏珊娜的影子，真是害怕极了。当时天黑了，而且她才五岁！房子周围有大片的田地和树林，该上哪儿找她啊！

我竭力表现得不那么焦虑，小心翼翼地说："布兰登，苏珊娜丢了。"然后暂停了一下，就像动画片里的慢镜头一样。接着他转过头看着我。"我找不到苏珊娜了，"我重复道，"她不在家，我也不知道她在哪里！"

我的话不亚于平地惊雷，一下子把他从沙发上震了下来，两只本来已经昏昏欲睡的小狗也猛地被晃醒了。他边往门口走去边说："我会找到她的。"然后停下来对着还沉浸在节目中的朋友命令道："快起来，咱们必须找到苏苏！快点！"

我还是头一次看到有人可以行动得这么快：还不到两分钟，布兰登就已经找遍了房子周围的一英亩地，还问了两户邻居有没有见到他妹妹。我想起来之前和孩子们说过要去树林里散步，就往丛林赶去。一直全速奔跑的布兰登追上了我，又跑到我前面，一路大喊着"苏珊娜，苏珊娜"。

我们顺着大路往林子里去的时候，我听见远处有孩子哭泣的声音，是苏珊娜！就在这时，我们跌倒在了湿泥上。可我哪里还顾得上这些啊，大声叫着让苏珊娜知道我们来找她了。布兰登无所畏惧地站了起来，又开始往前狂奔。终于，他找到苏珊娜了。一分钟后我才赶到，只见布兰登抱着妹妹，一遍又一遍地对她说："天啊，苏苏，你没事吧！"两颊还不断地流淌着泪水。

那天晚上吃饭的时候，我对常常不受布兰登待见的苏珊娜说："现在你知道哥哥对你的真实感受了吧。"我还建议她下次再被布兰登嘲笑了，比如叫她"小讨厌"的时候，就想想这次经历。苏珊娜笑了起来。这个时候布兰登对她说："你就是个小讨厌。"

印象里还有一个夏日，那天我心烦意乱的，好像什么都不对劲。早晨醒来的时候，我就莫名其妙地觉得生活毫无意义，毫无价值。到了十点，外面的阳光已经很灿烂了，却无法驱散包围着我的乌云。那会儿我特别生自己的气，还得尽量不和他人起争执。

杰西和苏珊娜这两个小一点的孩子一直央求我带他们去拉尔沃思科夫，那是位于多塞特的一片贝壳形的海滩，景色很美，还有一个源于侏罗纪时期的石拱门。但那天我哪儿也不愿意去，更别提海滩了。心情简直糟透了，我甚至不想为任何人做任何事。不过最后我还是妥协了。当然了，一定得让他们知道这是对他们"莫大的恩赐"。

没想到这片海滩如此人迹罕至。踩着温暖的沙子，迎着清新的海风，我的心情却还是很不好。在我看来，生活在"外面"，我则被锁在阴暗的地牢深处，无法逃脱。阳光愈加灿烂，景色也更为宜人，我却越来越沮丧了。终于，我再也按捺不住了。虽然孩子们就在旁边玩耍，我也不想扫他们的兴，可实在支撑不下去了，就放声大哭起来。

苏珊娜问我怎么了。我呜咽着："我也不知道怎么了，就觉得一切都不对劲。"杰西就没有一点同情心了，对我说："有时我也会有这种感觉。你一定是生气了吧。"

"那要真是我生气了呢？"我猛然问道。

"那你可以摔打东西啊。"他如此建议。

"这儿有什么东西可摔打啊？"我不耐烦了，"而且那么干多白痴啊！"

"不，不是的，"苏珊娜也插了进来，"妈妈，那样会让你好受很多的。或者你也可以像狗一样大声叫出来啊。"

那会儿我真是什么都愿意试试。我就像个傻瓜似的在孩子面前特别愚蠢地又是大吼，又是抱怨，告诉他们我恨所有人，连自己都恨。我感到很孤独，觉得整个世界都很乏味。接着我又大喊大叫了几下，他们坐在那里认真听着，不曾试图劝劝我，也没有告诉我是我错了，这个世界还是很美好的。他们甚至没有对我的言行做出任何评价，没有让我觉得难堪，就只是坐在那里，静静地等待着。

渐渐地，我总算觉得好受点了。杰西的方法果然有效，但我还是不知道接下来该怎么办。最终我也沉默了。这时苏珊娜突然说:"我想,或许我知道你为什么会这样。"

"为什么呢?"我有些怀疑。

"你经常想一些很严肃的事情,还总是告诉自己什么该做什么不该做。难怪你会生气啊!我觉得你都不知道怎样才能开心了。"

的确如此,开心对我而言是那么的遥不可及。那一刻,我终于意识到,几个月以来我把工作和责任都压在了自己身上,就好像它们是唯一重要的事情。其实我也很讨厌这么做,几乎没有一分钟不烦的,但又为自己是个"负责任的成年人"而自豪。"或许你说得对,"我坦诚道,"但如果真是遗忘了这么重要的事情,要怎样才能再想起来呢?"

"来,咱们挖个洞吧。"苏珊娜这样回答我。

我就像头行动不便的河马一样,挣扎着站了起来,动作僵硬地走到他们选好的挖矿地点,动起手来。淘气鬼杰西开始往坑里滑着玩,苏珊娜抱怨道:"快别闹了,看看形状都被你给毁了!"我看着两个孩子"言辞激烈"地相互嘲弄,又想想一小时前的自己,不禁笑了起来。他俩见状也都笑了。

不一会儿,我们仨就挖好一个特别棒的洞。至少在我看来,这简直是世界上最好看的洞。我们比赛看谁能跳过去,谁跳得最远,在沙滩上画画,还跑到冰冷的海里相互泼水玩。当第一波海浪涌过来的时候,我已经和他们一样,与碧海蓝天融为一体了。心中的阴霾一扫而光,我再度焕发出了生机。

在"城市之光"上演讲课的最后一天,同学大卫·汤普森邀我共进午餐。大卫是伦敦国王学院的一名讲师,那天带我去了他办公室附近的萨里大街上的一个酒吧。真是没想到和这个言语温和可亲的苏格兰男人站在酒吧里的那个日子,竟然是我人生重大转变的开始。我和大卫一直聊啊聊，几乎无话不谈。我把内心的想法都向他吐露，我告诉他我有多爱孩子，对贝多芬、对巴黎、对表演、对音乐、对雕塑等等都充满了激情。我还谈到了自己的梦想，以及那些害怕和无助。我从未把这些告诉过任何人，而他也以一种独特的方式聆听着。从那天起，我们开始了长达四十年的深情厚谊，至今仍是莫逆之交。也是因为那一天，我后来才参与到伦敦一些运用 LSD^①的治疗项目。

当时正值 60 年代，各种迷幻药，谈情说爱的集会以及呼吁和平的抗议层出不穷。不过我忙着带三个孩子，学习表演，还得去剧院上班，自然也无暇顾及这些，甚至连大麻都没有吸过。唯一一次算得上离大麻最近的经历，还是这样的：我在伦敦的时候，有时会和一个流行乐队的头头一起演唱。他让我尝了一勺看起来像是印度大麻的东西，说是医生针对他的"压力"开的药。他把那一勺东西混到一杯水里，然后我就喝下去了，可那感觉实在是太恶心、太难受了！我发誓从此再也不要碰这些东西。后来有一两次，我仅仅是在屋里子闻到了大麻燃烧的味道，就特别想吐。

不过我对哲学、宗教和人类心灵本质一直都很着迷。我读了伊斯兰教苏菲派诗歌，又看了一些如圣十字架约翰、诺里奇的朱利安、圣泰瑞拉等基督教神秘主义者的作品，还对藏传佛教产生了兴趣。这些人对现实的感悟，似乎更为深刻，也更为庄重。但当时的我，对此只是有一些浅浅的认识。

我被阿道司·赫胥黎的《长青哲学》深深吸引住了，接着又读了他的两篇文章《知觉之门》和《天堂与地狱》，更是非常着迷。赫胥黎在文中描述了自己通过服用墨斯卡灵^②而出现意识扩展的经历。他还提到了"普适心灵"的概念：人们通过"普适心灵"可以更多地感知现实世界。

---

① 麦角二乙基酰胺，一种强大的人工致幻药。
② 一种迷幻药。

在他看来，每个人每一刻都不仅可以记起自己的经历，还可以感知宇宙中任意地方的任何一件事情。但大脑和神经系统把我们意识中的绝大部分都过滤掉了，只留下会有现实作用的极小一部分，才使我们不至于被无用又不相关的无边信息所淹没。那么由此推测，每个人都可能拥有"普适心灵"。

从我记事起，我就强烈地感觉到：真实的世界要比我们平时所感知的广阔得多。我们所生活的宇宙拥有无限的可能性，只是很少被人发掘。多面的宇宙和一般意义的现实之间隔着一层幔帐。我确信，只要我们能揭开这层幔帐，就一定可以探寻我们内心和周围的多维度领地。

那年夏天，丹由于三年来一直担任驻外记者，被准许休长假。我们订购了一辆梅赛德斯，在纽约取了货又开车穿越美国来到加州看望家人，之后就把车卖了。

当时斯坦利已经卖掉了位于阿尔塔大道的大宅子，和两个孩子以及保姆搬进了帕洛斯福德半岛上一座更为经济的房子。兰斯和达娜从小就不得不经历那么多曲曲折折，他们的爸爸又常常一出门就是好几个月，两人终于变成了问题少年。

1967 年 7 月伊始，斯坦利飞到拉斯维加斯和刚认识不过几个月的乔·安·希尔结婚。他很想让我见见乔，就邀请我们去帕洛斯福德半岛住几天，然后再返回英国。

我对乔的印象很不错。谈话之中，我得知在美国禁止使用 LSD 之前，她曾接受过运用这种药物的精神治疗。我向她询问治疗感受，了解到她由此获得的收益之后，我的兴趣就更浓了。于是，有了乔的治疗先例，再加上赫胥黎的文章，我一到伦敦就迫不及待地给大卫打电话，请他也帮我找一个做 LSD 研究的医生。大卫马上就给我预约了乔伊斯·马丁医生。在我回英国之前，大卫已经参与到她的研究中了。

在英国，获准将 LSD 用于治疗研究的医生屈指可数，马丁医生就是其中之一。乔伊斯·马丁 1905 年出生在印度，于 1933 年在伦敦获得医学学位之后，又在塔维斯托克研究中心接受了有关精神病治疗的培训。她与著名的莱茵和山迪森医生一道，在伦敦的马尔堡日间医院等地开创了使用麦角酸的先例。

1967 年秋天，我来到她位于尔贝克大街的办公室开始接受治疗。我不知道接下来会发生什么，甚至不清楚自己是来干什么的，只是非常确定我应该来到这里。我接受治疗的那间小屋空空的，就只有一张床和一把椅子。每次治疗一开始，马丁医生都会先给我肌肉注射 250 微克（有时多一些）麦角酸。十五分钟后，药效显现出来了，接着我就觉得周围的色彩非常明亮，很多东西都变形了。我的身体里充满了强有力的能量，就像一束激光一样，常常让我的头有点嗡嗡作响。

马丁医生的治疗方法并不复杂，却十分明确。她会先了解到药物带来的一切反应，然后再探寻其中的意味。用 LSD 治疗可不仅仅是报道中司空见惯的那么美好奇妙，我就算闭上眼睛也会产生幻觉，还会对房间里很细微的东西产生极其强烈的反应。我好像进入了梦境一样，觉得周围的小东西都熠熠发光。而我和马丁医生说一些很平常的话时，也不知怎么的，总能听到很完整的回声。

每次治疗都需要六个小时，不过药效会持续更久。一般到了第五个小时，我们会讨论药物所唤醒的经历。马丁医生会让我戴上耳机听一些古典音乐，她则离开房间去给我煎个鸡蛋或是做点别的什么吃的。她总是让我离开前先吃点东西，要不回家路都走不稳。本来我就喜爱音乐，一边听着我最喜爱的作曲家的曲子，一边感受着这种非凡的物质在我体内起着作用，那感觉真是太棒了！以前我只有在和斯坦利躺在客厅里听好几个小时的音乐时有过类似的体验，但还是比不上这会儿。我在马丁医生的办公室里听着西贝柳斯的交响曲，为每一个音符所感叹，为曲子的千回百折所折服。接着我突然觉得西贝柳斯把创作的热情融入了音乐之中。我又听了几分钟，发现西贝柳斯不再是曲子的创造者，而是幻化成了一串串音符。他即是音乐，音乐即是他。从此，我欣赏音乐的方式也改变了。

　　大概是第五次或者第六次治疗的时候，一些往事才开始以"精神疏泄"的方式喷发出来。对于"精神疏泄"，人们是这样定义的：通过再度体验过往的经历，把心中积郁的苦闷或思想矛盾倾诉出来。之前没有经历过"精神疏泄"的人第一次一定会被它吓倒的。我以前总是发高烧，所以对此多少还是有一些了解的，但现在在 LSD 的作用下，"精神疏泄"的强度加大了。失去的记忆借助我的整个身体，一点一点地回来了。

　　一次治疗中，我的骨盆突然痛得让我不得不弯下身子。这时，我看见自己在浴室里擦洗白瓷砖，想要清除上面的血迹。每一片瓷砖我都看得一清二楚，连瓷砖边缘的黑色细框都是那么的清晰。一切都太活灵活现了，我的身体十五年前所经历的那些，此时此刻再度上演了。不过，我的知觉仍有一小部分是独立的观察者，依然知道我还待在马丁医生办公室的小房间里。

　　那些"精神疏泄"，以及其所唤醒的记忆，都是零零散散地陆续浮现出来的。在记起了骨盆疼痛，擦拭血迹的那次经历后，又经过了两次治疗，我终于把被强奸的那个晚上拼凑完整了。我还记得我过往记忆完全被唤醒的那一刻，我平躺在床上，腹股沟疼痛难忍。突然之间，我惊恐万分地大叫了起来："不，天啊！不要啊！"

　　"发生什么事了？"马丁医生问我。

　　"这不可能！"我哭了起来。

　　"谁和你在一起？"

　　见我不回答，她又问："蕾丝莉，还有谁在那儿？"

　　"是他。"我不能告诉她是斯坦利啊！

最终，我鼓足勇气说出了斯坦利的名字，情绪一下子崩溃了，一直痛哭不止。

马丁医生告诉我，那些最痛苦的记忆，往往被我们隐藏在最深处。长久以来，我都竭尽所能地不愿承认父亲曾经进入过我的身体。

还有一次，我觉得嗓子紧绷绷的，还有些恶心，特别难受。喉咙内膜肿胀得很厉害，我都快不能呼吸了。与此同时，周围的事物大都变成了橙色和蓝色。猛然间眼前一亮，我看到自己躺在医院的床上。到了下一次治疗时，我才搞清楚这是怎么一回事，也终于知道了吞食药片被洗胃的经历。我的喉咙开始消肿了。

接下来的一次治疗中，我整个身子都麻木了。在我的眼前，自己躺在一间黑雾的硬板上，身边围满了男男女女。我一直都觉得祖母就在那里，不过还没搞清具体的状况。当我睁开眼看见坐在椅子上的马丁医生时，我产生了幻觉：那分明是斯特拉啊！身上的麻木感立刻消失了，我往后一直退缩到墙角，想离她远点。马丁医生也发现了我的恐惧，从椅子上站了起来，伸出手走过来想要安慰安慰我。可我尖叫着"滚开"，她就又坐下了。

我当时真是胆战心惊。这是我使用LSD的过程中唯一一次产生幻觉，但这是一条十分重要的线索。正是基于此，我才渐渐了解到十五年前的那个夜晚，斯特拉带我去海边那座类似教堂的奇异建筑时都发生了什么。

破碎的记忆一片一片又浮现出来，终于拼凑完整了。原来那个夜晚这样的。四周黑洞洞的，只有一些零星的烛光。屋子里有二三十人在等着我们，可我一个都不认识。我到处找斯坦利，但就是看不见他的影子。我不想待在这里，就对斯特拉说："这很热，我有点难受，想回家去。"

虽然我有些晕晕乎乎的，但心里还是害怕得不得了。我朝门口走去，可还没走两三步就绊倒了，那地板可真硬，还有一股脏兮兮的味道。两个男人跑过来把我拉起来，拖到屋子中央。接着，我又被他们放到一个高高的桌子上，两条腿还在桌边晃荡着。

"这些都是我的同事，"斯特拉开口了，"他们是来帮助你的。"

那些人都往前绕桌子围了一圈。一个女人把手中一个带凸块的金属杯和一块抹布递给了斯特拉。斯特拉用布擦了擦杯口，就把杯子放在我嘴边："喝下它！"见我把头往旁边一撇，她又说："如果你按我说的去做，那还能轻松些。"

那两个男人从背后推着我的胳膊，另一个女人则从斯特拉手里拿过抹布系着我的上臂，然后把个类似老式钢笔头的东西往一个小罐里蘸了蘸，就像医生给病人注射天花疫苗一样，在我胳膊上划了一道，血一下子就顺着胳膊流了下来。

"喝！"斯特拉说着又把杯子放在我唇边。我只好照办。不一会儿我就睡着了。

等我醒来的时候，发现自己还躺在那张桌子上，但是身上的衣服给人脱掉了不少。一个男人就像牧师做弥撒那样，拿着一个带链子的坩埚摇来摇去，满屋子都是烟雾缭绕的。我听见他一遍又一遍地重复着："忘记，忘记，忘记，忘记啦。"

在马丁医生的办公室里，我睁开了眼，对所发生的故事非常好奇，而且是一种很超然的好奇，好像那些与我并不相干。我不再害怕了，几乎什么感觉都没有了。但在那间屋子里，当我试图从桌子上下来的时候，却发现自己的手脚根本动弹不得，甚至连头都抬不起来了。

然而我还是能看见当年的一切。一个女人对斯特拉说："是不是得再给她来点箭毒啊？"直到四十多岁的时候，我才了解到，箭毒是由南美洲多种有毒的草药混合而成的。当地人把它涂在箭头上，这样被射中的动物就动不了了。20 世纪 30 到 40 年代，鉴于箭毒既可以有效地抑制肌肉活动又可使病人保持知觉，美国的医生就以这样那样的形式把它运用到常规的麻醉过程中。

在我最害怕的时候，我听见了来自内心深处某个地方的疾呼："不管他们怎么对你，你都不会受到伤害。"顷刻之间，我的恐惧和害怕一扫而光，内心充满了深深的感激，感激我依然存活在这个世上。

那天晚上还发生了什么？时至今日我仍然不得而知，我甚至根本不想去了解。但最终在这里解开的一切，让我洞悉了到底是什么让我曾经那么伤心欲绝。

马丁医生的治疗破解了我的心理密码。起初是一点点地渗出，接着倾泻而来的不仅有关于乱伦之恋的记忆，有斯特拉打着"治疗"的旗号，一手策划的迷信仪式，还有疗养院里的约束衣和软壁病室……可我是怎么知道这是真实的经历而不是幻觉呢？因为突然之间，我记忆中断断续续的童年变得连贯起来了。通过配合马丁医生治疗，我渐渐明白了自己为什么总是那么惶恐不安，为什么十三岁那年会迷失到连自己都不认识了。曾经有一些事情，我以为做了之后别人就会"接受"我，如今我才懂得自己那么努力到底是为了什么。那些一度忘却的记忆其实一直都在下意识地执行"睡眠程序"——一种基于害怕、愧疚、耻辱和自毁的程序，不仅曾把我生生撕裂成碎片，如今依然阻碍我全身心地投入到生活中。后来，通过认真的调查，以及和那段关键时期相关之人的交谈，我终于确定这些就是我真真切切的经历。

我很想说，是马丁医生把我"治好"了。本来说不定可以皆大欢喜的，但事实并非如此。像是关于电休克疗法等的记忆片段只在 LSD 的作用下断断续续地出现过，直到又过了十五年，我才完全记起来。而且，虽然再现和记忆是疗伤的核心部分，但仅仅这些是不够的，有时你需要用一生的时间去抛却那些对自己、对世界、对价值、对可能性的错误认识。每个人都需要时间和意识的发展才能拥有属于自己的力量。这个过程需要勇气，需要他人的爱，也需要上天的恩赐。

    一天，我正在马丁医生那里治疗时，突然非常强烈地意识到她即将辞世，甚至能感受到房间里的死亡气息。那天晚上回家后，我对丹说："我很确定马丁医生就要死了，不过可别告诉她啊！"丹每次听我讲回忆起来的往事时都很感兴趣，也像我一样参与到了马丁医生的研究中。

    "放心吧，"丹说，"我不会告诉她的。"

    但是丹最后还是没按捺住，把我的话告诉了她。马丁医生说"那是蕾丝莉被压抑的攻击行为展现出来了"。回家后听丹这么一讲，我哈哈大笑起来。

    又过了三周，我最后一次接受马丁医生的治疗。当时我就觉得死神已经来到这间屋子了，空气中到处都充斥着死亡的味道。两天之后她就去世了，那天果然是她最后一次工作。我不得不说，她的死让我松了口气。因为我已经受够了，如果她不离世，我就还会强迫自己接受治疗。

    对于医生以这种庄重的方式运用 LSD 来扩展意识，辅助精神治疗，再塑病人的人生观，我的确怀有深深的敬意。我永远都会特别感激在马丁医生的帮助下，LSD 给我带来的治疗效果。但 LSD 作用非常强大且违背自然规律，人体本身对它又是完全陌生的。接受了那么多次 LSD 之后，我的健康大打折扣，直到两年之后精力才有所恢复。从那以后，我再也没有接触过 LSD。

第三十七章 悲剧与恩赐

从那个状况颇多的 1954 年夏天，到 1979 年父亲去世的二十五年间，我逐渐成长为一个女人，生下了三个孩子（我一共有四个孩子），也终于为自己在这个世界上博得了一席之地。然而，也是在这些年月里，斯坦利与安·理查德的婚姻再也难以为继，他们离了婚。不久，他们的问题女儿达娜就成了法庭监护的未成年人，被送到加州百德加的戒毒中心。几个月后，她那无"家"可归的哥哥也被送到了那里。接着，斯坦利的第三段婚姻失败了，他的身体也是一天不如一天。安则死于头部中弹。两周之后，人们才发现她已经严重变形的尸体，不得不通过检验牙齿才确认死者身份。验尸官最终确定安系自杀身亡。

多年来，父亲一直饱受愧疚和性格分裂的折磨。他把恐惧感、负罪感、对自我的厌恶和忧伤、悲痛都锁在了心灵的黑暗处，而他又是酗酒又是逃避，就是为了将其掩盖。年复一年，那些情绪腐烂、发酵，不仅一点点地侵蚀着他的生命，还伤害了他最爱的人。而我却无能为力，只能默默地站在一旁。我依然记得他的两个美妙梦想：谱出佳曲，融合爵士乐和古典音乐；拥有幸福的家庭，享受天伦之乐。只是我知道，这些是他永远都无法企及的了。他从来没有正视过内心的阴郁，也从未拥有过足够的安全感。

父亲虽然在事业上大获成功，他这一辈子却是一场十足的悲剧。他浪费了太多太多的潜能，实在是令人扼腕叹息。有时想想这些，我也会泪眼婆娑。简直太不公平了！他也曾奋斗，也曾努力，但都因对自己的憎恨和各种不良癖嗜而成为徒劳，整个人生都分崩离析了。与此同时，我的生活越来越好了。如今回首往事，我蓦然觉得，我每一次努力地正视阴郁的情结以治疗内心的伤口，不都是上天恩典的赐予吗？

这些恩赐形式各异，常常出其不意地展现在我面前。比如那些医生，明知道我没有治病的钱，却还是对我关爱有加。再比如那些眼光敏锐而又心胸开阔的人，不仅遇到了勇敢无畏的外在蕾丝莉，也洞察到在我的体内，还有一个困惑的生命体战栗不已，而且对于我的不同面都怀有同样的祝福。正是他们的爱与包容，给我了安全感，让我逐渐康复。

从十岁那年就时常"来访"的无名高烧，其实也是一种恩赐。希波克拉底曾经说过，"请赐予我一次高烧，我就能治愈所有的疾病"。有一点他虽然没有明确指出，但我已然从自身的经历中深深体会到了：有时候，发烧不仅能去除体内毒素，还能清理心灵的碎片，以及那些伤害性极大的错误观念。我以往堆积起的感情碎屑和精神碎屑，曾经扭曲了我的人生观和价值观。而每一次的高烧，都可以清除一些碎屑。我总是每隔几个月就会发烧，每次都特别严重，就像有丛林大火袭来，势必要将枯木燃尽，同时破开外壳坚硬的种子，让这里终有一日能再添新绿。

虽然每次发烧，我都很害怕，身子也很虚弱，但常规的医疗方法根本治不好，我相信这并不是由细菌感染引起的。每一次，我都能感受到炽热的火焰，仿佛身处令人窒息的地狱，但我反而更平静，也更坦然了。它们来来去去就像在漩涡中一样，每转一圈，我的生活就会多一些明净，也多一些自由，少一些害怕，也少一些惊恐。

最后一次的严重高烧让我做了一生中最骇人的决定之一。当时我要抚养三个孩子，但我并没有钱，也不具备生活技能，甚至都不知道自己能干点什么。

那个时候，我和丹已经结婚好几年了。但在马丁医生那里治疗得越久，我就越来越清醒地认识到：这场婚姻既不会给我，也不会给他带来任何满足感。丹对此也有同感，不止一次跟我提过离婚。

1970年冬天，我们带着三个孩子去挪威滑雪，一共待了两周。我们刚刚到达度假的小屋，我就又发一次发烧了。不过想着刚开始还不太严重，第一天我还是去滑雪了。但是不久就烧得特别厉害了。

每次发烧我都怕会吓着孩子和丹，或者身边的任何人，我必须一个人待着。所以家里人都在滑雪的时候，我在卧室的木地板上铺了两床兔绒被，还把能找到的大衣、毯子统统盖在身上，希望能渐渐好起来。

就这样过了三天，那可真是不好受——就只有硬木板，一阵阵的发抖，一次次地把铺盖掀开，不到五分钟又赶忙把所有能抓住的东西（甚至包括沙发垫）都往身上盖，只要暖和点就行。这次发烧给我的感觉和之前的都不同：我不再像以前那样无助了。而且我觉得，这次高烧退后，我就会从孤立无援的世界破茧而出，来到一番充满无限可能的新天地。我好像得到了力量，脑海中一遍一遍地回响着"我有生存的权利，我一定会好好生活"。从那天起，我再也没有发过严重的高烧。

这些年里，各种事情常常同时发生，引领我进入超越五种感官的意识、经历和知识领域。过去，我总是觉得自己进入漆黑之中的一片树林，而且也没有地图可供参考。但我渐渐明白我必须在摸索中前进。现在，我又要走进一片黑森林，而第一步，就是结束我的婚姻。

跟丹结婚的时候，我完全生活在惊恐之中，不仅担心养活不了孩子，甚至害怕连自己都会活不下去。这样的婚姻，对我、对他都是不公平的。

而且结婚以后，我也一直无法从妻子的角度去爱他。那次的高烧退后，我曾数次乞求丹的原谅，但他每次都用一样的口吻回答我："我没有遗憾，至少最后我还拥有这么美好的家庭。"

从挪威回来之后，我就已经下定决心要离婚了。我觉得自己必须一个人待一段时间，认真思考一下今后的人生之路。丹知道我对哲学和比较宗教学很感兴趣，就建议我去寺院里住一两个星期。

我曾经读过创巴仁波切的书。有人告诉我，不久前他在苏格兰的埃斯克代尔米尔创办了西方第一座藏传佛教寺院——三昧耶林。我还记得那天距1970年复活节还有三天，我打电话给住持阿贡仁波切问我能不能过去。他说已经没有房间了，不过接着又说："你还是过来吧，我们会安排好的。"

没想到在三昧耶林的这段经历，让我收益颇多。刚到寺院，我就和阿贡仁波切聊了一个小时，他还送给我两个像兔粪一样的小药丸。这种叫"达斯提"的药丸是由多种干草药精心混制而成，又经得道高僧开光，一般是不会轻易送给任何人的，而且据说对人的身心都大有裨益。不过"达斯提"带给我的，还不止这些。它净化了我的心灵，极大地扩展了我的意识，使我终于拥有了期待已久的澄澈透明。

服下药丸之后，我就来到寺外一座人迹罕至的山上。在山顶，我脱掉衣服躺在高茎草上，沐浴着难得一见的苏格兰春阳。我在那儿足足躺了五六个小时，中间就翻过一两次身。在这个偏僻而又静谧的地方，这么多年来我第一次感觉不那么挣扎了。

接着发生了一件很有意思的事情。我听见一个男孩边说边笑，接着又听见一个男人的声音。从他们的话语里，我觉得这两人应该是在放风筝。但当我好不容易从几近昏迷的状态中苏醒过来，抬头环顾四周，却发现根本没有一个人。我想，大概是碰上了以前发生在这里的事情吧。

那天晚上我回去以后，遇到了二十二岁的大卫·英格里诗。虽然我大他好几岁，但我们之间迅速产生了强烈的感情，就像大卫所说的，"见到你的那一刻，我就知道你是我最珍贵的朋友——简直就是我的一部分。我第一次觉得自己是完整的。虽然之前我并没有意识到，但其实冥冥之中，我一直都在寻找你，是你让我懂得了生活的意义。"

虽然当时大卫已经是订过婚的人了，但他很快就解除了婚约，还辞了工作，离开家来跟我和几个孩子挤在一座小屋子里。要不是十二岁那年从"老爹"那里继承的五千美元，我连这个小窝都买不起。

屋里只有三间卧室，我又想让布兰登、苏珊娜和杰西都有自己的房间，就和大卫将就着睡在客厅的地板上。他开始给每个孩子的小天地做衣柜，做架子，我则负责刷墙，都是想让这个家更漂亮一些，更温馨一些。

每个孩子都很喜欢大卫，他也给他们各写了一首歌。他是个电气工程师，不过为了养家，他只好先去修路赚点钱。我则选择写作，因为只有这样的工作不会把我和孩子们分开。

我职业生涯的处女作是一篇针对起重机械制造业现状的四千字文章，是为《工业管理》杂志而写的。家里没有桌子，我只好把那台老式打印机放在台阶上。当时我们刚搬过来不久，台阶上还有好多地毯钉条，我的手指都给扎了好次。虽然我好不容易让编辑相信我是记者，但我对起重机械那可真是一窍不通，只能逢人就问："你知道起重机械吗？"

大卫出现以后，我的生活，或者说是我们的生活，得到了更多的恩赐。与其说这是由于他为我们做了什么，不如说就是因为他这个人。正是因为我和大卫彼此爱慕，相互信任，我才有了一些很奇妙的感悟：最让我们害怕而羞愧的，就是内心的阴郁，但只要我们敢于敞开心扉，那些黯淡的心情也会焕发出美的力量。当然，这需要我们坦诚相见。就像我那样，把原原本本的自己呈现在大卫面前。

我和大卫共同度过了五年的时光。我们分开的时候，我已经在新闻界小有名气了，经济上可以独立，演了电视，也开始考虑出书。如果问我们为什么会分开，我想是因为我们之间的爱已经把它的魔力都发挥完了，我和大卫该踏上各自的征程，去发现新世界、学习新东西了。"我们在一起的时候，我总是想通过爱你来治疗你，"大卫曾说，"当时我就想，只要我能完完全全地爱你，就能把你治好。但后来我终于明白，仅仅有爱是不足以帮你战胜一切的，那还需要很多很多。"

　　那的确还需要很多很多，而恩赐，就是必不可少的。

　　斯坦利自从1962年的那个秋日咳血以后，他的生活就与恩赐无缘了。1965年，他因肠内动脉瘤和内脏积水接受治疗。从此，他一次又一次地住进医院，几周之后又开始到处演出。以前的他一直都是那么的精力充沛，但由于长期酗酒又抽很多烟，他的身体状况已经是每况愈下了。

　　1972年2月，斯坦利来到伦敦。他在罗尼斯考特俱乐部待了五天，为BBC录制了一期《星期六之声》，还在哈默史密斯的奥迪安音乐厅举办了一场音乐会。我们通过几次信，也打过几通电话，不过由于我当时刚刚开始接受马丁医生的治疗，并没有时间去看他。

　　治疗结束后，我去伦敦的五月花宾馆看他，是时候让他面对那些失而复得的记忆了。那天不知怎么了，我出了电梯，往他房间走的时候，一路都是颤颤巍巍的。我敲了敲门，他一如既往地很快就打开了门。我发现他的右手在抖，整个人看起来也心神不宁的，好像特别紧张。难道在他的内心深处，能感应出我要说的话？不会，不可能这么玄乎的。

　　他领我走进房间。屋子里有一张玻璃桌，左右两边各有一把椅子。他跨过椅子往窗户边走去，一不小心被绊了一下，脚指头踢到了床角，疼得他眼泪都流了出来。我赶紧过去扶他。接着，我坐在一把椅子上，以为他会坐在对面，不过他就站在窗户旁，低头凝视着下面的街道。

"我们需要谈一谈。"我说。

他还是站在那里，只是转过身来面对着我。他知道我参与了马丁医生的研究项目，不过还不了解我由此而回想起的斑驳往事。

我开始给他讲回忆起的事情：柯姆庞斯湖，带血的白瓷砖；无数个夜晚，我被他丢在宾馆，根本不知道他何时会回来；我在浴室里服下药片，之后又被洗胃；那个夏天，他把我交给斯特拉之后就离开了，还以为"一切都会好起来"，可我却在一个我永远都无法确认的地方，被一群根本不认识的人实施了电休克疗法……

当这一切喷发而出之后，我惊奇地发现自己不再抖动了。不管怎么说，他都还是我的父亲啊——我总是隐隐觉得，他就是那个最高大的形象。这么多年以来，我是害怕他会发怒，会干一些莫名其妙的事情，还担心他会对我恶语相向，会侵犯我的身体。这些恐惧就像过往的记忆一样，已经成为我思维的一部分了。但是现在，我真的一点都不怕他了。

本来以为他会勃然大怒，对此断然否认，甚至开始责骂我，但他没有，只是好像无可抑制地被一股强大的力量所掌控，目瞪口呆地站在那里，而且一点都不紧张。他刚才还很红润的肌肤变得血色全无，死一般的苍白；本来笔直挺拔的身板也一下子弯了，好像只是撑起那件西服的空架子。他坐在床边，用手托着垂下的头。许久，他就呆呆地坐在那里，直到抬起头来问我："当时是在哪儿……我是说第一次。"看来他想知道。

接着又问，"我送给你的金表，你都没戴过吗？""维奥莱特知道吗？她怎么说？"……最后他说，"小矮子，我不在的那个夏天，他们都是怎么对你的？"

关于这些，我把能记起来的都告诉了他。终于，他不再问了，只是静静地坐在那儿。我长舒了一口气，还是很高兴的：我已经把能说的都说了。

而他，就像是一个迷失的孩子，对周围的一切都茫然不知。他的这一面我还是了解的。我挨着他的脚坐在地板上，把手放在他的膝前。我们都不再说话了。那些回忆已经不需要用言语来表达了，它们已经变成了实实在在的物体，充满了整个房间。我看到了卡特琳娜岛……他把头伏在我的膝前，诉说起五彩斑斓的梦想；我看到了他无意轧死的小狗，还有我们一同把它埋葬的情景；我又看到他不知道怎么和我交流的时候，把我像个布娃娃似的摇来摇去，还猛地把我推到墙边……但我并没有说出来，有什么必要吗？他都知道的。就那样，我们沉默了好久好久。

终于，他打破了沉寂。他用手抓着头晃来晃去，一直重复着同样的话"我妈妈是个巫婆"。我还是头一次听他这么说。

我也不知道那天在五月花宾馆里待了多久，一个小时还是两个小时？由于我还得坐火车回家照顾孩子，他也得准备准备当晚的演出，我们俩约好第二天上午再见面。我离开的时候，他还是呆呆地坐在床边。而我走在去帕丁顿车站的路上，发现自己终于又可以顺畅地呼吸了。

第二天临近中午的时候，我来到宾馆。斯坦利面容憔悴，不过总算不再那么弯腰驼背。他说："我一夜都没睡，一直在思考那一切。我也不知道该说些什么。总之，对不起小矮子，真的对不起。我只能说那些日子里，我几乎都不知道自己会何去何从。"

我相信他说的都是真心话。那几年里，他遇到了很多事情，但常常不知道该怎么去面对；他陷入漩涡之中，根本看不到外面的世界……还有那个困住他的双螺旋，至今还不肯放手。但是不管怎么说吧，他都已经开始记起一些往事了。他告诉我，那年夏天斯特拉插手之后，他从纽波特音乐节一回来，看到我居然变成了那副样子，只觉得"惊恐万分"。他说："你就好像空了一样，已经被生生毁坏了。对我而言，最糟糕的事情莫过于此了。我发疯似的到处责备人——斯特拉、你母亲，甚至任何人。其实我也知道错在我，但我也束手无策啊！而这个时候，你的身体开始出现在我的噩梦里。你出现了，向我走来，可接着……我想要抓住你，但是你在一点点地蒸发啊！"

从那天起，我和斯坦利的关系变得不同于往昔了。我们没有再争执，没有再打趣，也不再拥有什么秘密了。我们俩好像都有一部分或者几部分消失了，取而代之的是拘谨。不知不觉地，我们开始以这种新方式写信、通电话、互寄照片，做的都是父亲和女儿"应该做的事情"。我终于如释重负。我依然会爱他，一直都会，但是不会再为他而活。我可以拥有属于自己的生活。

从 70 年代初期开始，斯坦利就没有属于自己的家了。在外演出的时候，他都住在宾馆，平时就待在斯特拉那儿。当时，斯特拉饱受阿茨海默症的折磨，大脑功能急速退化。斯坦利则结束了与乔的婚姻，把乐队交给奥黛里·柯克管理。他们两人一直配合得十分默契，对于他而言，奥黛里不仅是经纪人，还是他这辈子最好的朋友。

1975 年 8 月 29 日，奥黛里和斯坦利开着租来的汽车前往圣地亚哥。之前乐队已经休息好几天了，30 日晚上要在科特斯宾馆演出。他们俩提前一天过来，就是为了做做采访，参加一下广播节目和电视节目的录制。没想到到了圣地亚哥，由于当地监狱的囚犯绑架了监狱长，所有的媒体都忙着报道这个大新闻，根本无暇顾及他们的乐队。他俩就决定先到墨西哥的提华纳市，第二天再回来参加演出。

如果有人想快速处理结婚或离婚的事宜，或是需要马上堕胎，那提华纳真是个很合适的地方，这里到处都是提供这种服务的商店。奥黛里和斯坦利在提华纳享受了一顿美味的午餐，奥黛里还喝了玛格丽特鸡尾酒，斯坦利则灌了不少苏格兰威士忌。突然间，他们觉得既然俩人已熟识多年，相处得很不错，那么干吗不结婚呢？于是说做就做，他们从餐桌旁站起来，穿过街道，去对面的婚庆商店把婚给结了，还拿到了结婚证书。办完之后，他俩怕耽误演出，就马不停蹄地赶往圣地亚哥。

回去的路上，酒精的作用渐渐退去，两人终于清醒了。他们惊恐地看着彼此，"天啊，我们怎么会做出这种事！"但是他们已经是合法夫妻了，而且一直都没有离婚。不过这个事当时就是奥黛里和斯坦利之间的秘密，连直系亲属都不知道。

我也是在三十年之后才知道还有这件事。奥黛里对我说："我这辈子就没干过比这更蠢的事！"

1976年1月17日，我收到了父亲的来信，才知道他又住院了。

亲爱的蕾丝莉：

我想把我的最新情况都告诉你。

我正在休斯敦的卫理公会医院接受检查和治疗，已经来了四个星期了，估计还得再待三周。我给你说这是怎么回事啊。

你还记得吗？过去的四年里，我动了四次大手术，腹部被开了好几次刀，而且每次的方式都不一样。我已经不能控制自己的肚子了，现在腹部像凸出来一样，难看死啦。更糟糕的是我又胖了。你知道我一向都是完美自负的，如今这个样子简直太让我难堪了！

好几个医生都告诉我，目前只有通过再动一次手术，把腹部肌肉复位才能修复伤口。首先我得减肥，我真的减了啊，可不想再看见那些赘肉了。

去年12月中旬，我在纽约的布法罗做了手术。之所以选择那里，是因为我在布法罗找到了可信赖的医生，而且我不想再住进比弗利山庄的医院了。

十二天后，我出院了。回到加州休息了两天，就又开始到处演出了。没想到才不过一周，伤口突然裂开了，不得不赶紧住进这家医院。

伤口感染的地方我之前就做过一些小手术，这次医生把坏死的组织都清除了，这样就能长出新的了。恢复期漫长而乏味，不过也就是再过三个星期的事了。

本来这就够我受的了，我还得马上好起来，投入到工作中。医疗费实在太贵了，虽然是有医疗保险，但我要是再不赚钱的话，就离破产不远啦。

我妈妈到3月份就八十六岁了。她现在身体特别不好，几乎完全失明，而且都治不好。她的大脑逐渐退化，很多时候连自己在哪儿都不知道。她还总记不清刚刚说过的话，我都没法和她交流了。

我把刚刚写过的部分又读了一遍，感觉论调特忧郁，不过事实并不是这样的。我很快乐，精神状态也很好。另外我还发现自己写的字太丑了，你别介意啊！

请代我向孩子们问好。

爱你的 斯坦利

1976年8月，父亲最后一次去欧洲巡演，奥黛里一直都相伴左右。这是一次失败的巡演，他都有些不能控制自己的行为了，但还是必须坐在钢琴旁边指挥乐队。他们的主演地是伦敦，又在瑞典、丹麦等国巡回演出了三周。天气特别糟糕，到处都是拥挤的人群，他们乘着巴士长途跋涉，吃的住的都很不好。父亲决意无论如何都会坚持下去，根本不顾他的身体状况在逐渐恶化。

1977年5月27日，他们仍然在巡演中。当时乐队在宾夕法尼亚州的雷丁市演出。那天下午，斯坦利突然觉得有点不舒服，就脱去平角短裤和袜子，躺在床上休息，到晚饭的时候才醒过来。他住在八楼，起来后打开房门，跟跟跄跄地下到了三楼的停车层。突然不知怎么的，他摔倒在地上！没人知道他是由于滑倒时摔着了头部，引发了脑动脉瘤，还是脑动脉瘤导致他摔倒。一个女人先发现了他，大家赶忙把他送到医院。

他突发了严重的中风，要不是理查德·约翰逊——这位很棒的心血管病医生恰好在这家医院工作，他根本连存活的希望都没有。约翰逊医生为斯坦利做过头部手术后对我们说："他的脑部血管破裂了，血都溅到手术室了。我还是头一遭见到这么严重的情况。"听了之后我就觉得，这不正象征着那股像火山爆发一样，驱动着他的强大力量吗？

他在医院里从5月末一直待到7月4日。这期间，我从英国过去陪过他一段时间。还记得我刚进病房的时候，他居然没认出我，但他的眼中闪耀着光芒，还不停地说："你是如此美丽，如此美丽，如此美丽……"

而奥黛里，再也不仅仅是斯坦利乐队的经纪人了。父亲出院的时候，她给在英国的我打过电话，问我斯坦利能不能来我这里住。但当时我和孩子们还挤在那个狭小的三居室，实在没有父亲住的地方了，除非他再给我买一套大房子啊。于是奥黛里就把父亲接回自己家，一直悉心照顾他，直到他去世。

那次中风过后，父亲觉得很丢人。他还得了失语症，总是理解不清，也表达不清，这让他非常尴尬。而且，他连刚刚发生的事情都记不起来了，对往昔的经历更是没有什么印象了。医生都说他再也无法工作了。

他搬进奥黛里家时，语言能力极为匮乏，但是想写曲子。奥黛里就把那架大钢琴搬过来，还把谱曲纸啊等等所有必要的东西都买回家来。他常常下楼弹几个小时的钢琴，再垂头丧气地回来，也会写一张谱曲纸，然后撕掉，再写，再撕……他写下的全是一些胡言乱语。

奥黛里每天都要去办公室，就把他留给保姆照顾。当时办公室也快人去楼空了，四分之一的雇员都辞职了。奥黛里只好事必躬亲，从写信到邮寄专辑，什么都干，就只有几个做兼职的孩子能时不时地帮帮她。

父亲不能出门，就是睡睡觉，看看约翰·韦恩的电影。而奥黛里回家的时候，常常发现他在喝酒，原来他打电话让山下的酒铺送货上门。晚上奥黛里做饭的时候，他就坐在阳台上，凝视着外面的群山。

他除了偶尔见见几个孩子，所有的朋友和熟人通通都不见。他的身体都这样子了，但还是像个困在牢笼中的动物一样，迫切地想要出去表演。虽然他连话都说不清楚，也无法站起来指挥，但还是相信自己是可以再度登台的。

1978 年 1 月，他和奥黛里从长滩市出发，乘着巴士横穿美国，来到纽约布法罗，准备在那里的希尔顿酒店拉开新一轮巡演的序幕。这次巡演对斯坦利和奥黛里而言都很不容易，还好他得到了乐队成员的大力支持。他们都很爱他，每当他笨嘴拙舌或是没处理好事情时，他们就会站出来帮他。连媒体都对他很尊敬、很友善，并没有报道他无法领导乐队的事。一路同行的还有一些医生，就是怕他出现紧急情况，事后证明这样的准备是正确的。就这样，父亲一直坚持到了 8 月 20 日。乐队在旧金山斯特恩齐格夫娱乐中心开过音乐会后，他终于撑不下去了。

后来斯坦利就一直住在奥黛里家里，由她无微不至地照顾着。他常常待在卧室里看约翰·韦恩的电影，最喜欢的就是《红衣女巫的觉醒》，我们俩之前就一起看过好几次。影片的主人公和父亲一样有着双重性格，总是在心理上、道义上不停挣扎。

1979 年 8 月，我最后一次见到斯坦利，就在那间卧室里，只有我们两个人。

斯坦利只穿了一条平角短裤，好像已经两三天没刮胡子了，垂头丧气地就像徘徊在铁道旁的流浪汉。

即将离开的时候，我对他说："我爱你。"

"嗯，我也爱你。"又是那种机械的语气。他只要一喝酒，说话都是这个样子。那天下午他就一直在喝酒。

"不，我觉得你并没有理解我的意思。"他抬起头来。我接着说："在这个世界上，没有人比我更爱你。"

转瞬间，那个已显老态的男人消失了。他的眼睛如瓷器般明亮，还像个孩子一样，天真无邪地对着我笑。

我知道他听到了我的心声，又说："我想我永远都会那么爱你。"

我万万没有想到，回到英国仅仅两周之后，我就得到了噩耗：父亲去世了！当时我正在洗澡，还是一个孩子接的奥黛里打来的电话。

"斯坦利不在了！"我大声对自己说。"他走了，我的父亲走了……"我重复了一遍又一遍。这简直是晴天霹雳，我简直不敢相信！

三周后，我收到奥黛里的来信，上面的日期是 1979 年 9 月 8 日。

亲爱的蕾丝莉：

　　距离你父亲去世已经有两周时间，我想可以理理思路给你写信了。悲伤的方式总是千奇百怪，对于现在的我而言，就是无法集中注意力。这十来天里，电话、电报、吊唁卡、寄托哀思的花束、朋友和乐迷寄来的慰问信等等，几乎要把我淹没了。与此同时，有人想做采访，有人想得到一些纪念物，有人想买下肯顿的所有专辑，有人想安排纪念音乐会，还有人想为他写书……

　　你也知道你父亲是在 8 月 25 日（星期六）下午 5 点 45 分去世的。由于他生前表示希望火化且不举行葬礼，我们于 29 日将其遗体火化，一天之后在西木村墓园举行了简短的悼念仪式。那天很暖和，只是有些雾蒙蒙的——典型的洛杉矶阴天，不过正适合送这位洛杉矶之子踏上永恒之路。我们在他的墓前种了一颗红玫瑰树。真不知道当时是怎么想的，8 月就不是玫瑰盛开的季节，估计斯坦利都会觉得好笑怎么是这么一棵树——树干特别细，还很长，一根一根向外伸展的树枝也不怎么雅观。然而，这或许正代表着重生的斯坦·肯顿，长成之后就好看多了，就像你父亲一样。

就像我之前在电话里告诉你的那样，斯坦利离开的时候异乎寻常地平静。我寄给你的死亡证明写着，死因：脑血栓；根本原因：脑动脉硬化。过去的几年里，我们在全美遇到的所有医生都说，斯坦利的大脑将会衰老到一定程度（就像斯特拉那样），我觉得这应该是从两年前开始的吧。现在回想起来，他死前的一周已经有过几次轻度中风，不过都不明显，我也就没太在意。有天凌晨三点，他从床上起来。我知道他平时就习惯半夜起床去厨房喝杯牛奶或者白酒，抽几根烟，然后再回来睡觉。但那天，他再进卧室的时候，一下子摔倒了，而且是头部着地，立刻就昏迷不醒了。我赶忙打911。医护人员赶来后把他送到急救医院，医生很快就诊断出是中风。

他在重症监护病房里地挣扎了一个星期，还常常抽搐。虽然他并没有任何知觉，也感觉不到身体的痛苦，但那副样子实在太可怕了：他麻木地躺在床边，一直流着口水。

不过没想到他弥留之际竟是那样的轻松：没有抽搐，没有颤抖，只是用那双倦怠而又迷茫的蓝眼睛注视着我。我抱着他，给他说话，他居然也能懂我的意思。我知道，此时的他已经平静了，对接下来的一切也很坦然。他的眼神告诉我，他已然知道即将辞世，也没有什么怨言了。虽然有些疲惫，但已经听由天命而无所畏惧了。

那我现在是什么感觉呢？应该是孤独吧。我已经度过了最初的伤心阶段，没有了愤怒和怨恨（你怎么可以抛下我一个人），也不再怀旧，不再感伤。你知道的，我和你父亲在一起的日子里一直都很快乐。我们总是很奇怪，怎么我们过得这么与世隔绝还乐在其中呢？我和他就在好莱坞的山顶上，平静安详地过了一天又一天，还时常相互庆贺："看看咱俩——不用住店，不用旅游，无须理会粉丝和各种各样的要求，也不必笑脸相迎地和人交往。"我们喜欢在厨房长案旁的凳子上相偎相依地坐在一起。（斯坦利甚至连电话都不接，他觉得那样会打扰我们）我们彼此相爱，住在心爱的房子里，有时会聆听喜欢的音乐；有时会欣赏落日余晖和城市初上的华灯；有时会不厌其烦地一直聊（毕竟是三十八年的朋友了）……除了这些，我们还很高兴拥有你们这几个孩子，而且你还来看过我们啊！你会懂得我的字字句句的。

我不会非常愚蠢地因为一个男人而一直感伤。公众面前的斯坦利总是让我觉得很可笑。我们被这个"大人物"的崇拜者层层包围的时候，我常常在桌子下面踢他，小声地说，"你要是再谦虚得那么过分，我可真受不了了啊！"常常，斯坦利觉得大家期待什么，他就会说什么。其实在我的眼里，他是一个矛盾的结合体。他善解人意，才华满腹，总能别出心裁，也很擅长处理各种人际关系，可以说是魅力非凡。然而，他同时又是一个冷酷无情，伤人伤己的偏执狂、酗酒狂，还总是强词夺理。有时他完全以自我为中心，只要自己满足就好，根本不会顾及他人。看似博爱，他实际上很善于操控别人。他好像生来就必须无所不能一样。其实他的几任妻子，几个孩子和那些粉丝，对他的爱都错位了。

我从来没有把斯坦利视为英雄，这让我在和他的长期交往中收益不少。多年来我们俩也曾激烈地争吵过，试图伤害彼此，没想到最后，我们居然也可以相互信任，彼此爱慕，相偎相依地生活在一起。

虽然所有的吊唁卡和慰问信上都说"他给我了很多很多"，但我并不这么认为，我从斯坦利那里并没有得到那么多，反而是我给予了他很多。我很了解他的作品，也知道他对当代音乐的贡献，但他做这些其实都是为了自己，而不是为了其他任何人。我不欠他什么，对他也就不存在愧疚之情。我把一切都交给了他，但说真的，他并没有很多可以给别人，这一点他的几任妻子和孩子们也有体会。他这一辈子时常生活在愧疚之中（还不是因为斯特拉），总是没有安全感，不敢和谁一直维持亲密的关系。

这真是一封很私密的信啊，点点滴滴都是我最真切的感受。

威廉·李博士为斯坦利写的传记还没完成，目前我正在努力写最后一章。我不会像这封信里这样评价他的，我只会给予他适当的嘉奖，也符合大众的口味。我一定会让斯坦利的传奇继续下去的。

虽然你父亲过世了，但我还是想拥有和你的这份友谊。如果你看信的时候，维奥莱特也在身边，请告诉她我很欣赏她，并希望她早日振作起来。斯人已逝，生者更当快乐地生活！

请代我问候孩子们。

爱你的 奥黛里

而我，并没有因为父亲的辞世而流下一滴眼泪。直到一年以后，我才明白这是为什么。我意识到，正是由于又一次的恩赐，我得以在父亲在世的时候和他心贴心地连在一起。谁都没有料到他会突然离开，还好就在这仅仅两周之前，我有幸让他懂得了最重要的一点。虽然我们都曾茫然失措，都曾愧疚不已，都曾惊恐万分，也都曾伤痕累累，但我已经把原原本本的真心告诉了他——"斯坦利，在这个世界上，没有人比我爱你，而且我会永远这么爱你。"

我觉得自己很幸运，既看到了阳光灿烂的斯坦利，也了解了阴郁幽暗的斯坦利。这么多年以来，我对这"两个他"都怀有同样的爱，同样的祝福。他的光明就是我的光明，他的黑暗也是我的黑暗。这也让我懂得，正如我们所生活的宇宙一样，每个人都有白天，也有黑夜。而我，既是侵入者，也是受害者。那个长久以来维系我们的奇异双螺旋赐予我的最佳礼物，也莫过于此了。

他是我见过的最有天赋、最有魅力、最温和可亲的人，但在我的眼中，也没有人比他更冷酷、更混乱、更支离破碎。到了这里，我和他的情缘也结束了。但他是我的父亲啊，我的身体里还流着他的血。他的痛苦，他的幽默都早已镌刻在我的心中。是的，我们的故事结束了，但我自己与黑暗的共舞仍在继续。过往的耻辱、害怕以及种种阴暗的心情在我身上留下的伤疤，并不是那么容易就可以去除的。但我知道，我必须努力，不仅为我自己，为我的父亲，也为我们这个家族。我甚至还觉得，我这么做也是为了无数个和我一样的人。我们知道，自己必须克服重重困难，活出真我的人生，但对未来又不明朗。

　　我相信自己一定可以做到。

　　当然，这就是另外一个故事了。

LOVE AFFAIR: A MEMOIR OF A FORBIDDEN FATHER-DAUGHTER RELATIONSHIP
© 2010 by Leslie Kenton
Simplified Chinese language edition published in agreement with Leslie Kenton c/o Luxton Harris Ltd, through The Grayhawk Agency.
Simplified Chinese editon copyright © 2012 by New Star Press.
All rights reserved.

著作权登记图字：01-2012-5849

图书在版编目（CIP）数据

我与父亲的爱情／（英）肯顿（Kenton,L.）著；汪于祺译. —北京：新星出版社，2012.9
ISBN 978-7-5133-0818-2

Ⅰ．①我… Ⅱ．①肯… ②汪… Ⅲ．①传记文学－美国－现代 Ⅳ．①I712.55

中国版本图书馆CIP数据核字（2012）第179789号

我与父亲的爱情

（英）雷丝莉·肯顿 著　汪于祺 译

策划编辑：贾　骥
责任编辑：程　鹃
责任印制：韦　舰
装帧设计：李　冰

出版发行：新星出版社
出 版 人：谢　刚
社　　址：北京市西城区车公庄大街丙3号楼　100044
网　　址：www.newstarpress.com
电　　话：010-88310888
传　　真：010-65270449
法律顾问：北京市大成律师事务所

读者服务：010-88310800　service@newstarpress.com
邮购地址：北京市西城区车公庄大街丙3号楼　100044

印　　刷：三河兴达印务有限公司
开　　本：660mm×970mm　1/16
印　　张：23
字　　数：222千字
版　　次：2012年9月第一版　2012年9月第一次印刷
书　　号：ISBN 978-7-5133-0818-2
定　　价：39.00元

版权专有，侵权必究；如有质量问题，请与出版社联系更换。